U0074502

漂泊與尋找——

王鼎鈞自傳書寫的詩心與文境

黃雅莉 著

自序　文心但剖擬蓮開

　　在每個時代的文壇中，總會出現可以被視為異數的作家，他們往往以其獨特的藝術風格和人生境遇為該時期的文壇添色生輝，格外吸引著讀者注目的眼光。鼎公便是這樣的一位作家，一位必須用仰望的姿態禮敬的智者與長者。

　　當年我就讀國中，初次讀到鼎公的《開放的人生》，即受吸引，那字裡行間有一種獨特的境界，以簡潔的篇幅滿含哲理，踐行對讀者的人生引導，召喚人心的積極力量。當時，只是單純賞愛他的寓言故事背後的深意，對作家本人卻未曾深入了解。高山仰止，畢竟緣慳。未曾想過，當年那曾經以智慧警語、處世箴言走入我心中的作家會在赴美定居多年之後，以一種實際參與的方式更深的影響了我，在我人生步入壯年時候能與他有一段令人珍惜的文學因緣。

　　真正和鼎公有所接觸，是在民國九十三年因開課所需而編寫教科書《現代散文鑑賞》，其中選了三篇鼎公的作品，我透過爾雅出版社聯絡鼎公是否可以授權轉載。當時在海外寄件要費時多日的鼎公竟然是在眾多被我選錄作品的作家中最快回覆的一位。鼎公不但在第一時間應允大作得被收錄評析，而且也在親筆來信中表示：「個人的作品能夠被選入轉載增加其傳播功能，內心只有感恩！」當時收到這樣的回覆，我內心有著無與倫比的驚訝與感動，這麼有名氣的文學巨擘，竟是如此謙懷有情地對待像我這樣一位名不見經傳的晚輩。

　　之後，每隔一段時間，我便常從爾雅出版社隱地社長那兒收到鼎公甫出版的新作，隱地社長總會在信上告訴我，這是鼎公指定要寄贈給我的書。每收到一本書，看著鼎公的大名，內心就一次感激的銘篆。我在拜讀其大作時偶遇不解處，便會去信向他請教，他總是在第一時間內有讀必覆，從不輕忽讀者的來信；有覆必一語中的切題應題，絕無旁枝贅言。很難想像一位八十多歲的老人家，主動學習上網與電腦打字，與日並進地跟上時代潮流，使用先進的iPhone和讀者聯絡。鼎公在寫《文學江湖》時，還寫過兩封信來向我「請教」某些與台灣相關的史實，這個對我們後輩來

說就像是位巨人般的作家，竟如此不恥下問，謙懷誠懇的人格特質實在令人敬愛。

於是就在這樣的文學情緣當中開啟了我和鼎公之間的情誼。鼎公厚待每一位朋友，面對後生晚輩的請益，常說一些意味深長卻又謙懷如沐春風的話語，我深深感佩他的人格風範。當時心裡想，自己的能力微薄，能報答這樣一位前輩大家「不輕」的恩情，就是好好地閱讀他的作品，在課堂上去向學生揄揚他的文學精神，讓更多下一代讀者知道他創作的光與熱。

或許這是上蒼安排的緣份吧，當我走入鼎公的文字世界，深入地了解他的生命歷程，不由自主地被動容、被吸引，凝結在鼎公著作的字裡行間那種生命的血淚，幾度令我難以平靜！他的文字對我而言有一種難言的魔力，常在短短幾秒中便打中我的心。於是我的學術論文有了大幅度的歧出轉向，開始從古典詩詞的研究分出另一條旁支，向現代散文中的王鼎鈞作品研究挺進，我一本本地閱讀他的大作，便是一次次的感動，更加在課堂熱情地為學生去宣說介紹他的人生與作品，學生們都知道我是徹頭徹尾的「鼎迷」，教學與研究相輔相成，閱讀和評析相生相形，於是也發表了一篇篇論述鼎公作品的論文。

在2007年我發表了一篇以《隨緣破密》析論為主題的期刊論文，有人見了轉寄給鼎公，承蒙鼎公不棄主動將拙文推薦於爾雅出版社，這篇評析文便被收錄在《隨緣破密》改版為《黑暗聖經》的後序裡。這對我而言真是莫大的榮耀。

後來爾雅出版社擬出版鼎公《古文觀止化讀》一書，隱地先生請我為該書進行校對，讓我有幸可以先一讀為快！這本是我的榮幸，未料鼎公特別為此而寫信致謝。這封信並不是透過網路傳輸的電子郵件，而是他老人家用小楷毛筆親筆一字字所寫。那秀美俊逸的文字，充滿誠懇謙懷的致意，是鼎公託付爾雅出版社轉交信，這封信共是用兩層信封仔細封裝，可見鼎公用心待人的程度。這封短箋已成為我一生中最值得珍惜的墨寶，那一筆一字中保存了鼎公的風度與情意。我也會永遠記得，一位大家，就是以這份虛懷若谷的風範，走入了我的心中。與鼎公結下的文字緣，早已為我貧瘠的生命增添了不一樣的光采。

我仰望這位在異鄉的沙漠中以自己的生命去冒險探索的行旅者，不知不覺已踰十年，期間指導了兩位研究生以鼎公作品為研究主題。一是邱郁芬同學的《王鼎鈞散文的自傳性書寫研究》，一是陳秋月同學的《王鼎鈞

的人性考察研究》。這本應是我該親自動手來寫的題目，卻因被升等、行政等庶務給耽擱了。長溝流月去無聲，這期間我也見到海內外有許多位學人為鼎公寫出一本又一本的專書，而我，又何嘗不想為鼎公寫本專著？這個念頭在十年前就已成型，但卻遲未動筆，期間我只是寫一些如獨唱型的單篇論文與評論，一直未能對鼎公作品作一個合唱團式的有系統的專書闡發。為何遲遲不動筆，心裡的壓力始終是最大的原因。擔心自己寫不好，沒想到這一擔心，這個工作從我認識鼎公以來一拖就超過十年了，無論如何，我都對不起鼎公的厚待。無論如何，我都應排除萬難先整理出一本書來。

時光不能倒流，歷史不會重來，我們永遠不可能重新面對已然遠去的時代與歷史，好在身為歷史見證人的鼎公與我們同在當世，鼎公本人就是歷史的一部分，我從一個讀者的角度閱讀作家與作品，在詮釋與被詮釋中，見鼎公堅毅卓然，深沉的反思，冷讀世間的睿智，熱情感受人情美好，只有感動復感動。感恩鼎公以文學、史學、哲學、宗教的冷眼與熱心賜予讀者心靈饗宴。捧讀他那高大偉岸的前行姿態，或奮進，或踟躕，或迷惑，深深賞看那背影的舉手投足、身形步態，又怎能不為他的睿智、明達所感染，怎能不為他滿溢著人生感情與思緒所激動？

現今的台灣，已是個失落或甚至是輕忽典範的社會。典範，追求的是一種信念理想，使我們的作為充滿靈魂。值此典範失落的年代，或許我更要排除萬難的揄揚典範。對我而言，這本書的完成更是我必須盡心盡力實現的一個心願，藉此來向從那一段歲月走來、在經歷所有的慘烈、悲壯後，仍然堅毅不息以對的文壇巨擘鼎公致上我最虔誠的禮敬。

原來擔心做不好的工作，但只要你肯上路，自然可以繼續前進。常常是這樣，只要鍵下一個字句，其他字句，就會依次湧來，一如田間灌溉，溝渠一開，水自己就會尋隙而至，不須農人另外的照拂。只要電腦前一坐，人就被字詞推動，不停地鍵入，不知夜色已深。與其說是人寫字詞，不如說是字詞寫人。寫作，有本身的慣性律動。不知不覺間，字詞已有了撒豆成兵的陣勢，漫漫湯湯，烏黑一片，章節已有了聚沙成塔的架構與紀律，層層疊疊，脈絡承接。我一度太貪心，想在有限的章節中，展開對每一本著作的主題探討，想讓每一棵樹都有花開，想讓每一個夜都被光照亮，想讓每一個缺口都遇到適合的弧度，想讓每一個細微的藝術曲折都能被剖白。欲望太大，容量有限，有限的篇章又如何能容得下無限的擴張？

只能從鼎公作品中抽繹出自傳書寫相關系列，但即使把這本書整理出來了，我仍然感到不足與欠缺，鼎公一生的創作博大精深、質量兼備，絕不是我的短短二十多萬字的一冊書可以盡言的。

　　鼎公年高德劭，是真正領悟人生真諦的人。在大浪淘沙的文壇上，自己能有一粒真金任憑打磨而不失其純粹，足以告慰人生。或許生命是一場夢，生活是一場戲，夢醒戲散，水闊天清，雲淡月明，他已經透過創作進行告解，也透過創作療癒人生。做為熱愛他的作品、尊敬他人格的忠實讀者，我祝願鼎公健康長壽，平和喜悅，真正從前半生的重重苦難中走出來，並熱望他一息尚存，仍當有作，即使只是片言隻語或方塊小品，也會啟引讀者在現實紅塵間創造、探索智慧和哲思的高度。

目次

緒論

　　二十世紀六、七十年代始，臺灣新一代知識分子或因留學或因政治等多種因素到美國移民而後居留下來成為知名作家。其中幾位移居海外作家至今仍然沒有回到臺灣定居。這些海外作家的離散情結，也表現了海外移民追思大陸故土與臺灣家園的文化情懷。他們將中華民族集體離散的文化現象再現為獨特的文學符號，構成離散文學的主題和豐富的內蘊。王鼎鈞是臺灣移民作家群體之中一位頗具代表性的一位。王鼎鈞當年是因為白色恐怖特務監控的陰影而決定全家東渡赴美，他在海外生活已經超過了四十年，也在隔海相望與返身觀照中寫出了幾本重要的代表作，構成了今日臺灣離散文學的重鎮。

　　在離散與懷鄉的悖謬、移居與回望的矛盾中，作家如何為自己尋找一份精神的依歸呢？本書從王鼎鈞幾本具有自傳書寫的文本分析出發，逐層剝開王鼎鈞寫作背後的創作意識，以及作品所呈現的生命意蘊與思想深度，從而進一步理解從二十世紀六、七十年代離開臺灣到美國移民的一代人在不同人生階段的思想變化和創作的歷史意義。王鼎鈞筆下的生活內容具有中國經歷、台灣經驗與北美觀看。作家的回望想像一方面是對中、西雙重經驗的遷徙跨域書寫，另一方面是文化身分的確認與審視。

　　由於臺灣特殊的日據殖民地背景以及國共分治的歷史因素，導致臺灣的漂泊、離散書寫事實上涉及更為複雜廣泛的心理因素與歷史脈絡。這些作家們身在異鄉、心懷故土下，形成了新大陸上的離散文學作家群體，在對故鄉的追思中體現了複雜的心情，在關注歷史、文化與政治等變動之餘，也對民族文化的命運表現了強烈的關懷與憂慮。在長時期的海外漂泊生涯中，王鼎鈞對臺灣和大陸的情感歸向也有微妙的心理變化。由於這種迂迴的文化心理因素，導致他在大陸故土和臺灣漂移的認同矛盾中，有重新選擇認同的對象與重新定義自己故鄉的心路歷程。將中華民族多災多難的二十世紀的集體離散現象再現為獨一無二的文學符號。由此可確立王鼎鈞散文中的自傳書寫可視為漂泊離散的一種歷史敘述，一種標記遠離鄉土的密碼。透過對王鼎鈞自傳書寫的解讀，得以透視離散文學的文化意蘊。

以下說明本書的研究背景與目的、研究方法、全書的設計與架構。

一、研究背景與動機

（一）探討因時代因素而形成的「離散→孤獨」的體驗

　　在每個時代或歷史階段，都有其形成的特定文化語境或流行符號。二十世紀以來，兩次世界大戰、韓戰、越戰、蘇聯解體、中東流血衝突，由於分裂、戰爭及政治意識等原因，放逐、流亡幾乎成為一種世界性的普遍現象，在全球化與後殖民時代的今天，「離散」或「流離」經常出現在現代文學的研究領域或評論中：

> 　　任何文學都必然以某種方式來書寫一種生存體驗，現代散居經驗的獨特性催生了一種特殊的寫作類型——離散寫作（Diaspora Writing）。這種寫作因其跨文化的獨特視角而具有了一種更深刻的洞察力，並成為當代最有魅力的寫作方式之一。[1]

　　文學創作與個人生命情境之間存在著密切的關係，「離散」作為一種特殊的生存方式和體驗，一旦進入創作的世界，便具有深長的意味。究其實質，在於離散者離開家園，轉徙於陌生或異質的空間，無論如何想貼近和融入當地的社會生活和人文環境，卻有其無法克服的難處，來自於原鄉或母國的記憶與習慣總是無法忘懷，與親人朋友的分散，在內心極易形成孤獨寂寞的負面情緒，如果寄身的新環境又涉及到與原鄉之間的政治對立或隔絕，這種帶有雙重生存經驗而形成的精神壓力，本身便蘊含著身分混淆、自我定位不明的情結和矛盾。從文化或文學的研究視角觀照，因「離散」體驗所產生的感情、想像、回憶等，都會涉及到作家對自身歸屬的探問、對生命座標尋找的命題。如果又是臨老去國，遠奔天涯，移民海外，從到達異鄉的那一天起，便開始了遙無止期對自身歸屬和文化認同的焦慮。或許在表面上可以割斷與兩岸的地緣和歷史的過去，卻割不斷生命中最重要的文化血緣與精神聯繫。那是作家自己生命的依附，也是靈魂的皈

---

[1]　潘純琳：《散居》（Diaspora），轉引自王曉路等著：《文化批評關鍵詞研究》（北京：北京大學出版社，2007年出版），頁315。

依。「離散」體驗並不僅局限於個人層面，著實已代表一種集體的經歷，在離散之中，更能體悟到中西文化差異等因素所帶來的種種思考，因此，「離散書寫」不僅生動地展現海外華人的內心世界，更為東西文化的比較提供一個相對理想的具體參照。

　　現代文學史上，王鼎鈞即使不是第一次也是較早且深刻地表現出動亂時代流離飄泊者的多種複雜深沉的感受、從一個獨特的視角展示出所謂的「外省族群」當年飄泊心靈狀態的大家。時代的流離割斷了王鼎鈞的生活史：

　　　　我一生漂泊，十四歲的時候開始「半流亡」的生活，離開家，沒有離開鄉。十七歲正式流亡，離開鄉，沒離開國。後來國也離開了。[2]

　　透過時空意識的關照，廣袤空間觸發的無依之感與面對歲月年華的流轉之歎，已成為王鼎鈞靈魂底處的感傷。多年來流離漂泊在他的心底銘刻出濃烈的思鄉懷舊情愁，他曾說：

　　　　我小時候交往的朋友，到十八歲不再見面（抗戰流亡），十八歲以後交的朋友，到二十一歲斷了聯繫（內戰流徙），二十一歲交的朋友，到五十二歲又大半緣盡了（移民出國），所以「我只有新朋友，沒有老朋友」，這是我的不幸。當然我也知道藕斷絲連，但細若游絲，怎載得動許多因果流轉。[3]

　　三次的環境變化對王鼎鈞而言都是一種巨大的撞擊和蛻變。順逆動止，緩急強弱，讓王鼎鈞對人生飄流體驗有了更深的領悟與反思。確證飄流的孤獨感，是個體有生命體驗的表徵，也是個體有生命意識的展現。王鼎鈞的飄泊也許是二十世紀離散人們精神飄泊的普遍心理特徵。但王鼎鈞的「離散」感懷並不消極與頹喪，「離散」的「孤獨」本身就是「勇氣」的一部分，王鼎鈞正是從自己原本所居住的原鄉中游離的「孤獨」走向另

---

[2]　王鼎鈞：〈出門一步，便是江湖〉，《怒目少年》（台北：爾雅出版社，2005年2月），頁19。
[3]　王鼎鈞：〈代自序——有關《文學江湖》的問答〉，見《文學江湖》，頁2。

一個更高層次的「孤獨」，但終究在孤獨中找到了安身立命之所，找到了精神回歸的安頓之方。本文研究動機之一，是欲探討其從離散體驗而在孤獨中尋求精神回歸的心路歷程。

（二）讀其文，想見其人：構築王鼎鈞人格生命論

目前學界對於王鼎鈞作品的研究已有一定的成果，但大多都聚焦於創作技巧、表現手法的探析。眾所皆知，王鼎鈞的創作技巧確實是令人繫節讚賞的，而技藝的提昇也是他一生孜孜以求的。創作是一種藝術的美感呈現，審美對人的影響是深刻的，它幫助人們從作品中探求美，進而促進人生的審美化。然而美並不止在語言形式之美，所謂「充實之謂美，充實而有光輝之謂大」，創作的美，更是來自於心靈的聰慧和善良。一個有道德的心靈，可以產生美的感受與觀照，並創造美的事物，所以審美判斷，一定會關聯到「意義」，它之所以不能離開道德與人格的基本原因，就在這裡。長久以來，我們對作品的關注多半注重文字的鍛鍊和技巧的運用，然而審美的鍛鍊並不只是技藝的表演，更是生命中的一場訓練，思想與境界的展現，心靈與人格的投射，應是「誠於中、形於外」，內外表裡自相副稱。尤其是散文，是直見作家個性與性靈的抒情載體，與其他文體相較，散文更能顯示作者真實的自我，「讀其文章，想見其為人」，也只有在散文中能真實地感受。前人謂「有第一等胸襟，方有第一等文字」，說明了文字反映著胸襟，文格映照著人格。又如「誠於心形於外」、「修辭立其誠」，強調文情並茂，言為心聲，此乃修辭與內心的關係。研究作品，其實就是研究作家之心。人生鍛鍊才是創作的基本，有人格與胸襟，方有境界。有以誠懇的態度，真摯的情感，同富有文采的言辭相結合才能達到理想的表述效果。

文學的研究，最終是作家的生命、心靈與境界的探索。本文解讀王鼎鈞幾本重要代表作，看作者如何從戰爭的歷史走向現在，從自我傷痕走向集體經歷，從自然現象反映到現實人事。它的構思之美，意蘊之美，語言之美，洋溢著作家本我的獨特風格，體現了智慧靈光，讀者可以感受到其噴薄而出的深沈感情和昂揚之氣，藉此探討其散文藝術成就與境界形成的聯繫，情感與其人格襟懷的關係。

（三）探究作家的創作方陣

　　其次，當一位作家之所以為作家，則意味著他所從事的是一項特殊的創造性活動，這種活動的最大特徵便是個人的獨創性，一位作家在文學史上的位置，很大程度取決於他是否產生了獨創性的文學作品。然而，對於散文的表現手法，長期以來人們多以敘述、描寫、抒情、議論方面來立論，也有人從比喻、聯想、對比、排偶、通感等普泛性的「修辭」來表述，然而，這都是一般文章的表述手法，易於形成單一化傾向，如果再沿襲這類說法，實不符合當代散文發展的現實狀況。由是之故，本書便不再以這種普泛性的表述手法來論述，而在求實求真、求新求活的基礎上，透過對作品的分析，把散文的表述手法與作者的美學追求、創作意識聯繫起來進行考察，擬對作家散文的創作規律做出更富新意的歸納、描述和闡發。

（四）對當代人類的生命意義和價值的追尋

　　一般人以為，文學是想像的藝術，而歷史是記憶的真相，但歷史的敘述果然能擔此重任嗎？歷史是業已逝去的時空，不可復現和重見，我們只能找到關於歷史的敘述，或被「闡述」過的歷史，於是，不會有真正的歷史，歷史必然帶有想像的虛構性。文學書寫歷史，追求的並非還原真實，最終是展現一種人文關懷，對人類命運的關注，也可以說是文學所指向的一種最高意義的抽象的真實。從這個角度來看，文學反而比歷史更具有普遍意義與真實性。研究文學，必然要倡導人文關懷的原則。所謂「人文關懷」，既是文學的一種歷史傳統，也是文學的表現主題。文學作為人學，王鼎鈞便以他博大的仁愛情懷關心人的生存處境，提倡尊重人、關懷人，以「人」為中心構築他們的藝術世界。

　　在王鼎鈞創作的心路歷程中，獨立思考是一條重要的線索。作為理性和感性兼長並美的作家，王鼎鈞從經歷時代的苦難開始，在理性觀照的光芒照耀下，勘悟人生真相，追尋生命的終極意義，尋找靈魂的救贖之路，具有對當代意義和價值的追尋。對生命存在意義和價值的追尋，這是一切研究的出發點和歸宿，對於王鼎鈞的研究，也必然要與當代的社會歷史語境發生關係，正如張福貴所言：

　　　任何歷史研究和重新評價都是為了尋求對象的當代意義，通過
　　當代人的闡釋而使其價值重新定位。因此，當代意義是人類一切活
　　動最直接的目的。任何歷史評價不僅都是從當代人的價值出發，而
　　且都是以當代人的生存和發展為目的。任何有生命力的文化或思想
　　都必須於現在有益或有效。[4]

　　對於當代意義的尋求，不但是文學研究的目的，而且是對文化研究存
在價值的探索。王鼎鈞的作品常常能發人所未發，見他人所未見，他自覺
地追求一種自我生命的價值延伸，其創作表現對於當代人們文化重構與精
神建設有著積極的價值。

二、研究的目的與重要性

（一）挖掘王鼎鈞創作中「自傳」與「存史」之價值

　　所謂的歷史，並不是塵封的往事，而是過去、現在與未來源源不絕
的時間長河，歷史不會終結，過去必然影響現在，我們怎麼面對過去，關
係著我們怎麼向前走。在生命的旅途上，回首是必須的，過去的經驗是我
們確立當下、展望未來的基石。在臺灣這片土地的百年歷史中，有三十四
年不是「民國」，而是日治的大正與昭和。專就「民國」的百年來看，前
半段是在海峽對岸的舞臺上演，當時臺灣人並不在臺上，甚至連幕後都沒
有位置。如今「民國」二字，已不知是指當年對岸，還是今日臺灣？或是
說，不知應指舊時臺灣，還是彼岸民國？這是一個「身」與「世」、個體
和群體社會更為整合的時代，因此，一己的遭遇要放到歷史滄桑中去感
歎，個體身世之謎的最後的謎底就在歷史裡，個體對自己生命回憶的透視
也會與時代的歷史透視相結合。

　　王鼎鈞的生命，都處於不斷地離散、阻隔之中，抗日戰爭、國共內
戰、撤退來台、白色恐怖、戒嚴時代、東渡赴美、隔海遙望前半生，近年
來他的回憶錄問世，更揭露了他人生所發生的一系列導致心理危機具有衝
擊性、戲劇性的事件，構成了他精神的創傷和人格的破碎，對他的人生選

---

[4]　張福貴：《「活著」的魯迅：魯迅文化選擇的當代意義》（北京：社會科學文獻出版社，2010
　　年5月），頁3。

擇、精神取向和價值觀念產生了深刻的影響。他只有在自我生命、國族血緣、時代滄桑、集體經歷中不斷追尋、思索與書寫中救贖告解與重建自我。當年他為了取得創作自由在五十一歲時提前退休最後舉家東渡赴美，晚年蟄居於美國紐約大城的王鼎鈞，少與外界往來，心靈卻對往事開展，他對自己移居異域後的人生規劃，就是不斷地以回憶為自己的生平所見情義立傳、著書。

　　從了解王鼎鈞的生平來看，自傳性寫書（不論是虛構變型的象徵性創作、或直接而真實的回憶錄書寫）是極為珍貴的資料。從認識傳主生活的時代來看，自傳書寫也具有一定的史料價值。由於王鼎鈞生活跨度長，經歷過許多重大的歷史事件，他對自己生平的記錄和描述，在不同程度上也表現了歷史的某些側面，或多或少地把當時的社會現實真實地展示在讀者面前。抗日戰爭、國共內戰等當時戰亂景象，皆可以透過作家的筆窺知一二。王鼎鈞透過回憶書寫，我們可以看到他一生所走過的人生道路，除了展現了個人滄桑飄泊的生命史，更可以見到動亂的大時代下所造成許多大悲劇。作者以其真實、冷靜的筆調向我們展示了他的坎坷人生、悲歡歲月的生命歷程，以及影響著這一切的時代風雲和歷史變遷。李正治指出：

> 「亂離」不屬於個人的事件，往往是牽連一個地區，或大半個神州的人民，所以個人的悲哀，都會滲透進廣土眾民的悲哀裡面，成為共同的心聲。這共同的心聲，事實上都是銘心刻骨的記憶，使人一生為之低迴而痛心疾首的往事。[5]

　　離散體驗並不僅局限於個人層面，著實已代表一種集體的經歷。這種情感已不局限於某一具體事由，而是涵蓋了作者一生的經歷；已不局限於作者個人的經歷，而是表述了同樣歷經國破家亡慘禍的許多士人的感受。

（二）尋索「詩心」，追攀「文境」：詩情畫意與文化歷史意蘊同為一體

　　本文把書名擬定於「王鼎鈞自傳書寫」的「詩心」與「文境」，乃基於揄揚王鼎鈞創作的中的感性與理性兼長並美。長期以來我們總以為：

5　李正治：《神州血淚行》（台北：月房子出版社，1994年），頁12。

「有史無情是史官所長，有情無史乃詩家之風」，其實文學是詩情畫意的，但文學也同樣是文化歷史的，文學本身包含了歷史、社會、政治、倫理、道德、哲學等文化內涵，在優秀的文學作品中，詩情畫意與文化歷史的含蘊是融為一體，不能分離。「詩心」，即是一顆感性幽微的心靈，是作品中的一份感發的生命，情之為物，才是文學作品最動人的部分。文學一定具有詩情畫意的美，文學批評的第一要務是要確定對象美學上的優點。如果一篇作品經不住美學的檢驗的話，就不值得進行歷史文化的批評了。「文境」，即是強主體心靈對於外在的超越與昇華，一種通觀人世衰榮的了悟。王國維《人間詞話》說：「有境界則自成高格」[6]，「高格」來自於「境界」，格調背後那更為內在本質的東西，是一份源於生活又超越於生活的藝術精神。在這裡我們可見王國維把「境界」的內涵視為人格的境界，然後再從人格境界推展至審美境界，人格境界的高低、人生閱歷的深淺，直接決定了作品的境界如何。文學的境界乃是作者人格境界與心靈層次的轉化昇華，透過對文學的審美探幽，可以找到人們的精神寄託。王鼎鈞的散文「境界」已深入到人們的精神家園，深入到人性與人格的底蘊。

（三）從痛苦到超越的思索歷程：探究創作對於作家的生命意義

對於個體而言，歷史不是偉人和大事件的結合，而是平靜祥和的日常生活狀態的打破，是物理時間向著心理時間的轉換，是個人生命中無可奈何的選擇與承受。王鼎鈞絕大多數的創作都在進入花甲之年後的「回望」，是頗具人生閱歷後的「回望」，它不僅體現在大時代的風起雲湧，還體現在時代的縫隙，歷史的邊緣。他是在時代動盪的日常瑣碎敘述中，表現了個人對時代、對生命的驚歎與深思，在大歷史的敘事之外建立起了自傳書寫。流離、離散、漂泊、自我放逐、精神流浪的人生經歷，「憂患得失，何其多也」，使得老來於異域落腳的他，與大陸故土、台灣家園形成一種地理上的距離感，一種遠距離抽身觀照的審美效應於焉而生。戰爭、歷史與人性，是王鼎鈞自傳性書寫的三個重點，作家在重構生命世界的自我認同中，存在著文本和書寫者、文學與歷史、現實與想像虛構之間

---

[6] 王國維《人間詞話》，見唐圭璋編：《詞話叢編》（台北：新文豐出版有限公司，1988年2月），頁4239。

的張力，在離散的境遇中，王鼎鈞經受著國家與故鄉認同的徘徊最後向對傳統中華文化的認同，最終也透過了散文創作，讓自己更加洞澈人生，窺見真諦，這種生命的自覺賦予人們對抗虛無的熱情與勇氣，使人能夠坦然地面對生命的痛苦與孤獨，亦是浮華洗淨、心靈寧靜之後洞澈歷史的真摯回歸。

　　筆者企望能突破現今對王鼎鈞作品研究的超越，期望能從作家如何以文學進行生命境的昇華與超越，對散文巨擘王鼎鈞的創作進行深入的詮釋與剖析，期望在作品藝術表現的視閾內，深入到作家深邃的心靈和情感的空間，揭示著作家對全體人類命運的沉思和求索，間接展現了作家對人生的憂患意識、對品德與人格的完美追求，對人性靈魂的滌蕩洗刷。

三、研究方法

　　近年來，現代文學的研究常常陷入理論的衝激之中，花樣不斷翻新的理論，令人目不暇給，往往讓人覺得那是千篇一律機器複製，缺少人的溫度，甚至生搬硬套、不知所云，喪失了對文學最原初的個性與心靈的解讀。相反，如果離開理論的指導，文學批評又似乎的確達不到一定的深度，從研究層面上講，論文不是讀後心得或感想，僅有感性的體會遠遠不夠。如何處理好「文學理論」與「作品闡釋」的關係，成為當下進行文學研究必需面對的難題。事實上，每一種批評方法和策略都有它自身的長短，沒有一種方法或理論能面面俱到，某種程度上講，「面面俱到」往往意味著失去批評的鋒芒。文學研究需要找到最能適合文學作品的理論，進行深入作品內部的闡釋，當然這是有難度的，因為它既需要理論的高度，又需要潛入作品，與文本作家進行心靈對話的能力和獨具匠心的慧眼。

　　作家的創作，反映了時代與歷史，用歷史觀點去思考，是理性的；當我們用心靈去感受並將其轉化為情感時，那便是具有深沉的「歷史感」了。文學的研究是科學，它需要冷靜的理性思考，但是設身處地的熱情和心靈的交流同樣是文學研究的條件之一。文學作品是情感的產物，心靈的投影，長久以來我們把注意力過多地放在文化歷史社會等方面，而忽略了對文人心靈的開掘與交流，忽略了對作家生命的透視。個人以為，如果對作品投入的感情不夠充沛，理解便不透徹，體察也不能到位。因為作品的創造者和閱讀者都是活生生的人。我們應該對其進行心靈的解讀，而非套

用公式做模仿式的解答。因此，文學研究者在審視作品的同時，必須伸進作家的思想、感情、性格、氣質中去，特別是伸進游移不定的心態中去，這樣才能看出作品的不朽神韻來。

基於上述理念，本文的研究方法如下：

（一）傳記研究：知其人尚須論其世

研究文學應從單純的價值判斷轉向關注作家的情感和心靈世界。文學作品是作家在特定時代的心靈標本，是人類精神世界的折光。真正的文學來自於社會生活和人生苦難，也來自於作家的心靈和情感。任何作家都生活在特定的時代背景之中，所以我們不能以現代人的角度主觀地給他人貼標籤，也不可用我們今天的情感和心態單方面去解釋前人作品，而應「知人論世」。「知人論世」，可以離析為「知人」與「論世」這兩個部分，它們既相互聯繫，又各有其獨立的涵義。

先說「知人」，就是研究、了解和理解散文的作者。這裡的「人」，有其複合內涵，主要包括兩層意義：一是作為社會的人，他的生活經歷、窮通出處的政治遭遇、思想宗尚，乃至籍里、家世、交遊等，都在研究的範圍之內。二是作為散文作家的「人」，還必須加上若干特定的主觀條件，如創作才能、個性氣質、文學修養、審美情趣等因素，甚至涉及有關的客觀條件，如師承、流派等，也都應當列入研究的內容。對這兩層意義作全面的研究、了解，恐怕才能算得上「知」其「全人」。

再說「論世」。「世」，指時代，這是作家生活的時間與空間的統一體，也有其複合的內涵。從廣義說，可以包括一定時期、一定範圍的社會和自然兩個方面；從狹義說，僅指其中的社會。而社會的涵蓋面已相當寬廣，諸如政治的治亂、經濟上的興衰、社會面貌，乃至典章制度、文化思潮、學術風氣、風俗習慣等等。

所謂「知人」，是要研究作者與作品的關係。所謂「論世」，是要研究作品與產生它的時代關係。文學作品是作者思想情感的反映，也是社會生活的投射，綜合以上兩個方面，我們可以這樣說：既然「人」與「世」都是形成作品極為重要的因素，那麼這二者與作品之間必然存在著某種對應關係，在作品蘊含的信息總量中勢必有與之相通以至於相契之處，因而對其研究結果可能成為理解作品的關鍵，或揭開奧秘的鑰匙，或通向幽微深隱處的嚮導。

知人論世的研究方法，使得本文研究將目光鎖定於王鼎鈞自我形象分析這一傳統文學批評方法，對作品的解讀始於人，而不止於人，通過將人物形象連「點」成「線」，勾勒出大時代背景。筆者將視線聚焦作家文本，對文本做個性化的解讀，同時將其與時代歷史聯結，並將文本細讀與現代性理論融合，進行有條理的論述。

（二）接受美學的再創造：設身處地的以心會心

「接受美學」[7]和「讀者反應論」以為，讀者是文學活動的中心，在文學閱讀和接受中處於主體地位，文學意義的實現取決於讀者的能動性閱讀，寫作或許就是作者向讀者提出需求。一位聰明的作家在其創作中時常或總是有意識地使用所謂「開放性結構」，巧妙地在字裡行間留下空白，為讀者在其「啟示」的基礎上，留有想像的空間，刺激和引導著讀者進行閱讀中的再創造。既然作品取決於讀者的接受水平，讀者就要培養自己的鑑賞力和理解力，力求將作品中的可能性盡可能地發掘出來。尤其像王鼎鈞這樣一位經常借由想像與虛構之筆來逼出存在真實的作家。

每個人都處在人生的過程中，以人生的體驗去創作文學，或以文學的感悟去理解人生。創作是來自於作家的生命實境，然而卻是通過想像虛構而呈現，正如論者所言：

> 文學情境就是文學作品中表現的特定的或虛擬的人生情景和境地。它與人生情境有著相當密切的聯繫，一般來說人生情境是文學情境之母，文學情境在一定的條件下體現著人生情境之精華。但兩者之間的差異性很大。籠統地說，人生情境呈現出自然和人文的必然狀態，體現著「真」的內涵；文學情境呈現出文學家創造的精神形態，體現著「美」的要求。[8]

從文學的本質來看「文學情境」與「人生情境」，二者之間有差異性，「人生情境」只是對邏輯的合法性負責，「文學情境」的刻畫必須對「美」的原則負責。「文學情境」是在「人生情境」領悟意義上的一種審

---

[7] 「文學接受」一詞，來自二十世紀六七十年代德國「接受美學」（Reception Aesthetics），是指一種以文本為對象、以讀者為主體、力求把握文本深層意蘊的積極能動的閱讀活動。
[8] 朱壽桐：《文學與人生十五講》（北京：北京大學出版社，2006年1月第一版），頁107。

美的昇華和超越。所以「文學情境」顯然不能等同於「人生情境」，它必須與實際的人生拉開一定的時空距離，但終究離不開人生百相，如果離開了人生百態，就成了天馬行空的東西，人們就不會把它當作審美的對象接受。因為人們總是傾向於閱讀與自己的人生體驗有相似親近之感的作品。「一種美感的形成或者完成，必須經過拉開與現實人生的距離，同時又在另一層意義上克服這種距離，讓審美的快感在復歸人生這一特定的路徑上得以實現」[9]，文學之所以具有美感，乃因為它是以虛構的想像逼近存在的真實感受。大多數的作家都是在經過了現實生活的歷練之後將自身的經驗轉變成文學作品，其實，作家作品萬變不離其宗，都是各種回憶錄和傳記的變體。文學鑑賞不是讀者一般性的瀏覽，而是讀者在進行著一個相當複雜的能動過程。作家筆下的藝術形象，是作者對社會與人生的獨特發現與創造，其中包孕著作家個人的審美趣味與藝術才華，滲透著作家的主體生命與人格精神。它應是獨一無二的，而讀者對作品藝術形象把握與再現，也是根據個人的主觀世界去進行的，所以也不能局限於作品的形象的簡單重現上，而是要調動自己的整個心靈，通過審美的「再創造」去超越作為客觀對象的作品藝術形象。我們甚至可以說，沒有「再創造」的閱讀就沒有真正的文學欣賞。

　　散文創作和所有文學作品一樣，源於生活，發自感情，了解一篇文章最重要的前提是設身處地、感同身受地「投入」，所謂「投入」，是真正鑽進作者的角色和處境，以心會心，與作者兩心交融，呼息與共，相照相溫，成為作者的知音，才能成為一種創造性閱讀，超越眾人一般性的詮釋。本文的研究將目光鎖定於作家自我形象分析這一傳統文學批評方法，對作品的解讀始於人，而不止於人，通過將人物形象連「點」成「線」，勾勒出大時代背景。筆者將視線聚焦作家文本，從作者諸多文本中抽取最有代表性一部分，對文本做個性化的解讀，同時將其與時代歷史連結，並將文本細讀與現代性理論融合，進行有條理的論述。

（三）文化研究法

　　文化研究法，即是走出封閉的文學文本，跨越學科之間的界限，進行文學與文化的整體性、一體化的研究。文化研究強調文化的功能、意義，

---

[9]　朱壽桐：《文學與人生十五講》，頁115。

重在於特定的歷史時期，社會歷史對於文化主體、個人經驗的建構意義。由於個體的生命歷程可以反映出社會歷史的變遷，筆者擬透過「文化研究」的視角來探論文學與社會之間的關涉。在王鼎鈞筆下，苦難的年少生活成為成長的一種文化隱喻，通過這種隱喻賦予了成長豐富的附加意義，把苦難昇華成了促使其快速成長的某種財富。在對作家個人生命基本命題闡釋的同時，也考量了辯證思維的整體性，在辯證思維的觀照下，可見作者背後還有一個更高、更廣的人性背景，站在人性文化同一性的制高點上，提出了他對人類生存的關懷和集體的時代焦慮。

四、全書的架構安排

（一）尋根逆旅：以「生命史」與「心史」的路徑進行

前人評論杜詩曾有「詩史」之說，強調以詩寫史，以詩存史。但過於強調作品對歷史事件的敘述，是一種偏失。所謂「詩史」乃是詩人以心憂天下的仁者心懷觀照社會現實，從而創作出的具有憂患意識和人道關懷及其相應藝術特質的「真詩」，這才是「詩史」的精神。時代固然需要個人化的私語性小詩，然而更加需要的是能夠反映時代脈搏與文化價值的大詩。「以詩證史」是「詩史」說產生的文化背景，但後世人論杜詩為「詩史」有一個從「紀實」到「論世」到「感時」的變化過程，反映了由「歷史」到「文學」的審美自覺，由「敘述」到「感受」的內心觀照。「生命史」不同於史料，它具有審美功能的認識價值，但生命體悟與審美才是其主要方面。「生命史」的精神主要是通過個體心靈感受所表達出來的悲世憫時、憂國憂民的情感內涵。如果忽視和否定了作者「自己」這個散文創作主要審美表現對象，不僅會使散文喪失許多豐富生動的內容，而且對於散文是側重於抒寫主觀內心體驗和情思這一文學現象便無法作出公允的解釋。自傳性書寫，並不是為發思古之幽情而寫，而是一段尋索之旅。為自我的人生尋找一種本源之旅。「我從何處來？」「要到哪裡去？」從抒發內心情懷的角度來看，王鼎鈞自傳性書寫也是一部經歷苦難之後從尋找到完成的心靈史。「史」本身包含了一種發展變化的時間意識。本文一方面以生命的發展歷程作為主軸，一方面又以「發皇心靈」的角度來觀照王鼎鈞的作品，以求呈現作家心靈的變化，以期突破現今王鼎鈞研究成果的框架，進而開拓出一個較新的認識空間。如果說歷史是一條從過去流向未來

的長河，那我們或許就要「逆流而上」——用心去打撈散落在時光之河中的歷史碎片，透過作家的生命歷程來組裝這些碎片，以設身處地的角度解讀，試圖還原他在歷史情境中的心靈面貌，來尋找歷史的另一種真相。

（二）對過往回望：以人生階段為經，以作品為緯，呈現發展動態

1、兒少階段：戰爭與離家的小說化書寫

人的一生當中，少年十五、二十歲時是一個人一生中最能記憶持久和最具深刻性的階段，這個階段也往往對一個人日後的人生產生決定性的影響。在王鼎鈞的作品當中，涉及到這個階段的生命書寫的作品有《碎琉璃》、《山裏山外》。《碎琉璃》描繪的是戰爭視野下的成長與體認，《山裏山外》記錄的是流亡學生的生活。《碎琉璃》、《山裏山外》其中不一定是王鼎鈞的親身經歷，然而經過小說筆法虛實相生，或許比現實更真實。雖貌似波瀾不驚，卻隱含跌宕起伏，從側面勾畫了一幅流亡生活史與中國戰爭史。特定社會歷史背景下成長起來的一代青年群體，他們的理想、抱負，以及面對黑暗殘酷的現實社會，他們的擔憂、焦慮、迷惘，還有成長的歷練，真實地反映了社會政治變遷對個人身心發展和精神的深遠影響。

《碎琉璃》、《山裏山外》是小說體的自傳性散文，作者以虛實相生之筆為之，不同於他的回憶錄四部曲。回憶錄寫的是歷史事實，強調的是人物和事件的真實性。小說體散文以回憶錄作為原型，以回憶錄為基礎，經過藝術加工，人物的刻劃、情節的設置、環境的描寫，都離不開虛構。以照片和圖畫作比，回憶錄是拍攝的照片原圖，而小說體散文是寫意畫，作者可以把原圖虛化、美化或潤色，給人以美的享受，給觀者留下深刻的印象。回憶錄需要時刻點出歷史線索，對歷史事實做精要的指述，小說體散文則表現深藏於作者心裡的一些記憶，它也許只是歷史碎片，但卻包含著作者的祕密。回憶錄是以現身說法的寫實之筆為之，自傳性散文是以想像虛實之筆為之。不論是寫實還是想像，都是作家內心最真實的存在感受。

2、青、壯年時期：從血河跋涉輾轉到台灣的人性鍛鍊之寓言與詩化書寫

《情人眼》是王鼎鈞在台時期，決定擺脫職業說理的羈絆而開始為自己抒情的轉捩點。然而在白色恐怖威權統治下，又如何能真正為自己抒情

呢？只有透過隱晦或變形的手法曲折地表達心中的積鬱，作者的視角游離在「自我」與「他者」之間，透過散文的越界變體的形式來表現他對生命的思考，以抽離自我的「他者」視角來返身觀照，讓自己既可以藉他人的故事來抒自己的情，同時以藝術變型的手法，轉換視角，對生活經歷進行選擇、提煉、概括、發掘，達到了以象徵的意蘊傳輸廣義的人生情義，突破了自傳書寫的窠臼。

《左心房漩渦》一書反映一九八八年兩岸開放通親的時代背景，本書在擅長說理的王鼎鈞絕大數冷靜的文風中是少有的濃筆重墨，作者用詩化的筆調抒情寫意，足耐幽尋。詩化散文是一種具有表達優勢的文學新品種，比較適合於表現強烈感情的重大題材。也因為新詩追求語感，這在某種意義上給詩化散文的創作提供了借鑒並促進了詩化散文的發展。全書從個人的悲歡遭際，進而省思戰爭、圍堵與政治敵對的劃界對人心的傷害，並從對過去的留戀、反思，再造自己的生命。

3、中、老年時期：移民異域、晚年心境、宗教歸依的雜文隨筆式書寫

王鼎鈞在中、老年已經成為異域的移民，移民作家作為從一種文化向另一種文化流徙的群體，他們在遷徙異域的過程中必然遭遇身分認同的困惑，在原有的自我身分突然迷失之後他們需要不斷尋找和確認新的自我。這一新的認同過程往往容易出現對自我身分的懷疑和文化觀念的雜亂，必須通過不斷地辯證思索才能找到新的定位。這種跨域的生活體驗在王鼎鈞筆下不斷地被書寫，逐漸凝結為「流離」寫作的標誌。《海水天涯中國人》、《看不透的城市》二書正是在大洋另一岸的美國觀察異域面貌，他筆下的生活內容自然就是飄零海外的華人生活的縮影。王鼎鈞在中西交錯的國際視域中，以個體生命因遷徙而呈現的複雜多變為基點，深刻地展現了移民人的人生遭際和心路歷程。對異域生活的感受、對異質文化的認識，也都融進對自身與家國關係的理解。並在異鄉飄泊中尋找精神的歸屬，尋找創造自身價值的實踐。可見其廣闊的時空意識和國際視野，同時道出自己從疏離走向接納、超越、尋根的生命移植的心路歷程。

真正的作家能以其心靈對於外在遭遇進行生命境界的昇華，因而產生審美境界。王鼎鈞往往由個人自傳書寫的「有我之境」而進昇到融入時代反映眾生生活的「無我之境」，他筆下人物命運便反映了歷史的真實。他以通觀歷史的姿態，雖「以我為文」而超越具體的「自我」，最終隱去

了「自我」而達到了「無我之境」，卻時常難掩自我的個性魅力與人格光輝。筆者欲透過本文以了解作家生命敘寫的意圖，以考察在世變之下，作家生命情境的表述，何以選擇創作作為發聲利器，以表抒自己身為歷史見證人的「在場」與「存在」的境遇感，並說明作家由生命的苦難而修得的文學境界，從而印證了王鼎鈞創作在現代文學史上的重要地位與價值。

第一篇

在紀實與虛構
之間的烽火成長

第一章　「童年視角」下的歷史觀看
——《碎琉璃》的創作思維

　　《碎琉璃》是王鼎鈞第一本為自我而寫的自傳性散文[1]，書寫的本身就是回顧自己過往的人生，也是對自我所處的時代與歷史的再次審視。自傳書寫，可以留存古老生活的密鑰，呈現了真實的生存狀態，使我們能夠分享記憶、夢想、經驗。王鼎鈞寫作《碎琉璃》時已進入了知天命之年，他實際上是以童年經歷過的時代為背景，藉助寫作這一特定的方式完成了一次的精神還鄉。此書於1978年出版[2]，當時作者53歲，全書是在返身觀照後通過回憶之筆，寫出了他所經歷那一段硝煙瀰漫的苦難歲月，其時約當作者十歲至十六歲的記憶，正是由童年末期向少年時代轉型的身心發展不平衡的階段。然而在充滿了變數的生命之中想要把握住人生的閃光點是極為困難的，加上用於創作的語言本身是具有不確定性與模糊性，使得作家在建構自我形象與時代歷史面貌時，有意將自我置於與文本中的人物同等的地位而接受讀者的檢視，並且有了越界的寫作，借用小說的筆法，大大拓展創作形象思維的藝術空間。這種敘述方式的轉變，使得作為自傳性的散文更具燭照人心、引人深思的作用。《碎琉璃》全書以第一人稱為敘述視角，透過「我」的眼睛寫出年少時代的所見所聞，所感所知。作者以個人身分進行自傳式的創作，他既是作者，又是講述人，也是故事現實的親歷者。多種身分的融合使得《碎琉璃》在敘述方式與結構設置與大多數的「自傳」習於從「自我」的角度回望「自我」過往的人生的敘述情況有明顯的區別。為了探尋人性的多維現象，維繫作品本身的真誠度，又必須要保持與人物的適當距離，這其中平衡實難把握，而王鼎鈞的文體實驗便是，在敘事方面，以想像反映歷史，在藝術方面通過虛構手法富豐審美價

---

[1]　王鼎鈞〈新版《碎琉璃》後記〉說：「民國六十五年，一九七六年，我在元旦之夜作了一次深刻的反省，決心擺脫職業，專心寫作，掙開多年以來顧此失彼的矛盾，那時我對我的專業已極疲倦。」見《碎琉璃》（台北：爾雅出版社，2003年年6月），頁268。

[2]　王鼎鈞〈新版《碎琉璃》後記〉說：「一九七八年三月，《碎琉璃》書成。在這本書裡，我長期出入於散文小說戲劇之間兼收並蓄的表現技巧漸能得心應手。」《碎琉璃》，頁268。

值。《碎琉璃》是王鼎鈞文學想像和虛構馳騁的場域，正是這種非凡的想像力在文本的整體藝術感覺上營造了一種真實的審美價值，生動地重現戰爭時代的故事，這種奇蹟正如「玫瑰花在空襲時怒放」（參考《碎琉璃》「楔子」所言），這正是《碎琉璃》帶給讀者最大的驚奇了。

　　《碎琉璃》它是小說體散文，我們當然不能把它當作歷史來讀，但是我們卻又分明感受到一種歷史的真實。在閱讀的過程中，我們沒有必要去追究它是否真實，只要它感動了我們，就說明它是好作品。自傳文學不是歷史本身，而是那些被故事感動的心靈的歷史。我們要研究的從來不是原始的事件或事實，而是以文學手法所描寫出來的故事或事件，還有它如何表現。作家創作不僅要選擇表現的內容，還要選擇表現的方式。作家選取怎樣的敘述線索與敘述方式，對作品整體形象的呈現起著決定性作用，也直接影響著讀者的審美效應。《碎琉璃》是一本具有濃厚自傳色彩的散文，濃縮了作者的人生感觸，但分明又有著不同於一般自傳書寫的突破創新之處，這都源於王鼎鈞對於創作的本質，有個人獨到的看法；對於「一切作品都是作家的自傳」，也有不同於他人的體悟，這些答案，其實在《碎琉璃》的序文與楔子中已經傳達出來了。學界對於《碎琉璃》的分析相當有限，多偏於書評類的短文，例如申抒真、朱星鶴、宋瑞、亞菁等人皆以「校後感言」或「讀後感想」評《碎琉璃》[3]，篇幅短小，少能針對全書的創作旨歸、創作預期、創作模式做深入分析。《碎琉璃》的序文與楔子充滿了意象化的語言，晶瑩如詩，其中有著微言大義，感性而間接地透露出作家個人的創作觀，學界卻極少去探論，本章乃透過其序文與楔子的詩化語言，去探討王鼎鈞對於自傳書寫的創作理念，再從《碎琉璃》創作表現來歸納其文思構建模式。以總結歸納其創作觀與創造性思維。

第一節　一箇生命的橫切面，百萬靈魂的取樣：創作的終極關懷

　　歌德曾說過：

---

[3] 申抒真：〈《碎琉璃》校後〉，《中華日報》9版，1978年3月6日。朱星鶴：〈琉璃易碎，藝事不朽〉，《國魂》，390期，頁74-75，1978年5月。宋瑞：〈品鑒《碎琉璃》：從故事看本書的結構〉，《明道文藝》，第30期，頁109-115，1978年7月。亞菁：〈自傳與回憶錄：王鼎鈞的《碎琉璃》讀後〉，《中央日報》第11版，1979年6月20日。

> 題材是人人都能看見的，意義內容只有經過一番琢磨的人才能
> 把握，而形式對多數人來說都是一個祕密。[4]

王鼎鈞以《人生三書》享譽文壇，但三書出齊之後，他便聲言不再
用同樣的手法與內容寫作，他不願以既有的成就畫地自限，毅然地向舊日
為職業而文鄭重告別，另謀出路，向著真正的文學國度努力邁進。《碎琉
璃》便是他「決心擺脫職業之後的第一本」以審美經驗創造的自傳性散
文。每一位作家都有其創作理念，然後依據理念而有創作實踐。王鼎鈞
《碎琉璃》一書的創作奧秘全都來自於他的創作理念，而這個理念在《碎
琉璃》的扉頁上的一段文字已透露出端倪：

> 一箇生命的橫切面，百萬靈魂的取樣，獻給　先母在天之靈，
> 以及同樣具有愛心的人。

他把這段話寫在全書如此醒目的開端必然有其深意，因為那是他全書
創作的根基，以下分三點說明。

一、人文觀點：物象下隱藏生命符碼具有普遍的象徵性

王鼎鈞以「一箇生命的橫切面」為基點，逐漸展布成為「百萬靈魂的
取樣」，便是有意把個人的生命切面視為抽樣代表，從而以一當十，以少
總多，從個人抒情的雨絲風片繼續往前走，一直走到了時代浩渺煙雲的終
點上。正如他在序文中所云：

> 那年，海邊看山。海可以很大，很大，大到「乾坤日夜浮」，
> 也可以很小，小到只是一座山的浴盆。
> 早晨，那山出浴，帶著淋漓的熱氣，坐在浴旁小憩，彷彿小坐
> 片刻之後要起身披衣他去。
> 我看見它深呼吸。我想它心裡有許多祕密，可惜不能剖開。即
> 使剖開也無用，真正的祕密不是把肉身斬成八塊能找出來的。

---

[4] 轉引自趙毅衡：《新批評文集》（天津：百花文藝出版社，2001年），頁132。

> 我尋找它的額。不知它在想甚麼。誰能發明一種儀器，把一
> 種能投射過去，把一種波折射回來，變成點線符號，誰能解讀這符
> 號，醫治人的庸俗。（《碎琉璃》，頁10）

王鼎鈞用心去感受外物，用心去捕捉大自然的靈性和生命意蘊，在他的眼中，自然界的一切都是一個個鮮活的生命，海天相接，雲霧霞煙，都幻化為神祕的精靈，使得自然與人的性靈達到了一種精神上的交流與契合。同時這種自然與人的物我交感也是文學的表現形式，具有豐富的文化內涵。作者在這裡運用聯想思維，從山與海互動呼息的生命訊息，進而思考創作活動的本質。「把一種能投射過去，把一種波折射回來，變成點線符號」，這點線符號就是「意象」，當作者把感情透過生動鮮活的意象曲折地表現，便可以使人的情緒不再固著於某一對象，而可以泛化至整個自然界，為自然界所分享，這種分離與移情大大降低了主體自身情感的強度與烈度，從而使激越之情變得更加深沉平穩，進入「怨而不怒、哀而不傷」的理想境界。這便是意象對於創作的作用。作家使用意象的象徵性以表現自我生命體驗，是源於作家的個性、生命、心靈等自我情感的觀照，然而王鼎鈞也說過：「意象產生，作家的本領只使出一半，還有一半是把它寫下來，使讀者也進入那意象」[5]，讓讀者「橫看成嶺，側看成峰，能容納讀者不同的生活經驗，容許不同的思想活動」[6]，一切的不言可喻都讓讀者自己去體會、聯想、感受作品，在移情作用中得到審美愉悅。這是一種超越現實功利的藝術化生活和精神性追求，在美的薰陶中，進入一種忘我的狀態，使精神境界得到昇華。這種滿足和昇華不僅有助於減輕現實生活帶來的心理壓力，緩解緊張，還讓我們得以用冷靜的頭腦來看待現實人生，重新投入生活。

「意象」是具有象徵意味的形象，既生動具體又模糊。讀者並不是靠邏輯分析去理解作品，而是依靠其所描繪刻劃的意象來把握作家的創作意圖。意象承載了人類共同關心的母題，因而打破不同地域、種族之間的壁壘，能夠被全世界的讀者所欣賞。文學作品因為意象的存在而具有受眾的普遍性，乃源於人們自身經驗的普遍傾向。王鼎鈞對意象之於作家創作與

---

[5] 王鼎鈞：〈意象〉，《文學種籽》（台北：爾雅出版社，2003年7月），頁51。

[6] 王鼎鈞：〈再談人生〉，《文學種籽》，頁206。

讀者鑑賞的作用深有所悟，也有意把個人的自傳書寫，作為符號，形成抽樣代表，藝術實踐是通過各別來反映一般，這各別性包含作者獨特的心理視角，但同樣也是眾生的寫照，正如他所言：

> 　　醉心寫作的人，他最初的動機，大半是為了寫自己。……文學，往往是作者貪戀塵緣，溫習自我，對自己小世界的構築裝修。……
>
> 　　可是，「唯我」的作家長於內省，拙於觀察，視野狹窄，甚至對外的大世界木然無覺，題材的礦層究竟很薄，禁不起大量開採……
>
> 　　我在「寫自己」的路上走，直到窮途，就來個一百八十度大轉彎，寫別人。……
>
> 　　「寫別人」寫多了，總覺得有些荒涼，有些膚淺，對世相常用冷眼旁觀，自己也寂寞。內心的世界，超自然的世界，無聲無色的世界，豈是那樣容易割捨！……
>
> 　　然後，我知道文學作品最好能夠我中有人、人中有我。作品豈能無我？何必無我？這個「我」，可以在「人」中顯現；「人」無窮，「我」也就無窮。「我」有情，「人」也就有情。[7]

　　創作是一種由個人出發抵達時代與世界的話語方式，「大我」是集體的普遍情感，「小我」則是個人的自我抒情，二者各有所長，亦各有弊端。個人內在化尋求與小我的心緒體驗，雖是創作技藝錘鍊的深度自覺，卻容易囿限於一己的狹窄領域，只是關心自己，泥於小我，當作品流於獨白時，就失去了引人共鳴的魅力，容易被掩埋於時間河底。然而完全客觀反映現實生活，重大我而輕小我，甚至無我，個人抒情的空間萎縮，會導致創作只是代人立言或客觀擬想，易流於缺乏個性與自性。王鼎鈞經過一番摸索，終於在二端之間得到一種平衡與諧調，那就不自外於人，而是人我合一，抒情主體上「大我」與「小我」、抒情模式上「宏大敘事」與「個人化描述」、創作情境裡「集體記憶」與「個人記憶」的多維交織，深層地呈現了「個人聲音」和「大我話語」的互相嵌入。創作背景雖是從個人出發，在平凡物象下隱藏著個體生命的符碼，卻也同時反映時代與他

---

[7]　王鼎鈞：〈人我三段論〉，《文學種籽》，頁248-249。

人共有的普遍情志。例如在〈失樓台〉一文中，樓台是祖先胼手胝足辛苦建立的，自然是祖先的勇敢和刻苦精神的化身，而整個中華民族就是在這種精神的維護下綿延數千年並且生生不息，樓台象徵中國傳統的珍貴資產，曾經輝煌的古國，形象雖依舊巍峨，卻如老樓台一樣已處處敗朽，歷盡滄桑，會塌為一堆碎磚似乎是必然的。外祖母堅守著歷史的遺跡，而祕密要到大後方的舅舅代表年輕人對報國的熱忱。外祖母准許兒子去漂泊，但是「把責任和教訓傾在他身上」，她要兒子爭氣，有一天要回來在這裡重新蓋一座樓，要新生代負起傳承文化並發揚光大的責任，正如作者在文末所說：

> 以後，我沒有舅舅的消息，外祖母也沒有我的消息，我們像蛋糕一樣被切開了。但是我們不是蛋白質，我們有意志。我們相信抗戰會勝利，就像相信太陽會從地平線上升起來。從那時起，我愛平面上高高拔起的意象，愛登樓遠望，看長長的地平線，想自己的樓閣。[8]

家愁與國情融合為一，強調希望，也有著強烈的信念支撐，他相信中國不會亡，因為燦爛的文化在、祖先的精神在，在低徊中，有著對過去的追憶，還有對未來的期許。

又如〈迷眼流金〉寫了一位和他心靈相通的國文老師，常常教學生唱歌，歌聲裡總流露出身世之感：

> 教完這首歌以後，國文老師就不見了。他沒有跟我們說要到什麼地方去，但是，我認為我知道。當天邊晚霞消失，我彷彿看見天外有一個人背著行囊，挺著胸膛，在大風大雨中奮鬥，在流血流汗中成長。那人是他，那人也是我。[9]

優秀的作家，必然要不斷地捨棄「小我」，站在「大我」的立場思考全人類共同面對的問題，如此一來，其作品才能在一個更廣闊的層面上

---

[8]　王鼎鈞，〈失樓台〉：《碎琉璃》，頁86。
[9]　王鼎鈞，〈迷眼流金〉：《碎琉璃》，頁45。

透過表現人類普遍的情感而構築其審美價值。但是，作家仍然逃脫不了個人的經歷對作品的投射，並有意無意中在作品留下了鮮明的印痕。「那人是他，那人也是我」，人物的命運走向其實暗含著王鼎鈞對現實的感受。自我抒情，同時是為時代環境和社會背景的「大我」而作，反映當時人們普遍的憂傷和苦悶的心理，由於它超越特定時代的人類共性，所以長久以來，不同年代、不同地域的讀者都會產生強烈的心靈震顫，進而引發對生命的反省和深邃的思考。這就是文學經典之所以歷久彌新的原因所在。

章亞昕〈論王鼎鈞散文創作的文體學背景〉：

> 百鏡呼應，千燈相照，可以讓「碎琉璃」凝聚成心靈的大千世
> 界。作者把記憶碎片，聚攏在心靈的光照下，令它們熠熠生輝。[10]

便是指出《碎琉璃》以自己濃鬱的抒情性和直指人生的敏銳性得到讀者的共鳴。《碎琉璃》所代表的，不僅是「一個美麗業已破碎的世界」[11]，而且是一份遙遠而又深切的記憶，一段刻骨銘心的眷懷。這本書「是一個時代的縮影，也是無數生命的投影」[12]，作者之所以能以樸實無華的語言而給人以強烈的心靈震撼，關鍵就在於其文字觸及到人類生命本質的東西。《碎琉璃》每一篇故事都富有暗示性、象徵性和超越性，作者以自己的所見所聞為中介符號，來傳達某種內心感受與抽象意蘊。

二、歷史視閾：由小我到大我、由個人向時代崇高的回歸

像《碎琉璃》這樣規模性登場的成長記憶在現代散文史上畢竟是少見的，一個人的成長故事如果不和一個闊大的歷史背景相連，那麼就不容易顯得深沉。一個少年心靈成長過程和戰爭邂逅、遭遇和碰撞，其中的輕與重、動與靜，乃至消解與重構，往往又超越了個人的體驗，於是，自我與大我、個人和社會並不是截然對立的，小我和大我是融合統一的。王鼎鈞寫自傳，與一般自傳不同在於，他並不是為自己而立傳，而更多是為時代作證，為他所認識而難忘的人物立傳。至於那些人到底是誰，無關緊要，

---

[10] 章亞昕：〈論王鼎鈞散文創作的文體學背景〉，《華文文學》2009年3月（總第92期），頁54-57。
[11] 蔡文甫：〈九歌版原序〉，見王鼎鈞：《碎琉璃》，頁13。
[12] 亮軒：《風雨陰晴王鼎鈞》（台北：爾雅出版社，2003年4月），頁181。

可貴的是那些人流露出來的人性，如暗夜星火，熠熠生光。在顛沛流離當中，他反映了時代所帶來的痛苦，又同時刻劃出痛苦之後的精神價值。《碎琉璃》思考的不是歷史的事件與動向，而是歷史的生命底蘊，是那些無數的個體鮮活生命在歷史中所呈現出來的精神品質。作者如此自我期許：

> 據說，如果人造速度能超過光速，人可以追上歷史。
>
> 如果我們坐在超光速的太空船裡，我們可以看見盧溝橋的硝煙，甲午之戰的沉船，看見馮子才在諒山一馬當先。
>
> 在超光速的旅程中將設有若干觀察站，讓我們停下來看赤壁之戰，看明皇夜宴，看宋祖寢宮的斧聲燭影。
>
> 歷歷呈現，滔滔流逝，無沾無礙，似悲似喜。啊，但願我能寫出這樣的作品來！當我寫〈碎琉璃〉時，我是這樣想的。（《碎琉璃》，頁10）

作者一筆直寫戰場，時間上作了陡然的飛躍，用了電影蒙太奇的手法剪接組合，疊印出一幅幅曠遠的戰爭場面，我們感到時間在倒流，在逆轉，歷史又重現在眼前。其實，作者正是運用了時間差，捕捉了瞬間的印象同樣長久。它把歷史、現實與未來溝通了，這是歷史長河的一瞬間，也是瞬間之中的歷史長河的展現，簡括來說，就是歷史的瞬間，瞬間的歷史。在文學的描寫中我們就是要抓住瞬間，抓住了瞬間也就抓住了一切。靈感不就是在瞬間突然發生嗎？意識到的畫面不也是隨著靈感的突現而湧動於腦海中的嗎？作者想要把個人的自傳放在廣遠的時代與歷史背景下，這便是由小我到大我、個人向時代崇高的回歸。《碎琉璃》出版後，現代散文應有的反映現實的久違崇高又回歸到它的歷史舞臺，崇高不僅是指一種精神品質，更重要的是作為一種美學特徵而得到回歸。

人的歷史，與其說是一部人性發展史，還不如說是人自身生命依生存狀態的變化而展開的歷史。《碎琉璃》這本書雖是王鼎鈞個人的成長回憶，但也是一個時代的縮影，無數生命的投影。作者關注的問題是不同時代的人們面對社會動盪與變遷都不得不面對的問題。正如他所言：

> 初級的作品寫出某一個人的問題，中級的作品寫出某一群人的

問題，高級的作品可能寫作全人類的問題。[13]

　　文學與其他精神活動一樣，首先是對自身生命本相的一種意識。然而，個人必要走向社會，從私領域走向公領域，一位成熟的作家，必然要由個人經歷進入到具有普遍性人類關懷中去。王鼎鈞〈新版《碎琉璃》後記〉說：

　　　　這本書以我少年時代的生活為底本，但它不是要紀錄我自己，我的生活並無可誦可傳，只因為我個人生活背後有極深的蘊藏，極寬潤的幕，我想以文學方法展現背後的這些東西，為生民立傳，為天下國家作註，我提供一個樣本，雖不足以見花中天國，卻可能現沙中世界。（《碎琉璃》，頁268）

　　王鼎鈞在這裡已明白說明《碎琉璃》的自傳書寫不是要紀錄自己，而是要紀錄他所經歷的那個時代。一切文學以特殊為始，卻必須以普遍為終，因為文學的終極關懷是普遍的人生與人性。特殊事件中具有普遍性，個體命運具有廣闊的敘事時空與人文內涵，小我的記憶中蘊含了歷史的精神與秩序。王鼎鈞在戰爭中的成長經歷本是個人的私情私感，但這種感情所包含的人類命運的性質卻是具有代表性，因而他個人的憂、悲便直指人類基本焦慮之深處。例如〈哭屋〉是以二先生這位真實的讀書人的傳奇故事，來描述作者求學的淵源，同樣是知其不可而為之的執著。〈在離愁之前〉描寫的則是作者由淪陷區要到後方前的情景，他透過唐先生訴說自身遭遇和感懷的話語，其實是千千萬萬中國人命運的抽樣代表。王鼎鈞之所以在散文中用舒緩的語調去敘述這些或喜或悲的故事，並不是為了抒發自我之情，而是基於對時代、社會人性的思考和批判。他筆下人物命運的悲歡離合莫不與變幻莫測的時代憂戚相關。其筆下的人物性格展現歷史的縱深感，在人物身上匯集了歷史與現實之間的矛盾與統一，匯集了民族的理想與氣質，具有很強的概括性。在戰爭的苦難面前，每個生存個體都被動地拋入了對苦難的現實體驗中，每顆心靈深處都留存著對災難的深刻記憶，這一個一個具體的個體記憶疊加起來，便形成了集體記憶，王鼎鈞善

---

[13]　王鼎鈞：〈人生〉，《文學種籽》，頁191。

於通過個人的記憶去整合集體記憶，又善於通過集體記憶去提升個人記憶的存在價值。

三、生命深度：基於愛與宣揚人性美好而創作

王鼎鈞明白地宣示這本書的完成是要奉獻給自己最敬愛的母親以及所有具有愛心的人。愛，便是《碎琉璃》全書的主旋律。他從不忘記那些曾經給予自己希望的人、那些哺育過自己生命的人。家國情、故鄉情、愛情、親情的描寫是《碎琉璃》的重要主題，戰爭造成了無數愛人親人和朋友的離去，對每個面對這份變故與離別的人來說，那些傷痛的記憶雖然各自不同，卻又具有相通性，作者用個人化的敘述模式奏響了愛情、親情的個人記憶，同時又喚起具有相似經歷者的共同記憶，如〈瞳孔裡的古城〉、〈一方陽光〉、〈紅頭繩兒〉、〈失樓台〉等篇都濃縮了人類鄉情、親情、愛情的深情記憶，融個人記憶與集體記憶於一體，這無異是戰爭背景下人性光輝的一大亮點。「他要用許多很小的『愛』字組成一個很大的『愛』字」[14]：

> 當我校讀《碎琉璃》新版的清樣之時，故鄉已由「失去的地平線」之後冉冉昇出，故鄉由傳說變成新聞。而今，在那裡，我生命中出現過的風景人物，幾乎都不存在了，我參與過的事，也幾乎無人記省，然而陽光大地，萬古千秋，琉璃未碎。我感激這陽光之下，大地之上，產生了那麼豐富的題材，使我一生用之不竭。我相信那燦爛的陽光，芬芳的大地，必定繼續產生自然之美，人性之真，供後來者取之不盡。但是，我希望，永遠不要再產生打砸搶殺的「革命群眾」，也永遠不再產生像我這樣少小離家，老大難歸的浪子！（《碎琉璃》，頁273）

王鼎鈞永遠相信陽光，相信人性的真善美，即使自己承受離鄉背井的痛苦，他期望永遠不要再有人受這樣的苦。生命是豐富複雜的，真實的人性，必然也是愛與傷、善與惡的共同體。善與惡原本就是人性的兩個基本

---

[14] 王鼎鈞：〈在離愁之前〉，《碎琉璃》，頁258。

的對立面，對人性的探索應該包括善惡兩方，抑惡揚善是文學的正途。如果勸善不能成為文學的目的，那揚惡就更不應該成為文學的目的。正如謝有順所說：

> 寫作不是用智慧來證明一生的經驗和遭遇，而是用作家內心的勇氣去證明存在的不幸、殘缺和死亡的意義，以及裡面還可能有的良知和希望。[15]

戰爭文學不能單單停留在對災難本身的描寫，還應把筆伸到更深層次的東西，惡的表現最終應該指向罪的認識，讓人們警惕惡，消除惡，從而達到發揚善的目的。呈現人性的惡並不是王鼎鈞創作的目的，他崇尚人性的美，因而在揭露人性粗鄙與醜陋的同時，並不忘將人性的善與美投射進去，給絕境中的人們生的希望，也讓我們在看盡人性黯淡的展示後，仍能在黑暗中尋到一絲照亮人生的光亮。一方面，他向我們真實披露著戰爭中的人性可以醜陋到怎樣的程度；另一方面，他又將人性中溫情的一面刻畫在那個炮火紛飛、人人生命朝不保夕的年代裡，給人以希望。這樣的信念，正如他所言：

> 寫作乃是「愛人如己」的操練，也是「冤親平等」的紙上作業。[16]

王鼎鈞對愛有深刻的理解，縱然琉璃的世界碎為微塵，這微塵中也閃耀著愛的光輝，所謂愛人如己、冤親平等，以一種平等心對待他人是人類共同追求的價值觀。這種愛帶有濃厚的宗教色彩，這種融鑄人我和諧的途徑不是在虛幻的彼岸，而是在現實生活之中，不僅轉化為修煉自己德性的根據，而且以自己的德性、生命的自覺來潤澤他人，遍潤於一切存在。這份理念，使得《碎琉璃》中出現的人物，不論善惡，不分敵我，作者都賦予了濃郁的愛。我們不是聖賢，沒有力量博施濟眾，但我們卻可以把愛一點一滴地付出，只有付出無限的愛，社會的對立的人際關係方能轉為和

---

[15] 謝有順：《話語的德行》（海南：海南出版社，2002年），頁285。
[16] 王鼎鈞：〈人我三段論〉，《文學種籽》，頁249。

諧。他說過：

> 　　你到那個地方，要愛那個地方。像我，我離開老家，來到這裡，我就全心全意愛這裡。記住，你住在那裡，一定要愛那裡的風土人情，尊重那裡的生活習慣。如果那裡的菜不好吃，你也要愛吃，因為那裡的人都吃。如果那裡的水不好喝，你也要喝，因為那裡的人都喝。[17]

　　字裡行間瀰漫著一個知識份子對自己靈魂的拷問，同時還反思著當時那混亂年代中人與人之間的關係。作者要我們學習愛我們所在的地方，才能真正地活著。我們惟有利用無數的小愛，去結合一個個大愛，才能填補戰爭所造成的創傷。王鼎鈞在經歷了苦難，超越了困境，理解了愛和生命的意義之後，終於懂得了生存的意義就在於好好活下去，以自己苦難的人生，為這個世界增添一道美麗的風景。戰爭使人身陷絕境、心力憔悴，沒有任何藥物能醫治得了，只有人與人之間的愛，才是救贖的良方，才是昇華的契機。

第二節　「當時，我是這樣想的」：距離下的審美效果

　　對童年的回憶往往是成年以後發生的，回憶的引發必有其契機，一個歷史事件，一種文化嬗變，一次思潮湧動，都會引發我們對童年的回憶。對回憶者而言，純潔無瑕的童年生活，無疑是逃離當下滄桑的一種最為便捷的途徑。時間是一種距離，它把當時的生活隔開了，一切生活經過時間的過濾，經過了十年二十年的距離它就不是原來的東西了，變成被敘述的、被記憶的、被虛構、被想像的一種生活，它已經沒有了生活在其中的焦慮與激動，或者說，這種焦慮或激動已經被昇華了，當它成為文學作品，和真正生活是有很大的距離的。《碎琉璃》的序文題為「當時，我是這樣想的」，「當時」狀語表明當年的在場，但通過時間的沉澱，作家也不斷地調整自己對過往的歲月的感知。由於「距離」的介入，所帶給主體的是落差很大的客觀現實的衝擊，從而帶來不同的情感體驗和美感享受。

---

[17]　王鼎鈞：〈在離愁之前〉，《碎琉璃》，頁258。

一、時間、心理距離與藝術創作的關係

　　散文在很大程度上是屬於一種「過去完成式」的回憶性文體，更多情況下它是藉助於作者的回憶，對逝去生活還原。而自傳書寫是作者找回過往的一種努力，在流逝了的生命與現實存在的生命之間的互榮互生，因為正是通過回憶更深刻地認清現實的生存困境的。創作是一種時空的錯位，一種心理距離，情感距離，是作家在情感長河中此岸對彼岸的一種回味、返觀。回憶像個篩子，它能夠篩掉醜惡、陰暗、不堪回首的記憶，而讓美好的回憶常駐腦中，就像琉璃般的晶瑩剔透、透徹溫潤、完美無瑕，正如王鼎鈞所言：

> 　　琉璃是佛教神話裡的一種寶石，它當然是不碎的。
> 　　人不可擁有真正琉璃，於是設法用礦石燒製，於是有晶瑩輝煌的琉璃瓦。
> 　　琉璃瓦離「琉璃」很遠，「琉璃燈」離琉璃更遠。
> 　　至於「琉璃河」，日夜流去的都是尋常淡水，那就離「琉璃」更遠了。
> 　　生活，我本來以為是琉璃，其實是琉璃瓦。
> 　　生活，我本以來以是琉璃瓦，其實是玻璃。
> 　　生活，我本來以為是玻璃，其實是一河閃爍的波光。
> 　　生活，我終於發覺它是琉璃，是碎了的琉璃。

　　琉璃，是佛教「七寶」之一、「中國五大名器」之首，其色澤光彩奪目，在人們眼中她已不單純是一件物品，她傳承了中華民族的審美情懷和意趣，被賦予了獨特的美學及人文涵義，會牽動我們最敏感的情愫。她變換神奇甚至難以捉摸的色彩，在光與影的交織中展示出迷幻般的魅力，散發出生命的韻律和動感，不是一朝一夕就能造就，是經過了多少代人的智慧凝聚而成。一塊琉璃，當它完整的時候，必然有著動人的美麗，在陽光的映照下，琉璃的每一個切面都熠熠生輝，放射出璀璨奪目的光芒。就因為人們不可能擁有真正的琉璃，於是出現了許多仿製品，不論是真的琉璃還是仿製品，都是生活的本質，複雜多變，如夢如幻。作者在此用了四組

「我本來以為,其實是……」的返身觀照而澈悟洞悉了生活的本質。在這裡,王鼎鈞對過去的某一事件、生活情況提出不同的看法,兩者的轉換呈現出時間所積聚的經驗的力量,它以成熟和稚嫩展現出一個人認知的變化過程,這回憶是一種不斷反思與否定的回憶,然而這種反思不是單純的否定,在這裡,時間既是一種建構力量,又表現出不可抗拒的毀滅性。作家穿越了生活的一團迷霧,從當時的生活走了出來,向我們清晰地傳達出一個經歷時代與歷史的守望者的心聲。「生活,我終於發覺它是琉璃,但卻是碎了的琉璃」。生活中的苦與樂是不可分的,糾結於時間與空間編織的網中,相互衝突又相互依存轉化,你臨事時是苦,回想時是樂;眼前所遇是困苦,過去的回想與未來的希望都是快樂。這裡對現實人生的評價充滿辨證思想:想像與實際的衝突,苦與樂的矛盾,便是生活的本質,宇宙間沒有永久的、沒有絕對的痛苦或快樂。作者表現了人生裡有許多的困惑,尋找到真正答案的過程雖然不失酸楚,但卻也是一種成長,一種對生活的理解。

二、創作來自於生活,但又不泥於現實

創作來自於一個人的生命歷程累積的經驗,生命是通過人生的體驗來感知自我,認識世界,解讀生活,通過創作而獲得意義,昇華感情,淨化靈魂。所以作品的素材必然與作者的親身見聞、親身遭遇、親身感受相關,王鼎鈞善於把活生生的經驗立即轉化為藝術,正如他所言:

> 作品的題材來自作者的生活經驗,作品的主旨來自作者的思想觀念,作品的風格來自作者的氣質修養。[18]

「文學來源於生活,具體地講,它又來自個人獨特的心靈體驗,而這樣的心靈體驗又是源於個人的生活以及歷史的具體環境」[19],作者個人的體驗對於散文較之其他文體都有著更重要的意義,優秀的散文也都是作家個體生命、心靈感情的深刻體驗。散文一向以敘寫真我真事、抒發作者

---

[18] 王鼎鈞:《碎琉璃》,頁8。
[19] 張少康:《中國理論批評發展史》(北京:北京大學出版社,2001年),頁22。

真情實感為其審美特徵，力排虛構介入，但作品若太過貼近於現實生活本身，在喪失優雅的同時貼著地面飛行，使人們喪失了仰望的興趣。散文若只局限現實的我，便容易失之於不易開展，不能靈活，不能表現廣闊的場面，不能處理複雜的事件，勢必使散文的路越走越窄。當作家感到完全寫實的筆墨不足以表達情感的時候，他就得藉助虛構的筆墨加以構築作品的境界。散文的虛構並不是停留在虛構本身，散文的虛構是為了增加文章的表現效果，更好地表達作者的真情實感。王鼎鈞〈新版《碎琉璃》後記〉說：

> 在這本書裡，我長期出入於散文小說戲劇之間兼收並蓄的表現技巧漸能得心應手。重要的是，我覺得生命的酸甜苦辣已調和成鼎鼐滋味，心如明鏡，無沾無礙的境界可望可即。（《碎琉璃》，頁268）

　　王鼎鈞散文自成一家之體，其中一個比較明顯的原因是他超越傳統散文的局限而帶有小說化傾向，即使是剖析自我心靈、展示其個性的自傳體散文中亦具有小說素質對散文創作的潛在影響。作者清楚地在序文中交代這是一本自傳性作品，然而卻不願意依循既有的自傳類作品的創作模式，而是有虛有實的刪修或增添：

> 當我為自己而寫作時，我相信「內容決定形式」。生活，有時候恰是小說，我就寫成一篇小說，如果存心寫成散文，就得從其中抽掉一些。生活，有時候恰是散文，我就寫成一篇散文，如果存心寫成小說，就得另外增添一些。[20]

　　每位作家都在試圖尋找那些已經在自己的內心放置了很久的東西，記憶對於一個人來說，具有無以倫比的精神塑造力，它使我們不斷地在往事中捕捉自己的影子，在現實中找到選擇的依據。人的記憶都是有限的，有些記憶內容經過時間的打磨，一部分已經失去了光澤，而另一部分還似乎變得熠熠生輝。為什麼呢？因為記憶能夠將價值儲存起來。生活的本身已

---

[20] 王鼎鈞：《碎琉璃》，頁9。

經賦予一些東西以精神的光芒。作者在這裡點明《碎琉璃》是「為自己」而寫作，既然為自己而作，則必與「我」的真實人生與過往記憶相關聯，但這種「抽掉一些」或「增添一些」的處理，便是藝術加工的必須。因為記憶和原始映象並不可能全然一致，它不會停留在一成不變的重複階段，而會對過去的原始映象進行改造生發。西方學者說記憶「與其說是在重複，不如說是往事的新生；它包含著一個創造性和構造性的過程」[21]，從這個意義上來說，「過去的不是被保留下來的，而是在現在的基礎上被重新建構的」[22]，為了對自己的童年記憶的選擇和重構，使故鄉的人事與溫暖的人情成為自我精神的載體，並在懷舊中實現精神還鄉的心理需要，王鼎鈞便對以往經驗的零碎材料進行了理想化的重新建構，使這些往事得到了新生。原本自傳性散文應以真人真事為主，王鼎鈞卻在散文創作的實踐中，進行合理的虛構。即使如此，並不違背散文的真實，因為作者是以小說的手法來表達自身的真實感情和觀念。

作者在意念形象化、視覺化的過程，乃充分發揮主觀的聯想、想像，將現實與想像、真實與虛幻、主觀和客觀有機地結合統一，創造出作品中的種種反常、變異和矛盾的視覺形象和畫面，達到準確而深刻地傳達思想、情感的目的。正如《碎琉璃》中的〈青紗帳〉、〈敵人的朋友〉和〈帶走盈耳的耳語〉，描寫作者少年在敵後參加游擊隊的所見所聞。作為散文，它們故事性較濃，介乎小說與散文之間，這些人物都帶著一種既實在又虛幻的特質，原應在故事中交代清楚的情節，在寫成散文後都蒙上了一層象徵的隱晦。當然，這樣的效果是以犧牲散文敘事的現場真實性為代價的，它更容易讓人傾向於閱讀一個虛構的小說故事。人們習慣把文學分為虛構與真實，實際上，這兩者之間很難找到分野，文學創作的真實性，不需要法庭式的判決，在證據缺席的情況下，一切取決於寫作的魅力，這才是取信於讀者的方法。當讀者透過作品看得到王鼎鈞的影子，寧可相信這是真實的故事，那麼作品便成功了。

作家的創作往往是植根於現實生活卻不受真人真事的限制，並在不違反生活本質的情況下進行藝術加工，為了作品的主題和情感表達的需要，散文是可以在一些細枝末節進行虛構，因此，散文的真實和虛構的

---

[21] 恩斯特‧卡西卡著、甘陽譯：《人論》（上海：上海譯文出版社，1985年），頁65。

[22] 法‧莫里斯‧哈瓦赫著、畢然與郭金華譯：《論集體記憶》（上海：上海人民文學出版，2002年版），頁71。

對立只是相對的，它們可以達到和諧的統一。黃偉宗在《文藝辯證學》中說：

> 虛構，是以誇張（包括想像、假設、幻想、擴大、縮小）來認識和反映真實的一種思維活動和藝術手段。[23]

在此界定的「虛構」更能符合散文寫作的要求。這是因為散文的虛構仍然受著真實性的制約，它必須以生活的真實為基礎，不能憑空捏造。散文寫作的目的在於通過某些人物和事件的片段描寫，表現作者的思想情感和認識，揭示生命的意義。因此，散文的虛構很少像小說那樣整體而全面，其虛構只能用在片段與適當處，而且要靈活使用，見機行事。成功的虛構是來自於作者對生活各方面的認識、感受和思考，是深思熟慮的結果，是水到渠成、瓜熟蒂落的產物，虛構也是為了對真實起著支持作用。

三、讀者與作者之間的醒醉互動

作家總是根據自己的生活體驗和情感牽掛來虛構他的世界，這種遠距離的投射會形成藝術形象的一切東西，在某種程度上，或明或暗地顯示個體生命真誠感悟的本相。創作中的藝術形象，常常不是對生活實景照相的實錄，而是透顯著作者主觀感受的心象，這種心造之景與生活實景的關係，是一種若即若離的關係，正是在這種似與不似之間，便營造了如飲酒般的醉夢迷幻的世界。正因為似假而真，似非而是，「其寄託在可言與不可言之間，其指歸在可解與不可解之會」（葉燮《原詩》），引人於冥漠恍惚之境，其迷離惝恍的絢麗折光，能強烈地吸引讀者去探幽訪勝。正如王鼎鈞所言：

> 生活是飲酒，創作是藝術的微醒。閱讀是飲酒。當讀者醉時，創作者已經醒了。當讀者醒時，作品就死了。[24]

---

[23] 黃偉宗：《文藝辯證學》（廣州：廣東教育出版社，2000年），頁111。
[24] 王鼎鈞：《碎琉璃》，頁9。

　　文學藝術的世界，是一個心靈的世界，創作者從生活中採擷原料，只有在心靈的充分釀造後，才能有藝術作品的產生。有人說，文學是虛擬而不可相信，卻不知文學恰是極致地搬演了人們生活的真髓，濃縮了生命的歷程。如何面對生命與愛的悲劇而詩意棲居？創作是重要的手段，正是藉助創作，正是在夢中迷戀著那難以實現的夢，也在醒著時候澈悟了現實的慘澹，在夢與醒之間飽嚐人世滄桑。生活是飲酒，我們總在醉與醒中往返，有了醉與夢，我們在清醒時所承受的一切苦難便有了存在的合理性，透過創作的真誠流露或想像虛擬，以一種半醉半醒的姿態繼續參與其中，於是被壓抑的願望得以滿足。王鼎鈞經歷了時代的苦難，在現實困境中，他藉助文學創作以慰藉和補償自己內心的苦悶，創作成了他曲折表達心聲的方式。然而，善醉者並不等於必醉，真正作家往往是醉夢的清醒者。「閱讀也是飲酒」，讀者為此而沉醉時，那便是作品自我實現價值的時刻。托爾斯泰說：「藝術的生活就是建立在人們能夠感受別人感情的感染這一基礎上的。」[25]當讀者潛入作品深處，同時也潛入了自己的意識深處。文學作品重在以情感人，文學鑑賞則重在以情相應。通過情感相互交流，讀者便能獲得豐富的審美享受。這便是作品的生生不息的價值。沒有讀者的參與，作品就無以發揮其思想、審美的力量，只有被讀者讀了，才能實現它所具有的價值。文學藝術的接受者通過對作品進行審美的認識與感受，才能建構起高層次的審美心理。讀者對作品的感受，有時會成為作者靈犀相通的知音，正如王鼎鈞在序文中提及讀者寄來的詩：

> 琉璃淚
> 吳剛枉伐月中桂
> 琉璃墜
> 一天彗星陳摶睡
> 琉璃碎
> 傷心只是琉璃脆。
> 看來他仔細讀過我的這本小書，我的含意他似乎懂、似乎沒懂。
> 我仔細讀他寄來的詩句，他的意思我似乎不懂，又似乎懂得。
> 讀者和作者的最佳關係，也許就在這似懂非懂之際、別有會心之時。

---

[25] 列夫・托爾斯泰：《藝術論》（北京：人民文學出版，1980年版），頁46。

　　文學作品的內在意義必須靠讀者自己去思索、發現、領會，意義並不是由作品單方面決定的，讀者也是參與意義生成的不可缺少的力量。王鼎鈞是以藝術的經營在創作《碎琉璃》，他期望讀者也能以文學藝術的心靈去品鑑欣賞，強烈地感受到作者最真摯情感的存在。「讀者和作者的最佳關係，也許就在這似懂非懂之際、別有會心之時」，指陳的便是藝術創作的若隱若現，欲露不露，正如袁枚《隨園詩話》所言：「有必不可解之情，而後有必不可朽之詩」[26]，明・沈際飛《草堂詩餘序》：「七情所至，淺嚐者說破，深嚐者說不破。」[27]作家利用醉與夢的內容和特點所進行彰顯個性的創作，而讀者必須能跳出對夢真實性的追尋，自覺地把它當成是一種特定的情感體驗和審美形式。當我們在解構創作的醉與醒的同時，它也給讀者照亮了夢醒之後的超越之路。

第三節　創作視角：自我的找尋與發現

　　王鼎鈞努力追尋現實和虛幻世界的對接點，化解的利器就是童年視角，透過兒童的眼睛來看世界。作品不僅蘊含著文化密碼，而且蘊含著作家個人的心靈密碼，因此，依據文本及其敘事視角，進行逆向思維，揣摩作者的心靈深處的光斑、情結，乃是進入作品生命的重要途徑。

一、童年經驗對創作的影響

　　文學中的私人記憶彌足珍貴，乃因為它的多樣性與神祕性。人生的記憶中最珍貴的有兩部分，即童年記憶與青春記憶。這不僅由於它們是記憶的原始在心中扎根深厚，而且還因為它制約著一個人人格的形成而影響一輩子。童慶炳說：

> 　　就作家而言，他的童年的種種遭遇，他自己無法選擇的出生
> 環境，包括他自己的家庭，他的父母，以及其後他的必然和偶然
> 的不幸、痛苦、幸福、歡樂……社會的、時代的、民族的、地域

---

[26] 袁枚著，顧頡剛點校：《隨園詩話》（北京：人民文學出版社，1960年），頁23。

[27] 明・沈際飛：《草堂詩餘四集・序》，見沈際飛編《草堂詩餘》（台北：臺灣中華書局，1971年11月，初版），頁1。

的、自然的條件對他的幼小生命的折射，這一切以整合的方式，在作家的心靈裡，形成了最初的卻又是最深刻的先在意向結構的核心。[28]

童年的記憶和體驗也決定了一個人日後發展的方向。記憶是情感發生的憑藉，是創作的所由，王鼎鈞《碎琉璃》的許多作品往往是從童年記憶出發，以童心去捕捉靈感、觀照世界、表現自我。與社會化的成年人相比，兒童的天性中更多的單純質樸，其重直覺的心理特徵，使他們更易於把握生活中詩意與美好，第一篇〈楔子 所謂我〉起段云：

> 我喜歡聽別人講述我童年時期的故事，猶如喜歡有人替我照相。[29]

童年是一個人生命中重要的發展階段，當一個人進行生命溯源時，他會一次次地返回童年和成長的歷程。世界最基本的圖像就是在童年的時候烙印到一個人的內心深處，如同複印機，一幅又一幅地複印在個人的成長記憶裡。童年的事自己能記住的可能不會太多，所以喜歡聽，也喜歡有人為自己照相留存。但聽別人說來也可能不真實，相片也可能散失，所以作者說：「我要尋找我自己」[30]，自我的尋找與發現，就是尋找創作之源——回憶，童年經驗存著深刻豐富的人生體味，是每個人所懷念的，所欲知道的，一直被藝術家所看重。〈所謂我〉提及有一個人向作家敘述「我」的故事：

> 我小時候喜歡種花，只喜歡一種特別嬌豔的玫瑰……這種花極難侍候，……這種花教人好不操心，人人都說寧願多養一個孩子，也不種這樣的玫瑰。可是我喜歡種，我為她憂晴憂雨，搬一張凳子整夜坐在她旁邊驅蟲，哭著要爸爸為她造一間玻璃棚。晴天把棚頂揭開，陰天蓋好。[31]

---

[28] 童慶炳，〈作家的童年經驗及其對創作的影響〉，《文學評論》，1993年第4期，頁59。
[29] 王鼎鈞：〈所謂我〉，《碎琉璃》，頁20。
[30] 王鼎鈞：〈所謂我〉，《碎琉璃》，頁20。
[31] 王鼎鈞：〈所謂我〉，《碎琉璃》，頁21。

　　在此玫瑰花有多重指涉：其一，如果從玫瑰本身來看，封閉的家鄉環境成為陶鑄作家純良性格的所在。玫瑰花是作家從小就喜歡的，她帶給人的感傷與她帶給人的力量一樣多。毋庸置疑，王鼎鈞已經賦予了大自然一種人化的性格。一個有真性情的作家，他善於從兒童的角度出發，以兒童的心靈去體會，以兒童的眼睛去觀看，展現著作家永遠的童心──對天地萬物始終滿懷著強烈的好奇心，隨時能夠和天地萬物交融的高貴品質，即使在大難來臨時，仍然懷著一份專注的好奇去關注玫瑰花。其二，玫瑰花在敵機巨大陰影掠過時依然盛開怒放，這象徵的作者在苦難中仍然苦壯的文學生命，也象徵痛苦的童年經驗比幸福快樂的童年經驗更容易產生深刻的記憶和強烈的感情體驗。對於戰爭，人的生命如此脆弱和微小，卻又如此堅韌和強大，文學作品之所以不朽便在於它留下了滋養它的時代烽烟，正由於它記下了誕生它的歷史內容。第三，作者童年時喜歡人人不愛種的花，且在全城人跑光了還守候著她，終於看到她奇蹟般的開放。這是一個明亮的洞口，可以直接通向作者的價值體驗、安身立命的本質。這朵花在烽火中開放，它同時修復了作者的肉體與精神的裂口，這意味著他對文學之花的執著，文學之花在苦難中帶給他的精神撫慰。文學不講功利實用，它卻讓人在苦難中仍可安身立命，但只有肯付出於其中的人才能有所收穫。

　　《碎琉璃》全書便是一個少年在回憶和漫溯，既有自足戀舊、美夢重溫的詩意營造，又有因戰爭所造成的人性扭曲、無常滄桑，更有管窺人世與人性時的質疑、迷惑、寬容的人間情懷，他讓我們在一個少年的稚拙、單純、不安、迷茫、渴望中，重塑了過往生活的多面性和多重性，其亦真亦幻的直覺感受，往往超越了個人的體驗。故鄉是童年記憶中詩性的存在，作者將這些記憶碎片藉著回憶這條線串起來，除了與讀者分享他部分的人生之外，也將那些打動他生命之中的美保留下來。這就是為什麼這部自傳書寫的絕大部分是作者童年和少年的回憶的原因了。這段時間雖然短暫，但卻是作者最珍視的部分，因此他不惜濃墨重彩地去描摹那些美好的片段。

二、「童年視角」之於創作中真實與虛構的影響

　　作品中獨特的敘述角度，往往會為文本帶來獨特的詩情。《碎琉璃》一書有幾篇是採用兒童的視角觀察世界，用兒童心靈去感受世界，透過了

純淨天真的眼睛，恢復了一個夢想的世界和一個遠離文明腐蝕傷害的心靈家園。「視角，作為一個敘述學的概念，是一部作品或一個特定敘述文本看待外部世界和內心世界的特殊眼光和角度，它是作者和文本的心靈結合點，也可以被視為小說語言的透視鏡或文字的過濾網」[32]。視角是作者觀看和講述的角度，視角也表現著作家的寫作立場。兒童對世界往往有著成人所無法俱備的直觀性和形象性，以兒童視角去看待成人世界，不僅可以使作品的事件真實可信，且用浪漫的童心消解了瑣碎生活的平庸，使作品呈現出一派生機。作者在全書中以一種綿延的調子舒緩地刻劃成長的經歷，那些記憶，經過了時間的過濾、薰染、沉澱，因而具有二種特別的光暈，一是具有赤子之心的真實，二是更富有想像力的虛構。

（一）更具有赤子之心的真實

兒童視角是一種相對單純、客觀的視角，孩子看到什麼就直接說什麼，這是一種直覺的再現，這種再現更顯有真實性。《碎琉璃》中有幾篇作品選取了生活中最具有暖意的一個橫斷面，透過兒童的視角，淋漓盡致地展現人間溫情和眷懷，如〈一方陽光〉中不解世事的兒子：

> 她放下針線，把我摟在懷裡問：
> 「如果你長大了，如果你到很遠的地方去，不能回家，你會不會想念我？」
> 當時，我惟一的遠行經驗是到外婆家。外婆家很好玩，每一次都在父母逼迫下勉強離開。我沒有思念過母親，不能回答這樣的問題。同時，母親夢中滑行的景象引人入勝，我立即想到滑冰，急於換一雙鞋去找那個冰封了的池塘。躍躍欲試的兒子，正設法掙脫傷感留戀的母親。[33]

作者寫出了當年一心只想到外面遊玩、設法掙脫母親的無知，這是未經世事的兒童本能的反應，而這種反應適足於表現出母愛的包容與偉大，對比今日母親離世的悲涼，對逝水年華的永久追憶，更顯遺憾與悲懷，足

---

[32] 劉春玲：〈論遲子建作品童年母題中的兒童視角〉，《哈爾濱學院學報》第30卷第2期，2009年2月，頁112-115。

[33] 王鼎鈞：〈紅頭繩兒〉，《碎琉璃》，頁57。

以引起人們心靈的共鳴。又如〈失樓台〉：

> 小時候，我最喜歡的地方是外婆家。那兒有最大的院子，最大的自由，最少的干涉。偌大的幾進院子只有兩個主人：外祖母太老，舅舅還年輕，都不願管束我們，我和附近鄰家的孩子們成為這座古老房舍裡的小野人。[34]

　　本文藉助兒童視角，勾勒出富有神話傳奇色彩的古老房舍形象，傳達出作者對故園的感受。渴望自由放縱是兒童的天性。在這裡保持了本真、自然、年少的生動鮮活的韻味，具有無窮魅力。

　　《碎琉璃》有幾篇散文都是成功地使用兒童視角，讀來真實而又深刻，他的童年生活是他創作的重要素材，童年生活戰爭的陰影，使他對周圍的世界具有敏感的觀察力和捕捉力。與其說是童年的經驗在作者的記憶中留下了刻骨銘心的印記，還不如說是採用時間上的返回視角兼空間上下沉視角更符合作者的敘事策略。童年視角的運用意味著敘事由現時返回過去時，從而獲得了隱含的歷史縱深感。童年尖銳敏感的直覺體驗讓作者可借神話的敘事直陳人類的生存境遇，並對成人日趨規整僵硬的話語世界產生解構效應。

（二）更富有想像力的虛構

　　兒童視角和遊戲精神密不可分，創作也是一種遊戲，投入遊戲者，必富有想像力，作品裡的形象只是塑造出來的一個典型符號，因此，作品在某種程度上是可以基於現實而進行虛構的。每個人的心中都有自己的鄉愁，也許經歷不同，但童年的經驗是每個人的本源，它將影響著每個人的一生，然而，童年記憶總像是一團霧，含有超現實的氛圍，以及感傷和甜蜜交織的原型意義。如〈瞳孔裡的古城〉描寫故鄉，然而少小離家的人，對於故鄉只記得顯著的事，大多數都只能成為「聽說」與「傳聞」，所以作者說：「故鄉，對於我，又進入傳說的時代！」[35]對於童年的故鄉的種種記憶，只能不斷模糊遠去。又如〈哭屋〉末尾：

---

[34]　王鼎鈞：〈失樓台〉，《碎琉璃》，頁80。
[35]　王鼎鈞：〈瞳孔裡的古城〉，《碎琉璃》，頁34。

　　　直到我離開故鄉，到大後方求學，誰也沒有再聽見鬼哭。也許
　　二先生已經回到墓園安息，也許他從下一代找到慰藉。後來，這座
　　空屋曾經傳出哭聲一事，就真的變成了傳說，變成了故事。[36]

　　〈哭屋〉本是一個真實的讀書人的故事，但最後卻成了傳奇。又如
〈紅頭繩兒〉寫的是作者一段因戰火而早凋的童稚初戀，校長女兒沒有清
晰的樣貌、沒有名子，留給我們的就只是一個可憐的單薄影子，一條髮上
的紅絲線，「紅頭繩兒」遂由人物的借代，一躍而為純粹稚嫩的美好希
望，心頭揮之不去的美感興發與幽微感動，從而帶出成長中的慨然，無遠弗
屆的思念，勾勒出在時空漂泊中，作者內心深處最柔軟的觸鬚。

　　由此可見這回歸童年與追蹤自我過往的寫作帶有極大的虛幻性，對於
童年的回望，永遠只能以模糊的方式進行虛構的補充和想像。作者在展
示歷史面貌的生動鮮活性上，其藉助的主要藝術方式是兒童視野，它標
誌一種全然不同於以往的觀看方式。兒童視角對於創作中的真實與虛構
特徵具有放大作用，王鼎鈞對於兒童視角的探索和實踐，推動散文藝術的
發展。

（三）「成人視角」與「兒童視角」相互滲透構成「複合視角」

　　《碎琉璃》每每描寫一個兒童眼中的紛繁的世界，總會夾雜作者深刻
的思索。雖然其中有許多篇章都是從兒童視角對童年往事的回憶，如〈一
方陽光〉、〈紅頭繩兒〉、〈失樓台〉，但同時作者也在作品中設置了一
個隱含的視角──成年的「我」的視角，使作品充滿了複調的意味，若純
粹以兒童視角為敘述視角的作品其實是無法達到深沉的真實度，在操作上
也不現實，因為兒童對事理認識是有限的，需要成人的理性加以修正。實
際中，兒童視角不可避免地包含著成人視角，成人視角巧妙地隱匿於兒童
視角後台，並不時地突現文本之中，深化兒童視界及其命意。兩種視角的
相互滲透、交互疊合便構成了「複合視角」。

　　兒童視角與成人視角不斷變化，敘述也就在過去與當下、主觀與客
觀、寫實與幻想中不斷穿行，作品中也就有了多種意蘊與多重話語並置。
從表面上看，這是一個回憶性文本，但卻遠遠超越了回憶。例如〈迷眼流

---

[36] 王鼎鈞：〈瞳孔裡的古城〉，《碎琉璃》，頁217。

金〉一文中，如那古城牆外的紅霞耀眼，使孩子們心醉神迷，常常迷路，被大人禁止卻總想涉足的桃林邊的自然美景，使讀者宛如進入了神話世界，當「我」登臨遠眺，觀看火紅太陽徐徐而下，震撼於這大自然的美，竟想從城牆上走下去，這其間獨特的感受和體驗，恐怕摻入了作者經歷人生滄桑後對最早養育自己成長的故園自然風物人情的眷戀，同時也是對現實處境的一種不足感的折射。他的回憶，是對童年的回憶，更是對永遠也回不去的故鄉的回憶。這對於普通人如是，對於流浪者更是如此。對必須永遠飄泊異鄉的流浪者來說，那份刻骨銘心的思念就會更深刻，因為每一個人的童年和故鄉都是唯一的，那是一種安全、安樂、光明和溫暖的感覺。他對童年的記憶充滿了感情，那些保留在記憶深處的、童年的細枝末節的種種都在他的回憶中一一呈現，並且因為他飽含深情的描述而閃耀著動人的光彩。他雖然迷戀於到故鄉的美，但無論怎樣的美，卻處處令人感到一份壓抑，一種深深的悲哀，成人視角的理性觀照，如一粒粒散落的珍珠，遍佈全文，拾撿起來，便呈現了王鼎鈞的思想。文中一段段的敘述，埋藏著作者人生不再、生命永劫輪迴的傷痛和焦慮。在那為賦新詞強說愁的少年背後，實際上一直站著一個歷經人世艱辛的人，他用自己的憂患意識講述了一個關於過去與現在的故事，是一個寂寞的靈魂懷著濃重的鄉情與憂患意識唱出年少故鄉的生命詠歎。這種成年視角是充滿理性的，充溢著一種成熟生命對人間冷暖的體證，及透過這種體證所顯現的對人類生命的理解，從而走向一種超越的精神高度。

第四節　藝術表達歷程：「有我」寄託入，「無我」寄託出

　　文學可以通過人與自然、與土地關係的詩意表達獲得新的自我確證與精神救贖，在〈楔子　所謂我〉描述，當空襲警報響起，當全城的人瘋狂的往野外逃生，「只有我，坐在小凳子上，憂愁望著那玫瑰。一架雙翼的偵察機在頭上盤旋……。」「可是那花，卻在偵察機巨大的陰影掠過時一口氣怒放盛開。」「花瓣像海浪一樣湧起……」，這一切，作者看得清清楚楚。這個故事是作家成長記憶中的一部分，在這個過程中儘管他可以選擇不同的講述方式，甚至講述出不同的版本，但所有的故事都和他的成長有關，每個人在走向強大的過程中都伴隨著孤單無助，在極端環境下的艱難求生都是生命中必須關注的狀態。

在《碎琉璃》，作者的童年故事往往夾著一個時代、一個民族、一個村莊的生活，童年作為個人歷史折射的是民族的一段共同的歷史，它為這段歷史提供了空間和時間的座標。童年的那個孩子成為這一段歷史的見證人。當空襲警報響起，當全城的人瘋狂的往野外逃生，「只有我，坐在小凳子上，憂愁望著那玫瑰，這時，兒童視角所包含的時間不再是個人性的，童年與民族歷史的相遇，使它變成了公共的時間，變成了歷史時間。在這裡，孩子是在歷史之外，客觀的觀看一幕時代的景象。

當他向牧師絮絮敘述那花怎樣在半分鐘做完兩個星期要做的事，聲音興奮得發抖。可是幾乎沒有人相信這樣的花開，幾乎每一個人都認為這孩子撒謊。當他被問：「告訴我，你到底有沒有說謊？」然而，作者一反「所謂我」，卻意外地說：

> 「你說的這件事，跟我毫無關係。你根本不知道我是誰，你在說另外一個人。」[37]

「我」的否認，是故事弔詭的焦點，所謂我就是非我，這是矛盾的情況。我們若能找出文本的矛盾與縫隙，從而能發現作者指涉的意義。這個故事說奇不奇，說可信又不可信，介乎虛實之間。「未嘗生我誰是我？生我之時我是誰？」人生在世，最難理解的就是「我」，別人眼中的「我」，只是外相，縱不膚淺也絕不真切，而自己眼中的「我」，雖較真切，卻也流於主觀。每一個人對自己究竟認識多少？瞭解多深？這個故事在現實角度來看是假的，但在心靈的層次上也許是真的。它或許是作者不欲明言的象徵，表現了許多難以言宣的意義，也許是寄託了作者的理想和願望。

〈楔子 所謂我〉敘述自己的人生，但卻充滿令人難以理解的奇異色彩，換言之，其中所描寫的人物對象既是現實的，又是虛構的，既是作者對自身的敘寫，又是從第三者角度的旁觀；既是自己生活的真實寫照，又是內心理想的超越性追求。三種要素融合無間，交互作用，催生了全書。

如果一個故事單純地追求奇幻，它觸動讀者的深度會喪失，因為大家

---

[37] 王鼎鈞：〈所謂我〉，《碎琉璃》，頁22。

知道它的虛幻後不會再產生深層思考，作者是以故事忠實記錄者的身分出現的，間接地對故事的真實性起到了旁證作用，他在從側面見證了故事真實性的同時，也在以一個知情人的身分強化著故事的深刻內涵。這個故事反映出一種創作思路，逆向思維，打破了人們意識中的順序性與當然性。逆向思維是求異思維，它是對司空見慣的似乎已成定論的事物或觀點反過來思考的一種思維方式，敢於反其道而深入地進行探索。文學創作規律告訴我們，作者在作品中的「我」，可以只是一種敘述視覺的表白，並不能與作者自我全然等同，事實上讀者又何嘗不可化身為這個「我」，從而使閱讀增添一種親歷感？這個故事結尾，已展現了全書的創作觀。正如清代常州詞家周濟重視讀者鑑賞的自我創發，而他對讀者鑑賞的重視，卻是建立在他對作者創作表現的體認上，其《介存齋論詞雜著》從文學創作的過程入手提出「有寄託入」、「無寄託出」之論：

> 初學詞求有寄託，有寄託則表裡相宣，斐然成章。既成格調，求無寄託，無寄託，則指事類情，仁者見仁，智者見智。[38]

　　周濟從自己的創作經驗和批評觀點出發，將詞的創作過程視其程度深淺，分為「有寄託入」和「無寄託出」兩階段。第一是初學階段，要在心中自覺地樹立寄託意識，即有所為而發，有所感而寫，有思想感情的積蓄，力求有寄託，並把它融化到創作的過程中去。接下來，要在創作中先學習如何使用寄託之法，如借物託情、指東說西、言在此而意在彼，惟其如此，才能達到主客合一，物我交融，詞作的外在語言、表現方法與內在的思想意蘊相契合。因為作品有表層的顯意和深層的隱意、作者本意，能由表意通向本意方能謂之「有寄託」。第二階段，當作者已能熟練地掌握「有寄託」之法，就要努力追求「無寄託」的創作方式。所謂「無寄託」，並非真的無寄託，而是超越具象，不落言詮，要把特定的寄託轉化為具有廣泛涵蓋性和更大包容性的意蘊，經得起讀者多角度思考，從而產生多樣的解讀，所謂「仁者見仁，智者見智」，給讀者接受的再創造的發揮提供了廣闊的天地，也符合了文學含蓄的美感特質。

---

[38] 周濟：《介存齋論詞雜著》，「學詞途徑」條，見唐圭璋編《詞話叢編》（台北：新文豐出版有限公司，1988年2月），頁1630。

〈楔子 所謂我〉故事末尾，王鼎鈞否定那是自我的經驗，強調這件事情跟他毫無關係。作者通過了這樣一個故事，同時也詮釋了扉頁的題辭：

> 一箇生命的橫切面，百萬靈魂的取樣。

它的意義乃在於釐清文學上的「我」和現實上的「我」並全然等同。唯有不把文學上的「我」膠著在現實的「我」上面，才會把《碎琉璃》看成僅僅是「一箇生命的橫切面」，但作者真正期望的是它成為「百萬靈魂的取樣」。《碎琉璃》與大多數自傳不同的一點，就是王鼎鈞他從來沒有把自己當做主角，他只是一個觀察者、記錄者、感受者，他要以自己的筆，寫下了他曾經經歷過的時代。王鼎鈞他要強調的是，文學創作的人物形象都只是一個代號，當一個人的一生形成了他「個人的歷史」，只有千千萬這樣的「個人歷史」的真實，才能組成整個民族和國家的歷史真實。虛構不是目的，他是要通過虛構而創造出讓人感到真實的故事，藝術作品不必追求所涉及和反映的歷史是否真實，而是要透過一種文學藝術所需要的虛構，進而逼出存在的真實。

第五節 跨文體視野下的再造與深化

一、文體意識的越界

傳統文學理論對於散文小說或詩歌的那些條款的定義，當能喚起作家們的文體自覺意識，這對於文學創作技巧的成熟以及作品的推介傳播和接受都是有益的，但是，在文學創作技法日益成熟，語體實驗翻新的二十世紀，文體理論意識反而限制了文學創作的視野，因此，跨界的衝動，取代了傳統意義上的文體意識，影響了近年來台灣的創作潮流，《碎琉璃》所體現的試圖溢出散文框架的特點，體現了王鼎鈞在文體意識方面的新突破。正如論者所說：

> 鼎公是用寫劇本態度來寫散文，他抓住了事件戲劇性而摒棄了戲劇過分緊張的結構；他用寫小說的技巧寫散文，著眼於人物的動機和行為而摒棄了小說的「放大」手法。於是在系列散文裡，從容

之中有嚴密，簡短之下有餘韻，精練之內有變化，別具一格，讓人玩味。[39]

　　從文學角度說，對於一種文學形式的探索是永無止境的，而在探索的過程中，其探索的深度往往取決於一種文體侵入另一種文體的探度，文體之間的試探或靠攏，也許是一種有意的探尋。王鼎鈞的創作心態自由開放，敢於出位越界，其散文兼容並蓄了許多表現手法，尤其是小說技巧的滲透，使得散文的構思傾向於情節化，描寫細膩、傳神，形成了一種多元的美感，縱橫捭闔，汪洋恣肆。

二、結構伏脈的營構企圖

　　《碎琉璃》一書作者顯然有結構上的企圖，全書皆以第一人稱作為故事的觀察視角和敘述者，使讀者得以進入敘述者的內心世界，拉近了與讀者的距離。他使讀者聯想到自己類似的人生經歷，感同身受而生共鳴。第一篇〈瞳孔裡的古城〉寫他祖先來到那塊土地，最後一篇〈在離愁之前〉寫自己離開那塊土地，有開頭、有結尾，其間雖然事件獨立，但卻有一條伏脈連串著，息息相關。《碎琉璃》十五篇故事看似散亂，其內裡卻有一條線索牢牢地前後連綴成為一完整結構。篇篇皆以「我」為線索，將人物事件貫穿，一篇表達一個主題，每一個主題都有一個或兩個跌宕起伏的高潮，讓讀者知道作者的人生經歷。十五篇散文，看似各自獨立，其實前篇的內容與背景又會成為後續下一篇的第二次審美的對象，因此在全書中的意象與人物看似紛繁複雜，但其實都是聚焦在當年成長遭逢戰爭的背景。對作者而言，他是在回憶，是在觀照自己過去與現在的精神世界。王鼎鈞是用一種藝術營造的方式在講述自己的前半部人生，他講述別人的故事，但其中卻有自己人生的影子。同樣，讀者在閱讀時也可以直接面對作品本身，純然地為其中的人物的命運、巧妙的情節所吸引、感動，無論是否可以將《碎琉璃》界定為自傳體散文，都掩飾不了他在創構中流動的個人情緒與個人身影。

---

[39] 尤厚雄：〈故事　人性　詩化——王鼎鈞散文風格論〉，《長江大學學報》第34卷第7卷，2011年7月，頁23-25。

結語 透過虛實相生之筆，從一己映現時代歷史

散文寫作極具個人的主觀色彩，作家用自己的眼光來審視世界，用自己的體驗來感悟宇宙人生，用自己的話語來表達所思所感，作品處處可見作家獨特的藝術追求。從《碎琉璃》可見，王鼎鈞的成長自傳是從非常細小的角度來揭示歷史的，他否定了對歷史宏大的敘事方式而代之以微觀敘事，這些微觀的方面包括個人的身心成長歷程以及成長所處的日常生活環境。

文裡與文外，現實的真與藝術的真，總是讓我們困惑與探尋。且不論他筆下的人物與故事是不是真的，實際上，這人與事在作家記憶復現的過程中已被心靈化、藝術化了，都已表現了許多意義，都已證明了成功的虛構給作品帶來妙不可言的魅力。

《碎琉璃》的寫作已為一般的自傳或回憶錄寫作，突破流水帳的記載或作者個人叨叨絮絮的自述或內心的獨白、夢囈的表達方式，開拓翻新了一條坦途。並且集自我深度、社會經度與歷史緯度的三維藝術時空的實力，使得這本僅有十五篇的散文集得以由個人經歷而走向集體記憶。對時代的審視和人性的關懷始終是王鼎鈞觀照世界聚焦不變的視點。在歷史視域中考察人的存在則使其作品具有厚重深廣的底蘊，《碎琉璃》以童年的眼光作為一種敘事視角成為王鼎鈞把人文觀點嵌入歷史視域的特殊手段。童年總像是那一團霧障，含有超現實的氣氛，飽含了對事物理解上的詭異性，感傷與甜蜜交織的原型意義。尤其王鼎鈞的童年有著刻骨銘心的生存體驗，有著魂牽夢縈的生命狀態，加上他對過往的回顧和懷舊並不是浮光掠影，是具有深刻的理性的反思，超越的昇華，因而《碎琉璃》的思維，一方面是對故鄉的情感依戀，一方面是對現實的冷靜審視和理性反思，全書保存著時代和個人的記憶，使我們可以觸摸到曾經有過的歷史，透視出曾經鮮活地脈動著的內心世界。我們終究理解，歷史就是這樣，以一種不可預測的方式纏繞著個體的生存，影響著個體的成長，甚至制約每一個人的人生和命運。

第二章　戰爭前哨與游擊群性的憶往書寫
──《碎琉璃》的生命意蘊

　　每一部經典的產生，都是在歷史流變的進程中一再被確立價值與進行認可，它總是歷久彌新，永遠如初生般的生動，《碎琉璃》就是這樣的一部經典。在「人生三書」出版之後，王鼎鈞表示再也不以這樣的內容與模式來創作了，《碎琉璃》是他第一本為自我而寫的自傳性散文[1]。《碎琉璃》以其抒情與敘事的身世之感而與「人生三書」清明的指引、理性的哲思迥然不同。

　　《碎琉璃》全書的敘述方式是一種獨特的詩性與小說的語言，他將這些記憶碎片藉著回憶這條線串起來，除了與讀者分享他部分的人生經驗之外，我想他更願意用文字來抒情，並且將那些打動他生命之中的美保留下來。這就是為什麼這部自傳書絕大部分是作者童年和少年的回憶的原因了。這段時間雖然短暫，但卻是作者最珍視的部分，因此他不惜筆墨、濃墨重彩地去描摹那些美好的片段。雖然是個人的回憶，但是個人的故事並不多，他是通過自己的眼睛之窗、心靈之窗感受周遭的一切：他周圍的人、物、季節的變化、命運的流轉，也包括他的親人與朋友的遭遇。作品是作者思考的結果，閱讀作品，也是在思考作者的思考，我們可在《碎琉璃》中見到作者如何透過虛化自傳與出位之思，遂以「一箇生命的橫切面」為基點，逐漸展布成為「百萬靈魂的取樣」，於是個人化的感情便轉化為生而為人的基本焦慮，成就了作者對於人類整體命運的關注和思考。

---

[1]　王鼎鈞〈新版《碎琉璃》後記〉說：「民國六十五年，一九七六年，我在元旦之夜做了一次深刻的反省，決心擺脫職業，專心寫作，掙開多年以來顧此彼的矛盾，那時我對我的專業已極疲倦。」見《碎琉璃》（台北：爾雅出版社，2003年6月），頁268。

第一節　家園的失落與復歸

一、故鄉是童年記憶中的詩性存在：用精神守望瞳孔裡的古城

　　童年的記憶對每個人來說，都有一些難忘的東西，留存、積澱在個人的經驗中。每個人的心中都有自己的鄉愁，它們或許經歷不同，但童年的經驗是每個人生命的本源，它將影響著每個人的一生。《碎琉璃》第一篇〈瞳孔裡的古城〉便透過兒童視角勾勒出富有神話傳奇色彩的古城形象，傳達出作者對故鄉家園的眷戀、嚮往和摯愛：

> 　　故鄉是一座小城，建築在一片平原沃野間隆起的高地上。我看見水面露出的龜背，會想起它；我看見博物館裡陳列在天鵝絨上的皇冠，會想起它，想起那樣寬厚、那樣方整的城牆。祖先們從地上崛起黃土，用心堆砌，他們一定用了建築河堤的方法。城牆比河堤更高，把八百戶人家嚴密的包裹藏在裡面。從外面仰望，看不見一角牆垛，看不見一根樹梢。[2]

　　王鼎鈞用靈動的筆寫下了對於生於斯長於斯的故鄉所做的一次意味深長的抒情特寫，這分對故鄉的愛何其深沉！已帶給我們極大的家園想像與心靈震撼，並引發我們對故鄉綿綿不絕的文化沈思。每個人的故鄉所在地不同，風物民情也不同，傳說故事也不同，但每個人對故鄉的愛與懷念卻是相同的，這份故鄉之愛也是無可取代的。正因為無法永遠留在自己的故鄉，因此他學會了把故鄉放在心中，永遠保留在記憶深處：

> 　　我並沒有失去我的故鄉。當年離家時，我把那塊根生土長的地方藏在瞳孔裡，走到天涯，帶到天涯。只要一寸土，只要找到一寸乾淨土，我就可以把故鄉擺在上面，仔細看，看每一道摺皺，每一個孔竅，看上面的生鏽痕和光澤。[3]

---

[2]　王鼎鈞：〈瞳孔裡的古城〉，《碎琉璃》，頁24。

[3]　王鼎鈞：〈瞳孔裡的古城〉，《碎琉璃》，頁24。

　　對於王鼎鈞這樣一位永遠離開自己的故土，並且失去曾經擁有一切的流浪者來說，回憶，是惟一可以回到故鄉的方式。我們就在作者洞悉人生、澈悟人性的引領下，穿越時空的屏障，走進了生命深處的一種平靜與寬廣。他在對故鄉傳承下來的文化認同與依戀中生發一種精神力量，這是人的生命價值的基點和返回其家園的路徑。於是「家園」具有兩種意義，一是蘭陵故土與家園，二是指作家心靈寄寓之所，即幾千年的中國文明積澱下來中國人的精神與文化之根。在王鼎鈞的作品中，這兩種意義的家園總是疊合在一起。「家園」，不僅僅是故鄉故園，它是一種對自然的執著，是塵世間精神的寄託。家園對人類來說具有特殊的意義，我們不可能永遠留在故鄉，它最終只能成為每個人心靈的歸宿。當我們在物欲橫流、噪鬧喧嘩的現實生活中感到徬徨失落之時，有一個願望便是尋找那失落的家園與淨土以求哪怕是片刻的安寧。所以他說：

　　　　故鄉是一個人童年的搖籃，壯年的撲滿，晚年的古玩。……[4]

　　故鄉既然是搖籃，成年之後的我們又怎能再回到搖籃？他也說過：「中國是初戀」[5]，故鄉若是初戀，又怎麼再回到初戀？人生是一道告別的減法，今日的鄉愁已成了作家晚年珍藏的古玩，容許自己在無事靜坐時拿出來摩娑一番。故鄉在多年之後，已經成為一種符號，代表他曾經擁有過的許多美好的東西。許多美好的東西流逝，再也不可復得，此情可待成追憶，懷鄉已成為一種對人生反省的方式。家園情結之於王鼎鈞是一種獨特的心理現象，幾十年來一直伴隨著他的情感起伏，家園情結在給他帶來孤單、寂寞、心靈失落的同時，也為其帶來自由、清醒和局外的空間，賦予他鮮活的靈感和獨特的視角。

二、樓台轟然倒塌，童年戛然而止：失樓台下傾頹的傳統

　　「樓台」表達的思想內容非常廣泛，主要是因為樓臺亭閣承載著滄桑歲月的歷史內涵，構成了思接千載的獨立空間，激發了人們的生命意識。

---

[4]　王鼎鈞：〈瞳孔裡的古城〉，《碎琉璃》，頁25。
[5]　王鼎鈞：〈反映一代眾生的存在〉，《東鳴西應記》（台北：爾雅出版社，2013年1月），頁56。

〈失樓台〉篇名取之於秦少游〈踏莎行〉：「霧失樓臺，月迷津渡，桃源望斷無尋處」。在秦詞筆下的「樓台」並非實指而是象徵，象徵一個他想要追求的崇高境界，然而，在大霧中他找不到了。而王鼎鈞〈失樓台〉的「樓台」既是實指，也是象徵。描寫外婆家由四合房圍繞著中間的一座堅強的碉堡。這個飽含情感記憶的「空間」，該如何描摹；細節的力量該如何呈現；如何讓自己的情感透過空間描寫的細節暗示，讓讀者理解，這是王鼎鈞〈失樓台〉帶給我們的示範和聯想。

> 小時候，我最喜歡的地方是外婆家。那兒有最大的院子，最大的自由，最少的干涉。偌大幾進院子只有兩個主人：外祖母太老，舅舅還年輕，都不願管束我們。我和附近鄰家的孩子們成為這座古老房舍裡的小野人。一看到平面上高聳的影像，就想起外祖母家，想起外祖父的祖父在後院天井中間建造的堡樓，黑色的磚，青色的石板，一層一層堆起來，高出一切屋脊，露出四面鋸齒形的避彈牆，像戴了皇冠一般高貴。[6]

童年時代的王鼎鈞惟一的遠行經驗是到外婆家，在這裡有他童年時代最大的自由與自在。童年的他就有敏銳的觀察力，對樓台的外型面貌與歷史，都用心做了紀錄。這是外祖父的祖父親手建造的高樓，樓台為何要高築呢？是為了防阻所有的小偷、強盜、土匪入侵。由外祖父的祖父開始，一代一代的家長夜宿在樓上，監視每一個出入口。輪到外祖父當家的時候，土匪攻進了這個鎮，即使土匪包圍了家園，要他們投降，但外祖父把全家人遷到樓上，帶領看家護院的槍手站在樓頂，支撐了四天四夜。土匪的快槍打得堡樓的上半部盡是密密麻麻的彈痕，但是沒有一個土匪能走進院子。而舅舅就是在槍戰的最後一夜出生，這個生命的吶喊讓土匪決定放過這家人而撤退。

在此，樓台是象徵祖先胼手胝足辛苦建立的托身之所，自然代表著祖先勇敢和刻苦精神的化身，而整個中華民族就是在這種精神的維護下綿延數千年並且生生不息，所以說樓台也可以視為中國的象徵。曾經輝煌的古國，形象雖依舊巍峨，卻如老樓台一樣已處處敗朽，會塌為一堆碎磚似乎

6　王鼎鈞：〈失樓台〉，《碎琉璃》，頁80。

是必然的。但樓台崇高的精神不滅，只是荒蕪，正如國家和土地不會消失滅亡，因為燦爛的文化淵遠流長、祖先的精神永遠長在。

> 等到我以外甥的身分走進這個沒落的家庭，外祖父已去世，家丁已失散，樓上的彈痕已模糊不清，而且天下太平，從前的土匪，已經成了地方上維持治安的自衛隊。這座樓惟一的用處，是養了滿樓的鴿子。自從生下舅舅以後，二十幾年來外祖母沒再到樓上去過，讓那些鴿子在樓上生蛋、孵化，自然繁殖。[7]

　　王鼎鈞不在書寫上直攻那時代的、歷史的喪亂的原由，只從一個小男孩，一座樓台的興起和荒廢凋零，見證一個時代的滄桑。這樣的寫法含蓄又寬闊，也富深邃詩意。樓台的失落，是表象；但這表象若聯結著中國的時代苦難和離散命運，就蘊涵著深意。

> 外祖母經常在樓下撫摸黑色的牆磚，擔憂這座古老的建築還能支持多久。磚已風化，磚與磚之間的縫隙處石灰多半裂開，樓上的樑木被蟲蛀壞，夜間隱隱有像是破裂又像摩擦的咀嚼之聲。很多人勸我外祖母把這座樓拆掉，以免有一天忽然倒下來，壓傷了人。外祖母搖搖頭。她捨不得拆，也付不出工錢。[8]

　　畢竟這個家庭也傳承了好幾代了，高樓已太老太舊，也無法再支撐多久，很快就要倒塌了。但這戶人家既沒有錢修樓，更沒有錢拆樓，只能站在高樓的陰影裡擔心。里長一再勸外婆說：「這座樓確實到了它的大限，隨時可以倒塌。說不定今天夜裡就有地震，它不論往哪邊倒都會砸壞你們的房子，如果倒在你們的睡房上，說不定還會傷人。」「這座樓很高，連一里外都看得見。要是有一天，日本鬼子真的來了，他老遠先看見你家的樓，他一定要開炮往你家打。他怎麼會知道樓上沒有中央軍或游擊隊呢？到那時候，你的樓保不住，連鄰居也都要遭殃。早一點拆掉，對別人對自己都有好處。」樓台在此具有雙重意義，物質意義上的樓台因年代久遠無

---

[7]　王鼎鈞，〈失樓台〉，《碎琉璃》，頁81。
[8]　王鼎鈞，〈失樓台〉，《碎琉璃》，頁82。

可奈何地被毀滅，但精神意義上的樓台也必須在亂世與戰爭陰影中被毀滅而隕落。王鼎鈞以破舊的「樓台」意象流露出強烈的無常與無奈的生命體驗，貫穿著他對人世滄桑與歷史文化的思考，基調深沉凝重。

當時，眼睛裡有憂愁、為未來煩惱的都是「大人」。外婆、舅舅、里長，大世界在變動，大人有各自的擔心和盤算；但這高高的樓台，卻在一個小男孩的眼睛裡，被清晰而純粹的保留下來，透過對老舊樓台的銘記，實現了對家園情結的建構和向心靈故鄉的回歸。所以，王鼎鈞在敘寫時，執意把自己留在前青春期，一個若有所知又懵懂無知的模糊年齡上，刻畫了這個樓台在當年的自己心中的印象，並且傳達出這個樓台在時空中曾經的存在和不得不傾頹的深意。

> 雲層下面已經沒有那巍峨的高樓，樓變成了院子裡的一堆碎磚，幾百隻鴿子站在磚塊堆成的小丘上咕咕地叫，看見人走近也不躲避。昨晚沒有地震，沒有風雨，但是這座高樓塌了。不！他是在夜深人靜的時候悄悄地蹲下來，坐在地上，半坐半臥，得到徹底的休息。它既沒有打碎屋頂上的一片瓦甚至沒有弄髒院子。它只是非常果斷而又自愛地改變了自己的姿勢，不妨礙任何人。[9]

樓台終究倒塌了，是自己傾倒，不需任何外力逼使，它已完成了自己的歷史使命，間接傳達了作者他對生命的落幕的思考。這一切，都源對於生命的起落規律的了然，從而達成了與生命的和解。在此，作者以一個孩子的視角，關注了這個傾倒的、腐朽的高樓，讓我們看到他眼中天真世界的破碎和浪漫想望的幻滅，甚至讓我們窺視到了整個世界的精神荒原的景象。樓台的失落是時代病癥。這家園本應是可以提供給人們安全和溫暖的所在、讓我們放心歸屬的生活世界，然而在戰爭的年代，家園成了敵人佔領區，在時代變遷和戰爭苦難中幸福、安適之感早已被沖銷得七零八落、破碎不堪。流露出人們對生存困境的文化焦慮和精神漂泊。樓台本身，在這樣的書寫裡，成為一個隱喻。樓台傾頹，永遠回不去了，王鼎鈞的童年，王鼎鈞可以和家鄉有關的一切聯繫，也如同這傾倒的樓台般，永難回歸。

9　王鼎鈞，〈失樓台〉，《碎琉璃》，頁85。

《碎琉璃》初版之時，台灣仍未解嚴，兩岸對立隔絕，還鄉還是一種奢想；於是「失樓台」在王鼎鈞筆下，是一種永遠不可復歸、無法被解除的鄉愁；他只能用最精細的記憶和描摹，為自己銘刻一段童年歲月，一個容他留駐的空間。「樓台」這一個支配性印象，是一種身世的隱喻，牽動一塊生命記憶，一種因為失去而來的領悟和理解。但在尋找失落家園的同時，王鼎鈞通過藝術與行動賦予樓台新的意象。失樓之悲，並不是寂滅絕望，而是在體證天道生滅的過程中使精神得以歷練而獲得新生。如同當下中國其他群體的焦慮一樣，在家園失落的普遍焦慮中正存有重建家園的期許，尤其是中國的知識分子、年輕的下一代應自覺擔負起特別的責任。建構精神家園是消解悲劇意識、安頓漂泊生命的方式。外祖母對即將離家前往大後方的舅舅說：

> 你記住，在外邊處處要爭氣，有一天你要回來，在這地方重新蓋一座樓……。
> 你記住，這地上的磚頭我不清除，我要把它們留在這裡，等你回來……[10]

樓台，猶如盛開在古老時代的嬌艷的花，隨著時代變遷、造化弄人，她們的人生也如同夕顏一般凋零。但是，當花朵凋零卻化作春泥，形成一種事物的延續和一個生命的重新開始，令人充滿期待、希望。如果願意虔誠地去守候，塌落的殘磚碎瓦不僅是用來凋零破敗，也同時在有意向人們傳達一個美好的期望和一個完美的結局。一位母親把責任和教訓傾注在兒子身上，依著門框，目送他遠去，期待他爭氣、成器，有著文化傳承使命而自覺重建家園。內斂的感情鬱結一種濃烈的復興再生的期望。母親相信有一天兒子終將回到故鄉，她要守在這裡等著孩子回家，因為家園故土是遊子永遠的精神歸宿。然而，在戰亂的年代，很多期待與許應都將成了虛妄。

> 以後，我沒有舅舅的消息，外祖母也沒有我的消息，我們像蛋糕一樣被切開了。但是我們不是蛋糕，我們有意志。我們相信抗戰會

---

10 王鼎鈞：〈失樓台〉，《碎琉璃》，頁86。

勝利，就像相信太陽會從地平線上升起來。從那時起，我愛平面上
高高拔起的意象，愛登樓遠望，看長長的地平線，想自己的樓閣。[11]

遺憾是一種摻雜著企盼與失落的心境，企盼與失落的事與願違它所表達的
感情是豐富複雜的，是王鼎鈞在外部社會飽經人世風霜以後對舊家園的回
顧與留戀。他通過描寫自己的流亡歷程以及頓悟，表現了失落與幻滅的情
緒。在尋找失落的家園的過程中，王鼎鈞也展現了對人們生存狀態的關注
和命運沉浮的追問，這種對生存困境的思考，正是他的家園情結的拓展和
延伸。

在遭遇了家園敗落的變故之後，他會以怎樣的心態回望失落了的家園
和他那段失去的童年歲月？樓台是王鼎鈞童年詩意樓居之地，樓台的重建
也體現了老百姓的家園意識。「他們相信抗戰會勝利，就像相信太陽會從
地平線上升起來」，每個人都在等待抗戰勝利的那一天到來，登樓等待，
一天天過去，就會覺得好日子也一寸寸地移近。最壞的時代，也是最好的
時代；絕望的時代，也是希望的時代；失望的冬季，也是收穫的秋季。破
壞與重建、送舊與迎新交鋒碰撞，產生的是希望的火花。那個時代的人們
被拋進深沉且持久的不安狀態，只能把期待寄望於抗日戰爭之後，相信等
到戰爭勝利的那一天，一切都可以變好。

第二節　夕暉下的生之迷惘：年少眼中瀰漫的亂世蒼涼與時代悲感

在〈迷眼流金〉作者登城觀夕暉，紅光耀眼的夕陽，使他心醉神迷，
常常迷路，被大人禁止卻總想涉足的桃林，與風景形成互動關係，加入
自己對生命價值的體悟，表現出自己面對人生的姿態，對內心世界的深入
挖掘。

王鼎鈞強調他家住在古城的西隅，晚霞映紅的地方便是他的家。住在
城西，不在城東，讓他看見的永遠是夕陽黃昏，不是雲霞海曙。「有些東
西已深入我的骨髓肌理，使我的人格起了變化。」[12]他喜歡在天氣好的傍

---

[11]　王鼎鈞：〈失樓台〉，《碎琉璃》，頁86。
[12]　王鼎鈞：〈迷眼流金〉，《碎琉璃》，頁42。

晚時候出門西行，站在古城的西牆放眼看去，「西天出現了落日晚霞，非等到那鮮麗的天幕褪盡顏色，你不忍離開。你會把那一片繽紛一片迷茫帶進夢裡，再細細玩索一次」[13]，他常常在風景中尋找自我的心靈，溫馨如畫的夕陽晚照讓他體驗到了人類最深刻的審美感受，但同時日暮西山的悲涼氣氛又吻合了黯然神傷的情愫。王鼎鈞生在這種血與火的時代，夕陽的境界是神祕幽遠的時間與空間的構成，實現了善感的心靈與時代氣氛的契合，這加深了他的悲劇體認。

> 一旦登城西望，你會看見何等遼闊何等遙遠的田野。你會有置身大海孤舟的哀愁。你需要一點興奮或一點麻醉，落日彩霞就是免費醇酒和合法的迷幻藥。晚年的太陽達到它最圓熟的境界，給滿天滿地你我滿身披上神奇。……一天結束了，而結束如此之美，死亡如此之美，毀滅如此之美，美得你想死，想毀滅。那時，我從暮靄中走下城牆，覺得自己儼然死過一次。[14]

那高聳的城，是他在現實中可以尋找特殊的生命情懷的客觀空間。當「我」登臨遠眺，觀看火紅太陽徐徐而下，震撼於這大自然的美，一如感受到死亡之美。這其間獨特的感受和體驗，恐怕摻入了作者經歷人生滄桑後對最養育自己成長的故園自然風物人情的眷戀，同時也是對社會環境的一種不足感的折射。夕陽情緒是作者審美情趣與藝術心理的一種自然流露，按其情緒體驗的具體內容，反映了他低回傷感的情緒。這類情緒又以心理層面上的顯隱之別作為一種記憶情緒而構成固有的心理模式。以年少迷離之眼來觀賞風景，融入了個體獨特的感受方式。

一方面當時的王鼎鈞開始接觸新文藝作品，常從小說和新詩裡面去找苦悶、徬徨、絕望，「這些作品使我回味在落日殘照裡嚐到的毀滅的美。使我通體酥軟，不能直立，數著自己滴血的聲音數秒。殘照迴光強化了這些作品的效果，使我渴望那些作品所描寫的乃是我的生活。」[15]那是一種自憐幽獨、為賦新辭強說愁的年少蒼白，以獨特的虛無殘缺的審美觀和陰鬱的蒼涼感出現在王鼎鈞心中。他甚至以為：「幸福似乎是庸俗的，受苦

---

[13] 王鼎鈞：〈迷眼流金〉，《碎琉璃》，頁36。

[14] 王鼎鈞：〈迷眼流金〉，《碎琉璃》，頁36。

[15] 王鼎鈞：〈迷眼流金〉，《碎琉璃》，頁38。

才有詩意和哲理。活著是卑微的，一旦死亡，就會使許多人震驚、流淚，舉出美德來做榜樣表率，或者誇張死者未來的成就，痛惜天忌英才。」[16] 死亡作為一種具體存在的個體生命消亡的現象，作為人類心靈與精神上難以釋懷的彼岸情結，具有文化傳達的豐富內涵，具有審美觀照的永恆主題。通過閱讀文本品味小說中自覺不自覺流露出的死亡意識，感受亂世情懷，思考死亡和生命的真正意義。迷惘的感受正是那個年代「迷惘的一代」的蒼涼意識，咀嚼人生的沉重與迷惘——感傷主義傾向，它在那時代已形成一種潮流，王鼎鈞亦不可避免受其影響。他不知道那種悲劇美感的出口為什麼會對自己有如此大的吸引力，渴望立即跳進那條河，渴望立即走入那個出口。他知道那是一個黑暗的通向死亡的出口。「死亡」的渴望和「夕陽」意象以其獨特的審美特徵被作家用以抒發自己的人生領悟。因為在那個苦難的時代，他的苦悶有一部分是在深沉的歷史感的背後展示著廣闊的文化背景。

> 　　我從來沒有描繪過自己的遠景，我最害怕聽到的字眼兒就是「未來」。我常想，在這生命如同草芥的年代，最好能夠有機會轟轟烈烈化成灰燼，省掉以後無窮的慌張麻煩。
> 　　那年代，我看不出自己有什麼出路，從沒有人告訴我們年輕人還可以有別出路。我意識到惟一的出路就是「死」。[17]

　　在戰亂的年代，人總是有一種無法跟別人傾訴的內心寂寞與孤獨，性格內向的王鼎鈞變的更多愁善感，小小年紀，便懂得人是寂寞的，時常感受到莫名的悲哀。這種傷感主義創作傾向有它的現實基礎。憂患意識體現的是一種社會責任感和歷史使命感。王鼎鈞受到所處時代的影響，有對社會時局的憂患，對兵民疾苦的憂患，對個人身世的憂患，還有對祖國命運的憂患。王鼎鈞憂患意識的產生是社會現實和自身遭遇在他身上的映射。悲劇的意義不僅在於展示某種價值的破碎，更重要在使人們看到一種更高的價值力量；悲劇精神不是生活的形式而是生活的真理。由於社會政治的變化，人的心態、審美趣味以及審美意象，都發生了顯著變化。風雨如磐

---

[16]　王鼎鈞：〈迷眼流金〉，《碎琉璃》，頁38。
[17]　王鼎鈞：〈天才新聞〉，《碎琉璃》，頁175。

的社會現實，又使他過早地成熟、過多地鬱鬱寡歡，他始終在迷惘和困惑
中探索人生。籠罩在如夕陽餘輝裡的戰亂流離，讓年少的內心低吟淺唱著
一曲曲哀歌。悲觀與迷惘的思想在他的作品和人生中都扮演著十分重要的
角色。他的內心世界，代表了大部分的知識分子在社會動蕩不安時代下的
共同心理。

第三節　情愛的覓求與依歸：最初的溫暖與永恆的銘記

一、「一方陽光」裡母愛的溫煦

　　在北方的四合房裡，冬天的陽光極為難得，只有在晴朗的天氣，只
有在中午時分，陽光才能從房門裡照進來，但是陽光不是一大片地陡落，
而只有小小一方，在堂屋的當明處畫出小片溫暖的天地，也因為四合房的
陰暗寒冷，主房門口的這一方陽光尤為可貴，發生在這方陽光裡的故事，
就是王鼎鈞對於成長與故鄉最明亮的記憶了。當這方陽光照進了正房的
時候，也照進了文本，驅散了前文的陰暗。母愛正如一方陽光，是作家
乃至我們每個人的生命中最和煦的溫暖，撫慰著愛子，帶給他成長的力
量。老家四合房天井中的一方陽光使母親的意象得以顯現，母親使一方陽
光更為溫馨，二者互為表裡，這一線陽光便是母愛光輝的象徵。正因為
對故鄉愛的深沉，對母親愛的深沉，作者才欲言又止，曲折地從背景與環
境的角度來揭示生命的歷史。母愛是遊子心靈最柔軟的部分，正如論者
所言：「〈一方陽光〉更是以天井中的〈遊子吟〉，說明母愛如何把惡夢
中撕心裂肺、傷害靈魂的無數琉璃碎片，變成了反射人性光輝的『碎琉
璃』」。[18]一方陽光便是作者對母親最深刻的記憶，全文是藉著那一方陽
光烘托出母愛，讓它成為文本的一方戲劇舞台。

　　　　現在，將來，我永遠能夠清清楚楚看見，那一方陽光鋪在我家
　　　門口，像一塊發亮的地毯。然後，我看見一只用麥秸編成、四周裹
　　　著棉布的坐墩，擺在陽光裡。然後，一雙謹慎而矜持的小腳，走進
　　　陽光，停在墩旁，腳邊同時出現了她的針線筐。一隻生著褐色虎紋

---

[18]　章亞昕：〈論王鼎鈞散文創作的文體學背景〉，《華文文學》2009年3月（總第92期），頁54-57。

的狸貓，咪嗚一聲，跳上她的膝蓋，然後，一個男孩蹲在膝前，用心翻弄針線筐裡面的東西，玩弄古銅頂針和粉紅色的剪紙。那就是我，和我的母親。[19]

　　亮麗的陽光，小腳的母親，男孩，狸貓，針線筐裡的古銅頂針和粉紅色的剪紙，構成了民國時期北方人家最平常的生活場景。簡簡單單的環境描寫，卻讓我們一下子就置身於當年的情境當中，通過這些詞語的推敲，我們的心就能跟作者慢慢融合。瑣事中見一往情深，原來生活的偉大與珍貴，醇厚與動人，也就點點滴滴地滲透在這份平常裡，對平凡人而言，平常就是一種幸福。然而，這段文字已不止是日常生活場景的寫實，這是要表現在與母親共有的世界裡才能得到的溫暖。在這裡，「我」、「貓」、「母親」構成了一個溫馨自足的桃源世界，似乎在親情的安適中已足以讓人暫時忘卻外界的混亂，生命的苦難在母子親情、人與貓的和諧中被消解了。只要「我」仍繼續陪在母親身旁，只要「貓」的故事仍繼續流傳，就能支撐母親在困境中仍無畏地走向前去。

　　　　如果當年有人問母親：你最喜歡什麼？她的答覆八成是喜歡冬季晴天這門內一方陽光。她坐在裡面做針線，由她的貓和她的兒子陪著。我清楚記得一股暖流緩緩充進我的棉衣，棉絮膨脹起來，輕軟無比。我清楚記得毛孔張開，承受熱絮的輕燙，無須再為了抵抗寒冷而收縮戒備，一切煩惱似乎一掃而空。血液把這種快樂傳遍內臟，最後在臉頰上留下心滿意足的紅潤。我還能清清楚楚聽見那隻貓的鼾聲，牠躺在母親懷裡，或者伏在我的腳面上，虔誠的唸誦由西天帶來的神祕經文。[20]

　　在動亂的年代還能刻畫出這一幅溫馨和諧的的生活圖卷，不能不說是作者心靈深處尚存那永難銘忘的一方陽光的溫暖了。童年的美好記憶總會成了成長後抵禦現實侵壓的精神力量。平靜尋常的生活是人生的尋常經驗，人人可以感受，卻也最難形之於筆墨，但王鼎鈞卻寫出了一種既平凡

---

[19] 王鼎鈞：〈一方陽光〉，《碎琉璃》，頁49。
[20] 王鼎鈞：〈一方陽光〉，《碎琉璃》，頁49。

又溫暖舒暢的感受。作者把抽象的對溫暖的感受，通過表情、動作、環境的變化而具體表現，作者在這裡如此細膩地鈎勒與描寫，與其說是承受陽光的舒暢與快樂，毋寧說是承受母愛的美好與歡樂。人間天倫之美，如冬日晴天的陽光，悠悠地從作家筆尖逸出，暖暖地灑在母子倆身上，也暖暖地灑在讀者心頭。你我看到的是一個靜止的、永恆的定格畫面，一個母親所擁有的東西是那樣簡單，一方陽光、一個兒子、一隻貓，但對她而言已經豐足，她已擁有了全世界。王鼎鈞以非常輕柔的筆觸寫出了在小小的一方陽光裡所受到的如冬陽般母愛的溫煦。貓舒適的鼾聲是無可奈何的「許送，不送」，踏不了回去天國的歸途，成為只能繼續安存於此的理由，生命中的無可奈何、無能為力，母親心中的悲涼之感不也如此嗎？

> 在那一方陽光裡，我的工作是持一本三國演義，或精忠說岳，唸給母親聽。如果我唸了別字，她會糾正，如果出現生字，——母親說，一個生字是一隻攔路虎，她會停下針線，幫我把老虎打死。漸漸地，我發現，母親的興趣並不在乎重溫那些早已熟知的故事情節，而是使我多陪伴她。每逢故事告一段落，我替母親把繡線穿進若有若無的針孔，讓她的眼睛休息一下。有時候，大概是暖流作怪，母親嚷著：「我的頭皮好癢！」我就攀著她的肩膀，向她的髮根裡找蝨子，找白頭髮。[21]

詩一樣精煉的語言，便勾勒出幾個剪影，幾幅畫面，將母子相親的形象推到讀者面前，持續渲染了一方陽光的明媚溫暖。且加入了簡單的對話，可以使敘事的文本產生戲劇性特徵。在這裡，母親關愛著兒子，也享受著天真的兒子愛的回報，母子倆在這方陽光裡各得其樂，溫和舒緩的筆觸反而更加突顯了母愛。

> 母親說，她在夢中抱著我，站在一片昏天暗地裡，不能行動，因為她的雙足埋在幾吋的碎琉璃渣兒裡面，無法舉步。四野空空曠曠，一望無邊都是碎琉璃，好像一個琉璃做成的世界完全毀壞了，堆在那裡，閃著燐一般的火焰。碎片最薄最鋒利的地方有一層青

21　王鼎鈞：〈一方陽光〉，《碎琉璃》，頁50。

光，純剛打造的刀尖才有那種鋒芒，對不設防的人，發出無情的威嚇。而母親是赤足的，幾十把琉璃刀插在腳邊。我躺在母親的懷裡，睡得很熟，完全不知道母親的難題。母親獨立蒼茫，汗流滿面，覺得我的身體愈來愈重，不知道自己能支持多久。[22]

　　夢中的母親即使赤足於那一片閃爍著燐一般的火焰且鋒利的琉璃尖刀裡，仍然不畏懼，只是擔心孩子的安危。琉璃象徵了母愛的充沛，也象徵了母愛如琉璃般純淨無暇。因為戰爭，「一個琉璃做成的世界完全毀壞了」，母親溫馨美好的世界雖然被打碎了，但卻碎得刻骨銘心，蕩氣迴腸。性本堅硬的琉璃雖然碎了，但它所折射出的陽光卻依然璀璨耀眼，同樣，母親的愛也沒有破碎，一如永恆的陽光，在碎琉璃的橫切面上，一如既往地閃耀著奪目的光芒。母親的愛是溫柔的，輕拂在每一個遊子的心中，但是當一代又一代的母愛集結在一起的時候，這看似柔弱的愛就變得堅韌無比，具有堅不可摧的力量。於是，我們可以從已碎的琉璃中，取樣出一個生命，一個世界的橫切面，放在眼前看、心中讀，我們可以清楚看到，琉璃事實上並沒有碎，它已經令多的人，更多百萬靈魂感動於那個時代的人性悲歡。

　　〈一方陽光〉全文一開始從陰暗寫起，結尾處更墜入了碎琉璃噩夢的陰慘境界，在前、後暗色調的映襯下，高潮處的一方陽光被突顯得格外溫暖。在〈一方陽光〉展現的理想亮色和生活底色之間，我們可以看到人性的單純與複雜，生活的燦爛與殘酷。正如陰影總是伴隨著光明一樣，在美好、燦爛的人性中，也常常湧動著殘酷、黑暗的潛流。這就是人生，人的存在是一種悲劇的存在，這不僅表現在具體的人生命運上，也呈現在宇宙運行的規律上，美好的擁有並不能永在長存。然而只要心中有愛，生命在一片黑暗中仍有其根基。母愛，是人性中最柔軟最令人感動的部分，它以血緣為紐帶，具有天然的親和力。當一個人在脫離了母親保護與更廣大的世界建立起聯繫的過程中，總是會遇到各種挫折，這些挫折逐漸摧毀了他對和諧的世界的期待，也恰恰是在這種失望中，關於母親的回憶便成了永久性的回憶，作者在失去了母愛的呵護之後才真正地體認到母愛的寶貴。

---

[22] 王鼎鈞：〈一方陽光〉，《碎琉璃》，頁50。

　　　母親在那一方陽光裡，說過許多夢、許多故事。

　　　那年冬天，我們最後擁有那片陽光。

　　　她講了一個夢，對我而言，那是她最後的夢。[23]

　　作者不但文筆細膩，而且在短短幾句的描述中便具有時間事件發展的動態效果，也往往在一刻間便扣人心弦。「我們最後擁有那片陽光」、「那是她最後的夢」，兩個「最後」重複強調，彷彿令人感受到戰爭的殘酷，和骨肉分離、生命無常的悲哀。這個「最後」二字，也令讀者驚心動魄。當生活瑣事也許不再是日復一日，當它成了生命中的「最後」一次時，我們當如何呢？人生要碰到的事情很多，但並不是每一次都可以再繼續，再延伸。人生中每一次的「發生」，不但是上天的邀約，也是上蒼的恩典。〈一方陽光〉全文從一開始淡淡描寫至最後一段母親理智割捨親情、放手讓孩子遠行的話，反而強化了母愛的感情，像是猝不及防地在讀者的心口上重擊，使人淚水潰堤。

　　　「只要你爭氣，成器，即使在外面忘了我，我也不怪你。」[24]

　　天下又有哪一位母親會真正毫無記掛地放手讓羽翼未豐的孩子飛到遠方而不回來呢？但放手卻是必須的，沒有人可以把孩子留在身旁一輩子，當孩子一心嚮往脫離家庭，作母親的即使心中有百般不捨，也只能放手，期望子女能夠出類拔萃，有所做為，在社會上有立足之地，對家國有所擔當，即使兒子必須遠離，也是甘心。在離開故鄉、離開母親的歲月裡，母親最後的話一定經常悠悠地在作家心中迴蕩，童年的母愛永遠成了過去的回憶，成了王鼎鈞生命中最美好的回憶。這個時候，母親的形象才在自我的意識中上升到至高無上的高度。母愛最深的根源不在其理性思索中，而是在其天性本能中。世界上只有母親的愛才是真正無私的，是博大而自然的，並且是不附加任何前提條件的。她愛你，只因為你是她的兒子或女兒，不是因為任何其他的原因。她不要你任何的回報，只要你爭氣成器。母愛是無私，是尊重，帶著關心，帶著期盼，也帶著深沉的包容。〈一方

[23]　王鼎鈞：〈一方陽光〉，《碎琉璃》，頁50。

[24]　王鼎鈞：〈一方陽光〉，《碎琉璃》，頁58。

陽光〉中的母親形象留給讀者的不僅是單純的感動，更有深深的敬服和震撼。文本的細枝末節處，往往就蘊藏著一個豐富的世界，不是有心人，就難以發現它。

　　母愛不僅是一個文化問題，更是一個人生命存在的基本問題。母親是子女第一個憑直覺就能辨別出來的人，他獲得世界的最初信息就是從母親那裡獲得的。人的生命是一個由無意識到有意識、無獨立意識到有獨立意識的發展過程，而這轉化過程中，人的根基與生命意義是在母愛的磁力場中實現的。換言之，母親對於兒女不僅僅是我們普通觀念中的一個人，更是一個世界，一個他（或她）的生命賴以存在和發展的世界，一個生存的伊甸園。每一個人都是在母親的呵護下生存發展的，和母親的互動是生命中最早也是最基礎的存在形式，並且依照與母親的聯繫方式建立了與整個世界的對話，以向母親表達自我的方式表達自我。王鼎鈞與母親的關係是一種完全和諧的關係。這種和諧的關係將永久留存在他一生的意識與無意識之中，形成了他與母親割不斷的聯繫。承沐母親的養育之恩，卻無緣報答春暉親恩，王鼎鈞寫作〈一方陽光〉時，用心調動了他最出色的寫作才華來回報母親。意象、故事、戲劇、夢境、象徵等多種藝術手法被揉入散文文本，處處可見作者的匠心。王鼎鈞《碎琉璃》一書的創作理念在全書扉頁上的一段文字已透露出端倪：

　　　　一箇生命的橫切面，百萬靈魂的取樣，獻給　先母在天之靈，
　　以及同樣具有愛心的人。

　　他把這段話寫在全書如此醒目的開端必然有其深意，因為那是他全書創作的根基。人生在世，決定了人有使命要完成，不但對自己和家人，還有國家社會。他要為愛而寫，他要把自己的母子親情拓展為大我之愛，從自我觀照，進而開拓視野關懷大千世界。

二、一條「紅頭繩兒」牽引出因戰火而早凋的童稚初戀

　　青春有哪些特別的滋味？戰爭時代的青春又有什麼不同的感受？王鼎鈞在〈紅頭繩兒〉中寫出了他對青春、對生命的一些獨特的印象和體驗。在青春歲月裡，擁有「心動」的感覺，一種青春的詩意、生命的詩意。如

果說愛情是一種語言，那麼初戀一定是最美麗的辭藻。這種純潔的感情沒有任何其他添加的成分，就是我喜歡你，簡單、純粹、真誠。初戀是人類最早接觸的愛情，它純美、青澀，無論歲月如何流逝，對方的模樣永遠清晰如初，這種描寫會引起多少人感情的共振，在多少人的心田激起層層漣漪、陣陣波瀾！

> 校工還在認真的撞鐘，後面有人擠得我的手碰著她尖尖的手指了，擠得我的臉碰著她紫的紅頭繩兒了。擠得我好窘好窘！好快樂好快樂！可是我們沒談過一句話。[25]

　　鐘聲引發了小男生和紅頭繩兒的邂逅。因為那口鐘，可以讓小男生接近他喜歡的紅頭繩兒。這是破題，一口古鐘引出了整個故事，一條紅頭繩兒則引出了一段青澀而朦朧的戀情！淡淡的喜歡，偷偷地愛戀，相信每個人都有這樣的經驗，而這樣的經驗，通常發生在小時候，生澀害羞的顏色總是鋪滿見到心上人的每一秒鐘。每天只要偷偷瞄上他（她）一眼，感受心臟強烈敲打身體的衝擊，一整天的原動力就飽滿的，有時甚至開口和他（她）對上一兩句話，就會開心到覺得全世界在對我們微笑。這段內容表現了每個人在年少時期，初次接觸到異性時，所激發出來的那一份快樂，而這份喜悅是那麼單純、青澀，沒有加入任何想法與念頭，只因為在「我」和女孩的第一次接觸中，臉碰著她紫的紅頭繩兒帶給小男生的感覺，是如此的美好，以至於上課時隨後進教室時，小男生情願遲到被記名字，也要「落在後面，看那兩根小辮子，裹著紅頭繩兒，一面跑，一面晃盪」，紅頭繩兒就此一路晃啊晃，晃進了情竇初開的少男內心世界，再也不曾離開過。

> 如果她跌倒，由我攙起來，有多好！[26]

　　小男生喜歡跟在紅頭繩兒的後面，守護著她。只想走在她的背後保護對方的純摯；只期望對方能健康幸福的活著，寧可放棄與她之間可以溝通

---

[25]　王鼎鈞：〈紅頭繩兒〉，《碎琉璃》，頁66。
[26]　王鼎鈞：〈紅頭繩兒〉，《碎琉璃》，頁67。

的唯一一線。真正無私的愛，不就是這種希望去照顧對方，去付出而不求回報嗎？為了讓她得到幸福和快樂，你會無止盡的去付出。愛一個人不一定要擁有，因為你是從她的幸福上去建構自己的快樂和幸福，這才是愛的本質，一種可愛又可貴的情操。深情的懷舊，原是美好的恍惚，這一段童稚之愛，雖然只是單戀，但是在王鼎鈞的記憶裡，便再也不曾離開過。因此當鐘埋人散，不知女孩有沒有收到那封信，唯一能保有的，也只是腦海中一條細細的紅頭繩兒。「紅頭繩兒」不只是男主角對女孩的稱呼，也是他令他觸動心神的生命記憶，甚至是童稚之愛與最初悸動的永恆象徵。在作者的記憶中，女孩的形象既模糊又不完整，只有女孩的紅頭繩兒給人留下了深刻的印象。於是，「童年的夢碎了，碎片中還有紅頭繩兒的影子」，是感傷，也是回憶，整個故事的主題，在此呼之欲出。

　　初戀，對於未曾涉足這個溫柔鄉的少男少女，是神祕無比的幻想曲。因為它是情竇初開時的第一次對異性愛的體驗；初戀是強烈的，因為它是愛情積聚的爆發，是青春力的點燃。初戀是純潔的，因為它一般還未染上世俗的汙斑。初戀是苦澀的，也是刻骨銘心的。雖然兩小無猜純真的戀情由此表露無遺，可惜當時的背景是在無情的戰火波及，臉紅心跳本應是小男生心動的回憶，但其中卻已交雜了身處在生死交際的恐懼絕望中。全文的結局是鐘埋人散，但在故事裡我們卻見到了最純真無私的愛，一段因戰火而早謝凋零的童稚初戀，即使過程艱辛但是卻也歷久彌新。

　　文中的小女孩生死未卜，而她的父親與男主角需要多大的勇氣來接受失去紅頭繩兒的事實，說不定在遙遠的另一個夢境的國度裡紅頭繩兒依然活著。然而夢幻和現實是難以劃分的，也只能藉著夢的開啟為此生留下永恆。「紅頭繩兒」已由校女兒的借代，一躍而為神祕的象徵，象徵兩小無猜的戀情，純粹稚嫩的美好希望，心頭揮之不去的美感興發與幽微感動，生命中的弔詭與辯證，因果際遇的錯綜複雜，帶出心搖神馳、念茲在茲的思念，勾動出在時空流轉中，內心深處最柔軟的觸鬚。

　　當初戀已成往事，當埋在心底的盒子被打開，當歲月的滄桑寫滿曾經令自己無比癡迷的記憶，當最是難以忘懷的心事被重新提起，〈紅頭繩兒〉讓我們見到真愛的極致。是怎樣的一種機緣，才能把一個人的思緒重重包圍在對另一個人的思念之中，甚至能超脫心靈的桎梏，讓愛情飛翔在無際涯的宇宙？讀這篇文章，是讀青春，也是讀生命中不可避免的遺憾。

容或有憾，但卻無悔，因為遺憾的本身就會教會我們珍惜，珍惜生命中的
每一場緣會。

第四節　時代嬗變下的價值迷思與出處抉擇

　　在人類社會發展中，在思想嬗變劇烈的時代，一些知識分子面對社
會矛盾和衝突，思想迷惘徬徨，如何自處，如何實現人生價值成了他們努
力的方向。〈哭屋〉便向我們描述了這樣的一個如何取捨的感人故事。一
位二少爺 為了考上進士，懸梁刺股的日夜苦讀，但在考試後期，倍感疲
勞，精神渙散，回到家後，抱頭痛哭。絕望之後決定再次奮發向上，然而
第二次的考試仍然重蹈覆轍，令他無法自拔，最後吊死在書房中。但他的
怨恨與遺憾並未因此而消失，反而佇留在他刻苦念書的書房，每夜傳出悲
憤而令人毛骨悚然的哭嚎，再加上接連而來的兩場喪事，讓進士第成了間
活生生的鬼屋，最後進士第已幾乎被大火吞沒。直到作者到了那個地方讀
書，聽三少爺的教導，而當作者朗誦到一句詩句時，嚎啕聲又再度重回耳
中，三少爺最後又在此處建了新的書房，也沒再聽見鬼哭。

　　〈哭屋〉中二先生因為未及進士第，活著哭，上吊自盡後做鬼還哭。
書房歷經戰火，化為廢墟，當他聽到熟悉的唐詩，哭聲又起，全文籠罩在
悲涼陰鬱中。這個聊齋式的傳奇反映了一個讀書人的靈魂被時代套上鎖枷
極難擺脫的現實困境。這個被科舉制度壓得死死死的讀書人，一生都為了
一個進士名號忽略他真正要的是甚麼。中國讀書人大多承繼了儒家「立
人」、「立名」的傳統，二先生也不例外。二先生從小被大家封做神童，
很早就中了舉人。他最大的願望是和他父親一樣中個進士，他認為中了進
士才算是真正的讀書人。故事圍繞著二先生的讀書應考展開，其中處處透
露著他對父親的抗議。雖然父子無休止的爭執來自於對科考上的行處分歧
的背景（父親拒絕其科考舞弊），但他們的人世、出世觀的不同應是二者
矛盾的根本所在。老進士於亂世之際，毅然放棄榮華富貴歸於田園，自得
於鄉鄰的愛戴，是中國傳統讀書人功成名就、在濁世中保持高潔情操急流
勇退的生存觀。二先生希望像他父親一樣中個進士，卻絕不願意做個像他
父親那般獨善出世的讀書人。可見在二先生的理念中，真正的讀書人必須
是積極用世，在亂世中也絕不放棄對功利的追求。二先生因科舉制廢除理
想無法實現，他突然失去活下去的依憑，面臨到「死還是生？」的抉擇，

甚至在死後也不得解脫。二先生亡靈的不絕哭聲，代表的是千百年來許多知識份子共有的痛苦和寂寞。他們曾有昂揚鬥志，有著接受挑戰的勇氣與信心。他們曾經都是積極的入世者，懷著強烈的改造社會與造福人類的願望，但因為時代的變遷，讓他們格格不入於現世，進退失據，成了自我哀憐的「零餘人」。

　　怎樣才是真正的讀書人？不合時宜存大道？適時變通為俊傑？在這裡我們可以透過老進士、二先生和三先生三人的不同表現來觀看知識份子選擇歸屬的差異。文中的老進士，選擇了退隱，減輕了矛盾衝突的悲劇力量，老進士的歸隱卻並不意味著消極出世。從表面看，是其拒絕請槍手造成了二先生的悲劇，但老進士的內心悲痛絕不會少於二先生。二先生死後，老進士獨立梧桐樹下聽亡魂哭聲的淒清悲槍，他的孤獨寂寞，他對兒子的關切愛護與對人生理想的執著追求又何嘗低於二先生？在他身上較完全地體現了一個傳統讀書人的複雜情感，從而引發讀者、作者的共鳴。

　　出生書香門第的父親當年是陪著皇上作詩的老進士，所以二先生自小就發了願，要考中進士，讓自己家門的「進士第」更加名副其實。可是，在最後一次對科舉考試志在必得的拼搏之前，他決定結束自己的生命，把自己吊死在書房裡。從此，每當夜晚來臨，西風把院子裡的梧桐葉吹得嘩嘩響的時候，書房裡總有哭聲和著傳出。二先生把自己關在書房裡哭了一輩子，死了仍然執著的哭。直到日本人的戰火燒毀了威嚴整齊的進士第，燒掉了鮮花烈火的光耀門楣，也燒死了傳統讀書人厚重歷史的驕矜，二先生的哭聲不見了，「好像它也經不起戰火的煎熬退藏到九泉之下，就像我們在逃難的時候，戰戰兢兢地躲在蘆葦裡面，把自己的家讓給槍聲砲聲連天的殺聲，即使蘆葦外面已經沉寂下來，我們這些躲在裡面人還是不敢聽見自己的呼息。」[27]

　　　　我來的時候，這一切化成了灰燼，只有書房前面的這棵梧桐樹還帶著全盛時代的光澤，象徵一股艱苦支撐的生命力。三先生也不再是一位儒雅瀟灑的紳士。[28]

---

[27] 王鼎鈞：〈哭屋〉，《碎琉璃》，頁210。
[28] 王鼎鈞：〈哭屋〉，《碎琉璃》，頁208。

　　三先生是二先生的弟弟，不知道有沒有考過進士，他必須擔負家庭重擔時就是天下大亂時，「每天要應付土匪的警告、漢奸的勒索和自己家庭生計的困難」。可他心裡到底是有著讀書人的承擔的。院子的老梧桐樹下，他抽著水煙，遙想著家族故久年深的隱秘心事，慢悠悠地向少年吟誦：「夜深忽夢少年事，夢啼妝淚紅闌干。」二先生的哭聲消失很久了，有一天卻被求教於三先生的「我」聽見了。那時「我」正在吟誦〈琵琶行〉。只聽見風聲樹聲之外另有一種奇怪的聲音：「那並不是呻吟而是一個人想哭、但是又堅決不讓自己哭出來。他殘酷地約束自己，就像是熔爐約束火紅的鐵漿。」[29]三先生聽了作者的敘述，在老梧桐樹下想了好久。他想起哥哥日復一日地讀書，讀成了哭鬼。科舉制廢除了，祖上進士第的榮耀，到了這一輩，徹底地毀了。二先生已經死了，但他必需要面對如此多的變化。王鼎鈞從他至死不休的哭聲中，想像他的內心世界：他「想一個人受盡學問的虐待還必須服從，想進士第的劫後餘燼裡可有一枚鳳凰蛋，想梧桐葉落盡後怎樣再生」[30]，這些設想都融入了二先生在世時理想未竟的眷戀。這分眷戀由他的弟弟也就是三先生來傳承。三先生請來了工人，要把房子改成學屋，教本族的子弟讀書，仍然努力地為薪火相傳的事業而努力，三先生相信「儘管科舉廢除了，孔孟之道是永存的」，文化精神是永存的，「進士作古了，二先生也作古了，真正有學問人離開了人間，可是他，這個後死者，手裡還握著一把種子，撒下去，老天會讓它長出來。」[31]這念頭是一種對文化之根的守護與傳承，這是艱難的決定，因為進士第已無餘財，但為了一份對文化之根的信仰，三先生仍然堅持免費教孩子們讀書。

　　　　在他的眼睛和聲調裡面，根本沒有時代的苦難，他家藏的典籍
　　　文物好像根本沒有焚燒，那些東西本來就存在他心裡，是戰火所不
　　　能摧毀的。[32]

　　戰爭的年代，像三先生這樣的鄉野先生，儘管接受傳統時代的陳腐，卻是學童最後的老師。彼時的公立小學正進行著「奴化教育」，學生每天

29　王鼎鈞：〈哭屋〉，《碎琉璃》，頁213。
30　王鼎鈞：〈哭屋〉，《碎琉璃》，頁216。
31　王鼎鈞：〈哭屋〉，《碎琉璃》，頁216。
32　王鼎鈞：〈哭屋〉，《碎琉璃》，頁209。

早上要向著東方三鞠躬，以示對天皇的尊重。三先生說的「孔孟之道是永存的」，或許不僅僅指那些遺老舊人保守的陳規舊習，更指千百年來綿亙的民族精神與文化。在亡國的氣息頹喪人心的時候，三先生在戰亂與生計的焦頭爛額之外，他仍然要教導學生們從傳統的中國的文化裡保存中國人的精神，延續孔孟之道與仁義精神。如果說二先生是追憶過往，是末世王朝淒淒慘慘戚戚悲歌的餘音，那麼三先生竭力想教孩子們守住永存的孔孟之道，在國將不存的氛圍裡堅持做一個中國人，生命超越價值最終得到高度升華。

> 　　有時候我走進那個從前叫做書房的大烤箱中，踐踏碎瓦，看牆上煙熏火燎的痕跡，想想一個讀書人的靈魂如何被時代套上鎖枷。對一個人而言，讀書是如此重要，又如此可怕，古往今來，有多少讀書人在他自己的書房裡哭過，然後把自己吊死，只是，他們的哭沒有聲音也沒有眼淚，他們也不需要一根真正的繩子。[33]

　　二先生的哭聲只出現過一次就從此消失，或許他已心無缺憾，他的故事從此成了傳奇，也像個無句號的故事，等著更多的讀書人替它提筆寫下更多的後續，且就算到了現今，很多人仍然在身上套上枷鎖。小人物的悲劇命運並非僅限於官僚欺凌等社會外在原因，同時還有自身固有的內在性格或思想。其中，因循守舊、不思變通的思維模式是釀成他們悲劇命運的內在原因。作者再現「小人物」保守思想和不知應變性格的目的，在於通過對人物靈魂的拷問，把他們從沉睡中喚醒，不要成為時代悲劇的犧牲品。悲劇人物性格中的執著精神貫穿一生，他甘冒自然生命被毀滅之險去追求自身超越價值，並在與異己力量的鬥爭中始終堅持自我，在抗爭中展示出超凡的生命力，直至生命被毀滅亦不改初衷。時代在轉換，不變的是我們都要學習去接受時代的變化，去適應新的環境。我們不能選擇身在哪個時代，每個時代都有它的制度存在，制度是一種指示的規範，同時也是一種桎梏和枷鎖，或許循規蹈矩的遵守是對的，但從中鑽些縫隙出來也未嘗不是一種超越與跳脫。

　　王鼎鈞有不少散文都寫到了懲罰和毀滅的主題，描繪了傳統文化、傳統心理在時代裂變之際時對人心造成的壓力和痛苦，雖然令人悲哀和無

---

[33] 王鼎鈞：〈哭屋〉，《碎琉璃》，頁209。

奈，但痛苦無疑是除舊布新、新陳代謝、時代前進之途中所必須支付的代價。就像《昨天的雲》中的瘋爺、《情人眼》中〈最美與最醜〉的美麗娘娘、《碎琉璃》〈哭屋〉中的二少爺，這些特立獨行的人，都因為時代的更替，不知變通、不能適意，而表現出一種異於常人的姿態，用這種不合流俗的姿態委婉地表達了內心的反抗和對過往的留戀。不論是古樓的變遷與坍塌，二少爺書房的荒廢，二少爺靈魂傳說，我們都可以看到，那些曾經是過去的榮耀與憧憬，然而在巨大的時代變遷當中，傳統的崩落，也造成了人們內心難以言說的苦痛，在這種人生的透視和歷史的顯影中，無不蘊含著王鼎鈞對新舊交鋒時人們出處抉擇與立身之道的理性思考。

第五節　高粱地裡演繹的人性史：青紗帳裡潛隱的欲望、罪惡和黑暗

〈青紗帳〉寫出了北方人們在高粱地中的生活場景以及游擊隊胡亂作為的人性面貌，好色的游擊隊中隊長陷害村中年輕寡婦，終至逼到寡婦自殺的故事。對表現人的內心深層世界、反映現實生活中的各種圖景更有它獨特的藝術魅力，更重要的是著力體現人性之井的黑洞意識，將人性之惡張揚到了極致。

稍稍熟習北方風俗民情的人，當然知道這三個字——「青紗帳」，「帳」字上加「青紗」二字，很容易令人想到那幽幽地、沉沉地、如煙似霧又深不可測的氛圍，自然而然就會想到北方的夏季，那大氣磅礡的青紗帳，一碧萬頃、如牆似壁的高粱地。高粱是北方的農產植物中是具有雄偉壯麗的姿態，它不像黃雲般的麥穗那麼輕嫋，也不是穀子稻穗垂頭的委靡，而是高高獨立挺拔，昂首在毒日的灼熱之下，周身碧綠，滿布著新鮮茂密的生機。

> 高粱比任何軒昂的大漢還要高，汪洋遍野，裡面藏得下千軍萬馬。這季節，日本兵躲在城裡擦砲，不敢出門，游擊隊趁機會縱橫四方，從一片無涯無際的植物海裡漂游而上，潛隱而去，無所不至，無所不在。[34]

---

[34]　王鼎鈞：〈青紗帳〉，《碎琉璃》，頁108。

> 這是植物的世界，我站在裡面完全是多餘的。我不知自己置身
> 何處，不知該往那裡走，從一棵一棵高粱的隙縫中遠望，密密麻麻
> 的高粱織成帷幔，你總以為揭開帷幔，到了盡頭，其實一層帷幔後
> 面還是一層帷幔，帷幔後面還有帷幔。[35]

如刀的長葉，連接起來恰像一個大的帳幔，微風過處，其幹枝與樹葉
搖拂，用青紗的色彩作比，當初給遍野的高粱贈予這個美妙的別號的，夠
得上是位幽人吧？高粱杆子在熱天中既遍地皆是，容易藏身，比起「占山
為王」還要便利，高粱樹身個兒高，葉子又大又長，在其中可以藏住人，
那是北方特有的最偉岸、最粗獷、最恣肆的色彩和景色，更是當年游擊隊
進行運動戰的絕好隱身之處。不知有多少游擊好漢在這裡手刃敵人，讓日
本鬼子對青紗帳望而生畏，不敢輕易越雷池一步。

> 這是游擊隊天造地設的護身術，一向憑砲兵致勝的日本兵，難
> 怪要束手無策。天地茫茫，他的砲往那兒打！如果他們騎著馬在高
> 粱地裡馳騁，單單是高粱桿就可抽得他鼻青臉腫，高粱葉子會割得
> 他兩臂血痕。每一棵高粱都會監視他，反抗他。對於敵人，每一棵
> 高粱都是猛士，都能捲地而來，一擁而上。[36]

高粱地雖然是游擊隊克敵制勝的天然防護地，但高粱地的封閉性是
也特別的為人所畏懼。在北方，一提起「青紗帳」已具有暗喻意。王鼎鈞
的〈青紗帳〉一文，除了描寫青紗帳裡的抗戰史，同時也是一段人性演繹
史。那一望無際的青紗帳，使日本士兵望而卻步的天然屏障，卻也掩藏著
人類最原始的性愛渴求，王鼎鈞在《昨日的雲》中提及：

> 打高粱葉子是一年最熱的時候，高粱田一望無際，密不通風，
> 打葉子的人可能中暑昏倒，所以一定要許多人結伴前往。工作的時
> 候，男人把全身的衣服脫光，女人也赤露上身，為了涼快，也免得
> 汗水「煮」壞了衣裳，所以「男區」、「女區」嚴格分開，絕對不

---

[35] 王鼎鈞：〈青紗帳〉，《碎琉璃》，頁112。
[36] 王鼎鈞：〈青紗帳〉，《碎琉璃》，頁112。

相往來。

　　女子不可單獨進高粱田，還有一個理由：保護自己的貞操。高粱田是現代的蠻荒，裡面可以發生任何事情。一個男子，如果在高粱田裡猝然遇見一個陌生的女子，他會認為女人在那裡等待男人的侵犯，他有侵犯她的權利。那年代，如果一個女子單獨背著一綑高粱葉子回來，村人將在她背後指指點點，想像她與男人幽會的情景。[37]

青紗帳早已不復是清幽閒適的意涵，除了汗喘工作、付出勞力、熱到只好光著身子工作的男女，還有撩撥情欲、恣狂放蕩的肉感淵藪之所在，甚至橫飛的子彈、槍殺劫擄的陰影，遍佈著恐怖危殆，隱藏著殺機，一變成鄉村人們心生畏懼必須結伴而行的「魔帳」了！王鼎鈞在加入游擊隊後，首先要學會鑽青紗帳，要做到鑽進去還能出得來，要在裡面分得清東西南北，找得到自己的營房。

　　「我」在一次進入青紗帳時，忽然從帷幔後面傳來了人聲，細聽是男女的輕聲細語，和一陣陣低低的呻吟。輕輕向前，揭開一層青紗，看到地上躺兩個人、兩個頭，可是只有一個身體，於是再揭開一層紗，這時，清楚地看到了一對男女多汗的軀幹在高粱葉上滾動。「我」無意間在青紗帳的帷幔後面撞見了一位小寡婦與所愛的男子相約在青紗帳裡尋找愛欲的容身之地，他們從日常的生活中逃逸出去，試圖在另一種迥異的空間中發洩潛藏在心底的願望。或許因為這種愛情得不到社會的認可，他們選擇了用這種方式來獲取生存空間。當他們發現被別人撞見，驚慌的推開了彼此。男人跳起來鑽進了高粱棵裡不見了。女人沒有急著逃走，要求「我」不要把今天的事告訴別人，並不惜以死相逼、務必守密。間接地將女人所要面對的赤裸現實與壓力一一呈現。其中涉及寡婦守貞情結、在無愛的婚姻牢籠中衝脫封建遺毒的反叛、婚姻背叛等這些在當時可能觸犯禁忌的敏感話題，深刻的揭示了女性在當下社會所面臨的殘酷現實。

　　她倒是不跑，轉身過去，以背向我，舉起雙手整理頭髮，肌肉隨著動作彈動，看得我心驚肉跳。她又從容揭掉貼肉的高粱葉，凡是頭髮和高粱葉壓過的地方，特別紅豔，像是一道一道的鞭痕。我

---

[37]　王鼎鈞：〈田園喧嘩〉，《昨天的雲》，頁194。

　　立刻斷定她受了委屈，在鄉下，很不容易看得到像她這樣姣好的女人，她卻沒有美滿的生活。[38]

　　女人身上的鞭痕，揭示出小寡婦的人生悲劇是特定時期、特定環境下的一種生存悲劇、一種屬於傳統女性悲劇。當時限於年紀與經驗，王鼎鈞對這位寡婦能做的只能是人道主義的關懷而無法是女性意識的燭照。正因在鄉下並不容易見到這樣姣好的女人，寡婦的美貌早已成為游擊隊中隊長和好色的娃娃護兵覬覦的對象，因此而披露出抗戰隊伍組成分子的複雜，品行的低劣，暴露出人性的醜惡，演繹了人間的慘劇。

　　在一個夜晚，中隊長、娃娃兵以放哨的名義要求「我」和他們同行。中隊長、娃娃兩人早已安排了今夜的目的。但「我」卻不知他們正在進行一場邪惡的計畫。他們來到小寡婦住的茅屋。中隊長、娃娃兵兩人硬是破門一擁而入。屋裡還有另一個男人，他並不是女人的丈夫。中隊長立刻以「漢奸」為名，指控那位男人。逼他們束手就範。欲望與道德的鬥爭在觸目地進行著，而欲望往往戰勝了道德。娃娃兵招「我」進屋，當女人的目光和「我」的目光相遇，兩人互相認出了對方：「她就是在青紗帳裡上演那一幕豔情的女主角」，而男主角就是那位「漢奸」。女人眼裡有著鄙夷不屑的神氣，讓「我」像挨了耳光一樣沮喪：「我自問沒有得罪她，我自問一向對她懷有善意，我自問一切都不是我的錯，她為什麼要侮辱我呢？」在糊裡糊塗中，娃娃護兵交給「我」一根繩子，把「我」連同繩子一端綑著的那個男人一齊推出門外，中隊長要「我」把這個被五花大綁的「漢奸」拴在樹上，「我」不明究裡的還以為自己第一天放哨就捉到漢奸，高興自己可以因處置漢奸而立功。「漢奸」卻教訓起他來：

　　　　我想起來了！你就是在高粱田裡撞見我們的那個小兄弟吧？你把我們的事告訴中隊長，又帶著他來欺負人，是不？一個還不夠？還帶兩個，你害死人了！年紀這麼輕，怎麼不知道積德呢？……你以後會長大，你以後會懂事。等你懂事了，你就知道我並不是漢奸。傻瓜，你怎麼不想想，他們兩個關起門來在裡面幹什麼？[39]

<hr />

[38]　王鼎鈞：〈青紗帳〉，《碎琉璃》，頁114。
[39]　王鼎鈞：〈青紗帳〉，《碎琉璃》，頁125。

　　在此已經由男人的話把中隊長和娃娃護兵的陰謀和盤託出了。淫被視為「萬惡之首」，是醜惡的同義詞。這一切可以歸結為欲望的驅使，對權力的欲望，對佔有的欲望，性的欲望等等，其實這些欲望作為人性之使然本無可厚非，但當人對其過度索取，甚至強取豪奪，必然走向一個悖錯謬與自我毀滅、同時也毀滅他人的極端。「我」卻在中隊長和娃娃兵兩人的安排下陰錯陽差地被寡婦和他的情夫誤會為是加害者，而當時的「我」還以為自己是在捉漢奸立功，怎知人性是錯綜複雜的，有多少設計和構陷、多少的罪惡和醜陋。女性成為男權和戰爭社會的犧牲品，她們毫無尊嚴與自由可言。故事最後的結局是小寡婦在自己屋子裡上吊自盡。小寡婦來自社會底層，小人物也有自己的奢望，也有自己的掙扎。在一個扭曲的時代裡，一女人妄想得到一點感情，為了這點需求，她丟掉了自己的性命。

　　〈青紗帳〉中小寡婦的不幸既是宗法制度與人性之惡合力扭殺的結果，寡婦因偷情而擔心被被露，不僅受正統思想的「婦德觀」的束縛，加上游擊隊中隊長和娃娃兵為了滿足自己而間接讓別人成為幫凶，種種掣肘，寡婦成了集體欺凌下的受害者。作為「弱勢群體」中的弱者，她不能改變自身的命運，只好以一死來表達她的無言抗議，這種無言並非沉默，基於女性在文化不平等的弱勢地位來揭示被男性、男權社會造成的肉體和心靈的創傷。寡婦的遭遇的不僅有男性對女性的暴力和男性社群的文化壓迫，還有其自身的寡婦和女性兩重身分的衝突，在遭逢生理創傷後承受的心理創傷。作者在〈青紗帳〉裡，不僅是故事發生發展的敘述者、目睹者，或許他本身也是一位重要角色。對沈浸在偷情的男女主角受害者而言，「我」是告發他們關係的幫凶，對他個人而言更是背負著被誤解的遺憾。〈青紗帳〉探索了在戰爭的遮蓋下人性本來固有的邪惡，並通過現實的表述展現了被人誤解的錯愕。從王鼎鈞對人性形象和情節的營造中，他清楚地看到陰影原型的影子，讓他想起了童年時候家人的告誡。

　　　　小時候，家人不准我接觸黑暗，我聽到的次數最多的命令是「那裡很黑，不要去。」黃昏來了，我一步步後退，從城外退到城內，從街道退入家宅，從院子退入室內，退得不甘心，也退得很快，夜是我的監獄，黑暗像一堵牆封死門窗，使我窒息。
　　　　我早想在這堵名叫「黑暗」的牆上鑿一個透光的洞。
　　　　今晚，我衝破黑暗了，我踐踏黑暗了，我刺透黑暗了。

　　我有槍，有子彈。子彈比我的手臂長千倍，可以挖出黑暗的心臟，以隆隆巨響宣布黑暗的死訊。

　　我是手持魔杖邀遊四海的法師。

　　我如潛艇刺穿了水。

　　我如飛行員刺穿了大氣。

　　我像他們一樣快樂。我到底長大了，獨立了！

　　可憐，我真的獨立了嗎？[40]

　　首次持槍的感覺，像是一種勇氣和力量被極大的賦予，讓他的內心開始自我膨脹。對比小時候，家人總要他遠離黑暗，黑夜總讓他心存畏懼，像是阻止他再往前行進的一堵牆，使其止步窒息。但是，當手裡有槍，他突然覺得自己無所不能，如同魔法師、潛水艇、飛行員，能突破各種不可能的極限，他擁有衝破黑暗的極大能力，並能感受到突破限制後的快感，興奮之情猶如成天渴望長大獨的孩子。然而，作者卻在末尾用自問輕輕一轉：「可憐，我真的獨立了嗎？」一個「可憐」，是自憐自歎原來自己並不識人間黑暗。他意識到，原來中隊長和娃娃護兵，其實是假借抓漢奸之名，行欺凌寡婦之實，自己只是他們作案的一個工具，才明白自己已經身在無邊的黑暗之中。王鼎鈞透過這段游擊隊的經歷，傳達當時自己的天真無猜，以為持有槍彈，便等同擁有獨立與自由，等同長大成人。未料他在黑暗中突破一切的渴想，卻讓他在暗中看盡一切的更暗。黑暗的意象表現了人性之惡，陰影原型潛藏在人性的黑暗深處。從小生活在父母的保護中，但今夜他已著實踏入黑暗了，面臨到「失去安全感」的徵兆。當一個人不能確定自己在做什麼的時候，起碼知道他正在成長。人總是要長大，促使一個人長大的動力往往是人生的經歷、心的傷害。黑暗的存在使人在成長過程中可能在人性惡顯現時，在意識深處產生理性與非理性的糾纏與抗衡。

　　戰爭的經歷使他認識到不僅是社會的缺陷，還有人性的缺陷導致了人類的悲劇。他從男性欺負弱勢的凶狠和個體報復的黑暗中，感受到了世態人心的浮沉，如影隨形的人性之惡也展露無遺。〈青紗帳〉從小寡婦卑微的出身、愛情追求及其結果和命運的最終歸宿，如實地見證著一個時

---

[40]　王鼎鈞：〈青紗帳〉，《碎琉璃》，頁120。

代女性在男權社會裡可悲的生存境遇。本該保護百姓的游擊隊員，仗著身分權勢，欺凌弱者，體現出人性醜陋的一面。王鼎鈞以切身的體驗寫出，有意無意中形成了對女性命運的關注。以悲憫的情懷，沉重而又激動的心情書寫了小寡婦的悲劇，以及揭露人性的「惡」和人性深處的黑暗。作者以「人」為本，由「性」切入，展現以小寡婦為首的各式人物的欲望與思考，或濃妝，或淡抹、或明說、或暗喻，舉重若輕地完成了對人性被永不饜足的欲望所驅使走向毀滅的悲劇人生的審醜敘事。

第六節　時代擠壓下的反目對立與殘酷競奪

一、「非敵非友、亦敵亦友」的混淆迷惑

　　〈敵人的朋友〉講述戰亂年代對友情的艱難探索和體認。是時代的大潮力量使人們「人以群分」。然而，同道者，也只能同道一段，不可能走得長遠。時代的裂痕把他們隔在裂痕的兩端。

　　〈看兵〉一文中寫出遊擊隊在四鄉穿梭往來，四四支隊要在七、八個村子歇腳，要留在村子吃晚餐，村長來通知家家送飯。當王鼎鈞幫忙母親準備粽子給游擊隊大漢，有一個大孩子走過來謝他，他的名字叫李興，兩人很快就混熟了。這天晚上，游擊隊在村中住了下來。李興當晚肚子痛找到家裡來，兩個人有機會長談。「這天晚上，像探險一樣，我走進一個陌生人的世界」。[41]兩個人當晚無話不談，談家庭、家人，談過去到過的地方，談彼此的未來。王鼎鈞受李興的誘惑，也想要從軍加入他們四四支隊。

> 　　我像一個汽球，李興朝我裡面吹氣。吹滿了空氣的氣球再也安靜不下來，只要再吹一口氣，我就要飛、要炸了！[42]

　　這麼一個動蕩的環境下，認識這樣一見如故的朋友，相信是彌足珍貴、十分難得的緣會。但隔天李興和四四支隊都走光了。「我」只見到村長和父親的臉很沈重，他讀不懂他們的臉色。〈看兵〉一文敘事內斂，彷

---

[41]　王鼎鈞：〈看兵〉，《碎琉璃》，頁98。
[42]　王鼎鈞：〈看兵〉，《碎琉璃》，頁104。

佛靜水流深，作者善於營造氣氛和留白，讓我們在看似表面敘事和書寫人情關係中，窺見了在時代擠壓下潛伏的對立和衝突，我們似乎只見表面上王鼎鈞對游擊隊能報效國家的傾慕。然而在父親沈重的表情之下，隱含的是另一個現實的因素。真正的原因是四四支隊是八路軍，在當時游擊隊分屬國民黨與共產黨不同的陣營，對立的很厲害。父親不願意王鼎鈞加入他們。後來父親帶著他參加了國民黨支持的另一支游擊隊。正如他在《碎琉璃》〈天才新聞〉中所提到的，他加入三九支隊，受到司令官重用報過新聞，一起調查了很多事情。

「我」參加的三九支隊，正和四四支隊敵對！三九支隊的中隊長被四四支隊給裁死了，三九支隊為去四四支隊報復性地擄來一個人，竟然就剛好擄到了李興。司令官打算先吊囚犯一夜，準備要隔天要把他給裁掉。

「我」在前夕來到吊人的屋子，原是想打聽這個四四支隊的人是否認識李興，「我一直把他當做朋友」，關心他的近況。他想告訴李興：「我也參加抗戰了。」戰爭無情，巧合有情，在文學作品中，憑藉意料之外的因素而創造人物奇遇或情節所疊出的巧合，往往會給作品帶來曲折多姿的藝術魅力。因為有這種「巧合」，文章避免了平鋪直敘、單調乏味，而變得曲折跌宕，波瀾起伏，扣人心弦，平添無窮藝術魅力。當「我」心裡正在盤算著，才赫然發現，這位被抓來囚禁懸吊受盡痛苦的人質竟然是他心裡一直掛念的朋友李興，天地寬闊，人海茫茫，居然讓他們在這裡相逢，如此巧遇，實在是出乎作者意料之外。他不顧一切的替李興解開繩子、擦洗乾淨，看到對方腕部被繩索磨擦得露出血來，激動到頭昏，心裡一陣酸楚。

> 他曾經滾動著這雙眼睛告訴我許多話。他曾經用低訴的語氣，敘說抗戰帶給他的興奮。他曾經提到，他有一個茹苦含辛的母親。他的家庭是一縷將熄的餘燼，而他是惟一在風中閃耀的火星。
>
> 現在，我們要活埋他！[43]

「我」和李興曾近距離交流接觸，喚醒了一份志同道合的認同和親切感，所以是「朋友」。不幸的是，他們分屬不同的陣營——而且還是爭鋒相對的陣營。即使命中注定兩人站在對立面，即使各為其主，但「我」內

---

[43] 王鼎鈞：〈敵人的朋友〉，《碎琉璃》，頁145。

心卻是十分著急，想法設法要為李興解圍、脫困，但李興的人心與人性已
經起了複雜微妙的變化：

> 我非常同情的望著他，心裡想著怎樣安慰他，怎樣幫助他，一
> 時想不出頭緒來。冷不防他一轉身抓起靠在大石旁邊的馬槍，嘩喇
> 一聲，子彈上膛。槍口對準我，仇恨的眼睛也對準我，我看見三個
> 危險的洞，深入我的骨髓。[44]

「我」問：「為什麼？我們是朋友。」但李興卻冷硬的說：「你們
是我的敵人」。「我」強調：「不對，我是你的朋友」。李興絕決的說：
「你是敵人的朋友，敵人的朋友也是敵人」。在「我」的心中，我們以前
是朋友、現在還是，但李興卻選擇跟他當敵人，反目成仇，然後退入青紗
帳中隱沒了，徒留「我」在一旁遺憾不已。敵人，這個詞中包含著太多陰
暗面——冷酷、陷害、陰謀、紛爭，從字面上理解，他就是那個無時無刻
不與你作對、費盡心力想置你於死地的人，那種血肉相搏、不死不休的仇
恨。但是此刻對「我」而言，實在無法把「敵人」理解得如此的片面與絕
對。這個簡單的詞語後面往往隱藏著許多過往與故事——他曾與我談心，
他的鼓勵曾是催促我奮進的動力。在政治哲學中，人們通常從生存論的意
義上來使用「敵人」概念，同時又賦予這一範疇濃重的倫理色彩。其人際
關係的親近、疏離或反目成仇，皆是源自於對利益的競逐，對生存空間的
爭奪，對生活質量最基本保障的渴求，並演繹出一場場沒有硝煙的戰爭。
李興，原本和「我」是朋友，卻因抗日而參加了不同支的游擊隊，變成了
敵人。在李興心中，硬生生地把對方從「朋友」劃界為「敵人」，形成了
人與人之間的對立與衝突。兩個人從傾心相談、彼此信任、互相尊重，到
走向決裂、反目成仇，似乎就是時勢與命運使然。人物關係因現實而錯
位，所以他們的悲歡離合更為深邃，情節動人。

> 我栽在溪邊，寸步難移，恨不得化成一棵樹。一時之間，我非
> 常非常想念李興，從前的李興，那天夜裡躺在我家的李興。[45]

[44] 王鼎鈞：〈敵人的朋友〉，《碎琉璃》，頁147。
[45] 王鼎鈞：〈敵人的朋友〉，《碎琉璃》，頁148。

被一個自己視為好朋友的人如此對待，那又是怎樣的無奈？用真情換來的卻是李興的無情對待，這又情何以堪？這似乎也反映著在殘酷的戰爭背景之下，敵對劃界的無情與身在其中的無奈。抗日戰爭本應是大家不分彼此共同抵抗外敵，但我們見到的卻是不同游擊支隊之間形成對立與攻擊。因為戰爭的競奪所需，不容許不同支的隊伍打交道的。但這攻擊牽動到了無辜的親情、友情或愛情，使他們必須忍痛面對殘酷的對立。「我非常非常想念李興，從前的李興」，「我」仍然想念那個已經把他視為敵人的李興。　在基督教倫理中，「敵人」和「愛」都是感受上帝存在的形式。「愛你們的敵人」、「化敵為友」，提供了一種人心轉變的可能性。在所有極端性的政治話題中，敵人或許是最為嚴肅也最為複雜的話題，因為敵人的出現幾乎彰顯了政治關係之張力的極限。有一句名言：「沒有永遠的敵人，也沒有永遠的朋友」，或許，人生是場無休止的激烈搏鬥。要做一個真正堅強的人，就得隨時準備面對朋友與敵人之間的演繹變化。

二、殺戮背後的人性扭曲

〈敵人的朋友〉對於死刑的描述與囚犯的處境都散發一種殘酷陰冷的氛圍。作者以勇氣直面「慘澹的人生」，正視「淋漓的鮮血」，揭示了游擊世界中人類的生存本相，以清晰和深切的寫實之筆把這些畫面呈現在讀者面前。王鼎鈞鋪陳了抗戰時期，游擊隊對罪犯執行死刑，不輕易浪費子彈，而會採取「栽人」的方式，將人活埋在土裡以行刑：

> 在那個時代，「活埋」是被當做一個「節目」來舉行的。一小隊槍兵，他們是監刑的人，也是行刑的人，押著死囚，招搖過市，由死囚自己扛著挖坑的工具。這個頗不尋常的隊伍引來成群的觀眾，觀眾遠遠跟在後面。然後，是成群的狗。[46]

殘忍的栽人活埋被視為是可供觀賞的「節目」，圍觀者的獵奇心理將這場「戲」作為他們貧乏生活的調劑，表現出了嗜血的偏愛和狂熱。看客心理與觀看文化展現了令人驚愕的人性異化。當三九支隊架回來四四支隊

---

[46] 王鼎鈞：〈敵人的朋友〉，《碎琉璃》，頁130。

的一個隊員，大家的反應是興高采烈：「好極了！司令官栽人了，大家有熱鬧看了。剎那間，眾人臉上泛起興奮的顏色。這裡那裡，人成撮成堆，談論他以前聽到的或見到的栽人場面，指手畫腳，口沫橫飛。」[47]人們只對事件的內容本身發生興趣，但對事件中的受刑的真實人物沒有同情的心理。整個描述過程呈顯出一種荒誕的「示眾」表演畫面，接著描述人被插在土裡，地面上只露一顆腦袋的模樣：

> 　　死囚的手腳又被綑得牢牢的，全身上下綑成一根肉棍。行刑的手法真和栽樹苗相近，人插下去，四面填土，幾十隻腳在鬆軟的土壤上加壓擠緊。填平了，地面上只露出一顆腦袋，確實像是栽在那兒的一根肉樁。[48]
> 　　這顆頭顱，那裡還是萬物之靈至尊的表記？它浮腫了，膨脹了。他逐漸不能呼吸，血液向頭部集中，一張臉變成彈指可破的氣球。他的嘴唇外翻轉，舌頭拖得很長，舌尖沾土，眼珠從眼眶裡跳出來，掛在鼻子兩岸邊。[49]

在這裡王鼎鈞以濃墨重彩的筆觸刻畫了一樁驚心動魄、駭人聽聞的畫面。把死囚的臉，因血液朝頭部匯流，浮腫膨脹到五官也因此外掛變形，扭曲得十分可怕的形象作了具體鋪陳，從感官上對酷刑過程和死刑的模樣進行了淋漓盡致的精細描寫，透過這場死刑，作者將監刑與施行者的殘忍、領隊者的冷酷、看客的靈魂、游擊隊之間的競奪面貌一一展現在讀者面前。

行刑的小隊中，有一真正的專家，其工作是最後在死囚的頭顱上敲一小洞：

> 　　走投無路的血液，從這裡找到出口，一條紅蛇竄出來，嘶嘶有聲。只要這個專家不曾失手，血液會從小孔裡先抽出一根細長的莖，再在頂端綻一朵半放的花。死囚在提供了最後可觀的景色之後，紅腫消褪，眼球又縮進眼眶內。群犬一擁齊上，人們則向相反

---

[47] 王鼎鈞：〈敵人的朋友〉，《碎琉璃》，頁141。
[48] 王鼎鈞：〈敵人的朋友〉，《碎琉璃》，頁131。
[49] 王鼎鈞：〈敵人的朋友〉，《碎琉璃》，頁132。

的方向走散，一面走，一面紛紛議論，稱讚最後一擊的手法乾淨俐落。[50]

　　這裡是針對死囚承受殘酷無比的刑罰和鮮血淋漓的場面進行描寫，作者將死囚從頭顱小洞竄出的血液，形容為一種可觀的景色：先比喻為一條嘶嘶作響，如聞其聲，靈動的紅蛇，繼而又轉喻為抽出長莖一朵半放的花，這樣極端的畫面卻滿足了人們「最後一擊的手法乾淨俐落」的讚嘆。一段驚心動魄的死亡，一樁駭人聽聞的酷刑，帶給我們最原始的震撼。執行死刑是一場針對施刑人與死囚者間的特殊表演。其驚心動魄主要表現為對死亡過程淋漓盡致的展現，對冷酷的無情揭露，在反映現實、剖析人性的同時也豐富了中國當代文學審美範疇的重要意義。用視覺化效果將主題進一步強化，將戰爭的殘酷、人性的嗜血更加直觀地呈現在讀者面前。

　　作者從死刑的幾個要素：刑術、施刑者、受刑者、刑場及看客等幾個方面對刑罰進行了描寫，對刑罰的描寫雖然充滿了血腥色彩，但是在血腥之外有著更為深刻、發人深思的意味——權力和人性。我們除了把它視為作者在游擊隊中的見聞，它又是一部借刑場為舞臺、以施刑為高潮的現代寓言戲劇。它以民間化的傳奇故事為底色，展示了作者藝術想像力和高超的敘事獨創性。同時，在觸目驚心情景的背後，又有其自身的隱喻特質。死刑的死狀愈是扭曲變型，便更加吸引更密集的聚攏圍觀，作者通過 如此血腥駭人的情景與人物之心理畸型兩方面的描寫，藝術地再現了戰爭時代的人性異化。

　　虐殺與濫殺的血腥描寫，既是歷史的真實反映，也是人性競逐的產物。血腥描寫並非宣揚暴力。對於施刑者、決定人生死者一方來說，死刑的產生與捍衛權利、殺雞儆猴的想法是密不可分的。這種暴力不僅來自於體制之惡，也來自於「人性之惡」，將這種「人性之惡」帶來的「暴力表演」上升到「審醜」的層面。作者把隱藏於人們心靈之中的看熱鬧心理進行了更為細致和深刻的展示。這其中有看客麻木而「獸性」的獵奇心態，有權者宣示淫威的病態表現，有對被征服者的肆意羞辱，劊子手、專家扭曲的心理展現，人性劣根性已得到了充分的暴露。

---

[50]　王鼎鈞：〈敵人的朋友〉，《碎琉璃》，頁132。

栽人的極刑已是荒謬，然而更荒謬的是，故事中被「栽」的人，不是日本人，而是隔鄰另外一支游擊隊的人。三九支游擊隊「栽」了四四支游擊隊的人，於是四四支游擊隊也抓一個三九支游擊隊落單的人，以一「栽」還其一「栽」！他們彼此用最殘酷的方式對待隔鄰的另支游擊隊。以牙還牙的「報復」，從心理學上講，是以攻擊的方式對那些曾給自己帶來挫折、不愉快的人發泄怨恨、不滿。發泄的目的往往是使對方同樣抑或加倍地感受到痛苦。你傷害了我，我就更重地整你；你對我耍陰謀，我就給你設陷阱，以毒攻毒，以惡對惡。游擊隊彼此之間是在報復的環道上奔突得踉踉蹌蹌，如此下去，遑論共同對抗日軍？扭曲人性的刑罰，人我之間的衝突，在正規的戰場之外，游擊隊之間既不能團結一致向外，更是互相製造衝突，在民間上演更多的是競技、殘忍、折磨和殺戮等。

第七節　動機和結果悖離的錯位

一、從拯救到背叛的恩仇悖離：那些雀鳥給予的人生寓言

〈那些雀鳥〉，基本上比較接近《情人眼》那種風格的寓言性散文，我們可以把它視為王鼎鈞從《碎琉璃》自傳性書寫開啟《情人眼》生命寓言書寫的端倪。我們不必然要把它視為寫實，它主要是透過故事對自己的際遇與感受進行寓言性書寫。王鼎鈞的寓言性散文富有故事性、荒誕感與反諷意味，玄妙莫測的偶然性是其故事情節的特點，直指人生的錯綜複雜。其中具有作者對人心世道的叩問、對生存的反思。這篇散文寫的是一位孩子的經驗：被他放生的鳥給他上了人生的一課，這有關「拯救」與「背叛」之間因果悖逆的「陰暗記憶」，再現了時代重軛之下一代人的命運圖景，勾勒了人性複雜的歷史剪影。

他童年時的純真悲憫，拿了撲滿的錢買麻雀，不是為了好玩，而是為了放生，並不牽涉到任何宗教情懷，只是源於人性原有的悲憫的衝動。雖然他天天到野外放雀，但效果有限，因為天下兒童都在抓天下的雀鳥，他以為最要緊的是喚起雀類世界的自救。所以當麻雀在由別人手裡轉到他這裡之後，他都先剪掉麻雀的一個腳趾，雀兒受到傷害，劇烈的抖動一下，但孩子的思考是：比起被其他小孩抓到烤熟燒死，這點痛苦，算不了什麼。痛苦是為了提醒，為了要讓你牢記教訓：

唯有經過痛苦，才會留下刻骨銘心的記憶。唯有經過痛苦，才會牢記教訓，不犯以前的錯誤。帶著痛苦去飛吧，在以後的日子裡，要時時反省，為什麼少掉一個腳趾。要告訴小雀兒怎樣保全腳趾，讓所有的雀類看到那隻殘缺的腳，讓它們一傳十，十傳百，都知道有些地方不可去，有些東西不可靠近，有些食物不可吃。[51]

　　這個「自以為是」的救鳥癖好花光了這孩子所有儲蓄，被他買下來的鳥雖然得以保住性命，但在絕處逢生之前，也必須失去一個腳趾。孩子本是基於善意與愛心而去做這些事，當時並未想到因果報恩報應之類的實際問題。然而，當他再度和當年被他救過並剪去腳趾的雀鳥相遇，結局卻是令人驚訝。

　　這天城裡來了一個走江湖的，用一隻染黃了的麻雀替人抽籤，小孩一見到那鳥的腳爪少了一跟腳趾，想到當初在樹林裡展開手掌托住它，讓它飛去的畫面，好像看見了久無音訊的老朋友，孩子也以為：「它也知道遇見了老朋友，它不會忘記在患難中得救的經過」，他相信黃雀一定會從其中選一張「上上大吉」出來，表示對自己的感激。然而，這一隻被他放生的黃雀竟然替他的恩人抽了「唯一的」一支下下籤，這個結果，讓他氣惱不已。

　　　　我吃了一驚，不是為了卦象，是為了那鳥回報的方式。而那鳥，做完這件事以後，就飛上橫架，再也不理我了。我覺得受到了侮辱。[52]

　　鳥不通靈，不懂報恩，童稚的心被它的尖嘴給深深地啄傷了，這個經驗對一個人的一生會是什麼影響？我們對別人好，並不意味著他人也要對我們好，他人只有報恩的「權力」，並沒有回報的「義務」。這個故事無疑給我們提供了至為鮮活深刻的經驗和異常嚴峻的人性啟示：「以怨報德」、「恩將仇報」的人性隨時可能發生在我們週遭。通過作者對故事情節的設定，藉助文中故事脈絡進行了關於 拯救者與背恩者之間的對立衝

---

[51]　王鼎鈞：〈那些雀鳥〉，《碎琉璃》，頁62。
[52]　王鼎鈞：〈那些雀鳥〉，《碎琉璃》，頁63。

突，流露出內心情感世界潛隱的悲涼、委屈、憤懣、隱忍等多種複雜的生命體驗。

> 我現在覺得非常憤怒了，單單選這一支壞籤抽給我！我接過錢來，大步走。半途，一個孩子追上來問：「要買麻雀嗎？」[53]

　　在憤怒的絕望之際，又一個個孩子追上來問：「要買麻雀嗎？」，問者無心，聽者有意，這是一種極端對立的反諷，更像是一種嘲弄，現實中這種嘲弄隨處可拾。但也像是一種考驗，考驗我們在受傷之後是否仍能相信人性？受過傷之後，是否還要花錢買麻雀？是否還要放生？是否還要保有善良的心？全文就在這句問話中戛然而止，留給空白讓讀者自行思考。我想，王鼎鈞他情願再次買下麻雀，再次放生。人生有意外，我們不必施恩望報，但卻應牢記施比受更有福。

　　然而，我們從另一個角度看問題，這個上前來追問他是否要買麻雀的孩子，不就是早已熟悉主角慣有的「行善」模式嗎？知道他要買麻雀，當然會捕捉更多的麻雀，而被他救下的每一隻麻雀，為了讓它們有所警惕，都會失去一支腳趾，則救麻雀的同時，其實也在傷害它們。終至落入了一個「自以為種下了善因卻導致惡果」的「惡性循環」當中，原來的善心也不再是善了，原來的設想也不再是美好了。在天地澄明的一剎那之間，你會驚覺原來自己如此渺小。人類對動物自以為是的認知，以為自己是出自於愛心，其實它們並不需要這種方式的提醒，結果成了「錯愛」，用不適當的表達方式破壞了動物正常的生活規律，反而對它們造成了傷害。一廂情願的幻想、自以為是的善意，有時對別人反而是傷害。美好的動機不必然產生美好的結局。如果人之於動物都會犯了自以為是的錯誤之愛，那麼人與人之間的錯位更是容易發生。〈那些雀鳥〉從「放生」的特殊視角與情節設置，構成懸念的是事件，推動懸念的卻是情感與理性、罪惡與拯救、付出與背叛的人性交錯，真正觸動觀眾內心的是人性的考驗。特殊經歷成為檢驗人性的舞臺、考驗人性的試金石。

---

[53]　王鼎鈞：〈那些雀鳥〉，《碎琉璃》，頁64。

二、「人之患，在好為人師」：「自以為是」下的弄巧成拙

　　人是萬物之靈，靈就靈在有認識真理、思考宇宙人生、辨別善惡是非的能力，是這種獨有的靈性才得以不斷地開闢新的前景，進入更高的文明階段。然而，由於受主客觀條件的限制，人在獲得正確認識的同時，又常常生活在誤會中。誤會，一般不是由主觀故意造成的，而常常是各自以站在自己的角度去揣想對方，造成矛盾與懸念，也為生活帶來了戲劇化。戲劇化是文學藝術反映現實生活本來面目的基本要求使然。誤會，也是造成文勢起伏曲折的常用技法。〈拾字〉就是一篇巧用誤會的佳作，是《碎琉璃》全書中唯一的輕快幽默的作品，充滿了生活氣息。

　　〈拾字〉一文，作者寫出當時戰爭的陰影中，無數兒童失去了受教育的機會，也失去了一段純真美好的上學生活，王氏宗族在村裡成立識字班，請「我」到識字班去做小先生的境遇。初讀〈拾字〉的時候，讀者也許認為這只是寫一個女孩單戀擔任小先生的作者的趣事，但細讀之後，實有更深的含意。

　　那些學生是清一色的女生，男人要工作，沒有功夫來「拾字」。作者當時年少，心中沒有思考男女之間的分際。造成了人與人之間陰錯陽差的誤解。作者創作了幾個誤會的細節。一個細節是見到學生把蒼蠅視為藥而吞下的悲憫，特別買了一包一包的藥丸送給學生，告訴她們正確的衛生知識。

> 　　我以為這樣做可以對得起他們。我錯了，錯得很厲害。那時候我不知道善意不能由單方面輸出。你自以為是的善意並不算數。[54]

　　他並不知這裡的人絕不吃別人贈送的藥品，女人尤其不吃男人送的東西。他好心好意送藥給她們，她們當面不便拒絕，放學後都丟到路旁。這是他犯下的第一個錯誤。未料對他有愛慕之思的村長女兒把藥一丸丸往嘴裡吞、因而瀉肚子而缺席。

　　但當他發現有人缺席而不斷詢問大家，同學回答「她病了」，他卻再問：「什麼病？」「那時候，我完全不知道男人不可向女人問病。以為沉

---

[54] 王鼎鈞：〈拾字〉，《碎琉璃》，頁226。

默代表某種不幸，為人師表的責任感使我追根究底。」通過不斷探問終於知道答案。所有同學都把藥丟了，但「只有她，祕密的藏起來。只有她，一丸一丸放在手心裡看，一一丸一丸往嘴裡吞。」[55]接著「我」以自己的立場思考，造成了第二個誤會：

> 我的學生病了，做老師的應該去看看她。一個盡責的老師應該
> 關心他的學生。我要祝福她早日恢復健康，順便也告訴她不可隨便
> 吃藥。這是我第一次有資格照顧別人，我要使別人說：「這是一個
> 好老師，做他的學生真是幸運。」[56]

他親自到村長家去探望，更讓村長太太誤解，以為他對女兒有意，他自以為完成了一次非常成功的家庭訪問，卻不知對方會錯意。女孩從此沒有來上課，她的座位一直空著，為何還不來上課呢？「我」不解：

> 這樣好的機會，遇見這樣好的老師，竟然逃學！怪不得有人說
> 她傻，她的確太不聰明了！[57]

誤會時時刻刻在發生。一次缺席，一場匆匆的對話，一時的道聽途說……在我們的生活中有這樣的戲言：解釋就是掩飾，掩飾就是講故事。如果解釋不好，反而會越描越黑。面對誤會，我們該怎麼辦呢？尷尬的誤會，往往因為——我們各自從自己的立場出發。人與人之間，當然有不少誤會，但其實人與自己之間，亦誤會重重，有時我們不知道自己犯了錯誤，還自以為是。

自以為是的善不是真正的善。《孟子・盡心下》曰：「自以為是，而不可與入堯舜之道，故曰德之賊也。」自以為是，是一種盲目的自負。各種車輛都有一個方向盤，在車輛行駛過程中，駕駛手中的方向盤不能猛打順方向，或狠打逆方向，只有「忽順忽逆」地見路況而進行協調、配合、照應，才能保證車輛正常行駛的方向和速度。如果只打一個方向，後果不堪設想，可能車輛無法前進，只在原地打轉，也可能偏離正常的行駛方

---

[55]　王鼎鈞：〈拾字〉，《碎琉璃》，頁229。
[56]　王鼎鈞：〈拾字〉，《碎琉璃》，頁230。
[57]　王鼎鈞：〈拾字〉，《碎琉璃》，頁230。

向，甚至出現車毀人亡的慘狀。愛的付出的道理也是一樣。行善也有方向盤，也要以多方向的方式前進。正因為萬事萬物是由眾緣會合而生，任何事物都會變化的，沒有常一持久不變的定向或永恆性。

> 把漫長的時間區分成一節課、一節課，就很容易度過，難怪教書的人不知老之將至。我的學生從不缺課，在書本之前，她們知道自己飢餓。站在這間茅屋裡，我覺得社會需要我，心靈充實，樂而忘倦。可是我自己犯下的錯誤奪走了我的快樂。[58]

「我」教學的熱情絕對是無庸置疑的，教育的真心也絕對是令人動容的，但錯誤的愛的方式，反而給彼此造成了困擾，僅僅有愛是不夠的。關鍵就在於我們並不瞭解對方的生活習俗、氣質類型。全文就在表姐一句：「人之患在好為人師」裡結束。「好為人師」出自《孟子・離婁上》。人的毛病在於喜歡做別人的老師，以教育者自居，最後造成了誤會。「我」對於事件的感受是「像受了愚弄一樣不免悻悻。——誰愚弄了我呢？我自己！」王鼎鈞以「我」的不解人心，寫出了守拙存真的人生姿態，啟動讀者對人生的思考。生活中常常有各種各樣的誤會。有的誤會令人哭笑不得、尷尬無比，有的誤會令人大笑不止、笑得酣暢，還有的誤會令人反思、給人啟示。因為誤會具有這種種奇特的功效，所以文學作品常常藉助誤會來表現深刻的主題，人們在笑聲中品味生活的酸甜苦辣，在笑聲中感悟生活得真、善、美，在笑聲中抨擊生活中的假、惡、醜。誤會，是戲劇或文章巧妙安排情節的一種技法，從誤會的產生、發展、解除的過程中，展示人物性格，突顯人物形象。運用「誤會」，把生活中的一件事、一種現象、一個細節甚至一個詞語，誤會為另一件事、另一種現象等，從而造成懸念，激發矛盾，引起讀者思考，尋找答案或真相，使作品波瀾起伏，多姿多彩，趣味盎然。

第八節　游而不擊的混亂世界：慘澹的競爭本相

抗日戰爭時期，國共兩黨對日作戰，除正面戰場外，也在敵後開展了游擊戰爭。游擊戰非正規作戰，是一種以弱勝強的戰術，是建立在持久

---

[58] 王鼎鈞：〈拾字〉，《碎琉璃》，頁229。

消耗敵方戰略基礎的指導下發展壯大起來，具有高度的流動靈活性、進攻性和速決性的戰術。而且需要堅實的群眾基礎以及熟悉該區之地形，並能廣泛動員及融入群眾裡，乍動乍靜，避實擊虛，削弱了日軍「以戰養戰」搜括淪陷區支撐前線的能力。《碎琉璃》有多篇皆以游擊戰為背景，〈看兵〉、〈青紗帳〉、〈敵人的朋友〉和〈帶走盈耳的耳語〉。打游擊的獨特經歷，也讓王鼎鈞的心理活動包含了「人性學」的內容。與一般史書記載不同的地方，在於王鼎鈞並不歌頌游擊隊的以小克大、以寡擊眾建立功績，而是以細膩的筆法深刻描述了其中的官與官、官與兵、兵與兵、兵與民之間的矛盾與衝突。

　　王鼎鈞對游擊隊的觀感是有一個發展變化的歷程。一開始是一種欣賞崇拜的驚奇視角去看，〈看兵〉中提及：

　　　　看那些勇士們，放下鋤頭，扛起過時的步槍，跟你穿同一式樣衣服，操同樣的口音，分明是你的鄰人，可是你不認識他，一個也不認識。你覺自己的世界何等狹小！只好目送他們如目送飛鴻，悠然神往。有時候，隊伍裡的人招招手，看兵人就進了行列。有些正在耕田鋤草的農夫，看兵看得心動，竟然丟下自己的鋤頭，丟下主人的牛，拍拍兩手泥土，尾隨滾滾人流，一去不回。[59]

　　在這裡我們可以見到游擊隊來自民間，沒有固定的身分，連土匪都自然變成游擊隊，幾乎很多人都會因抗日情緒高漲而自動加入，隊伍浩浩蕩蕩，數量眾多。「游擊隊沒有制服，沒有符號，每個人憑一張臉」[60]，一般來說沒有標準的制服和武器，他們的武器都是拚命從敵人陣營裡搶奪。通常是以能自給自足的小單位如伍或班（排），利用地形作為掩護，在自己所熟悉的地區裡四處出擊，用少量部隊在一個點上創造局部優勢，用時間慢慢消滅敵人的力量。

　　〈看兵〉塑造了對於抗戰游擊隊的傳奇印象，但「隊伍總是愈走愈長，誰也猜不透到底有多長」[61]，這隱含了游擊隊大量出籠也造成百姓的沈重負擔的無奈，那是言外之意。游擊戰因兵力少而火力弱，很難在獨立

---

[59]　王鼎鈞：〈看兵〉，《碎琉璃》，頁89。
[60]　王鼎鈞：〈青紗帳〉，《碎琉璃》，頁115。
[61]　王鼎鈞：〈看兵〉，《碎琉璃》，頁89。

定點進行長時間作戰，只能利用天時及地形並搭配陷阱，以機動力及隱蔽性主動出擊，遭遇強大敵人時化整為零，消耗敵人戰力、拖延敵人行動、誤導敵人方向，形成敵人心理上極大壓力才可能致勝。所以，軍隊深入農村，這些流水似的兵並沒有鐵打的營房，必須有當地民眾提供食住等物資、情報等資源，並有一套班底負責接待過境的人馬。只要隊伍住在鄰近的村莊，就會派人通知各村要送飯，老百姓就必須「要給養」——指派他們駐留的地盤裡的老百姓送飯給他們吃。[62]廣大的農村早已成為各支游擊隊割據的地盤，老百姓只不過是佈景或附件而已。在〈看兵〉一文中寫出遊擊隊在四鄉穿梭往來，四四支隊要在七、八個村子歇腳，要留在村子吃晚餐，村長便來通知家家戶戶要負責給游擊隊送飯，每一家要分擔五人份的伙食。雖說百姓吃什麼，他們也吃什麼，但往往「沒錢的人家送出去的飯菜不能太壞，怕他們不高興；有錢的人家供應的伙食不能太好，怕他們吃饞了嘴。」[63]這些「送給養」都是又窮又苦的百老姓省吃儉用留下來的，游擊隊吃住全靠地方的百姓供應，往往形成老百姓極大的負擔，但他們往往覺得理所當然，他們以抗戰為由，認為有錢出錢、有力出力，對待那些付出心力的百姓欠乏感謝的心，甚至強取豪奪。

在〈青紗帳〉和〈敵人的朋友〉兩篇文章，王鼎鈞用尖銳的寫實之筆，自己戳破了游擊隊的美麗傳奇。〈青紗帳〉裡記載了游擊戰裡腐敗的人性。他提到那位好色的娃娃護兵和中隊長經常聯手去做別人不敢做的事。娃娃護兵「他有一個習慣使我受不了，見了年輕女人，他就露出色鬼的樣子來」、「他喜歡到井邊看女人，來打水的女人都年輕。他說，女人使勁提水的時候，他能隔著衣服看清她們全身的肌肉……我不懂他在說什麼，只是覺得可恥。」[64]又如前述，好色的游擊隊中隊長陷害村中年輕寡婦，終至逼到寡婦自殺的故事。又如中隊長看見有個新娘子騎著小毛驢進了前村，細腰在驢背上一扭一扭挺好看，便和娃娃護兵說：「上！」[65]種種淫穢荒唐的行止，可見其品德低落。

〈敵人的朋友〉更令人觸目驚心。開頭說：「在抗戰時期，敵後游擊隊對罪犯執行死刑，從不浪費子彈，那時流行的辦法是活埋。那些莊稼漢

[62] 參考王鼎鈞：〈搖到外婆橋〉，《昨天的雲》，頁222。
[63] 王鼎鈞：〈看兵〉，《碎琉璃》，頁96。
[64] 王鼎鈞：〈看兵〉，《碎琉璃》，頁111。
[65] 王鼎鈞：〈敵人的朋友〉，《碎琉璃》，頁138。

喜歡這個辦法，他們給這種辦法取了一個代名，叫做『栽』。」這支游擊隊「栽」了那支游擊隊的人，於是那支游擊隊最也抓一個這支游擊隊落單的人，游擊隊各立山頭，擦槍走火，敵意明顯，這究竟是什麼樣的混亂世界，是什麼樣的抗戰游擊隊？他們到底是來打日本鬼子，還是來搶地盤、防範鄰隊？

在〈帶走盈耳的耳語〉中寫道「敵來我走，敵退我追」、「游擊戰本是敵大則游，敵小則擊」。[66]但敵人對的游擊戰的耳語卻是：「游擊游擊，游而不擊」[67]，已指出許多游擊隊是「只游不擊」混水摸魚的做派，那些多如牛毛的抗日武裝，除了在百姓面前上逞英雄，並沒有打日本鬼子的勇氣。作者在〈天才新聞〉中寫到他參加游擊隊，司令官要他以筆代槍，負責寫新聞：「我們用天才抗戰，當然也可以用天才編報」[68]，這個「天才」兩字，便是行詐騙，顛倒黑白，「寫新聞，是寫別人的夢」[69]，寫大家想要聽的，真實與假想的界限模糊。王鼎鈞在《昨日的雲》有提到一位游擊隊小李告訴作者，自己準備去當兵，「不當八路軍，也不當中央軍，找個雜牌部隊，好歹混個一官半職，活人的財死人的財發幾筆，回來買幾十畝地，蓋個四合房。」[70]大部分的游擊隊員，跟小李的心態差不多，圖個好生存，抱著混水摸魚的心理。

抗日戰爭初期，日軍占領華北、華中一些地區後，除中共領導的八路軍、新四軍外，國民政府軍留置一些部隊在敵後，淪陷區有些地方政府的官員率領保安部隊堅持在原地抗日，戰區組織抗日游擊武裝，還有民眾自發組織起來的抗日武裝，這些匯成敵後武裝抗日的洪流。《昨日的雲》〈熱血未流〉有記載，蘭陵周圍的抗日游擊隊，有的歸國民黨領導，有的歸共產黨領導。游擊隊分屬於不同陣營，國共雙方都在拉攏人心。說是共同抗日的「友軍」，但貌合神離，私下裡，他們各有各的地盤，其遊戲規則是在各自的地盤裡向老百姓要給養，如果越界，就發生「摩擦」，甚至「摩擦起火」。打著抗日旗號游擊隊之間不時發生內訌，老百姓看不下去，用童謠發洩對游擊隊的不滿：「天昏昏，地昏昏，滿地都是抗日軍，

---

[66] 王鼎鈞：〈帶走盈耳的耳語〉，《碎琉璃》，頁182。

[67] 王鼎鈞：〈天才新聞〉，《碎琉璃》，頁155。

[68] 王鼎鈞：〈天才新聞〉，《碎琉璃》，頁158。

[69] 王鼎鈞：〈天才新聞〉，《碎琉璃》，頁159。

[70] 參考王鼎鈞：〈搖到外婆橋〉，《昨天的雲》，頁219。

日本鬼子他不打，專門踢蹬莊戶孫」[71]，足見游擊隊的對立摩擦已對老百姓形成極大的困擾。由於游擊隊人多勢眾，份子雜沓，又分屬不同黨派支持，很難團結，更不要說聯合作戰，由於制度的不完善和官兵素質的低下等自身弱點使其實施受到多方限制，導致敵後游擊戰略計畫遭到挫敗。軍隊之間只求自保，互不配合，最終仍走向了衰敗。

戰爭是政治和外交的極端手段，造成的結果往往是死亡與殺戮。在權利欲望的支配下，某些人總是踟躕於人性與獸性。王鼎鈞通過敘述自己打游擊的戰爭經歷，展示了槍林彈雨之中的各種人性，在戰爭中扭曲的人性面貌。王鼎鈞寫出了這段游擊隊生態史，有助於我們瞭解抗日戰爭時期游擊隊的另類面貌。完全顛覆了正史對游擊隊一味歌功頌德的記載，讓我們看到對立衝突的游擊世界。

第九節　生命，以愛的方式延續：信仰與愛的力量

一、〈神僕〉：神的力量與人的意志合一

王鼎鈞從小在信仰基督教的家庭成長，這對年少的他也產生了重要的影響。〈神僕〉一篇，旨在宣揚愛的能力。神愛世人，神對這個世界的偉大愛意與善意讓人感動。每個人都受惠於神，每一物都有賴神恩。所有的信徒都被稱為「神僕」，神僕奉行神的工作、作為、行動，顧名思義一切的行為都在神的旨意中，以神的事為念。神僕是神在人群中留下能夠見證其存在和無所不能的表徵。

當時日本人在淪陷區設立了「大日本警備隊」，推行懷柔政策，為了攏絡當地人，增加和地方人士的聯繫，特意用抓人的方式，只要有一個人關進大牢，就會有多人出面要救人而要求見日本少尉。城裡就有一類願意充當日本少尉和百姓之間的交通管道的人。有一天日本警備隊抓到了一位自稱傳道者的外鄉人，少尉懷疑他是重慶派來的間諜，為了了解他的底細，少尉要求本地教會的當家人進城和這個嫌疑犯仔細談談，來鑑定他是真信徒還是假信徒。母親聽說這樣的一個人蒙難，認為不論他的身分為何，教會都應出面救人。神是無私的，總是存著憐憫的心救助人，滿懷著

[71] 王鼎鈞：〈熱血未流〉，《昨天的雲》，頁236-237。

助人為樂、幫人之困、濟人之危的喜悅。神愛世人，神的愛是何等長闊高深，所有的人人都承沐在神廣博的愛之中，這其中包括愛上帝的和從來沒有想到上帝的人。宗老認為當然應該去救人，但認為自己平生不會出題目為難別人，要求讀《聖經》深入的「我」必須和他一起去。這是很大的考驗，但「我」居然當下把胸脯一挺，很爽快的應允：「我敢去！」

> 當時，我簡直不知道自己在說什麼。我只看見別人驚疑的臉色和宗長老眼睛裡喜悅的光。好久，我清醒過來，弄清楚自己所作的承諾。我想，那一定是神的意思，神在我裡面說話。我道道地地做了神的工具。[72]

王鼎鈞認為所有的發生，都是神的意志，是神選擇了他。有此認知之後，便能接受安排。相信這世界就是為我而生的。甚至，所有窘迫、恐懼乃至磨難，乃至一切的跌跌撞撞，都是神安排好的，為非比尋常的人生做好一切準備。相信之後的一切，神便會為我們安排得井井有條，一切都可以適得其所，乃至有出其不意的驚喜。神跡，他無所不能、無所不在、無所不知、他自在永在。

他們來到了令人戰慄的日本大牢，看到這位他們要找的魁梧的男子兩手被鎖在較高的環上，左右分開，胸膛敞露，正是釘在十字架上的姿勢。衣服破了，臉腫了，眼睛擠成一條縫，只能無力垂著眼看人。眼前這位漢子被吊掛的姿態與十字架存在某種隱喻關聯，在基督教文化中，耶穌以其在十字架上流血，擔當了世人的罪，以殉難實現對人類的拯救。因此，十字架成為救贖、盼望、轉變的象徵。在這副十字架交匯的地方，演繹著「我」的原有的世俗之念與神聖摯愛的衝突，但同時讓「我」的思想改變了，一心一意想要救助眼前這位漢子。「我從來沒有像此時這樣需要上帝，相信上帝」，「主啊，感謝讚美你，這一切，你都看見了！」「主啊，我們相信一切都是你的旨意。死亡在你，復活也在你。恩賜在你，權柄也在你。」[73]三個人用同樣哀音和話語在向上帝反覆祈求，精神同樣亢奮，「在這種狂熱的祈禱裡，我到達一個忘我的境界，此身飄浮，飄浮，

---

[72] 王鼎鈞：〈神僕〉，《碎琉璃》，頁240。
[73] 王鼎鈞：〈神僕〉，《碎琉璃》，頁245。

無目的無止境的飄浮著。」王鼎鈞為我們描繪了一幅三人同心共鳴的艱苦求生心音。

> 立刻，我不再懼怕了。我們有三個人，三個聲音交響，三顆心合為一體，不再孤獨。聖經上說，只要我們三個人同心合意的祈禱，主必在他們中間。那天，那時，我完完全全相信這句話，我覺得，我們三個人中間的方寸之地，就是一座聖潔的殿堂。[74]

基督徒生活中最重要的內容就是信仰。信仰是神與人之間聯繫的紐帶，也是人得以認識神並實踐神旨意的必要途徑。不僅如此，通過信仰我們可以獲得許多屬靈的經驗和屬天的福分，使我們的人生變得更加有意義。呼喚苦難中的溫情是一個具有人文關懷的作家的終極選擇。王鼎鈞以其深邃的思想、洞悉的眼光和跨時空的意識，用戲劇的形式為人類奉獻出一席豐富無比的精神盛宴。

現實中，這原本是一個難以完成的任務，而這一生命奇觀，不妨說就是「神蹟」，背後必然有著強大而神祕的支撐，那就是關乎信仰的力量。信仰，是一種偉大的目標和崇高的人生嚮往，是人們的世界觀、人生觀、價值觀的持有和選擇。能夠激發靈魂的高貴與偉大的，只有虔誠的信仰。在最危險的情形下，最虔誠的信仰支撐著我們；在最嚴重的困難面前，也是虔誠的信仰幫助我們獲得勝利。信仰的力量對一個民族、一個國家、一個人的意義都是強大的。人生重要的不是所站立的位置，而是所朝的方向，信仰在人生的長河裡，正發揮著如航標燈般的作用，它指引我們生活方向、堅定理想信念、明確奮鬥目標。〈神僕〉立足於宗教文化背景，試圖從人性角度，剖析信仰的力量，並構建人倫情懷。信仰的作用在於釋疑解惑以廓清千百年來困擾人們的迷茫，以助人類建立精神家園和形成價值觀念。漫漫人生路，信仰也是引導王鼎鈞直面苦難的力量，信仰鍛造出他堅實的精神支柱。

---

[74]　王鼎鈞：〈神僕〉，《碎琉璃》，頁245。

二、在離愁之前：向未來出發，捕捉黑暗裡的幽光

《碎琉璃》全書以故鄉的古城始，以離開故鄉終，最末一篇是〈在離愁之前〉，寫出了決定離開故鄉，出發到大後方之前的心境。

> 經過一再設法測探，我這走大後方的計畫有了實行的可能。我又是興奮，又是恐懼，又是懷疑，又是快樂。初次跳傘的人站在機艙門口望腳下萬敵千敵，也不過是這種滋味。[75]

遊子出發前，心裡的糾結，如一根線牽扯，那是因為愛。關於分離，母親心中有不捨卻必須割捨，有如赤腳步於碎琉璃的痛楚，這也是因為愛。未出發之前，夢想只是一粒躁動的種子，出發之後，夢想就播撒進了生命的土壤裡，從此萌芽、抽葉。人的生命猶如一道航線，一條追夢的旅程，出發則是夢的起點。夢如此美好，出發是如此精彩，青蟲結繭是追求彩蝶的夢，樹苗搖曳是追求參天大樹的夢，而王鼎鈞到大後方讀書是為了追求用世報國的夢。我們的人生其實就是出發和到達構成的，出發，最終都是為了更好地抵達與回歸。出發，意味著背井離鄉，意味著在到達一個目的地後又向新的目的地進發。回歸，是帶著一次次出發後的收穫與力量，來回報自己的發源地與母體。

在出發之前，「我」有許多複雜矛盾的心情，必須尋找一個傾吐與解惑的對象。文中寫到了唐先生，他是一位「從異鄉來，在異鄉落戶的人」，而作者對彼此的定位：「我是一個整裝待發的探險隊員，來探望剛剛退休的探險家。」他期望唐先生以過來人的經驗引領自己一條明路：

> 不要恐慌，我知道背鄉離井是什麼滋味。你是在大霧中行路，看見前面的路只有五尺，不敢邁進。其實儘管往前走，走完了五尺，前面還有五尺，……前面還有五尺。不要讓霧騙了你、嚇著你。[76]

---

[75]　王鼎鈞：〈在離愁之前〉，《碎琉璃》，頁256。
[76]　王鼎鈞：〈在離愁之前〉，《碎琉璃》，頁258。

　　唐先生期許他：當你的心還在稚嫩與成熟之間躑躅，當你的腳步已踏上人生的征途，那麼，就用堅強裝滿行囊，用自信邁出你堅實的步伐，不必再反顧。只要往前走，腳底就會有路，我們認定了一個目標，然後朝著自己的目的地揚帆啟航，這就是出發。出發是告別起跑線的一種絕佳方式，當我們邁出了第一步的時候，就意味著我們不在乎山一重水一重，只管背包在肩，且歌且行。出發了，夢想就不再是癡想，出發了，夢想才開始了人生的丈量。王鼎鈞始終沒有忘記〈一方陽光〉裡，母親對他最後的叮囑：「只要你爭氣，成器」，他問唐先生，「成器」是什麼呢？

> 　　成器就是有用，對別人有用，對社會有用。人在外鄉，成器尤其重要。你必須對別人有用。你在本鄉本土可以做無用的人，到外鄉就行不通。[77]

　　異鄉生活的條件要比在故鄉艱難，一個人在自己的故鄉和異鄉有什麼不同？

> 　　住在自己家裡，你可以不愛你的家，無論如何家一定愛你。一旦身在異鄉，你就必須去愛別人，然後，你才有希望得到別人的認許。……耶穌為什麼要強調愛的重要？他為什麼要主張愛人如己，甚至主張愛仇敵？因為他事先料到他會死，他死後，門徒要離開猶太，到外面去托命寄身。只有愛，只有無限的愛，基督教才會生根長大。如果不能達到這個境界，基督教恐怕在耶穌身後就灰飛烟滅了。[78]

　　愛具有強大的力量，愛學生是教師必備的教育素質。愛在教師的育人過程中很重要，師愛會以一種無形的力量連接著教師和學生的心，唐先生把愛的種子撒向「我」，師愛如甘霖滋潤著學生的心田，它可以創造奇蹟，它可以改變一個孩子的命運。耶穌不是要我們只是單愛那些愛我們的人，而是去「愛人」、「愛仇敵」，把周圍的人看作是神所愛的大家庭的成員。即使在戰爭的時代下，充滿了人性的貪婪、邪惡、嫉妒、兇殘、詭

77　王鼎鈞：〈在離愁之前〉，《碎琉璃》，頁259。
78　王鼎鈞：〈在離愁之前〉，《碎琉璃》，頁260。

詐、惡毒、狂傲，世間的愛卻以它們獨特的方式籠罩著我們，讓我們品讀之後久久回味。「愛人如己」、「愛己如人」，把「愛」當做生命中最大的目標和追求。並把它看成是人為自己找到了一條拯救自己心靈的道路。只要在心頭記住，父母和唐老師等長輩們那份慈祥的叮嚀和安靜的囑托，腳下就沒有畏途。在離愁之後便上路吧，儘管風雨會阻礙人們前行的步伐，但泥濘卻能記下奮鬥者艱辛跋涉的足跡。對於王鼎鈞而言，他個人固有的對這個世界的愛連同他對愛的全部體驗，構成了他執筆為文的最根本的動因。

結語　碎琉璃中愛的閃光永恆留存

　　不知是誰說過：「青春時代的一切，不管是歡愉還是苦悶，那都是生命中的一種絕響，不再重複也不能重複了。」如果青春已經回不去了，如何好好走下去是作者提供給我們的思考。對於過往的生命，那已逝去的美麗的童年和青少年時期，王鼎鈞終於發覺那是「琉璃」，但這「琉璃」卻被戰火擊成碎片。在「碎」了的「琉璃」中，閃爍著「碎」了的成長。人生或許就是如此，必須學習從碎片中去重組拼湊那些看不見的美好，如同我們在童年時代玩拼圖遊戲，在興奮的東綴西補中，看到紙板出現愈來愈多範圍的圖形，常會樂極歡呼，我們有理由歡呼，因為我們掌握了自從人類有欲望以來，那夢寐以求的東西——它叫「完整」。一塊塊琉璃碎片是永遠不能再找回的，那是「青春情懷」。過去美好的日子，隨著戰爭一去不復回，失去的一切，無可追尋，但這一切，都將成為創作的泉源。那些走過的路，看過的風景，讀過的書，愛過的人，不會消失得無影蹤，它們必然會成為我們生命和氣質的一部分。

　　《碎琉璃》是他對童年的審美的回憶，回憶構成了《碎琉璃》的全部形式。愛，以安靜的方式通過創作來展現。而讀者則在作者的感性抒發敘事裡，情緒徹底認同，感到自己同樣哭過、笑過，當然也同樣活過！「愛」的內容與「回憶」形式形成完美的統一。

　　《碎琉璃》裡的十五篇散文，各有獨立的主題，但是讀完全書，你會不由得回味沈思其間，發現一道道細細的流泉自各篇汩汩而出，匯成一條奇美壯麗的河流，閃耀著光，那光便是「愛」。「愛」便是《碎琉璃》的主題。作家陳克環說：

　　《碎琉璃》突破了文體的束縛，作者以詩的語言，散文的形式
和小說的變化層次合而為一的獨特方式，述說他個人以及中國人在
災難中的昂然成長，為他那個時代留下了一篇美麗的史詩作見證。
作者對人的愛和對人生的愛並非依憑直覺和衝動，而是他哲思和宗
教情操的結晶，因此他筆下有醜有惡，你仍覺得這世界好美麗，他
筆下也有仇有恨，但你知道人間仍然充滿了情和愛。於是那消逝了
的世界雖已碎成片片，它將永恆地在我們心裡，閃光如琉璃。[79]

　　《碎琉璃》被歸類為散文，實則作者在本書所用的創作手法，已糅
合了小說的主動呈現、戲劇的突變張力、詩的潔淨澄明，使每篇作品或流
麗如錦，或飄渺如雲。王鼎鈞在《碎琉璃》一書中，以雅潔的語文，表達
深遠的寄託。以典型的小說敘事思維對戲劇藝趣意識的認同。他流暢的文
筆，記錄抗日戰爭動亂、變遷而又混淆著躍進的時代。在他的字裡行間，
可以看到中國人的眼淚和痛苦，但也看到中國人的微笑和希望。他從各種
不同的角度，描繪一個人如何忠誠地面對自己，如何真實地面對生活，
將民族的苦難當作自己的苦難。難能可貴的是，他不對時代創痕唱哀歌，
而是加以正面肯定的頌讚：愛心不死，家國不滅，這些昇華的「生」之
信念，使「碎琉璃」的每片碎片，皆是一個圓整無缺的無垢世面。楊傳
珍說：

　　　　如果說《碎琉璃》之前，王鼎鈞已經進入了文學史，有了《碎
　　琉璃》，作家就毫無爭議地成為散文重鎮。可是，我們不得不承
　　認，《碎琉璃》僅是王鼎鈞文學創作的序幕，驚天地泣鬼神的大戲
　　還在後頭。

　　悲傷有時，唯愛永恆。不管是對戰爭下失落家園的尋找，還是反抗
孤獨下對群體認同和自我價值的尋找，抑或是在歷史碎片中對人性的書
寫，《碎琉璃》都展現了人性最激烈的掙扎，並在其中展現了愛的力量與
期待。

---

[79]　見陳克環：〈永恆的琉璃〉一文，《中華日報》副刊，1978年8月3日。

第三章　流亡學生的成長書寫
——《山裏山外》烽火負笈的生存體認

　　《山裏山外》[1]全書以一位少年的視角敘述了複雜而又荒誕的人性與經歷，構成了作品獨特的審美意味。青春是人生旅程中一段最珍貴的時光，青春代表了很多美好的想望，可以充滿豪情壯志，可以是充溢熱情與勇敢，可以不計後果與肆無忌憚，這些都是這個時期所特有的標籤。但如果人生最美好的青春時期正逢戰亂流離，你又如何安放這一段特殊的青春呢？

　　《山裏山外》是王鼎鈞繼《碎琉璃》之後第二本自傳性的長篇散文，與《碎琉璃》相比，它集中在流亡學生的生活史。表現了流亡學生的生理和心理狀態，記錄了國家大事以外的日常生活細節，於瑣、細、碎、小中見出偉大背後的凡俗。記錄了那些推動他成長的人物形象。這本書是以他少年階段的所見所聞、所思所想為原型，通過虛實相生的手法寫出的小說體散文。他試圖塑造一個「我」的樣本，來探尋戰爭年代中的群體和個體的多維本質。

　　作家的少年時代，首次遭受生命中難以承受的外族入侵的磨難——抗日戰爭，生離與死別、苦悶與壓抑，《山裏山外》立足於對一段抗戰史的還原與追憶，其中有著王鼎鈞個人在年少時代輾轉飄泊安徽、陝西等大江南北的生活體驗與人生經歷的藝術表現，觀察刻劃人生百態的浮動，血淚和笑靨歷歷如繪。並見證了中國大地的山川悠遠、風俗醇美，有力地呈現了大時代中一群「流亡學生」的感懷、理念、夢想、和抱負，使這部著作無論在史學還是文學，都體現出不容忽視的意義。東北學生的流亡經歷，是那個時期中國歷史的見證，對個人來說，流亡改變了個人的人生軌跡；對國家民族來說，流亡則反映了自強不息、頑強不屈，不甘當亡國奴的民族精神。書中所述，不論是戰火、封鎖、飢餓的摧殘，還是嚴格服從

---

[1]　王鼎鈞：《山裏山外》（台北：爾雅出版社，2003年6月）。

操練的鋼鐵教育、九死一生的肉體磨難、學潮風波的折衝對立，展現社會轉型和世紀變亂所造成的精神錯迕，處處都可以感受到這些有志青年在抗日風暴中所經受的靈魂洗禮。他回憶著曾經發生過的故事，戰爭、訓練、疥癬、愛情、冒險、背叛、友誼、生命……各種激情湧動在一起，形成了一部宏大而精緻的青春生命史。看似孱弱的生命在外界的壓迫與陣痛中拔節生長，獲得在當下和平年代中難以企及的剛性與強度，作品也由此一定程度上成為戰爭背景下少年情感震動與心理修復的一處縮影。作品以少年的視角展開敘事，筆力所及，不僅可見從的空間位移，更展現出由懵懂到堅韌成熟的心性變化。王鼎鈞家通過飽含深情的書寫，既反映了人與人之間的現實關係，又揭示了人與自然的審美關係。本章欲透過探究《山裏山外》的生存啟示與底層書寫，以彰顯作家的生存體證和社會觀察。

第一節　自我消解於群體的敘述視角：流亡學生集體的成長背景

　　王鼎鈞在《怒目少年》中已記載了在小學畢業的時候，日本軍隊在東北發動入侵戰爭，而全家從蘭陵開始向西流亡，到了宿遷等地。經歷了顛沛流離，難以描述的苦，又回到被搶劫一空的老家。在本應上初中時，又因日本發動對中國的全面戰爭、蘭陵已成為淪陷區，他失學很久了。父母對他的教育問題十分憂心。

> 「他年齡還小，正是讀書的時候。」「他的年齡不小了，可以照顧自己了。」兩句話看起來互不相關，卻像把鉗子有個交叉點。它夾住了失學的我，把我推到縣城南關了。[2]

　　一九四二年，魯籍名將李仙洲在安徽阜陽創辦成城中學，專門收容山東淪陷區的流亡青年。王鼎鈞那年十七歲，父母不願意讓他留在家鄉接受日本人的皇民奴化教育，在父親透過教會組織與楊牧師幫忙之下，暗中安排讓王鼎鈞離開家鄉穿越封鎖線前往安徽阜陽讀書。

---

[2]　王鼎鈞：〈天鵝蛋〉，《山裏山外》，頁16。

我想進這座學校想得心發燙，恨不得一箭射到。那時候沒有想
到，箭一經射出去，自己就不能回來了。[3]

當時，作者對於到大後方的流亡學校就讀存有許多美好的夢想。甜
美是夢的光輝，暗淡總是夢的背影。那裡，有的僅是厚重的黃土、綿延的
群山，以及黃土與群山上慷慨悲壯般呼嘯著的獵獵大風，還有那座山巒環
抱的簡陋學校。這所私立中學後來申請改為國立第二十二中學。隨著戰局
的發展，二十二中遷移到陝西漢陰，王鼎鈞從此成了真正意義上的流亡學
生。《山裏山外》在書前的扉頁上寫著「抗戰時期流亡學生的大夢」、
「《碎琉璃》的姊妹篇」，明確交代是一部以抗戰為背景、以流亡學生為
主體，描寫現實與歷史、青春與成長的長篇散文。

時至今日，「流亡學生」這個名詞需要解釋一下。當年「七
七」事變發生，日本軍隊大舉侵華，佔領中國廣大的土地。在日軍
佔領區（當時稱為淪陷區），日本改變了教育的精神和課程內容以
配合侵略，許多青年不肯進入這樣的學校，冒險穿過封鎖線到後方
流亡，即所謂流亡學生。在廣大的後方有很多專設的學校收容他
們，這種學校常為了戰局變化而遊動遷移，被稱為流亡學校。[4]

抗日戰爭是一場全民族的戰爭，任何階層的任何人都難逃戰爭對其
命運的強制安排，眾多的人口被戰火逼離家園，流離失所，其中包括許
多青年學生。他們或因學校搬遷跟隨遷移，或因學校解散而四散流亡。
作者和那些青春熱血的學生們在如此的苦難中，仍然堅持學習，堅持讀
書，堅信如果文化不湮滅、不被毀壞，今後中國仍會重振旗鼓，會需要他
們學習到的知識來重建，《山裏山外》便是以這樣的時代和環境為背景寫
成的。

「流亡期間，歷經匱乏殘破的種種場景。後來年齒增長，閱世漸深，
回首前塵，發現了畫面之瑰麗奇偉。」[5]在抗戰八年宏大的社會場景中，
每一股勢力、每一個人都有著自己無法解釋的行為，糾纏在一起，干擾著

3　王鼎鈞：〈天鵝蛋〉，《山裏山外》，頁17。

4　王鼎鈞：《山裏山外》序文，頁8。

5　王鼎鈞：《山裏山外》序文，頁9。

他們對孰是孰非的判斷。他們正敏感地承受時代風雨帶來的一切，也全心地去接納生活的賜予，燃燒青春之火，飲盡生命之酒。無夢不青春，青春定有夢。流亡學生都是尋夢者。他們把夢點燃、放飛，讓所有的遠方都為此而發燙。戰爭時代背景下成長的孩子，似乎都有一種過人的堅毅，或許是被大時代磨練出來的。王鼎鈞身為其中的一員，對這段經歷既刻骨銘心又十分珍惜，所以，與前人描寫日軍侵華的觀察視角有很大的不同，王鼎鈞另闢蹊徑，從過去人們關注不是很多的山東學生流亡史的側面，補充了正史所未見的流亡學校內部的現實人性與細節生活。

一、從個人走向群體

「舉世皆濁我獨清，眾人皆醉我獨醒」的特立獨行，其崇高與清潔不容否認，然其智慧與理性卻相形見絀。個人的特立與孤高，離群遺世，豈可效仿？一個無法融入所屬群體的人，必定是個孤獨痛苦的人。流亡學生在那個失溫、失重、失所的年代，更不可以自絕於人群，不可能獨善其身，那是個人我之間必須相互取暖、幫助的年代，是個必需要相信集體智慧的年代。萬里荒漠的一株草必然逃不過枯竭的命運，穿越雲層的一滴雨終究要回到奔騰江河東入海，集體大眾是一個完整的人最終的歸宿。

全書雖是由十二篇篇幅頗長的散文組成，這些文章卻也構成一個整體，前面出現卻未結的懸念，在後面的篇章終有了交代。前章中隱含的伏筆或待續未盡的結果，有時會在其他章節中接續或解答。全書敘述著自己與那些流亡學生的辛酸過往，充分地展示了個人的體驗，但又不止於個人，而是那個時代裡所有少年共同的成長，王鼎鈞讓這些同伴與主要人物由幕後走向台前，演繹自己的故事，作者也在想像創造中言說他們的故事，從而變成自我成長故事的一部分。這一敘事形式中的敘述者與被敘述者常常發生碰撞、交融，產生互動，作者個人的成長因此呈現了多維立體的特徵，他既是個人，也是群體，既合一又分治。他的精神危機與信仰的空虛就不是孤例，而是一個時代流亡學生共同的心理狀態。

全書是流亡學生集體的生活史，透過自己的見聞來表現出那個時代的群體生命，作者以通觀歷史的姿態出現，雖然以「我」為敘述者，但同時也超越了具體的自我，雖然以介入者的姿態出現，但最終隱去了自我。正是這種超越了其自我形象及其客觀存在的超然之境從而表現了對歷史的感

唱。文字中的「我」，就不僅僅是單純的敘述主體，同時也是被敘述的對象，也是情節與故事的其中參與者、在場觀看者。

二、介乎虛實之間

《山裏山外》是以抗戰時期的流亡學生經歷為主軸，寫出他們在歷史轉折期中的成長和見聞。書中描寫到學生們在流亡學校所遇到的種種人事，還有彼此如何去面對那些困難。書中人物個個有名有姓，但不知其身分與事件的真實性比重有多少。即使不把它當歷史來看，本書也是頗值得一讀的。因為日軍侵華，使得大片的中國土地被占領，而這也使得教育體制被改變、破壞，日人在淪陷區推動他們的皇民教育與奴化政策，導致許多青少年不得不冒險穿過封鎖線到後方去讀書，成了「流亡學生」。全書雖然標明「本書人物均係虛構」，然而虛構只是表面的外在，書裡面每一個角色或人物，都有他獨特的形象和行止，每一個人所透顯的情感卻都是有血有肉的真實存在。有些情節也許是虛構的，但是在這些情節之後的所述說的生命故事卻是每一個中國人都應知道也不應忘記的。若與回憶錄《怒目少年》相對照，我們會發現，《山裏山外》仍是王鼎鈞以親身經歷為原型。歷史是文學的基礎，再高明的虛構都離不開堅實的現實基礎。離開了真實的生活經驗，想像的翅膀也難以高飛。正如作者在序文中所言：

> 本書並不是某人某人的傳記，也不是某一學校的實錄，它的內容有許多來源，作者再加以綜合變奏，以納入文學的形式。它努力擴大現實，也隱藏了現實。[6]

《山裏山外》作為一篇半自傳的小說體散文，在極大程度地表現了作者對生命與個體經歷的態度。經過巧妙的藝術構思，以各具個性的人物形象貼近現實，多層次展現抗戰時期流亡學生和基層民眾生活交會的紀實長篇。《山裏山外》與作者生活經歷的重合度高、小說體散文中的自傳性色彩濃郁、時代的印象寫實逼真、青春記憶深刻。或許，書中的每個故事都是真人真事，是基於保護當事人，必須把他們的真實身分隱去，加入了部

---

[6]　王鼎鈞：《山裏山外》序文，頁13。

分游走在虛實之間的情節。何況全書末尾仍然情不自禁地道出此書是為了「紀念兩位在文革中失踪的國立二十二中的徐秉文和李孔思同學」[7]。藝術形象和生活原型之間不能畫上等號，我們雖不能把書中的人物與作者生命中出現的人們混為一談，但並不能否認故事中的人事與作家生活經歷之間的密切聯繫。這種聯繫是文學和生活之間的美學關係。其中的章節安排與人物速寫，或許是王鼎鈞流亡生活中所遇到的似曾相識的許多人事的綜合和升華，是他對回憶的一種敘事策略。一方面是對美好記憶的追念，另一方面是對前程莫測的憂患，這種複雜的情感交織在一起，便孕育了出入虛實之間的似虛又實的姿態。

三、逆境中的成長

《山裏山外》可以說是從「戰爭」和「成長」的兩個視野來書寫，戰爭視角是時代背景，更重要的是在這樣的時代背景下充滿人文的關懷注視，透過流亡學生成長過程中的苦難，嘗試尋找人類的精神家園。王鼎鈞以敘述者「我」的所見所聞的經歷為主線，表達了青春與成長的主題。認知發展是青少年成長的重要內涵，優秀的成長書寫往往以生動的戲劇性方式讓事件和故事來表現人物的認知發展，人物的認知發展在成長小說中也因此具有了典型性和審美性。作者觀察細節，感情細膩，惟妙惟肖刻畫了流亡學生們真摯而遊離的心靈世界，這裡有迷濛的美，也有淡淡的感傷。

> 一個在夜裡逃過難的人看見夜，總是想起逃難，總是覺得前前後後飄蕩著游絲一樣的恐怖，不容易再領略夜景的美。一個在少年的時候就陷身在這種漫天烽火裡的生命，怕終生是不可能忘記那些縱橫的烙印了吧。[8]

在旅途中，因陌生而帶來的害怕感，因流浪而帶來的漂泊感，都化成了成長的養份。為了尋夢，曾翻山越嶺，涉過萬水，穿越人海，心中百感，遺留在沿途的風景中。他對人生的獨特思考和領悟使這本書在展繪人

---

[7]　王鼎鈞：《山裏山外》序文，頁397。

[8]　王鼎鈞：〈天鵝蛋〉，《山裏山外》，頁28。

生百態時有著獨特的視角和新穎的言說方式。由內向外的書寫視角使他的
創作有著其他山東作家所沒有的細膩和幽微。一個人離開父母獨自去闖蕩
世界，才能真正體會什麼叫苦難，也才能體會，苦難是動力的催化劑，只
有在人生道路中與苦難交鋒，才知苦難其實是一筆財富。

> 八年抗戰有似一條彈道，有昇弧、降弧，最後彈頭落地開花，
> 炸醒了各式各樣的夢，包括日本軍國主義者的和流亡學生的。身為
> 大氣流中的一塵，流亡學生也走過升弧和降弧。
>
> 無論如何，對日抗戰，世界第二次大戰，我們總算躬逢其盛。
> 日軍侵華是中國的大災難，青年人及時接受了這場災難的磨煉，卻
> 可以視之為得天獨厚，不管後來造化怎樣弄人，都不能奪去我們的
> 收穫。
>
> 彈頭落地也能成為跳彈，重新創造一個昇弧。[9]

作者以子彈離開槍管後的彈道從升弧和降弧的歷程來象徵時代的巨
變，彈亦有道，彈亦無道，流亡學生出山入山的跋涉是訓練意志力的事，
一切靠自己。在這裡，學生們的青春和信仰被偷走，因集體的榮譽感到而
沒有自己。流亡學生栖栖遑遑，在漫無期限、遙遙無際的流離顛波中刻劃
下一條獨特的人生曲線。植物體內有一種「逆境激素」，在植物受傷害
時，可幫植物度過難關也可讓植物結出甜美的下一代。而書中的流亡學生
在那樣變異的年代仍為了自己的夢想努力不懈，不管路有多艱辛依然不放
棄，就像這植物一樣，逆境使人成長，這便是「彈頭落地也能成為跳彈，
重新創造一個昇弧」的意涵。

席慕容這樣評價這本書：

> 讀王鼎鈞的《山裏山外》，就是在讀著一個靈魂在戰亂裡的烙
> 印，讀著一顆心在烈火裡的鍛鍊。流淚是因為他的傷痛也是我們整
> 個民族的傷痛，微笑是因為幸好他有著一個真誠的靈魂。[10]

9　王鼎鈞：《山裏山外》序文，頁10。
10　席慕容：〈純金的心──《山裏山外》讀後感〉，blog.xuite.net/t006kong/wretch/102433024/trac

　　最美好的成長，其實是發生在最艱辛的年代；最真誠的尋找，是在最平凡的對視之中。《山裏山外》具有成長心理與自傳性回憶錄的特質，不論是個人的記憶，還是集體記憶，記憶已成為文學最重要的書寫力量。在這部作品中塑造了基於記憶的亦真亦幻的空間。回憶世界通過對往事進行藝術書寫而產生全新的感受。即使在書開頭寫上了「本書人物均係虛構」，但讀者終究會明白這本書真真實實就是作者對一個時代的見證和參與。只有真實經歷過那段歷史的人，才能寫出這樣的一本書，他記錄了那個時代變革中千萬人們的情感和社會風尚。流亡學生的遭遇必須由流亡學生自己來寫，中國人的遭遇在等待著中國人來寫，只有身為「歷史」一部分的當事人才能明白每一顆逆來順受的心靈裡的光芒與烈火。紀實也好，虛構也好，重要的是作者會選取什麼細節來體現自己的立場。而這種既虛幻又真實的感覺，反而成為這本書最大的魅力！

第二節　戰爭情境下人與自然生態的關係

　　文學可以通過人與自然、與土地關係的詩意表達獲得新的自我確證與精神救贖，以自然生態美化生存是人類精神救贖的又一選擇。《山裏山外》是自傳性長篇散文，因為流亡西遷的經歷，使得他與自然天地有了更緊密的聯繫：

> 　　流亡期間，跋山涉水，風塵僕僕，和大地有了親密的關係。祖國大地，我一寸一寸地看過，一縷一縷地數過，相逢不易，再見為難，連牛蹄坑印裡的積水都美麗，地上飄過的一片雲影都是永恆。我的家國情懷這才牢不可破。[11]

　　那牛蹄坑印的積水，那映照在積水裡的天光雲影，都有著回憶裡最初的理想，澆築生命的榮光。王鼎鈞已在我們的眼前用一支無法替代的彩筆，為我們繪出了那萬里江山。在這裡的故鄉已不止是山東蘭陵了，也是這一寸寸他走過、跋涉過的山河大地。華北華中各地，雖然不是哺育他的原鄉，但卻是他成長的土地。跋涉是苦，但若不是憑仗著祖國大地幅員廣

---

[11] 王鼎鈞：《山裏山外》序文，頁11。

闊，日本人早已把中國給滅掉了。王鼎鈞在祖國的莽野山林中跋涉，在生活的現實大地上耕耘，在這樣悲苦流離的歲月中，《山裏山外》裡的那個少年仍然能夠用心用眼去體會周遭一切人物、事物與景物裡的「美」，在山水的優美裡表現憤怒與反抗、沉思與超越。

一、山川大地的滋養

「山中何所有，嶺中多白雲。只可自怡悅，不堪持贈君」[12]，以前在筆墨淋漓的山水畫裡，也曾見過層疊不窮的峰巒，卻總不能體會出造化的神奇。一旦親自要走入這些白雲山峰時，才懂得為何大自然要將美麗的景致著意地營造在這層層的險峻中。那是要人類懂得敬畏自然，尊重自然。在作為書名的〈山裏山外〉這一篇裡，一開始就是這樣寫的：

> 我想翻越一座山。山以嚴峻的臉色對待我。它是萬古千秋生了根的閘門，阻擋兵馬，過濾遊子，保證林木鳥獸。行人如水，自古繞山而行。抗戰是對這一規律的破壞，是對山的侵犯。我們要踐踏它。我仰臉看那涓涓細流一般又像掛下來又像貼上去的小徑，思量如何辦得到。[13]

一句「行人如水，自古繞山而行」便說出了人與山之間自古以來的關係與規律。然而在抗戰的時候，所有的規律都被破壞了，人們必需要用一切的力量在山中跟隨著前行者踐踏出一條路來。其實，山仍然是山，百千億年來，儘管風雨飄搖，地動景移，但群山依然屹立聳矗，何曾有礙人之心？是人們或為避禍、或為隱逸、或為墾地、或為據守，或有心挺進、或無心闖入，因而進退失據，叫天叫地無應。實則非山困人，是人擾山，何怨峻山無情，何瞋群峰無義？嚴峻的山勢表現了堅定堅毅的情懷，山是宇宙的造化，是神聖不可侵犯的，山也是有情的，抗戰靠山，山阻擋敵人入侵的兵馬，卻過濾了小路讓遊子通行。王鼎鈞在《怒目少年》裡提及「抗戰靠山」的情境：「中國的山地佔總面積的百分之三十三，山是老天預設

---

[12] 南朝・陶弘景，〈詔問山中何所有賦詩以答〉。
[13] 王鼎鈞：《山裏山外》，頁228。

的防禦陣地，人擋不住的、山來擋」[14]，「山在大平原上開門迎賓、閉門拒寇。日軍輕易不進山，進了山也好對付」：

> 山和平地一樣，也是草木土石，只因豎立起來，重重疊疊，分外好看。我爬第一座山的時候，第二座山就在前對我展示自己，表示值得爬，不枉你費一番力氣。抗戰時期，我們對「山」有特殊的感情，從心裡覺得山很親切，很可靠，山外有山，有這麼多的山，使人自豪。天佑我華，山是上帝預先築成的防禦工事。爬著爬著興奮起來，恨不得在每一棵大樹底下坐坐，每一塊岩石旁邊靠靠，每一道澗溪裡洗洗。恨不能化身千百，一個身體不夠。
>
> 爬上一座山，你會覺得真有成就。小日本兵爬不上來，山不讓他們爬上來，山有靈，知道誰愛它，誰來踐踏它。想想侵略者的辛苦，自己的辛苦變快樂。「三山六水一分田」，為了佔領一分的田，就得再化十倍、百倍力氣佔領三分的山，註定了的賠本生意。[15]

如果敵人連山水木石都無法征服，又怎能征服山水木石的主人？想到這裡，你會覺得中國大地上的那一山一水一木一石都無比親切。流亡學生就在山裏山外的泥濘中來來去去，伴著自己的成長走完山水大地的旅程。《山裏山外》瀰漫著豐沛的生命氣息，眾多引人矚目的自然意象的詩性展示使作品的情感更加充實和濃烈。其中，山的意象出現頻密，且意蘊豐富，這既來自作者流亡學生生活的經驗積存，也源於作家文化尋根的自覺訴求，並試圖用「山」這一古老意象重建原始自然的生命力量，給予人們的智慧審思。由此，既體現了王鼎鈞風格獨特的生命意識，也形成了對流亡文學雄健浪漫精神的積極建構。他從「山」的自然生態而體會到人生：

> 我明白什麼是「人間到處有青山」了。山，侵略者的最後一站。坐在這一座山的山頭，和另一座山對話，如同幸遇飽經滄桑的哲學家。山有臉，有時整座山就是一位巨靈的臉，因智慧太多而沉默。山是人生中的自然，也是自然中的人生。[16]

---

[14]　王鼎鈞：《怒目少年》，頁350。
[15]　王鼎鈞：《怒目少年》，頁209。
[16]　王鼎鈞：《怒目少年》，頁209。

　　其實，自然書寫是《山裏山外》文學主題中的一個重要側面。王鼎鈞通過對大自然風光的細致描繪、對大自然所造成的阻隔而勇敢超越，以及對大自然蘊藏的生命偉大的深刻發掘，展現了山水自然對於那一代人青春理想、生命沉思和精神追求的重要意義。王鼎鈞通過飽含深情的書寫，既反映了人與自然的現實關係，又揭示了人與自然的藝術關係。當自然作為人的精神性存在的對照時，生命家園感得以呈現和強化，並且以理想化的家園想像，成為精神世界恆久的燭照。王鼎鈞通過描繪人類與自然之間征服與反征服的過程，再現了自然具有靈性，促使人們深刻思考人與自然的關係。

　　人與自然的關係是文學創作的永恆母題。在人與自然的對稱關係中，既有崇敬中的惶惶情愫，也有企圖穿越跋涉的大膽渴望，更有在平衡心境中的超越自我、達到物我契合。人與自然的相親對話，濃縮了他四年流亡學生生活的生命體驗。山外，一方面是王鼎鈞夢想中的美好世界，但一方面又是未知的險峻的寫照。山，概括而言，象徵一切的障礙，同時也是人類要去挑戰的目標與攀登的地點。

> 　　雞鳴早看天，日出前就登上峰頂。原以為能看見平疇沃野、田園人家，卻不料眼前又是另一座山。山的那一邊，海浪一般起伏的還是山。從外面怎麼也看不出來山外有山、山裡套山，總以為青山雖高，不過一重，倘若早知不然，寧願去走另一條路了。山以它的簡單引誘我，一座山掩藏著眾山欺騙我，我幾乎賴在地上不想走、走不動了。[17]

　　登高山復有高山，入山中仍復有山，人生與世事正如重重疊疊的山，躲過一場又一場的轟炸，逃過一次又一次的難關，一山放出一山攔，不知何時又將陷入另一場劫難？流亡學生正是在綿綿的山脈裡一次又一次的跋涉，在這裡，山外有山、山裡套山，當你好不容易穿越一座山，發現自己仍然生活的山的底蘊中，原來前頭還有難題，這就是人生的考驗。回首不斷的出山入山，受到山的啟示，必須學會堅強與長大。異鄉流亡，是苦、孤寂，但有家人在遠方的支援和愛；異鄉打拼，是苦酸、奔波，但陌生的

---

[17]　王鼎鈞：《山裏山外》，頁240。

環境打開了你的眼界，讓你成熟茁壯。

> 山就緊貼在脊背後面。從此無情的大山橫阻在遊子和故園之間，狼牙將一線咬斷，我們不復是牽在父母手中的風箏了。[18]

　　在這裡山是阻隔，實際上卻蘊藏了更為深沉的傷痛，是處在社會大裂變時無所寄託的精神孤獨、無所歸依的人生悲涼。到最後，山留給作者不復是拼搏的勇氣，只是行軍跋涉的痛苦生活經驗。戰爭直接打破了人們的正常生活，很多人因此而失去了理想與信仰，流亡學生是「迷惘的一代」。雖然世界是「荒原」，人生意義是「虛無」的，但是王鼎鈞在這部書中為我們闡明了在痛苦中生存的意義，論證了生存的價值。翩翩彩蝶必須跨過破繭這道關口，才能化蛹為蝶，美麗輕盈。成長的道路上也許會有的困惑，生活中的失意，情感上的煩惱……它們就像橫在流亡學生面前的一座座關山，需要去跨越；它們就像擺在面前的一個個障礙，需要去衝破。

　　整部作品中，有關山的描寫出現多次，有山就會有路，在人生的路上，喜悅往往與淚水相伴，成功也往往隨挫折而至。面對艱難和坎坷，你只有勇敢地跋涉，才能到達理想的彼岸。跋涉之旅，是艱辛之旅，同時也是希望之旅。他以深刻的語言，現實與浪漫相雜糅的文學修辭，在對重山峻嶺的大地書寫中為自己創造了一個精神跋涉的原鄉，在苦難重重的時代守護著對正義與真情的嚮往與追求。他那像山一樣堅強的性格以及像山一樣沉默追求的精神，讓他造就了如同山一樣渾厚堅實的作品。

　　王鼎鈞生活在一個重建世界新秩序的大時代，在中國歷史上最為苦難的年代，但同時又是一個挑戰與機遇並存的時代，時代呼喚人們履行自己的人生使命。行走是一種姿態，可以日行千里，走馬觀花；行走更是一份心情，可以四顧茫然，懷古撫今。流亡學生在旅途中回望從前，也尋找未來。在跋涉中追索，洞悉時代與人生。山隔斷了前行的路，但隔不斷心與心的交流；山阻礙了他們走向世界的夢想，但無法阻礙他們堅定的腳步。山裡有珍惜努力的他們，山外有自強不息的他們，連接彼此的就是愛，是理想，更是信念！不論是在山裡，還是在山外，生命的節拍只能不停地響

---

[18] 王鼎鈞：〈山裏山外〉，《山裏山外》，頁270。

徹。不論現在，還是將來，都要衝出命運的陰霾，勇於追求未知，珍惜感情，做一個善於仰望山水星空、腳踏實地的人。

二、流水不息的啟示

　　山與水的存在是與人生分不開的。它們並不僅僅指實，而是具有豐富的象徵意義。流亡期間，人與山水更形緊密聯繫。「我」在和虞歌、吳秋菊穿越封鎖線時，船家唱小曲「人心彎彎曲曲水，世事重重疊疊山」，「山」與「水」的意象伴隨著強烈的生命律動，這與作家以澄明清澈的心靈觀照大自然、感悟大自然是緊密相關的。山，最壯美的是極頂，無限風光在險峰。水，最嚮往的是涵納百川的滄海，避高趨下是一種智慧，奔流到海是一種追求，剛柔相濟是一種能力，滴水穿石是一種毅力，洗滌污濁是一種奉獻。水意象以其豐富的情感內涵成為作者在流亡途中最常引起感發的意象。當他們傍著山谷走，近午時分，日光直射，能清楚地看見谷底兩壁被雨水沖刷的條紋。

> 　　我說真奇怪，人怎麼能找到上山的路。虞歌說人走的路就是水
> 走的路，水怎麼順著山勢流下來，人怎麼走上去。所以我總是傍著
> 山谷河流，水朝我們來的方向流，銀光濺射，往後抽我們的腿。我
> 們走路，同時拉縴，同時拔河。[19]

　　水要走路，山擋不住，人只要跟著水路而行，一定可以找到出路。有水的地方便有人住，人的生命也依傍著河川涵養維持，河流是自然界的生息循環在大地上行吟的旅程，生命的流轉與傳承必然與河水流向同頻共振，河川日夜奔流，中華文明便能延續發展。水是最為尋常之物，但水又是世間最有靈性的物質。水之流通，水之澄清，水之不捨的精神，都給人以無窮的啟迪和智慧的感悟。涓涓細流必須跨越青山這道關口，才能為自己找到奔流的出口。只要找到出口，即使路再遠，也一定可以到達，正如左良玉跟「我」說：「你不用怕，再長的路也比人的腿腳短，到最後總是

---

[19]　王鼎鈞：〈山裏山外〉，《山裏山外》，頁242。

人還可以走，路到了盡頭」[20]，即使前行的道路更遠還生，相信人的毅力可以克服道路遙長。

其次，水的最具約定俗成的涵義是時間的流逝，藉此表達時光難駐的嗟嘆、生命短促的傷感，或是情感、情思的強烈與悠久。王鼎鈞在〈天鵝蛋〉中寫到看河水的感受：

> 我坐下，悶悶的守著河；河水很清，很靜，但是一直流向下游，不肯停息。天下的河水都嚮往海，思念海，沒晝沒夜奔向海，也不管從那兒入海，也不管能不能流到海。[21]

在這裡，河水的意象充分表達出作者的思緒、情感、情思等反映內心世界的精神活動。河水不斷流著，像內心的孤獨、憂傷未能停息。也像他的生命型態，水成了作者認識世界、禮讚自然和思索生命的載體。水意象體現了作者的生存心態，借水來感嘆人生遭際與生存境遇。流亡學生集體西遷歷程中的跋涉足跡，展示了大時代中流亡學生在時代洪流裡激流勇進的壯麗畫面。當「我」要告別學校時，居高臨下，再看這山水人家，「小溪繞山成形，小鎮傍溪定位」：

> 鎮既然立在溪旁，就不能不狹長，望之如依水而栖的黑壓壓一群候鳥，小溪清清淺淺的流下去，把山光水色送出去，把日精月華送出去，送進比它大的河，再送進比河大的江。那時星垂月湧另是一番氣象，上游的小溪日夜不息是為了成就那番氣象。[22]

水有一種健行不息、執著向前的追求精神。「逝者如斯，不舍晝夜」，水有一顆奔流到海不復還的靈魂，在奔流中包含著一個永遠前進的理想，一種永遠處在遙想和期待之間的追求。人生也是如此，雖說每一處驛站、每一個瞬間，都是秀美如畫，但最美的自己卻在遠方，因為最美的夢想在遠方。《山裏山外》中的水意象，是在經歷了苦難生活的跋涉之後展現出來的精神力量。奔騰不息的江河告別曾經歷過的崇山峻嶺、深溝險

---

[20]　王鼎鈞：〈車上車下〉，《山裏山外》，頁194。

[21]　王鼎鈞：〈天鵝蛋〉，《山裏山外》，頁26。

[22]　王鼎鈞：〈合久必分（二）〉，《山裏山外》，頁394

灘，一往無前地奔向遠方。正如同 「我」歷經變故和滄桑，面對苦難選擇的是忍耐與堅持、通達與豁然，展現出了高昂的生命精神。

三、村莊與百姓生存狀態的寫真

由於老百姓底層人物與自然緊密關聯，在鄉村、田野、草原、山林等場域中都可以看到他們的生存與生活。長期生活實踐的親歷實感， 在流亡途中，立身大地，讓王鼎鈞有更多的機會貼近大地，接近現實，有更多機會和百姓平民間深情交會，與民共處中更加關懷民瘼，就算在那樣荒涼的山路上也有生活，也有人家：

> 山上有人揹木柴，有人帶著狗找獵物，有人挑著擔子找人剃
> 頭，孩子們聚在一起燒知了吃，有洗地瓜的婦女，把地瓜切片攤在
> 石頭上曬乾，有割草的婦女，把青草攤在地上曬乾。入山越深遇見
> 的人反而越多，他們大概是愛山的人，他們好像說既然不得住在山
> 上就不必再看見平地，他們互相競賽誰能活在深山的深處。山是他
> 們勤勞、堅忍而且多孕的母親。山像包孕岩石一樣容納他們養活他
> 們。他們默默的淡淡的表情忘了山是山。[23]

山上人家們的生活，那一幅一幅樸實勤勉的勞動圖像，透著自然愜意而原始的農耕氣息，也似乎演繹著生命周而復始的刻板更替，作者為我們構築了一個深林裡的淳樸之地。不但有簡單純淨的自然風光，還有人們的生存境況、精神世界及其獨特的生命意識的書寫與觀照。在每個視角裡，它說明了自給自足的生活，日出而作，日落而息，鑿井而飲，耕田而食，他們認份、踏實，把生活作息化成潺潺流動的溪水，在不變的勞動裡展現簡單的生活步調。深山裡的人們，更願意與山林相守，與天地形成強韌的聯繫，自由地呼吸，用勞動來取換取歲月的豐盈，讓精神在舒展的狀態完成自己。人的自然生命形態展現了人與世界和諧關係的詩意呈現。

山裡人的生活，恬淡而知足，平靜卻艱辛。為了生存，也必須付出勞力。山裡有對祖孫為了生存而辛苦地叫賣，王鼎鈞寫下了與他們相遇的這

---

[23]　王鼎鈞：〈山裏山外〉，《山裏山外》，頁242。

一幕：

> 忽聽得有銅鈴般的聲音喊：「賣涼水！」吃驚中看見一位白了頭髮扶著拐杖的老婆婆守著水罐和碗，牽著一個六、七歲的男孩。男孩模仿雄雞的姿勢叫了一聲：「賣涼水！」瓦罐和陶土燒成的碗都和老人的皮膚一樣粗糙易毀，水卻像孩子的聲音一樣清澈新鮮。別無行人，孩子的那一聲一定是喊給我聽的，不忍教他失望，就買了一碗水，呷了一口。[24]

　　小男孩用盡力氣來叫賣他那白了頭髮的婆婆所準備好的涼水，所以要鼓起胸膛伸長了脖子，像隻雄雞一樣發出聲音來。「瓦罐和陶土燒成的碗都和老人的皮膚一樣粗糙易毀，水卻像孩子的聲音一樣清澈新鮮。」那一座嚴峻的山，那一條荒涼的路，那祖孫二人和過路少年的一場相遇，就都在一碗清水中清楚而又完整地呈現了——老人雖老而易碎卻仍然堅持，那孩子雖小而軟弱卻有著天真的聲音和勇氣，少年雖然獨行在荒山之中卻有著不肯放棄的盼望；那是山中老百姓真實而具體的生活、也是作者始終熟悉沒有忘記的故事，三個平凡的人物已表現出對這一場戰亂的態度，說出了中國人在怎樣的環境裡也能生活、也要生存。人生，總會有路可走，只要繼續走下去，就會有路可走。這樣的毅力和勇氣，令人肅然起敬。〈山裏山外〉有一段：

> 平靜的山裡忽然起了一陣風，只覺遠處的竹林起起伏伏，近處的樹木雨打海潮一般響，驚起多少大鳥小鳥從竹叢裡從林梢間衝出來盤旋飛翔。好像滿山都有聲音催我們趕路。就在這時候，眼前驀地一暗，升起一股襲人的陰氣，原來是山高太陽低，山峰遮住斜日，儘管遠處還明亮如鏡，暮色卻早一步到了山腰。虞歌說：「走吧，未晚先投宿。」我問今夜宿在哪里，她伸手向前一指，遠處林梢掛著一匹灰白色的羅紗，我知道那是炊煙。[25]

24　王鼎鈞：〈山裏山外〉，《山裏山外》，頁228。
25　王鼎鈞：〈山裏山外〉，《山裏山外》，頁234。

　　趕路的過程，仍不忘看風景。王鼎鈞寫出山裡日落的系列風景，多姿多彩。整段文字具有一種獨特的繪畫美，作者以繪畫的技法描寫景物，使文字具有強烈的視覺效果，營造出絢麗多彩的風景。深深淺淺有風聲也有日影的畫面，深的地方不能再加一筆，淺的地方也不能再減一分。抗戰至作者提筆寫《山裏山外》的時候中間已經有四十多年了，四十多年以前一個荒山中的夕暮刻在少年的心上，竟然可以刻得那樣深、那樣清晰又那樣動人。每一段文字都是一首詩，年少的情懷就是這樣簡單。筆端有雲卷雲舒之下的閒庭信步。在看似絮叨的描寫敘事中，我們得以看到一個真心熱愛生活，用心寫生活的作家。

　　有炊煙的地方就有人家。流亡途中趕路的過程，常常需要沿途投宿，總是要百姓出面接待。流亡學生們雖然每天都過著心驚膽戰的生活，可是，在那樣的社會，人與人之間卻是充滿信任的。「任何家庭都會接待你一宿一餐，從沒有人向你要證件，沒有人卑視你是乞丐，懷疑你是間諜」[26]，這或許就是屬於那個社會的一種幸福吧！就連在戰亂下的人們都可以真心相待，相較之下，我們生活在太平時代的人，長期卻在對立猜疑中分裂，人與人之間不斷互相猜忌懷疑，失去了人們應有的純樸生活。

　　　　這些人同化了我。走著走著我走山路走出趣味來。我簡直覺得那些走大路的人真笨。走山路比較累，你累了就會印象深刻，會永遠記得你經過的地方。而且累了就容易被山同化，同化了就不再覺得累，到達目的地還是石頭一樣堅硬。山裡的小孩子都非常可愛，是一些穿上破舊衣服的天使。青年人天天爬山，腳趾都向下彎曲，他們跟鷹學習。老年人揹東西揹慣了，都微微的彎著腰，跟風口旁邊的老樹學習。女孩子都很矮，她們腿短，她們的臉泛著青春紅，她們像山花。那些老婆婆瘦了，乾了，縮小了，臉像胡桃殼，只留下皺紋，閉鎖著感情。我是過客、路人，從平地來，跟他們不同。我用心的看他們，他們卻不大看我。他們對山的專情、對平地的忘情，實在是我意想不到的。[27]

[26]　王鼎鈞：〈「山裏山外」新版序言〉，《山裏山外》，頁9。
[27]　王鼎鈞：〈山裏山外〉，《山裏山外》，頁242。

幾千年來，中國就是一個以「慢文化」著稱的國家。日出而作，日落而息；躬耕南山，采菊東籬；看花開花落，看雲卷雲舒，一直是先賢們為我們描繪的一種美好而輕鬆的生活狀態。不知從何時起，這一傳統觀念被效率、金錢、利益這些考量所取代。山林裡的人們對山專情，對平地忘情，山林自然造就著他們，使他們能保有那些純樸平凡的生命態度，他們堅韌地生存和守候，在傳統與現代的夾縫中努力的呼吸。那些在平地生活中很難看到的天然人性美的流露，讓王鼎鈞這位過客用心觀看與銘記。

流亡學生長期在山間鄉村出入，自然受著這個環境的影響，更多地與生活在山村這特定環境裡的人物結合在一起。這讓他更能深入民間、貼近大地，通過自然與底層人民的關係，讓王鼎鈞有更多的觀察，對於他們的苦難、尊嚴、淚水、猥瑣、貧窮進行描寫。他筆下的這一幅幅村莊生活畫卷正訴說著他們簡單的生活，簡單的生活裡有厚重的踏實，展現一種平衡、和諧、健康的發展狀態。王鼎鈞通過對自然景物的巧妙選取來呈現記憶中深山荒野的鄉村世界，倡導人與自然和諧相處的生態觀念，便能夠在回歸自然的過程中重新找到清新寧和的精神家園。在對現實的關懷裡，達成了對苦難的超越。

第三節　年少情懷與苦難陰影的回溯想像

一、集體記憶：軍事管教與戰時教育

流亡學校的教育是帶有時代背景的戰時教育，一切生活規律都仿照軍營，新生都成了不折不扣的「新兵」，砲聲還沒有聽見過，但號聲卻劈頭蓋臉逼得人喘不過氣來。教官要求學生一聽到號音響起，就要集合，要排好隊形，不許落後，不許錯誤：

> 每逢集合號響，大家立即向操場飛奔，遲到一步的人儘管跑個捨生忘死，也得挨教官的八大鎚──他那又黑又硬的大拳頭。有時他的手裡提著一根新劈成的木柴……有稜有角，堅硬鋒利。他趁你跑得上氣不接下氣的時候，在你身旁取一個角度，揮起木柴朝你屁股上便打，不管你是男生還是女生。當手起棍落之際，皮厚的同學承受這一擊之力，向前竄出幾尺，跑得更快，嬌嫩一些的就撲倒在

地上。那情景真可怕，倒下來的人萬念俱灰，只記得一件事就是趕快爬起來再跑。[28]

教官習慣以簡單粗暴的打人教育，透過缺乏人性的壓力而使個體產生符合外界要求的行為。一天之內有例行性集合，也有臨時突然的集合。例行性的集合可以提前有預先有個心理準備，但「那突如其來的臨時集合就教人失魂落魄，你也許正在茅坑上，也許正在小溪旁，也許剛剛歪倒在床舖上，這時集合號簡直是洪水猛獸，直吹得天崩地裂，吹得個個人面無血色，孤苦伶仃的你除了靠動作快，就是要起步早。」[29]然而新生往往不知道號兵吹的是甚麼，往往一聽到號音就精神緊張又東張西望模仿他人的行動，這一探視一模仿的延宕，總有許多機會在教官的棍子底下承受麻辣辣的痛楚。這讓新生感到自己好孤獨，好勇敢，又好可憐。[30]

軍事訓練的第一節課是「服從」，當鐵教官舉起明明是五根指頭，卻告訴學生是四根，學生不明究裡，教官說：

> 「問得好！當你是一個老百姓的時候這是五個；可是，當你接受軍事訓練的時候，我說是四個，就是四個。……軍人的最高道德是服從。你們要承認這是四個！要相信這是四個！這是徹底服從！無理服從！黑暗服從！你們第一件要學的，就是服從！」[31]

教官灌輸學生的觀念是：一個軍人要服從，所有的缺點都不重要，所有的優點都能充分發揮。要學生懂得犧牲奉獻，要有無我的精神。教官並且安排了一位同學做大家的小隊長，以訓練學生們的「職業服從」：

> 小隊長是你們的同學，你們因他的職務而服從他，下操場是長官部下，離操場是朋友兄弟。在操場裡，小隊長的話就是命令，不准反抗，不准辯論。「從今天起，你們不是一般老百姓，你們超出一般老百姓。你們是一種特殊的人，你們在操場裡面只能說兩句

---

[28] 王鼎鈞：〈號聖的傳人〉，《山裏山外》，頁42。
[29] 王鼎鈞：〈號聖的傳人〉，《山裏山外》，頁43。
[30] 王鼎鈞：〈號聖的傳人〉，《山裏山外》，頁43。
[31] 王鼎鈞：〈戰爭壓力〉，《山裏山外》，頁130。

話，一句是『是！』，一句是『沒有意見！』」[32]

　　等到各隊帶開了以後，所有的學生就成了小隊長掌握之下的一個列兵了。小隊長佟克強威風凜凜地模仿教官的腔調發號施令，而且模樣姿態越來越像教官，簡直是小一號的教官。青少年普遍存在模仿的心理特點。與學生接觸頻繁的教官，在日常訓練中以其強力、強制、專斷、專制樹立威信，佟克強有樣學樣，常常下達無理的命令要同學服從，不斷找同學麻煩，然而，學生並不喜歡一些近乎惡作劇的訓練手法，對那種特意找機會、動不動就動手打人，私下有了不滿的批評：「佟克強是小人乍富，凸腰凹肚。」「教官說無理服從，明知無理，為甚麼還要服從？我偏不服從怎麼樣？」[33]「我」甚至反思，大家本來都是同學朋友，小隊是臨時編組，以後是要解散的，到那一天他怎麼和老同學見面？從這裡可見，學校也是個小型社會，一個人一旦有權力，就官性大發，人性大變。[34]整個社會充斥了對大大小小權力的追求、膨脹，連學生也不免受沾染。

　　流亡學校的特殊課程，流亡學生帶有歷史特徵的生活情境，它所揭示的絕不僅是抗戰這一單一主題，它涵蓋面極廣，筆觸極深，它抒寫的不僅僅是這片廣闊的土地上曾經有過流亡學生的血淚奮鬥史，他們的追求與磨難，同時也有普通民眾身受多重苦難的生活剪影，社會吏制的弊端，人性的善惡，因而也帶出中國貧弱的深層因素。

二、文化生態：粗糙的生活與刻苦的學習

　　流亡學校沒有飯廳，一天三餐都蹲在操場上吃，十個人圍成一個圓圈算是一桌。雖然設備簡陋，但進餐的紀律還是必須一絲不苟。號兵吹開飯號時，各就個位，大家必須按口令起立、敬禮、開動而行事。大家蹲下吃飯的姿勢也有要求，左膝較高，右膝較低，左手端著飯碗，左肘彎曲，肘尖撐在左腿上，進餐時間很短，時間一到，哨子一響，就不能再動碗筷了。這些學生都可以做到，只有一件事他們做不到，那就是：光吃飯，不挑米。因為米飯裡有稗子、砂子、稻殼、老鼠屎、蛀蟲的屍首，叫做「抗

---

[32] 王鼎鈞：〈戰爭壓力〉，《山裏山外》，頁132。

[33] 王鼎鈞：〈戰爭壓力〉，《山裏山外》，頁134。

[34] 王鼎鈞：〈戰爭壓力〉，《山裏山外》，頁137。

戰八寶飯」。學生們實在無法只吃不挑，但時間有限，只有吃得蒼促，挑得也匆忙，難免該吃的挑出來丟在地上，不該吃的卻不小心吃進去，一餐飯吃完，地上布滿飯粒，而成群的麻雀早已在空中或樹上或屋頂等著收拾滿地碎屑。但同學們誰也沒有自慚形穢的感覺，同時，誰也不會小看別人的貧寒，因為克難的生活就是一種抗戰精神。

　　他們上課的教室不是正規的教室，而是「走到哪，念到哪」，「路邊一堵牆就是黑板，若有水泥操場就可以地上演算數學，老師會從辦公室搬一把凳子，坐在操場中心，看學生在她四周伏地解題，不住的糾正他們，稱讚他們，開導他們，在烈日下走滿操場改卷子。」[35]那個時候每位學生都必備一塊木板，如果你坐著，就把它舖在膝上，如果你站著，就把它掛在胸前，它就是學生的桌子。它在左上角有一個洞，正好放你的墨盒，它的右上角和左下角各有一個小孔，穿上一根繩子就是背帶。[36]他們用石版在當地翻印的教科書外，沒有別的補充教材，只有靠老師在黑板上猛寫，學生們猛抄。而學生的筆記本是用一種很粗糙的土紙製造的，這種紙不能用蘸水鋼筆來寫，否則很容易東一個破洞、西一個破洞，得用當地一種植物的稈，曬乾了，用刀片削尖，蘸著墨盒的黑墨寫字。這種自製的筆尖容易變禿，禿了再削尖，就像用鉛筆一樣。所以一張刀片、一把筆稈，是每個學生必備的文具。[37]

　　如果學校已被敵機偵察發現，學校便天天發警報，學生就要天天跑警報。分校長只好要學生下鄉上課，改變上課方式，每天天亮之前各班就要離開學校，深入農村，在敵人飛機騷擾不到的地方露天上課，中午由炊事班送飯，黃昏後各班同時回校。戰火打亂了學生正常的生活秩序。學生下鄉到野地上課，有時必須在人家的墳地上上課，斜倚在高大隆起的土饅頭上，或用光滑的石碑作靠背，或坐在祭掃時放供品的石几上，在樹幹上釘一根大鐵釘掛黑板。然而野外風大，書本揭不開，黑板幾次要飛起來，老師的話常常講了一半，下面就聽不見了。有些老師又換地方上課，帶著學生一行隊伍零零落落，途中有些學生會貪玩掉隊，一路折兵損將，來到古廟，老師也不管聽課學生有多少，走進廟門，就在天井裡掛黑板。[38]這就

---

[35] 王鼎鈞：〈合久必分（二）〉，《山裏山外》，頁366。

[36] 王鼎鈞：〈申包胥〉，《山裏山外》，頁89。

[37] 王鼎鈞：〈申包胥〉，《山裏山外》，頁71

[38] 王鼎鈞：〈戰爭壓力〉，《山裏山外》，頁124。

是流亡學校的教育情境，在困塞的物質資源中仍然堅持弦歌不輟。流亡學生面對動盪而窮困的社會境遇，他們的生活實踐，實質就是在清苦、壓力或窮困的生存境遇中追求理想、正義、道德等精神世界所得到的心靈上的滿足與升華。他們在困境、壓力與清苦的環境中追求知識，確立理想信念。

第四節　在晦澀年代閃爍的微光：戰時的愛情

　　流亡學生和一般學生時代一樣，正當青春，有一項重要的「事業」便是愛情，但此事多半只能隱匿朦朧，因為這歷來屬於學校嚴屬打擊的範疇。打擊力度嚴屬到什麼程度，從《山裏山外》便可見。在〈誰在戀愛〉一文中提及流亡學校的第一條校規便是嚴禁學生戀愛。訓育主任是位刻板的老先生，對於查察和取締戀愛事件非常勤奮，並向學生強調：「成大功立大業的人決不把精力時間浪費在愛情上。愛情使人自憐，使人渺小，使人做出許多可笑的事來。」「人在戀愛的時候沒有不貪心的，沒有不嫉妒的，如果你們自由戀愛，你們就會形成許多三角四角，就會結派爭風吃醋。你們也會放縱情感，會生病，女生會懷孕。那時候，學校如何對得起你們的父母？你們又如何對得起總司令？」[39]在師長眼中，談戀愛有如洪水猛獸，充滿了腐蝕性。「我」因替暗戀顧蘭的小白代寫情書，受到訓育主任審問：

　　　　我們都不說話，只流汗，蟬又像報警似的吶喊起來，陽光由旭暉的紅轉為白熱，汗水在髮根與髮根間蓄聚，聚多了，汗毛孔擋不住，就沿著鬢角，癢癢地，麻麻地，掛在腮上，再冷冷地滴在脖子上。[40]

　　在這裡作者對心理進行細膩描寫，寫到蟬鳴、陽光，特別是流汗的感覺，讓我們切身感受到了受審者內心的緊張和恐慌，那真是度秒如年的煎熬啊。王鼎鈞也提及：

---

[39]　王鼎鈞：〈誰在戀愛〉，《山裏山外》，頁115。
[40]　王鼎鈞：〈誰在戀愛〉，《山裏山外》，頁114。

　　　　我深深知道生活在一個大團體裡，追求異性的行動是無法隱
藏的，一旦敗露，你就成了一隻待宰的鷄，有人用這隻鷄的血去鎮
服一群猴子，所有的同學，尤其是那些還沒有戀愛經驗的，都來從
你身上找尋靈感，編製層出不窮的笑料，長期陷你於窘迫羞愧之
中。[41]

　　在團體生活的學生時代要談戀愛是需要有不顧一切的勇氣的。〈誰在
戀愛〉一章裡，描寫了一對為愛而付出一切的男女學生顧蘭和曹茂本兩人
在同甘共苦的日子裡建立了深厚的情感，曹茂本為了配藥給顧蘭治疥瘡，
收集未經發射的子彈，未料在取出火藥過程中，被火藥炸成重傷，顧蘭得
知後立刻趕來，且看作者如何描寫顧蘭的出現：

　　　　「請大家讓一讓，有人要進來。」我還以為是醫官呢，東倒
西歪的閃開。不料進來的是個女同學，高個子，臉膛黑裡透紅，顴
骨油亮，她是誰？好像見她打過女籃的前鋒，名字不知道。她進了
醫務室，誰也不睬，在擔架旁邊蹲下，握著曹茂本的手，輕輕地說
話。曹茂本把她抓得好緊，手背上的青筋凸出來，一隻沒受傷的眼
睛也睜大了。她就伏在曹的耳邊輕輕地說話，我敢說她的心目中
完全沒有別人，連何大哥也不存在。曹慢慢地安靜下來，腳也不
抖了，那女生掏出手帕來把他額上的汗珠輕輕拭掉，替他穿好草
鞋……[42]

　　有勇氣有膽識的顧蘭，並不在乎他人的目光，一心一意只在陪伴照
顧眼前這位受傷的人。當訓育主任質問她「在這裡做甚麼？」「學校自會
照顧他，你回去。」任憑訓育主任冷嘲熱諷「不識大體」，顧蘭仍執意留
下。醫官建議要把受重傷的曹茂本送到後方醫院，同學們也對此議論紛
紛，有人說顧蘭有種，也有人覺得顧蘭人生真可惜，對方現在半死不活。
這種型態與超級組合，已讓這場愛情更形偉烈轟動，成為被關注的焦點。
兩人的愛情已經公開了，顧蘭已經不能在這裡讀下去。但她不在乎，為了

---

[41]　王鼎鈞：〈誰在戀愛〉，《山裏山外》，頁94。
[42]　王鼎鈞：〈誰在戀愛〉，《山裏山外》，頁104。

受傷的茂本，顧蘭主動放棄學業。她打算跟著到醫院裡去服侍曹茂本。當他們要離開的時候，所有送行的人都擠在醫務室的門口或分散在路旁，等著看熱鬧。走出來的一行人，在醫官之後就是兩個抬擔架的莊稼漢，躺在擔架上的茂本的臉已由醫官包紮起來，看上去像紗布紮成的假人。原本存心看熱鬧的人們等到顧蘭出來後，每個人的臉色都嚴肅了，排列在此注視著他們：

> 擔架後面是顧蘭，揹著背包，滿臉勇敢，腳上穿的雖然是草鞋，腳步落地的時候卻腿勁十足，像個穿馬靴的遠征軍。

從顧蘭的腳步姿態便可感知其富有個性和生命力，王鼎鈞於亂世背景中所展示的堅毅女性形象與情愛觀，已為紛亂的年代和動盪的世態抹上一筆濃彩，在黑暗的時空中走向極致的絢爛。同學們感於顧蘭的堅定和勇氣，都不約而同的無須任何指揮，便自動沿著擔架必定要走的地方展開，像河堤夾住河水。

> 「人堤」好長啊！幾乎半個學校的都排列在這裡。我想，顧蘭是孤單的，醫官只想把責任交給醫院，帶個「收到病員一名」的收條回來。民伕只是逆來順受，奉獻勞力，只罣念自己家中的母豬和小雞。茂本像嬰兒一樣，只能躺在別人的生活中成為一項負擔。而擔架的壓力，馬上就要從兩個莊稼漢身上轉移，由顧蘭承受。顧蘭是矯健的，顧蘭站著，顧蘭邁開大步走著，胸脯挺著。可是她的眼睛裡漲著淚水。她將獨自照顧嬰兒一般的茂本，時間是多久？比照顧一個嬰兒的時間長、還是短？為了愛情，她這樣斷然決定了，倔強至今還餘留在她的臉上。這張臉倔強得如此可愛，如此可愛的臉馬上就要從我們的學校裡消失，而我們所能做的只是匆匆看最後一眼。[43]

愛情的力量是偉大的，從兩人的表現來說的確如此，愛情是生命中不可或缺的一部分，在戰爭年代中的愛情之路更形艱難，要遭遇的考驗更

43　王鼎鈞：〈誰在戀愛〉，《山裏山外》，頁110。

多，在這場考驗中，選擇何種態度去面對，都是個體對於自己人生境界的一種詮釋。真正動人的愛情，在陽光明媚春暖花開的時候，是平淡無奇、波瀾不驚的；然而在大難臨頭的時候，才能見到生死不渝、不離不棄。正是在受傷與苦難中見證了顧蘭對茂本的忠貞，這一頁感人的愛情也詮釋了在晦澀的年代，愛情依舊可以閃爍著動人的微光。在愛情和職責面前的艱難選擇的結合，勾勒出愛情之動人與人生之悲情。在這個故事中，我們見證了一種叫作不離不棄的陪伴力量。即使對方成了半死不活的樣子，顧蘭一如既往地保持一心為對方著想的莊嚴和純潔，與現代浮躁的世俗愛情表現形成鮮明的對比。在這個被稱為情感速食的時代，眼花撩亂的愛情嘈雜得讓人無心歌頌，因此上一世代這種真摯、純潔、深沉的愛情，總能讓人為之動容。生命中最為沉重的是責任擔當，然而生命中最具意義的也是責任擔當。承諾是對責任的自覺認識與擔當。

顧蘭的純真，在於愛對方勝過自己的無私；顧蘭的堅強，在於不願服輸的靈魂，在於為所愛的人撐起一片天；顧蘭的勇敢，在於她種下美好的未來期待，在於努力活出自己的精彩。在這裡，作者經由女性的視角和生命態度去揄揚忠貞的愛情，並帶出女人總能扛起一個時代的堅韌。即使是流亡學生的平凡人生，卻也有著屬於自己的精彩與夢想。在戰亂之下仍然有著真正的愛情的力量，作者以自己的獨特的藝術把握，生動地貢獻出一部異乎尋常的愛情故事。作品著眼於小人物的普通感情，他們的真摯善良與責任擔待，在冷酷陰霾的戰爭背景下顯得格外明亮，帶給人以無盡的力量和希望。我們終會明白，幸福，在不同階段，不同時代，有不同的樣貌。

第五節　戰爭中的人情美和人性光輝

《山裏山外》塑造人物形象是作品的關鍵內容，人物名字、人物關係、人物組合都具有一定象徵意義，透過流亡學校、流亡學生的生活去揭示人物的生活狀態、生命狀態，挖掘人性的本質。它們共同匯聚成了流亡學生生活的多采、豐富與深邃。全書塑造了幾位個性鮮明的人物，也描摹了各式人物的命運，其文化意蘊豐富，表達了對人生的無限感慨。人物形象的生動鮮活是這部作品的主要藝術成就，人物形象塑造的成功顯示了作家深厚的藝術功力，也得力於他在大開大闔、大起大落的情節中塑造人物的美學追求。

　　《山裏山外》的背景是抗日戰爭的歷史時代，但作者把人物作為焦點，把戰爭變成表現人物的背景，突顯人性，淡化戰爭，正視人在抗戰中的貢獻，表現平民試圖在戰爭中苟活卻不得不捲入不可知的命運的悲涼。全書重點式的刻劃幾位「英雄」，甚至以他們作為篇名。他們原本都是默默無聞的小人物，他們每一個人的事跡都不驚天動地，但點點滴滴卻是可歌可泣：有人在嚴厲的軍規中為他們尋找開脫的彈性、或在無助中尋找理想、在絕望中尋求生路，成為有情有淚的平民「英雄」。

一、號聖的傳人：時代洪流中發出的有情號音

　　號角嘹亮而又激昂的聲突然響起，如同一聲聲報曉的雄雞在啼鳴。隨著這悠長嘹亮的號音，便是學生沸騰生活的序曲，緊張訓練的序曲。在新兵嚴格的軍事教育中，新生難免受到嚴厲的體罰，但有那麼一個人，總是設身處地為學生開脫，那就是學校的號兵，大家尊之為號長。〈號聖的傳人〉便描寫了這位號長。號長是一個讓讀者難以忘記、頗富精神深度的人物，他的身上充滿了正能量。王鼎鈞是這麼形容號長：

> 　　中等身材，鼓著個圓圓的肚子，顯得很矮；眼球上總是纏著血絲，有人說這是因為他吹號把微血管吹漲了。這副模樣，穿上軍服也顯不出威武，更何況他的風紀扣多半敞開，他的皮帶多半掛在肚皮上，他在操場裡出現的時候，皮帶上又多半掛著一支鬧鐘，每走一步，那支鬧鐘就重重的拍打他的大腿，鬧鐘的打的打指揮他，他就打打的的指揮我們。每逢他出現，我們就知道要集合了，該做準備了。他似乎是在無言的提醒我們。這樣，他就留給我們一個親切和善的印象。[44]

　　這樣一個其貌不揚的號兵，卻是得人緣的人。作者透過外在形象的刻劃而創造出他感性的性格。因為他在吹集合號時候會儘量把最後一個音符拉長，教官會在號聲完全停止時才開始打人，只要尾音不滅，學生們總有逃脫的機會。這特意拉長的號音救過很多人很多次。「有好幾次，我一

---

[44]　王鼎鈞：〈號聖的傳人〉，《山裏山外》，頁44。

面快跑，一面急喘，一面絕望，暗想晚了，完了，一定在劫難逃，誰知那號音以一種難信的固執響著，神靈一般的呵護我。一個長音怎麼能拖那麼長，那聲音簡直自己有了生命，可以離開了號獨自生長。想想號長兩眼紅絲，他是拚命替我們爭取時間。」[45]號長在軍規中尋求彈性、在嚴明紀律為無助的學生爭取多些通融、為學生免去非人性的處罰，成為低調反抗權威、捍衛自由的英雄。

在中秋的夜裡，學生們更加思鄉念家，即使當天晚餐特別加菜，但學生們想家更入骨三分。大家都遲睡地坐在月色裡，坐在清光注滿大氣、流瀉漫山遍野的月色裡，遊子渴望著遙不可及的親情。正當游子思家情深的時候，老號長也沒有睡，本來說好是這天晚上取消晚點名，不吹熄燈號。

> 就在這近乎麻木和自棄的時候，號聲響了，老號長似乎沒有睡。今夜，他似乎掛念我們。他似乎把教官宣布暫時廢止的熄燈號斷然恢復了。他要提醒我們夜深了。他要催我們上床，勸我們珍重。今夜的熄燈號比平時低沉一些，比平時緩慢柔和。號音像暖流一樣沖刷我，由我的頭頂沿著脖子灌下，使我全身酥麻。我沒有動，別人也沒有。可是號角繼續在吹，吹了一遍再吹一遍。他不喚回我們的靈魂、我們的知覺，誓不甘休。他用即生即滅的號音和萬古千秋的月魄競爭。一遍又一遍，他吹出那有厚度的聲音，有磁力的聲音。一遍又一遍，號音綜合了簫的聲音，琴的聲音，母親的聲音，愛人的聲音。一遍又一遍，他簡直要把月光吹熄。一遍又一遍，他終於把一塊塊化石吹醒。[46]

這時候的號音化成絲雨，潤心細無聲，號長貼心的形象，通過中秋夜的情節和環境更加凸現。號長用號音來安慰遊子的時候，心情其實也是和遊子一樣的──「心裡哀也不是，樂也不是，只是在冷清裡想一種溫柔，在現實裡想一陣茫然。」[47]我想，王鼎鈞已深愛著這一個不平凡的小人物，所以，在全書的最後一章，在同學和軍隊終於因鐵教官出現而和解的歡呼之中，他也讓號長重新拿起那一把軍號來。當教官和從軍的學生正

---

[45]　王鼎鈞：〈號聖的傳人〉，《山裏山外》，頁44。
[46]　王鼎鈞：〈號聖的傳人〉，《山裏山外》，頁67。
[47]　王鼎鈞：〈號聖的傳人〉，《山裏山外》，頁66。

離開學校之際，「號長緊跑而來，帶著擦得淨亮淨亮的軍號，一路氣喘吁吁，來到廣場裡把風紀鈕扣上，皮帶紮上。」是要用吹「送官號」送教官一程。[48]他以退休之身，披甲再起，反覆吹奏一支進行曲，依然嘹亮，依然雄壯。最後，當教官整隊，要領著從軍的學生離開母校，要學生們聽口令，不許回頭，學生上路時是被號音一路相送的。

> 走上公路，換便步，聽見號音。江南號聖的絕技，其中沒有血絲，有血性。運氣好，正好順風。我們都回了頭，連教官在內。[49]

全書寫學生到流亡學校後，以號聖傳人始，學生要離校之際，亦以江南號聖的絕技終，可謂首尾相合。奇特的號音，或許雄勁而渾厚，或許蒼涼而悠遠，號音是奮進與嘹亮的民族文化精魂，你能從這有些單調的音響中，聽到呼嘯的哨音，聽到河流奔騰不息的濤聲，你能看到馬在山林裡奔跑，看到雄健的蒼鷹在藍天盤旋。正如他所說的：「世無天理，吹號不響。號兵吹號不吹牛，這把號上通天庭，下通地脈，中間通人心」，[50]號音有情，含有豐富的內容，開展生命教育、愛國教育、感恩意識、勵志教育及團隊意識。在苦難中突顯的人性光輝，使人們從中見證了力量怎樣從陰影中堅強地破土而出。

二、申包胥老包：書呆的「缺失」表徵與「無助」隱喻

王鼎鈞在《山裏山外》序文中說：「那些流亡學生，最小的只有十五、六歲，腋毛初生，夜間尿牀的習慣未改，竟也辭枝離柯，飄泊在兵凶戰危的邊緣。他們的父母是怎樣下了這麼大的決心呢？」[51]〈申包胥〉一文便解答了這個問題。在文中作者塑造了一個迥異的「書呆」形象——「老包」，是個一聽見鳥叫就溺床的大孩子，讀死書一心努力向上的人。「書呆」的出現，對傳統審美觀念是一個不小的衝擊。這些異常的人物形象是作為與一些世俗、慣性的對立面而存在的，書呆的塑造是通過背棄現

狀世界提供的秩序和邏輯來實現的。其愚鈍與特異而顯現著非同一般的光輝。這種與眾不同的視角，蘊含著對人性本真的探討。老包要求「我」：「以後星期天早上，如果你醒得早，一聽見鳥叫就別讓我再睡了。」「為甚什麼一聽見鳥叫就不能再睡了呢？」「我一聽見鳥叫就溺牀」。這看似奇異的現象其實源自於對父親的眷懷。他父親就只有他這一個兒子，從小就十分疼他，每夜總有兩三次起身，把他捧在手裡，對準尿盆吹口哨。無論他睡得多麼熟，他的小便總會隨著口哨的聲音稀哩嘩啦射出來。因為鳥聲跟他爸爸的口哨很相近。一開始「我」還帶著嘲笑的心理看他：

> 我在黑暗中笑出來，我覺得太滑稽了，這個長不大的嬰兒！他的腦袋雖大，不過是嬰兒戴著個大面具罷了！我不知道我根本不該笑。[52]

失落了父愛對一個人的影響是巨大的。它往往會造成個人性格上的軟弱、憂鬱、敏感、自卑，同時也使人更加自尊、自強、自立、自愛、敢說、敢做。父愛的缺失對老包性格氣質的產生了很大的影響，直接或間接地導致了他人生的坎坷與內心的殘缺不全。正因老包是在學校外面哭到半夜才被收容入學，他到校之際，剛好老師在介紹申包胥哭秦庭的故事，所以就有了「申包胥」這個外號。

> 我們發現他反應有些遲鈍，除了念書以外，甚麼都做不好，連掃地也掃不乾淨，而他伸直了脖子，睜著並不怎麼黑也不怎麼亮的大眼睛朝著老師專心聽講的時候，模樣十分可笑。本班同學開始叫他「老包」，這個包是菜包，形容不中用。
>
> 不過他很用功。上課從不遲到，從不打盹，從不要求上廁所，除了抄筆記，就是睜大了眼睛朝著老師。他抄筆記的神態像五月間割麥的農夫，興奮，然而緊張辛苦。[53]

讀死書的「老包」，被大家用異樣眼光看待，甚至有人以為他有精神病，「能站在校門口哭到半夜，就不會是正常人」。只有「我」說：「老

---

[52] 王鼎鈞：〈申包胥〉，《山裏山外》，頁72。
[53] 王鼎鈞：〈申包胥〉，《山裏山外》，頁74。

包很正常，他是個書呆子」。作者從其表面特徵與內心意志、自我追求等角度對「老包」這一人物形象進行描寫。書呆視角是一種有意味的敘事策略。書呆本真性格與行為把人們帶回了單純的人性思考，蘊含文化隱喻，作為遊離於現實生活之外的另類，「老包」是作家審視現實人生、思考人情世態的重要載體，在貌似怪異的言行中反觀了冷漠的人情世態、日漸缺失的人性本真，藉助書呆獨特的視角洞見了另一個體內在的精神世界，並指出「書呆子」的表象特徵及其弱勢地位。起初被同學視為異類，直到「我」走入「老包」的心靈密室，方知「老包」的反常與偏執從何而來。在一次老包拒不接受「我」請喝豆漿的事件中，了解他的身世。

> 我爹死了以後，我每天五更起來幫我娘磨豆腐。磨豆腐真辛苦啊，人做畜牲的活兒。這裡辦學校，我娘教我來，我來了，誰幫我娘呢？我見不得那盤磨啊！[54]

「我」這才瞭解老包是背負著極大的期許而來。「書呆」通常為常態社會所不容，遭到嘲笑和驅逐，其實「書呆」並不是真呆，就是有點反應遲鈍，做出事來和所謂的正常人不太一樣。書呆拚命讀書的行為背後是有所為而為，除了母親的深沉的期許，還要承受血緣身世裡所生出的那些壓力和委屈。

> 他嗤的一聲，從鼻孔裡竄出兩道濃痰似的鼻涕，邊哭邊訴：「你不知道他們有多狠多毒。」他們押著我爹上法場，我爹的胸脯挺得高，他們割掉我爹一隻耳朵。我爹還是挺著胸脯走，他們就挖掉他一隻眼。他們有一個規矩，要我爹跪下才開槍，我爹不跪，他們就打斷了我爹一條腿。」他張開大口，露出血紅的舌頭：「我要報仇！我要報仇！」[55]

戰爭是殘忍的，老包的父親慘死於漢奸的構陷，死的淒慘。於是，來到流亡學校讀書，他比誰都認真讀書，期許能在追求知識中累積自己足

---

[54] 王鼎鈞：〈申包胥〉，《山裏山外》，頁78。
[55] 王鼎鈞：〈申包胥〉，《山裏山外》，頁79。

夠的能力，有一天能為自己父親報仇。背負著這樣強大的仇恨，傳達出對人性的怒吼和對時局的無奈。正如同在戰亂中失去親人的許多百姓一樣，內心哀痛憤怒。解讀老包內心的苦痛，更可體悟戰爭對人們的迫害和情感的踐踏，讓一個年少的孩子身上必須承擔為父報仇的責任。然而，在戰亂與異化的體制中，個人脆弱的心靈與無助就像飽受精神壓力卻無力反擊的「老包」，最後只有落荒而逃，消失的無影無蹤。作者既寫出了老包身上表現出的鮮明的時代特徵，也寫出了他身上無法抹去的軟弱與無助。在現實環境和自我意識的壓抑下，形成了心理衝突和焦慮，通過沉埋於讀書的方式突顯出來。他軟弱的性格加上與人群疏離，使他更無法突破壓抑，這是當時社會條件下個體的性格悲劇。「老包」個人身上所體現的人性弱點固然是一個重要的原因，但惡劣的社會環境和恐怖的政治氛圍才是最根本的主因。戰爭顛覆了人們正常的生活，使「老包」成為無根的浮萍。「天地不仁」的冷漠社會，使「老包」成為無助的「社會孤兒」。長期壓抑下的心靈困境，使「老包」成為機械化般無魂的軀殼，成為游離於現實生活之外的書呆子。王鼎鈞通過其獨特視角和處境，展現了「老包」的內心世界，表現戰爭時代人類悲劇命運。

三、總司令：高大寬闊的人格風範

　　規模空前的戰爭使許多學校無法正常運轉而解散，導致失學學生增多。青年學生是祖國的未來，也是民族抗戰的生力軍，忽略他們的教育，不僅影響長期抗戰和社會治安，更影響到戰後國家的建設和發展。當年來自淪陷區的許多青年逃出來，生活發生困難，向總司令借錢。總司令每人給他們一點錢。但過幾個月，這些孩子又來了，他們又沒錢了，不僅如此，還有幾批青少年，也是由家鄉逃到後方來，與家裡斷了接濟，請總司令幫忙。總司令一開始打算籌畫辦個學校讓他們念書，這個計畫本來很小，可是消息傳到淪陷區，很多家長把子女送出來入學，待到學生人數愈來愈多，只好到重慶去要求撥給公費，辦一個大學校。過程中有又許多困難與阻礙，總司令都一一克服。[56]學校好不容易辦起來，戰局又有變化，總司令召集各個分校校長談話，叮囑要把學生照顧好，不准出任何差錯。

56　王鼎鈞：〈合久必分（一）〉，《山裏山外》，頁358。

這就是總司令的「辦學思想」，《論語》說：「本立而道生」，辦學思想就是校長治校的「本」，要以學生為本，把好好照顧學生放在第一位。以學生為本既是一種教育觀，又是一種價值觀。當年由總司令創立了這所流亡學校，流亡學生是困苦的，也是幸福的。在困難中，國家幫了一把，社會上有理想者拉了一把，助我爭氣成器。在學生們心目中，總司令、總校長是全世界最大的「官」。總校長要到校訓話，全校立刻忙成一鍋開水。大家分成許多小組整理環境，等環境都整理好了，接下來就是每位學生要整理自己，以儀容整齊之姿來見校長。

> 總校長預定訓話的時間快到了，我們等著。那天我們的心情好興奮，個個幻想自己是參天松柏，幻想總司令坐在飛機上俯瞰森林。[57]

作者透過環境與氣氛鋪墊的手法以先聲奪人之態，眾星捧月地把這位掌握全校發展的關鍵人物介紹給讀者。以學生的期待與幻想心情引導人物的出場。校長是一所學校的靈魂，對一校之成敗、進退、興衰的影響之深，更重要的是通過高尚的人格力量來統率師生。總司令在《山裏山外》出現的篇幅雖不是太多，但這個人物形象與起落的命運對於流亡學生的人生有重要的影響。他同時也是那個時代一種典型，真實的表達了英雄的人格魅力。文中記載了總司令要到校視查，雖然學生等總校長登臺致訓的時間已經太陽偏西，學生們因為準備了一整天就像剛剛在戰場上打過激烈的一戰，疲倦不堪，一旦總校長出現就可以讓學生立刻感應到他的人格魅力。

> 我們一聽見靴聲，那些不知藏在甚麼地方的精力都膨脹了。我默思立正的要領，檢查自己的姿勢。兩眼向前平視，下顎向地平垂直。我聽見千軍萬馬從身旁經過，強風在身畔把滿林黃葉一舉掃落。兩臂自然下垂，手掌平貼於兩腿外側，中指貼於褲縫。我看見那戴著白手套的手。看見黃呢軍服上快刀裁過似的稜折。看見斜陽的光線在他黑色的靴筒上彈跳。看見他好像從錢幣上走下來的側

57　王鼎鈞：〈申包胥〉，《山裏山外》，頁83。

> 影。……我看見了他的高大，等他轉過身來站在臺口，我又看見他
> 的寬闊。那個站在他身後一角的分校長就是膨脹三倍也趕不上。他
> 是穿上衣服的一塊岩石，而分校長是披上衣服的一棵竹。[58]

　　人物刻畫的方法多種多樣，正面直接描寫的方法往往不能極盡其妙，而間接描寫恰能起到正面直接描寫所無法達到的效果。所謂間接描寫，就是不直接描述對象，而是從對其他人物、事件、景物、場面等的描寫中襯托、渲染，從而突出描寫對象的一種描寫方法。這種方法是通過「浮雲托月何其妙，綠葉扶花別樣紅」的效果，達到以虛寫實的目的，從而使刻畫的人物更豐滿更完美。如何可見校長的形象魅力？從「我」的心理感受便可以觀之，在這略貌取神的描寫中，作者捨棄對人物外在形象和具體情景等的描寫，用少量的詞句點染、勾勒出人物個性特徵。因校長的形象而產生的威望和信譽，使學生由衷地尊敬和信服的精神感召力。這種感召力表現在師生對校長的尊重、愛戴、信賴。校長對大家提出要求，大家會自覺接受和自願服從，並把這種要求轉化為實際行動。「那個站在他身後一角的分校長就是膨脹三倍也趕不上。他是穿上衣服的一塊岩石，而分校長是披上衣服的一棵竹」，為使總校長形象表現得鮮明突出，而透過分校長來作陪襯，以美襯美，從正面襯托更加美好的主體，使主體顯示出超越一般的個性美。

　　總校長也是總司令，是這所學校的創辦人。這是以李仙洲校長為原型而改造的一位令人敬仰的角色。總校長以精神感召引領學生以追求崇高為目的，引導學生對高尚品質的肅然起敬和對偉岸人格的心馳神往，並在個人生活中保持一種積極向上的態度，去竭力實現人生所能達到的理想高度。總校長以洪亮的聲音訓誡：「你們給我好好聽著！」開始訓話：「學校不是難民營，學生不是叫化子！」要學生爭氣，通過深度呼籲、融入氛圍等途徑引領學生的德性成長。受總校長的影響，學生都變成用功的「申包胥」。

　　然而總校長日後並非一路飛昇，因打了敗戰而失勢了。後來日軍沿鐵路線南攻，總司令指揮兩個軍截堵，日人出動裝甲部隊，這一仗難打，那兩個軍臨時歸他指揮也不聽話受命，平素軍紀也壞，老百姓對他們印象

---

[58]　王鼎鈞：〈申包胥〉，《山裏山外》，頁85。

很差。反而在敵人進攻時撤退，把總司令暴露在最前線，總司令戰沒有打好，垮臺了。[59]像總司令這樣從歷史深處走來的長者，曾在殘酷慘烈、關乎民族存亡的反侵略戰爭中出生入死，後來又在政治的急風驟雨中起落浮沉，「滾滾長江東逝水，浪花淘盡英雄」，多少英雄豪傑被歷史的浪花托起，又被政治的洪流淹沒，但在跌宕起伏中，英雄沉澱下的是一種永恆的精神金沙。他的光輝形象將永遠定格在這所學校師生們的心中。在王鼎鈞心中，仍然牢記總校長辦學建校的恩澤：

> 無論如何我得感謝當年創辦流亡中學的人，他提供機會使我們有書可讀。事無全美，讀書便佳。經師易得，人師難求，經中自有人師。估計沿著淪陷區邊緣設立的數十所中學，吸納造就了大約二十萬青年。在非常時期、非常地區創辦這樣非常的學校，定非尋常人物，事到如今，那些人一世勳業皆成鏡花水月，惟有偶而辦了這麼個學校，是不可磨滅的一大功德。[60]

　　王鼎鈞在此感謝創辦流亡中學的人——總司令校長的原型，就是李仙洲將軍。李仙洲戰亂不利，但辦校有功，國立二十二中的山東子弟賴其付出而得以弦歌不輟。李仙洲先生品德高尚，風範可欽，具有無與倫比的人格魅力，對學生產生深遠的影響。李仙洲的教育思想、教育智慧在學生心中鑄就了一種活力和凝聚力。王鼎鈞深深懂得，是社會給了他們機會，所以他們比別人多一份責任。這份責任告訴他們好好學習，不斷前進，長大後才能回報祖國，回報社會。「當我們讀書的時候就是我們驕傲的日子！」「當我們受苦的時候就是我們驕傲的日子！」[61]在生命的縱橫阡陌裡，流亡學生被四季的輪迴拉扯著長大，看盡了苦難與人性，同時也感受到世界的溫暖，然後，肩負使命感，長懷感恩的心，用積極的人生態度，用實際行動回報社會，不辜負創校的前輩對下一代的愛。

---

[59]　王鼎鈞：〈分久必合〉，《山裏山外》，頁308。
[60]　王鼎鈞：《山裏山外》序文，頁12。
[61]　王鼎鈞：〈難忘的歲月〉，《怒目少年》，頁387。

四、醫官的父母之心：對個體生命的關注和尊重

學生西遷後，飯裡的砂子仍是很多，學生們擔心自己吃這種伙食也許是活不到抗戰勝利了，大家有共識，身體第一，健康第一，想要藉著生病為由請假，再請事務處蓋章，便可以把食米領出來自己做飯吃，自己可以把米淘得乾乾淨淨，幾位同學打算一起掛病號，幾個人的食米便可做一鍋好飯了。那位女醫官接過病假條看也沒看，就簽字了。醫務室雖沒什麼藥，看病的人倒不少。醫官總是從早忙到晚。其實很多人是藉著看病使生活出現了一點變化。

> 醫生的望聞問切最能使一個人覺得他被關懷和看重，而關懷和看重，正是我們非常缺乏的東西。[62]

流亡學生渴望得到愛與關懷，這位沒有結婚的中年女醫官對學生默默奉獻，付出關懷。

> 「你覺得那兒不舒服啊？」輕聲細語，總算還有個人關心我。躺在診察枱上，解開褲帶，醫官那熱呼呼的手掌在肚臍周圍按幾下，那一頭淚水就開了閘。醫官溫和的吩咐「穿好衣服，起來，站在這裡，」醫官把眼前這孩子打量了，替他擦眼淚，告訴他：「你看你長大成男人了，還好意思哭？」這是醫官開出來的藥。[63]

「醫者父母心」說的大概就是這層意思吧，醫生應如父母愛孩子一樣，那個病最重、治癒希望最小的病人，應給予最好的治療、鼓勵與關愛。醫者人心，正因為醫官在批病假條子的時候慷慨驚人，終於有一天分校長忍不出了來警告醫官，「總要真生了病，需要治療，才批准他的病假。」醫官當場頂回去：

---

[62] 王鼎鈞：〈新師表如此如此〉，《怒目少年》，頁301。

[63] 王鼎鈞：〈分久必合〉，《山裏山外》，頁327。

預防也是治療的一種,而且是最有效的治療。他們天天吃米,吃米裡的砂子稗子,隨時會得盲腸炎,到那時候,我是一點辦法也沒有喲![64]

義正辭嚴,不畏權勢,更見其仁心。之後又發生了一件事。學生何潮高與烏麗莉兩人談戀愛,被以妨害校譽而勒令退學。學校以兩張佈告公之於眾。這件事情醫官牽涉在內。因為烏麗莉在西遷途中嘔吐無力,到了目的地後請醫官看,才知是懷孕。但醫官主修眼科,不是婦產科,鎮上只有一位年老的接生婆,別無中醫西醫。為了接生問題,何潮高與烏麗莉不斷去找醫官懇求,醫官終於動了心。

她也知道在山野裡做醫生不能嚴格分科,她現在已經內科外科都管,救人的本領還嫌太多?[65]

在戰亂流離的年代,政府對於地方的醫療設備往往無甚關心,遑論專業分科?更何況在窮鄉僻壤的地方,全賴人與人之間發揮互助的力量。醫官打算趁此機會去找那年老的接生婆,請她教自己接生。但那接生婆要求醫官得磕頭拜師。沒想到醫官一口答應。她為了救人,願意承受這樣委屈。拜師當天,醫官備了四色禮物,一串鞭炮,來到老婆婆家中。老婆婆已四處張揚,屋裡屋外都是看熱鬧的人。醫官在門外街心朝著老婆婆肅然下跪,恭恭敬敬磕了三個頭。這樣舉動讓許多學生都動容。愛,人人皆有。小愛是局限於血緣、親緣、業緣關係的私人情感,大愛是超越血緣、親緣、業緣關係的公眾情感,是對小愛的擴展和升華,表現為對陌生人的愛。醫者父母心,表明醫者之愛是超越私人情感的大愛,是對來求助的患者的健康和生命的自覺關注和真情扶助。

烏麗莉在醫官的接生下順利的產下男孩,當嬰兒呱呱墜地時,醫官先哭了,何潮高與烏麗莉跟著一起哭。分校長為了醫官幫助學生接生成功,與醫官起了直接的衝突,校長認為醫官為了救人,去向一個不識字的接生婆磕頭拜師,這是本校的奇恥大辱。校長怪醫官沒有尊重自己的意見,但

---

[64] 王鼎鈞:〈分久必合〉,《山裏山外》,頁327。
[65] 王鼎鈞:〈合久必分(一)〉,《山裏山外》,頁343。

醫官認為母子一大一小，人命關天，做官的人可以不管，但她當醫生怎麼能不管！醫官甚至直指政府對窮鄉僻壤的百姓照顧不力。

> 政府沒有在窮地方設立醫院，全鎮四十歲以下的人出生，全靠一個被你（校長）瞧不起的老太婆把他們接到世界上來，他們幸而不死，政府再徵他們兵，抽他們稅，你怎麼不覺得這才是恥辱？[66]

這位醫官以一位醫者的身分承擔了許多責任，毫不退讓地對上級發言，當許多人試圖明哲保身的離開，這種主動參與並介入的意識尤為珍貴。女醫官的愛，更多地溶在為學生們忙碌的每一個片段中。後來因為和分校長理念不合而離開了，但她對學生的愛和關懷都能在讀者心中留下深深的印痕。女醫官雖是平凡眾生中的一員，然而愛心的表現，使平凡的生命發出最美的閃光，她在每一個需要付出的時刻中超於常人的自覺和承擔。在這種愛心的抒寫中，作者未曾刻意進行對人物的評價和裝點，而是在原生的生活情境中自然表現人物的情感。

王鼎鈞筆下所塑造的這些人物形象，容納了原汁原味的生活，展現出人情的純真和溫馨、人性的善良和寬容，流露人生美好的基調和意蘊。圍繞著流亡學生的一群人物，用自己的生活、生命「完美」地詮釋了人生，詮釋了在面對時代與社會雙重風暴時所表現出來的人情人性之美。人物故事對於創作的重要意義在於它永遠具有充足的現實及藝術生命力。這種生命力也是現實生活的巨大魅力之所在。它體現在小人物故事敘事的特點上，主題積極向上，傳遞正能量，帶給讀者既獨特又深刻的人生體驗。

五、成長是一種集體儀式

當然這本書並不只是敘述了上述幾位角色，還有具有大哥風範的何潮高，白皙、靦腆、深愛著顧蘭的小白，練達人情、洞明世事、勇敢堅毅的顧蘭，美麗的有著一口好看的白牙的虞歌，喜歡一路走一路熱衷畫圖的吳菊秋，從無戲言而又像謫仙一樣消失的音樂老師，喜歡學教官、總是憤憤不平的佟克強，還有那些沒有名字的人物充塞在書中的每一個角落，雖然

---

[66]   王鼎鈞：〈合久必分（一）〉，《山裏山外》，頁351。

也許只出現一兩次，有時候甚至只用兩三行就交代了他們的人生，這些書中有名有姓的人物都可能是虛構的，但我們卻不能認定他們是假想的，因為它展現了虛構下的真實人性。

世界夠大，宇宙夠浩渺，造化夠弄人，萬事萬物是怎樣遇上的呢？不早不晚，不偏不倚，就這樣猝然相遇，生命如此蓬勃、匯聚，進而壯觀。獨立靈魂之間的共鳴和相知，這是相遇。相遇是一種緣。「我」在西遷時候因體能不佳而趕不上群體，卻反而有另一種奇緣：

> 我孤孤單單一個人走路。孤獨的滋味是恐慌。人同此心，一路上有不斷有人和我結伴同行，可是他們總會對我說：「咱們學校裏見。」就逕自去了。他們嫌我走路太慢。我換了很多同伴。終於，我不想再聽見有誰對我說：「同船共渡，五百年前的定數。」兩小時後你就會撇下我，這也是五百年前注定了的。[67]

作者在路上體認了孤身走我路的人生境況，「也不打算去追趕別人，我以詩意的步伐流亡。這應該也是五百年前的定數」，即使路上還有別的行人，但彼此是真正的陌路，理應漠不相關。然而，愛情、親情、友情，人生中最重要的相遇，多麼偶然，又多麼珍貴。就在這個時候他遇見了「終於有個人不嫌我走得慢，終於有個人陪我一同踢黃葉」的緣份，這人不是別人，正是女扮男裝的顧蘭。兩人一起同行，因為向老婆婆借地方住一晚，進而和小白重逢。

> 有時候，世事就像冥冥中有個導演。不前不後，不急不緩，一聲驚天動地，正是雞啼。雞也是群體主義者嗎？沒有一隻雄雞不支援牠的同類。於是此落彼起，此斷彼續，由這家響到那家，由這村響到那村。[68]

換言之，以王鼎鈞為代表的個體的成長，不是一個個體的行為，而是一種隆重的集體儀式。交往是人類歷史發展的動力，存在的意義，人與

---

[67]　王鼎鈞：〈小媳婦〉，《山裏山外》，頁272。
[68]　王鼎鈞：〈小媳婦〉，《山裏山外》，頁303。

人聚集起來生活可以成就一座山峰，這樣的山峰可以主導風的方向，決定水的走勢。從成長哲學的層面上看，人的一生就是在和他人互動中才能完成自己，永遠不要看輕出現在你身旁的每一個人，他們的出現都會對我們的人生有意義。生命，不是一場孤獨的跋涉，有太多的聚散離合，每一個在生命中出現的人，都必定有其到來的意義，哪怕只是無意間相遇，哪怕只是萍水相逢，都一定會為彼此的生命，帶來溫柔美好的光亮，而一份單純質樸的給予，必定是相逢的瞬間證明曾經相遇的最好證據。〈小媳婦〉寫「我」在獨自跋涉中的偶遇失散多時的顧蘭，寫到顧蘭為小媳婦剪髮請「我」幫忙。被剪下來的那把長髮，被小媳婦用剪刀剪碎了，讓「我」覺得好可惜。

> 剪碎了，放下剪刀，東張西望找風，找風的方向。風是群體主義者，它永遠結伴而行，永遠後繼有人。果然，遠處的樹葉又切切細語，近處的樹葉又紊亂的喧嘩，風未到，先有秋意襲人。……碎髮也是群體主義者，當它們聚在一起的時候，它們存在，一旦在風中各自逍遙，就個個消失在黑暗裡，斷無消息了。[69]

　　王鼎鈞所寫出的是一種人生遇合的感慨，每一篇回憶中都充滿了關於相遇的感受，我們甚至可以說這部書就是一部關於「我」和世界的相遇之中所發生的種種故事。這種「相遇」有一種難以言說的偶然性又有必然性，正是我們人生的一種難以擺脫的境遇。從風的方向與碎髮順風散去的姿態，影射了流亡學生未來的命運，原本是群體的選擇，然而到最後因時勢演變而不得不散落。從依附到獨立，從群體到分散，永遠是世間的規律。有一些人你跟他們分散之後，就是永遠不會相見。猶如在夢裡散落的青春，大家成為散落天涯的碎片。

　　《山裏山外》以「動盪不安的青春」為敘述背景，面對生命的種種迷惑，作家透過不同的角色傳達出了群體共有的苦痛與焦慮，同時也昭示了超越苦難的必要性。你走過的路程，不只是風風雨雨坎坎坷坷泥泥濘濘，不只翻山越嶺、盤根錯節，也有許多美好的人間奇景和生命緣會。成長即使充滿苦難，但這路上並不孤獨，彼此之間的互相扶持與幫助，人與人之

---

[69]　王鼎鈞：〈小媳婦〉，《山裏山外》，頁302。

間的脈脈溫情，也都讓這成長充滿著濃濃的詩意，讓「我」滿懷悲憫，以一顆敏感、細膩的心去觀照外在世界的人和事。

第六節　深入底層：從蒼生生活折射出大時代

王鼎鈞流亡期間來到阜陽、漢陰等偏地僻壤，從而使他的社會關懷扎根於廣袤的現實生活土壤。在深入社會底層，以一個普通人對生活的起碼需求，真切地感受天下百姓的困苦與艱辛，以流亡而知蒼生，是王鼎鈞在流亡期間社會關懷的特點。

一、為蒼生寫歷史的創作理念

作品只有放在一定社會歷史條件下來解讀，作品的價值和意義才能突顯。我們所知的國史、正史等歷史舞臺上的主角都是帝王將相，他們是光彩奪目為後世熟知的「大人物」，小人物似乎就是為襯托他們而存在，草芥一樣小民的悲歡、螻蟻一樣小人物的生存面貌，通常不在傳統歷史的視野之內，因為蒼生被視為弱勢、愚昧、庸碌、粗俗，在大時代的變遷中只能隨波逐流。緣於長期形成的關注興趣，治史與寫史者對「小人物」之價值頗不以為然，小人物都是卑微、渺小的芥子，在他們看來，小人物所具有的特性，既不足以解釋歷史的主體，亦無力對現有結論構成衝擊、顛覆，故而小人物在相當長時間內一直處於外緣邊角，被視為敗絮殘簡，隱沒不彰。然而王鼎鈞對此有所反思：

> 我中年以前崇拜英雄，中年以後把感情交給無名的蒼頭眾生。所以致此，是因為我發現了「英雄不仁，以群眾為芻狗」。我不能控制情感的轉移，我的機遇、處境，文學旨趣都起了變化。
>
> 我們那群流亡學生都是天地預設的小人物。「江山代有英雄出，各苦生靈數十年。」數十年音訊斷絕，他們的遭際使我驚疑憂念。如果一顆隕星沉落了使人震撼，那麼滿河繁星流瀉一空又何以堪？
>
> 不僅如此，我雖在鄉鎮生長，對農村農人卻甚陌生，對土地亦不親切。戰時流亡，深入農村，住在農家，偶而也接觸農事，受農

人的啟發、感動，鑄印了許多不可磨滅的印象。抗戰八年，實在是
農民犧牲最大，貢獻最多，軍人是血肉長城，其兵源也大半是農家
子弟。[70]

　　《山裏山外》作為一部描述流亡學生具體生活的作品，再一次將目
光　投入小人物的生活和情感之中。王鼎鈞成功地探索了一個個小人物的
精神世界，我們可以從這些小人物身上讀出他們所代表的時代面貌。而圍
繞在學生身邊的人群，除了總司令、號長、軍訓教官、訓育主任、醫官之
外，也有性格不同的同學，如班長何潮高、小白、老包、陶震東、佟克
強、焦林、金城等。在這些小人物的身上，演繹著自己人生的故事，在這
些故事背後，是人性的追問，是每個人內心深處的感懷，以及對前途的焦
慮與信仰的空虛。他們在黑暗中期待光明，在困苦中仰望美好。此外，作
者又以另一隻眼，觀察那封閉落後的小山村人們的生活面貌、孤婆寡媳寂
寞的生活、婦女地位的卑下、村人欺凌弱者的醜行、旱災下難民的艱辛與
困苦、壯丁被毫無人性尊嚴的對待、古廟和尚接待學兵等普通民眾境況、
心態，堪稱一部流亡學生的成長史、抗戰生活的社會史。作為一種個體記
憶與歷史書寫，作為一種生命體驗與社會感性的表現，它已經透過了回憶
傳遞了一個戰亂流離的時代特有的審美想像。
　　王鼎鈞捨棄了歷史宏大敘事的方式而代之以微觀的描寫，試圖從微
觀、具體的視角理解和闡釋戰時人類生活的方方面面，呈現出了更加豐富
多彩的歷史。這些微觀的方面包括個人的身心成長歷程以及所處的日常生
活環境的所見所聞。王鼎鈞善於將鏡頭對準小人物，以獨特的視角展現小
人物的情感糾葛以及在時代中的徬徨和掙扎，以對蒼生的底層敘事展現人
文關懷與憂生意識。《山裏山外》以戰爭時代流亡學生的生存處境為主
題，但不乏對民間的關懷和底層書寫，從小人物在生與死的邊緣掙扎的描
寫中展現他的悲憫情懷，在曲折的故事情節和對話中，體現出小人物的善
良、小人物的智慧、小人物生存方式。這些小人物是弱勢群體，藉著描寫
他們以闡揚生命平等的意識，以揭示戰爭世界中生命的貶值境況。小人物
以自己的命運悲劇，揭示了戰爭中最為深刻複雜的人性主題，讀者所接受
的不再是正襟危坐的說教，而是笑中帶淚、喜中含悲的人生感悟，王鼎鈞

---

[70]　王鼎鈞：《山裏山外》序文，頁11。

尋找湮沒於戰亂流離中的生命本身價值，重新發現了即使是小人物也有其生命的尊嚴。

二、為抓壯丁的苦難發聲：生命被貶值的悽苦境況

抗戰時期，與日寇激戰的國軍傷亡慘重，動輒就是幾萬幾十萬的傷亡，需要後方有大量的兵員補充。為了能夠源源不斷的徵集士兵，當時的國民政府官員想盡了辦法。除了依靠保甲制「抽丁」的方式外，「抓壯丁」這種非常規手段在當時最常見。在當時，勞動人家的青年子弟，一旦被抓去當壯丁，便意味著走向死亡！壯丁還沒來得及上戰場，早就死在了徵兵途中和訓練營中。王鼎鈞親身目睹了那一幕：

> 廟門之外，風正撫弄遍地帶芒的麥穗。風也拂過我洗過烤熱過的毛孔，特別輕柔。在春風裡我看見一隊人、一個奇特的隊伍走來，人與人之間連著繩子，四條平行的繩子穿過他們的身體，遠遠看去，這些人好像扶著纜索小心翼翼的通過危橋。他們的目標也是這座樓。等到距離近了，才知道這些瘦弱、疲憊的人，被人家用長長的繩子結成一串，組成一條多肢的爬蟲。[71]

他們把抓來的壯丁拴在繩子上，要送給訓練機關。這些人成了沒名沒姓沒有來處也沒有去處的人物，瀕臨死亡邊緣的十分饑渴的「壯丁」。

> 他們已經疲乏得睜不開眼睛。押送他們的士兵用指使畜生的態度指揮他們貼近圍牆，挨著圍牆根坐下，他們就把重擔一樣的身子靠在牆上，張著龜裂的唇喘息。院裡院外，一堆東倒西歪的破爛泥人。有些人的臉孔是那樣的黃，使人覺得他由裡到外只是一塊黃蠟像。他們衣服上有深深淺淺的各種污痕，風吹過他們，像吹過剛剛施肥的菜圃，變臭了。啊，這些人！這些不能換衣服也不准洗澡的人。[72]

71　王鼎鈞：〈戰爭壓力〉，《山裏山外》，頁149。
72　王鼎鈞：〈戰爭壓力〉，《山裏山外》，頁149。

「我」由自己接受野外軍事訓練而體會到「應該換衣服而不能換衣服的痛苦，進而想到不能理髮、不能洗澡的痛苦。世上究竟有多少種非刑，沒有人說得齊全，不准洗澡、不准換衣服大概可以算其中一項。」[73]看到這些不能叫「壯丁」的壯丁被折磨到不成人樣，繞著廟牆對任何人不抱希望的樣子。甚至看到押解壯丁的軍官，正在指揮兩個和尚挖坑，他們要埋葬一個死亡的壯丁，不免讓「我」滿腔悲憫：「我想他的年齡不會比我大，他實在死得太早、太年輕」，「我悲哀的看他乾裂的唇，看他戴著繩痕的腕。看他每個指甲都像一個小小的杓子舀起一小撮泥土。我失聲叫出來：他的手還在動！他還是個活人！他們居然要埋葬他！」[74]，王鼎鈞在這裡揭示了當年他親身聞見的殘酷畫面。這些被強行徵召的壯丁入伍後徹底失去了做人的尊嚴，他們受到種種非人的虐待。

壯丁自從被徵集後，就落入了悲慘的命運，落入任人宰割的魔爪！首先是在層層輾轉送接的途中，被當作是牲畜一樣用繩捆索綁，由帶槍的士兵前後左右監押著，如同解送囚犯一樣，毆打辱罵，更是家常便飯；其次是有的接送兵人員，為了生財有道，於往返途中辦貨物做生意。這些壯丁便成了他們的義務腳伕，負荷著沉重的貨物，走得慢了，還要挨打挨罵。由於送兵人員的剋扣貪污，新兵在長途跋涉中，吃不飽穿不暖，又無醫藥，受著飢寒和疾病的折磨。患病的壯丁，輕的是在鞭笞之下，被迫跟著踉蹌艱辛地行進；重的則常常被遺棄在路途上任尤其自生自滅；更有接送兵人員，竟把呼吸未斷的重病號，挖坑活埋，以免累贅！這種腐敗透頂的徵兵行為，慘絕人寰的事實，極其可恨！老百姓在自己的國家被自己的政府和軍隊禍害成如此模樣，著實可憐！強烈的憤怒讓學生們想要替天行道，幾位同學一齊擁上向軍官撲去，一陣拳腳。當然學生的熱血衝動也造成了教官受到處分。

三、河南大旱的歷史書寫：災難視域下的生存掙扎

1942年河南大旱，轉眼下一年，緊接著又是一場特大的蝗災，連番的自然災害導致了一場幾乎遍及整個河南的大饑荒。餓死了三百多萬農民。

---

[73] 王鼎鈞：〈戰爭壓力〉，《山裏山外》，頁148。

[74] 王鼎鈞：〈戰爭壓力〉，《山裏山外》，頁149。

這是一個幾乎被大眾遺忘的事件，官方的敘述視角掩蓋了大饑荒的歷史真相。王鼎鈞以流亡學生的見聞與視角反映了這段民間歷史：「那年入春就有鄰省缺雨的消息，接著，麥子沒有收成，高粱、黃豆又都枯死了，鄰省的居民知道這年的秋冬沒辦法活命，就向我們這一帶逃荒，報上的標題字越來越大」[75]，就是指這件史實。飢餓如魔咒一般降臨到三百萬人身上，吞噬了許多人的生命。流亡學校在城外，天天聽到災民的消息。這些一批批面黃肌瘦的人們，或數十口成群結隊，或一家人扶老攜幼，紛紛走出他們的村莊，走出他們或許從未離開過的縣境，然後那些來自四面八方災民就成了學生口中的「城裡有許多外地來的乞丐」，作者記載了學生與災民的相處情況：

> 有憔悴昏迷的母親，敞開乾癟的胸膛，抱著氣息微弱的嬰兒，坐在街角等死。一個女同學由城裡回來以後號啕大哭，說是餓死一個人，大家驚問是怎麼一回事，她說地聽見菜市外面有初生的小貓啼叫，一時好奇，朝著聲音的來處尋找，找到那麼一個母親，抱著那麼一個小孩，小孩正在哭，母親的頭靠在牆上，閉緊了雙眼，奶子掛在胸前像兩個倒空了的熱水袋。母親的臂彎彎鬆鬆的，沒有一點力氣。這位女同學剛好買了一個饅頭，就撕下一塊放在小孩的嘴裡。小孩不哭了，努力的咬嚼，用心的吞嚥，她看了暗暗高興。誰知片刻以後，小孩不嚼了，不嚥了，也不再哭，眼像母親一樣閉上，脖子變得軟，兩手也靜靜的停下來不再抓母親的胸脯。孩子竟然噎死了！那母親仍然靠牆瞑目而坐，用鬆鬆的臂彎來承受孩子的重量，好像甚麼事情都沒有發生一樣。[76]

這是一幅感傷、凝重的畫面，這位母親已經死了，再也不能保護自己的孩子。女學生本以為讓孩子可以維持生命的餵食，卻反而噎死了孩子。作者用工筆描寫了母子死亡的過程，對弱勢群體的生存本相的開掘和經營，是令人觸目驚心的。王鼎鈞同情目光投向了掙扎在死亡邊緣的可憐災民，對於生活場景、社會氛圍、尤其對於底層民眾的生活細節那種深刻精

---

[75] 王鼎鈞：〈號聖的傳人〉，《山裏山外》，頁54。
[76] 王鼎鈞：〈號聖的傳人〉，《山裏山外》，頁54。

到的捕捉能力，往往具有一種震撼人心的藝術效果，讓讀者跟著他的筆，一起走進了生命交疊的路口，看人生的生活艱難，心靈無助。活不下去的悲劇是在那個年代人民生存處境的真實人間世相。維持肉體的存在，是人的本能，但在大饑荒之下，災民的生命得不到基本的保障，死亡時刻威脅著底層人民的生命，活下去成為他們最大的奢望。王鼎鈞以當時發生的災荒為背景，用紀實與虛構的方式去還原當時的災害景象，重現了那一段苦難的歷史，並從這些小人物身上，發掘出大災難下人性中難以磨滅的溫存。

> 我們吃飯的時候，有幾個孩子站在農田和操場毗連的地方朝這邊張望，我們沒有放在心上。可是小孩越聚越多，大人也出現了，看樣子是一些做媽媽的，站在孩子背後。飯罷，人群散開，那些孩子和麻雀爭先，一齊湧進飯場揀飯粒，孩子們揀一粒米放在嘴裡，再揀一粒放在左手手心裡，再揀一粒放進嘴裡，……孩子們彎著腰，頭比屁股低，不停的移動，姿勢像鳥。衣服破了，布條布片在風裡飄著，像羽毛零落的鳥。他們的母親遠遠的站在農田裡望著孩子，欣賞的望著，淒楚的望著。這一次麻雀佔了下風，孩子們跑向母親的身旁，仰著臉，高高舉行小手，呈獻他們的戰利品。飯屑從小手移到大手裡，兩隻大手謹慎的捧著，反覆檢視了，放近嘴邊去吹掉一些塵土，再塞進孩子的嘴裡。[77]

這實在是令人難過的畫面。流亡學生所吃的「抗戰八寶飯」已是令人難以下嚥的了，流亡學生吃的苦，但災民更苦，只能讓孩子去撿拾流亡學生遺落在地上的有限飯粒。但為了活著，也要努力。作者選擇在苦難下的開展故事，正是以現實之苦難突顯生命力之頑強。苦難的書寫，也是對生命力的張揚書寫。

他也寫到「我」發現學校廚房後面的一口缸的缸沿上擱著一顆人頭，是災民，他居然去找那缸裡水淋淋的餿物，雙手捧著用嘴去吮吸，發出噴噴的響聲。「我」一見驚出汗來，心裡想的是：「那缸裡的東西怎能吃！」但嘴裡說的卻是：「你想幹甚麼？」這一問把災民給嚇到了，那人

---

[77]　王鼎鈞：〈號聖的傳人〉，《山裏山外》，頁58。

啪噠一聲把手裡捧著的東西丟進缸中，跟跟蹌蹌的逃開。這結果讓「我」心裡難過，又後悔自己做錯了事。[78]這個事件已反映出災民的困頓與生活的艱辛已到只能吃不能吃的東西來「糊口」的慘況。在巨大的天災面前，人類是如此的卑微、渺小。

作者寫出了普通百姓在面臨生存困境時的生存面貌，綻放出的頑強、韌性的生命力，面對苦難的承擔能力和應對態度，都說明了一種生存的努力，讓我們見證中國底層平民在尋求生存中所表現出來的韌性精神。其中具象的生命故事所展現的絕望生存處境，源自1942年大饑荒的歷史書寫，是真實的生命紀錄。在宏大的歷史視野下被隱沒的河南大饑荒，卻透過王鼎鈞以流亡學生的經歷而從側面寫出了大多數卑微的蒼生所構築的民間記憶，塑造出了立體而真實的畫面，並通過災民們退守到原始生存本能的悲慘經歷展現了活著的生存哲學。他在小人物身上做大文章，以小人物折射大時代的面貌，還原了人物真實的生活、真實的人性、真實的命運，而將更多的空間留給讀者激發出不同的思考，這比經過提煉加工的藝術作品更具有觸動人心的藝術力量，通過藝術真實與歷史真實的構建來表達天下蒼生的苦難。那命若懸絲的生存狀態，引發了具有人道主義情懷的作家的深切關注。

創作原則，就是打破權力話語的敘述，關注民間。王鼎鈞以飽蘸血淚的文字，直面底層百姓生活的艱難與不幸，在理性冷靜或深情難抑的真切敘寫中，為我們展示了一幅幅不無酸楚、淒切的生活畫面，具有振聾發聵、撼人心魄的存史意義。王鼎鈞以民間的視角來敘述民間史，從民間的視角重構歷史，補充了官方歷史的忽視，還原了1942年前後發生的旱災引起的大饑荒的部分面貌。

四、惟百姓之心為心：流亡學生與百姓的交流

百姓是沉默的大眾，是一個沒有清晰面孔卻又被不斷命名的群體，無論在逝去的哪個年代，歷史都難能記住他們的群像，更未能記住他們曾有過的功績。他們是社會最基本的元素，也是最悲情的符號。他們往往是嚴酷惡劣的生活境遇中的社會底層。流亡學生與底層百姓血肉相連、息息

---

[78] 王鼎鈞：〈號聖的傳人〉，《山裏山外》，頁56。

相關，《山裏山外》展現了正處於生活低谷的蒼生們的生活百態，在小人物的底層敘事中實現學生與百姓之間的互動。他將焦點聚集在卑微屈辱的小人物身上，在他們的喜怒哀樂中思考社會和人生。無論是鄉村小人物，還是底層人物，在時代的苦難裡，他們以卑微、渺小、忍辱負重的姿態活著，例如文中寫到西遷是在夜裡出發，一群隊伍是在一個大坑底下集合起來的。

> 出校門，簡直就是鑽隧道了，兩壁貼滿了黑溜溜的眼睛，隱隱的閃著星星點點的光。這麼多眼睛看我們西遷！我覺得附近的老百姓全來了，來憐惜我們的漂流，來讚佩我們的奮鬥，來看只有抗戰時期才有的壯麗的一景。我們的眼也烏溜溜，彼此隔著重重黑紗，交換匆匆一瞥，流星一樣在他們眼底消失。[79]

「我」對於那麼多觀禮的來賓，內心頗為感動，心想，如果不是今夜太黑，黑到個人隨時可能跟團體失去聯絡，要不然，我準會去握他們的手，撫摩他們的孩子的頭頂，告訴他們我很留戀這個地方，我會再來。可是等學生趕了一段路之後，原本那沉入深淵的校舍又浮上來，裡面燈火通明，宿舍和教室裡亮紅的一片，不明究竟發生了甚麼事情，在「我」發怔的時候，多少人從我身旁流過去，領隊的何潮高溜到眼前來，催促「跟上去，當心掉隊！」我問：「誰在學校裡？」「老百姓點著火把揀東西，揀我們丟下不要的東西。」

> 我聽了，驚訝、悵惘和滑稽的感覺混合著襲來。我還以為他們捨不得我們呢，原來，是他們聚集在那兒等著揀垃圾。說不定，我們早走、快走，方稱他們的心。難道真是這個樣子嗎，我不肯相信！[80]

如果百姓不是生活十分貧困，又何必來揀學生丟下不要的東西？在這即使知道百姓並不是真的捨不得他們而感到驚訝、悵惘和滑稽，但這是人

79　王鼎鈞：〈捉漢奸〉，《山裏山外》，頁154。
80　王鼎鈞：〈捉漢奸〉，《山裏山外》，頁155。

性合情合理的表現。由此揭示了鄉間百姓無法擺脫的生活困境以及戰爭時代生存的艱難。王鼎鈞如實的紀錄下人物的音容、生活中的一舉一動，活生生的人，真實的環境、真實的活動，這些元素相積累疊加訴諸讀者畫面的獨特紀實方式，其來源於真實，使人猶如身臨其境。

在這兩段裡面出現的老百姓，甚至連面容都沒有看見，只有「兩壁貼滿了黑溜溜的眼睛，隱隱的閃著星星點點的光。」我們再看一段，就展現了百姓和學生之間的交流：

> 門外巷內扶老攜幼許多人，說是要瞧女扮男裝的游擊英雄。有個老太太一直追問老伴：「你看他真是女的嗎？真是女的嗎？」有個女孩上來拉顧蘭的衣角：「你認識不認識雙槍黃八妹？」顧蘭受也不是，辭也不是，笑得尷尬。然後，他們把注意力投給小白，看他一步高一步低，看他咬吸氣，看他額角比別人先出汗。有個小伙子從後面擠到前面來問：「你的臉，是鬼子的炮火打的吧？」不等他回答，一把纏住了。「你要到那裡去？我推車送你。」說完，去推他的骨碌骨碌的獨輪車。[81]

在這裡，我們可以見到老百姓主動向學生靠近了，不是只在一旁注視觀看，而是有對話有行動。有對巾幗英雄的欽羨與好奇，有對打仗受傷的學生真心關懷。那個壯健忠厚，推著獨輪車的小伙子因為離不開母親，不能去打鬼子，因此非要讓他以為是被鬼子炮火打傷的小白坐他的獨輪車不可。在這裡，作者讓我們看到那種人與人之間互相關懷與幫助的淳厚之情，看到一個又一個真實可親的中國人。

《山裏山外》將藝術視野由流亡學生伸向了農村，作者以民間視角表現生活，表現普通人的內心對於愛與和平的渴望。於質樸的泥土氣息中深藏著百姓的樸拙與單純，人生的玄機與幽妙。在我們的身邊，有許許多多普通人，他們沒有鑄造豐功偉績，沒有拋頭顱灑熱血，但卻以自己的力量，激濁揚清，匡正祛邪，傳遞正能量，支撐起中國的脊樑。正是這些平凡的小人物釋放正面大能量，王鼎鈞要把作品聚焦於這些平凡的小人物，所以，在《山裏山外》全書的每個段落裡，充滿了我們無論如何都能親切

81　王鼎鈞：〈小媳婦〉，《山裏山外》，頁292。

感覺到的真實人物、真實人性，不管他們是全身蠟黃、瀕臨死亡的壯丁，是無聲無息打著火把去揀學生留下來物件的民眾，還是圍攏過來表達他們的羨慕與同情的鄉民，沒有一個人是虛構的，沒有一個人是假想的。《山裏山外》的魅力就是真實，角色的魅力是對生活真實世界的感受和詮釋。角色對所營造環境的感受越深入細膩，越能展現在那個環境下生存的人們的真實世界。在當流亡學生的歲月裡，甚至更長久的戰亂時光裡，王鼎鈞把每一個看得見或看不見的同胞都記下來了。他描述了普通人的各種各樣的煩惱，筆觸十分細膩而且真實，在看似瑣碎的記敘中為我們揭示了生活的本質。讓我們對抗戰時期的平凡人的平凡生活有了更為深刻的認識。這些百姓是在平凡的生活中演繹著平凡人的不平凡，他筆下的人物總是在趨同性的基礎上又豐富多樣，相同的是人生悲涼、人世滄桑、悲劇命運和命運悲劇，這些血淚經歷也許是他目睹身受的，也許是他聽見聞說的，都在他的心裡埋藏了四十多年，這樣長久的埋藏終於形成了一種巨大的力量，讓他不能不寫，不得不寫。於是，在這些摻和著血淚寫出來的字句裡，每一個受過苦的靈魂，每一個謙卑忍受過的心靈都依序地走到我們的眼前來，向我們說出了那個年代下中國人的一場浩劫，和浩劫裡他們每個人身受的痛苦和憂傷。在讀完了這樣的一本書以後，我們終究知道本書人物雖是虛構，他們的遭遇卻是絕對的真實！

　　文學藝術是真實性的領域，不能把光明寫成黑暗；也不能把乾坤的瘡痍、人民的苦難描成盛開的鮮花。一個真正的作家，就只能做真人、說真話。王鼎鈞是一個真正的作家，他不僅敢於正視那個「乾坤含瘡痍」、「路有凍死骨」的現實，更表現了「窮年憂黎元」的嘆息，反映了人民的苦難。

第七節　西遷視野下的成長：跋涉生活的賜予

一、西遷路上的艱危

　　王鼎鈞提及分校長曾經很鄭重的說，學校當局替將來寫校史的人定下兩個術語：

　　　　學校搬家叫西遷，西遷的最高潮，穿過敵人利用鐵路設置的封

鎖線叫「過路」。[82]

　　這次的西遷對於流亡學生而言，是一次更大的衝激與磨練。拖家帶眷的老師是第一批動身的人，他們扮成商旅，雇了獨輪車。不久，分校長也走了，他得去催經費，整理未來校舍，並拜訪當地的駐軍以及士紳。軍訓教官要先到「過路」地方去布置，要求每隊學生都得自己走，必須自己管理自己。行在路上猶如一幅人際親疏圖：

　　　　這次西遷把人與人的關係擺明了，人跟人的交情用天秤稱過了，每個人跟自己最合意的人同隊，路上彼此互相扶助，班級打破了，甚至分校和分校間的區分也不堅持了，學生重新編組，誰是誰的男朋友，誰並不是誰的女朋友，都擺在盤子裡端出來，某些傳說證實了，某些揣測推翻了。[83]

　　在西遷途中，也會有身分複雜的人滲入，有人告訴隊長老何，隊伍裡有不像學生的學生混進來，行跡可疑。由於西遷的編隊是自由組合，許多熟人不見了，許多不認識的人加進來，還有人特地換上了便衣，更增加辨識的難度。領隊便用是否有背包做為辨識的參考。「我」注視著大家的背包，背包的形態猶如一幅幅流亡學生的人生圖：

　　　　我也看背包，看高高低低浮浮沈沈的背包。不錯，一樣的被單，一樣的麻繩。……有人在背包地方墊了一層牛皮紙保持清潔。有人在背包貼肉的地方加一層油紙，預防汗水浸濕棉被。麻繩套在肩上的那兩個環，有人用綁腿把它纏粗了，省得在肩膀上勒出兩條鞭痕來。每一個背包都捲得很緊，紮得很緊，越緊、揹著走路越省力。每一個背包上都掛著備分的草鞋，一雙兩雙或者三雙。每一個背包旁邊掛著一條毛巾，準備隨時在池塘河溝裡蘸水擦汗，再隨風晾乾。每一個人都知道征程之辛苦和漫長，也都知道空襲可能是喪鐘，封鎖線是死亡線，而漢奸是拘魂的鬼卒。[84]

82　王鼎鈞：〈捉漢奸〉，《山裏山外》，頁158
83　王鼎鈞：〈捉漢奸〉，《山裏山外》，頁161。
84　王鼎鈞：〈捉漢奸〉，《山裏山外》，頁166。

在這裡作者以寫實之筆，為我們保存當年學生西遷的必要裝備，已為歷史留存記錄。西遷路上偶遇的生面孔左良玉和小三兒焦林，也加入西遷的行列，作者以含蓄隱晦之筆，暗示著他們滲透在流亡學生群中的目的，向學生們有意無意地宣揚著另一所非國民政府支持的學校。其實在王鼎鈞讀書時，流亡學校已分國民黨和共產黨支持的左、右兩派，他所讀的國立二十二中是國民黨支持的，但教師之中已有左傾人士滲入，只是當時年紀輕，不太在心上警惕，甚至對共產黨人是心存好感的。

西遷途中，長途跋涉，流亡學生以「學兵」身分向民間借宿：

> 「我們是學兵！」這也是學校當局預先替我們想好的詞兒，專門在西遷途中使用的。若說是兵，也許老百姓害怕，若說是學生，又可能被百姓看不起。既學又兵，既兵又學，兩者截長補短，調和折中。[85]

窮老百姓是社會的貢獻者，他們供應了戰時社會的龐大需求。百姓並不只是勞動者，他們也是生產者，它們是戰時非常重要的資源，是學兵的生活保障。那個年代以軍事為第一，學兵借住百姓家，理所當然，再小再窮的農家也要為路過的大兵擠出一間房子來，軍民關係密切，總會為王鼎鈞帶來不同的視野與衝激。這段經歷對他的影響很大，從此對窮苦百姓有了感情，關懷窮苦大眾。

> 老實說，長途跋涉雖然辛苦，但是後來我對每天換一個新環境每天認識一批陌生人發生了興趣。那種樂趣簡直和電影讀小說十分近似，甚至，有時候，你覺得你是在演電影或寫小說。
>
> 而且，到了後來，我健步如飛，晝夜急行，腿已不疼，腳也不再起泡。天冷了，我穿著夏天的單衣，又沒有棉被，走到全身發熱，有人定勝天的快感。人在途中，所有的責任都已擺脫，或尚未開始，身心自是輕鬆舒暢。等我奔到西遷的最後一站，反而有點兒「勝事不常，盛筵難再」的惘然。[86]

---

[85]　王鼎鈞：〈捉漢奸〉，《山裏山外》，頁168。
[86]　王鼎鈞：〈分久必合〉，《山裏山外》，頁306。

　　西遷是一段奇妙的旅行，不知道從何時開始，也不知道從哪裡終結。在這段旅程中，每個人都要經歷自己的故事，也要參與別人的故事。看日出日落，看人生百態，思考生命的意義，追尋永恆的信仰。在西遷路上所見所遇，便是在詮釋一個大千世界下人類的生存狀態。行走的路上包含了無限的可能性，不知道天黑之後會遇到誰，也不知道夢醒之後又會與誰告別，只是在人生的路上就這麼與人相遇，短暫的交流，也許關心著這家人的生活，可是又無能為力，靜靜地瞧著眼前所發生的一切。在行走中看風景，在風景中看世事變遷。在行走的路上偶遇剎那間的感動。

　　從西遷的途中，「我」也感受到學校師長們的改變。在西遷的路上，烈日黃塵，一位小腳老太太站在道旁攔住一輛獨輪車，她對坐在車上的紳士說：「你們有個學生在我家病倒了，你是他的老師吧？」紳士往後一指：「校醫在後頭，你告訴他吧。」小車吱吱推過去了。後面跟來一輪獨輪車，車上坐著太太孩子，車後跟著一個大漢。老太太攔住大漢：「你們有個學生，得了急病，在我家躺著，你是醫生吧？」大漢十分詫異：「我不是醫生。」他說：「校長在後頭，你告訴校長。」說完，大踏步追獨輪車去了。校長根本沒有在後頭，他並沒有隨大隊行進。校方無意為學生承擔任何責任。這時，「我」不免擔心，那個躺在老太太家、臉上爬著蒼蠅的學生，千萬千萬不要是趙源！這時候才感受到流亡學生的可憐：

> 那被我們稱為老師的人是一副甚麼心腸呢，他們怎能忍心不顧
> 而去呢，耽誤半天功夫又算甚麼呢，多走幾里路又算甚麼呢！我們
> 到底把我們的前途交給一些甚麼樣的人呢？[87]

　　在這裡「我」首次感受到學校師長們的變化，師生關係的改變，學校對學生生命的漠視和冷酷，以困惑和疑問來表現對這種變化的唏噓。趙源正當年輕，就這樣消失了，曾經那麼魁梧的人，說沒有就沒有了。生命詭譎莫測，戰爭輕視人命，他在西遷途中已經預感已經漸漸變質的師生關係，那種人性自私的「淡薄」，還有被學校遺棄般的生命悲涼感。預示了西遷之後的冷黯現實，學生們心理的焦慮、無奈。

---

[87]　王鼎鈞：〈合久必分〉，《山裏山外》，頁347。

二、西遷之後漸漸變質的學校

　　西遷之後，一切都變了！學生離家更遠了，家長再也無法接濟子女，學校鼓勵學生工讀，在校中做雜務賺零用錢。總校長失勢，已不再是校長了，分校長也走了，事務主任也走了。他聽到同學給的內幕消息：「遷校把分校長累病了，臨走那天用擔架抬著。他在擔架上抓住事務主任的手好像說過，咱們總算把學校遷來沒出問題，以後學生難管，學校難辦，不如急流湧退了吧。」[88]事務主任一走，下面的事務員緊跟上來，這個人本來就是到後方來找關係，一時沒處安插，塞到學校來領糧餉，也可以說是早在那裡等著候補。學校隨著一個個管理階層的離任，已在走下坡。這個學校有理想有愛心的總校長、鐵教官和師長一個個離去了，學生也不守作息了。號長也不吹號了，只搖鈴。雖然已上課，老師已經開講了，仍有一大半同學在教室外面逗留，這裡走走，那裡停停，猜不透他們在做什麼。整個學校就像個傷病醫院。「我」不免感歎：

　　　　這是我的學校嗎？這是我不遠千里投奔的目標嗎？它怎麼變成這個樣子了？[89]

　　在學校穩定中扮演重要甚至關鍵角色的鐵教官在學校西遷至大後方之後，選擇離開。理由很簡單，西遷數千里，學校對學生幾乎沒有提供任何實質的協助，學生用自己的腳千里跋涉的走過來了，艱難險阻都自己克服了，這些風霜歷練，他們覺得自己長大了，同時，也把學校、教師看小了。未來的校務工作，勢必焦頭爛額！這些師長或管理者，人情練達，推測未來的演變而預作綢繆。

　　而學生的飯裡永遠有砂子，為了挑出飯裡的砂子，一頓飯吃的十分辛苦，必須一面咬嚼一面用舌頭搜索藏在飯中的砂子，捉到了，就用舌尖推出來，一如推出魚刺。吃一口飯要花很多時間，吃到後來，飯都涼透了，每個人的食慾都變小了。

---

[88]　王鼎鈞：〈分久必合〉，《山裏山外》，頁310。
[89]　王鼎鈞：〈分久必合〉，《山裏山外》，頁312。

> 吃口腔和舌頭都疲勞了、酸痛了，不願再吃下去，一頓飯就算
> 吃飽了。這時，我憂慮、我計算這一餐到底吞下去多少砂子，全身
> 器官都不存在，只記得有個盲腸。[90]

原本學生以為是炊事兵沒有把米淘乾淨，後來查問，已經從米裡淘出很多
砂來，大鍋飯只能做到這一步。但是為甚麼會有這麼多的砂呢？學生一開
始都以為是奸商搞鬼，正在醞釀一場和學校之間的抗議衝突，幾番折衝對
立，學校已無法進行教育功能。經歷了許多事情讓「我」百感交集。

> 「現在，一切都改變了！」合唱團還在練唱，這一句總是唱不
> 好。難以承認難以接受的改變。我寧願相信我找錯了地方。這不是
> 我的學校。我還在走，目的地還沒有到。……[91]

　　王鼎鈞在當時已經感受到學校像破船，像泥沼，正在一公分一分下
沈、腐爛。當年這個學校在總司令的到處奔走、取得各界支持下辦起來，
學校曾經有過風雲際會的日子，創校時來的一批教育界的精英，這些人都
希望能把學校辦好，期望抗戰勝利的那一天，跟著總司令回鄉有個一官半
職發揮才幹。然而，總司令垮台了，失勢了，當初那些投靠他的人一個個
走了，來了一些只要實利不要名望的人來填補他們的空位。人事發展規律
或許就是這樣，由盛而衰，由榮而枯，所有的美好終會消失，總有一些人
會慢慢淡出你的生活，要學會接受現實而不是緬懷過去。「我」在夜深人
靜時回想二年多的流亡學生生活，究竟要的是什麼？原本是要到大後方來
唸書的，但二年來念書少，念標語多，從他穿越封鎖線的第一條開始，學
校內外刷大字標語很多，但沒有一條是勸人念書，內心不免有一種失落。
芸芸眾生、大千世界裡有各種各樣的人在演繹各種各樣的人生路，有的人
如期走上自己設計、設想的道路，有的人卻是在陰差陽錯中步上未知的人
生路。腳下存在太多不確定的因素，對於前方那個未知的人生，令人不
安、惶恐，有時也會興奮得有些期待。這種失落不只「我」一人有，其
他的同伴也有同樣的失落。「一面走路一面長大的人，有一個不安定的

---

[90]　王鼎鈞：〈分久必合〉，《山裏山外》，頁315。
[91]　王鼎鈞：〈分久必合〉，《山裏山外》，頁332。

靈魂。」[92]學生到學校的目的就是要讀書，他們需要一個可以充實知識、施展理想的空間：「他是刀，需要鞘；他是浪，需要海；他是齒輪，需要機械工程師。這裡只有山，四山包裹著黑夜。」[93]有很多學生已無心念書了，有些課還沒有請到老師來教。這已是一所殘廢的學校，學生甚至要求學校大考暫緩舉行。西遷之後，戀愛自由，有人未婚先孕，有人爭風吃醋，私下動私刑。[94]面對學校的變化，學生必須學習咬著牙度過一段沒人幫忙、沒人支持、沒人噓寒問暖的日子。無論這個世界對你怎樣，都要一如既往的努力、勇敢、充滿希望。沒人會把我們變的越來越好，支撐我們變的越來越好的是我們自己。

學生天天吃混砂的飯吃得肚子疼，還當是為了抗戰，誰知道是貪官污吏從中圖利。當學生無意間發現學校事務人員天天到存米的屋子把砂倒在米裡。飯裡有砂的真正原因竟是剋扣糧食！這讓學生群情激憤，押著事務員，提著半桶砂，帶著他們的要求，向校長家中行去，但校長與事務主任早就離校住到城裡，並通知全校的教職員進城避難，最後是由特務人員上台向學生訓話，告知學生他是政府派來察看青年思想的，他警告學生不要再鬧事了，否則後果不堪設想。[95]

校園也是江湖！即使學生都不願把它當成江湖，它就是江湖。學生並不完全明白出了校門還有風雨路程在等著他們。更不會想到社會已經給每個學生分了等級，並打上烙印，命運已經鎖定了他們、綁架了他們。分校長更用正式公文通知警備司令部，「教職員的生命安全受到嚴重威脅，要求司令部予以保護。學生的罪狀是非法拘捕毆打職員，非法搜查教員住宅，罷課罷考，還有盜賣公糧。」[96]尤以「盜賣公糧」一項讓學生叫屈，欲加之罪，何患無辭！正當學生想靠自己的力量讓學校作息恢復正常，並向警備司令和總校長陳情，請求主持公道，但警備司令部已派軍隊到校要帶幾位學生去問話，正當軍隊和學生僵持不下時，而且槍擊一觸即發，在這個危急時刻，鐵教官回來了，也適時化解了一場對立！

雖然一場衝突是在鐵教官適時出現而暫獲平息，但時代的巨輪依舊

---

[92] 王鼎鈞：〈合久必分（一）〉，《山裏山外》，頁353。
[93] 王鼎鈞：〈合久必分（一）〉，《山裏山外》，頁353。
[94] 王鼎鈞：〈合久必分（二）〉，《山裏山外》，頁372。
[95] 王鼎鈞：〈合久必分（二）〉，《山裏山外》，頁378。
[96] 王鼎鈞：〈合久必分（二）〉，《山裏山外》，頁381。

向前滑行，大環境的各項壓力依舊存在著，另一場危險與變局仍然在不遠處。教官以招軍之名的種種好處，為學生勾勒出的美好的遠景。年輕的學生被那美好的遠景給吸引，紛紛加入教官邀約之列。青春昂揚的少年，握緊拳頭，想用自己的雙肩，肩負起國家的明天！彼此都用「沒問題」來答應對方的詢問與請求，看似沒問題，但真的一切都那麼美好沒問題嗎？

> 　　沒問題，你坐在彈簧上，早晚得跳起來。沒問題，你看過一幅很長的手卷，上面畫滿了百行之末萬人之下的農民，不想被他們畫上去。一點問題也沒有，人生百貨擺在眼前，理想，現實利益，你都想買，可是你看標價了沒有？嚴整的紀律，慷慨的犧牲，清白的辨別，轟轟烈烈，標語可以並列，事實能並存嗎？籃子太小，不能採盡滿園的葡萄，那就先把籃子倒空，多走走，多看看，多曬一點太陽。走是一種病，同時是一種藥。[97]

　　這是作者成年之後對那段從軍的決定所做的反思。在我們的生活中，總會遇到這樣的情況，使我們陷入一片沒有方向的黑暗中，但是前方總有一線希望會如火花。西遷後學校如同沈落的船，讓學生有如在漆黑無月的深夜裡迷失了方向。周圍一片黑暗，怎麼趕路，怎麼走出黑暗呢？正在這時，教官的徵軍之說，正如同黑暗中一點微弱的星火，那是有人煙的方向，那是指引方向的救命星辰啊。而實際上，那不過是80公里外一位路人擦火柴的亮光而已。但年輕的學生不可能看得那麼遠，更何況那只是一點擦火柴的微弱亮光而已，也正是這麼一點亮光，給了他們新的方向，使他們堅定地向著那一束微小的亮光走去，但是他們並不明白他們看的不遠，看的不深，看的不多，看不出這背後有多少人性的設計與盤算。

> 　　據我所知，流亡學生是一群夢遊的人，殺風景的是，周圍有許多精於測算長於透視的眼睛注視他們。有人設想流亡學生很浪漫，在半飢半寒中行吟大地，那是只看到（或說出）一個層面。[98]

---

[97]　王鼎鈞：〈合久必分（二）〉，《山裏山外》，頁389。
[98]　王鼎鈞：《山裏山外》序文，頁10。

時代環境作為從不以個體意志為轉移的客觀背景，在個體成長過程中投下了巨大的無情的阻礙，令年少的學生們經歷了從少年向成年的痛苦蛻變，在戰爭的大背景下，不可控制的因素會更多，然而與戰爭的黑色恐怖和不可預料的痛苦相對，人性的溫暖善良與情義雖然在陰霾的環境面前顯得極其渺小與微弱，但卻始終頑強地存在著，作品幾乎在每一個敘事段落和人生的故事中都向觀眾表明了這一點，使整本作品處於悲喜交加、苦樂交替的情感狀態之中，展現了作者成長過程中兩股不同力量及其之間的博弈。

在最後要離開學校、告別學生生涯決定從軍之際，「我」內心有深深的感懷，「要走的人終於該走了」，「忽然有些淒涼。這一回，沒人追、沒人留了」[99]：

> 此去天高地遠，真成了斷線的風箏，不比西邊以前第一站有「家」牽著，西邊以後第二站有「鄉」牽著。
> 離校前夕，我把這鎮裡鎮外仔細看了一遍。我們是穿山而來，又將穿山而去，穿那廢土似的近山，輕煙似的遠山。山像梳子刮掉我許多，像牙齒咬斷我許多，許多夢想許多牽掛許多已成未完之事。群山無情，無情的搶劫掠，掠去多少。
> 如果當初我能預知今日，我還來不來？答案是仍然要來。追求的是「十」，畢竟得到了「一」，要想十足，只有再奮鬥九次。[100]

告別學校，走向從軍。小小年紀裡有著一種不可承受的接納是流亡學生的集體悲歌。在深受生命悲涼感侵蝕之時，努力突圍生命悲劇意識的困擾，以消解思家念家之苦，企望回歸精神家園來對抗漂泊之悲。任何一段路途，都應該有其宿命的意義，是時間流轉的路途，是生命起伏的路途，是穿越人間危殆的路途，也是一條堅韌靜默的隱忍精神實踐的路途。

---

[99] 王鼎鈞：〈合久必分（二）〉，《山裏山外》，頁395。
[100] 王鼎鈞：〈合久必分（二）〉，《山裏山外》，頁391。

結語　倥傯的青春回望，成長的艱難起點

　　《山裏山外》描繪的是王鼎鈞在對日抗戰的後三年在流亡中學裡所親身經歷的一切，這是那一代青年無法選擇的人生，同時也對那個年代重大的主題──戰爭、對立、人性、情感等問題進行探討。一位俄羅斯詩人曾經說過：「一切過去的都將過去，而過去的一切終將成為美好的回憶。」《山裏山外》回望了一代人的青春與成長，在生命記憶與反思中表達出人生的美好或殘酷，體現出深沈博大的史筆。這段人生經歷和心路歷程竟是如此刻骨銘心，以至於長久地影響了王鼎鈞整個人生。如今，他用筆刻畫了這些特定背景下的特殊人群與特殊生活，就像一首老歌、是一段生活；一幅舊畫，一張老速寫；是往日生活經歷的記錄，也是生命在那一瞬之間的激情歌唱。當這樣的速寫一張張串聯起來的時候，便連綴起一段難忘的歲月，一串與歲月同行的生命足跡。

　　抗戰八年結束了，可是跟隨著那一場戰爭所牽連出來的顛沛流離卻深深的影響了每一個歷史的在場者。讀了《山裏山外》，終於明白了什麼叫做「一個時代的見證」。王鼎鈞提起筆來寫下那個時代裡所有的遭遇，所有的歡樂與痛苦。王鼎鈞的創作追求在對人類生命存在的終極關懷的基礎上，超越了生命的孤獨、焦慮和死亡。在物欲膨脹，精神匱乏的現實中，舉起一面精神的旗幟，用理想和信念照亮困頓迷茫的人生。

　　在太平時代過度青春年華的我們這一代和流亡學生不僅生活環境不同，對待生活的態度也不同。我們習以為常地遊走在城市的繁華與喧囂中，住在明亮寬敞的大房子裡；他們則穿梭在自然山水的簡單與純樸之間，居住在擁擠簡陋的臨時校舍中。清晨，當我們在父母百般催促下極不情願的起床時，山裡的他們早已開始了軍事化的操練。我們或坐在舒服溫暖的車子中，或行走在平坦寬闊的柏油馬路上，他們卻必須翻山越嶺，跋涉在一望無際的群山峻嶺中。我們一日三餐吃著父母精心搭配的不同飯菜或學校營養午餐卻挑三揀四時，他們則會因一碗沒有含沙粒異物的白米飯而高興很久。當我們坐在明亮的白熾燈下捧著書本發呆遙想時，他們在昏暗的油燈下埋頭苦讀。我們為了逃避現實而沉迷於網路虛擬世界樂不思蜀，他們卻默默接受最真實的現實而奮發向上。我們不懂為什麼父母、老師總是一天到晚在我們耳邊叮嚀，悉數著身邊的點點滴滴，而他們則格外

珍惜老師所傳授的知識和父母正確的教誨；我們總是抱怨著無法扛起沉重的學習負擔，他們卻相信知識可以改變命運，不斷追求學問知識來豐富自己；我們因自己的吃穿不如別人而與父母抱怨，他們依然穿著補了又補的舊衣。

　　山裡的他們和山外的我們，生活在全然不同的世界裡。也許正是這一座座他們所熱愛的青山阻擋了他們遠眺的目光，將他們與繁華隔絕，給他們帶來貧困刻苦，然而他們卻知道這並不是放棄追夢的理由，他們全力以赴並堅信可以通過自己的努力走出山坳深林。同樣的求學之路，流亡學生則走得步履艱難，我們走的平坦舒展，卻一直在抗議社會的不公，一直不懈追求著國家社會能夠更多更好的自由與給予。讀完此書，我們不得不承認命運與時代真正對他們並不公平，而我們實在太幸福。反觀他人，審視我們，惟一能做的就是珍惜自己所擁有的一切。

　　年少時候我們總是這樣想：最好的青春，是濃密的黑髮，亮麗的外表，懷抱著夢想，而在我們的腳下，有幾百幾千條路，每一條都通向無盡的可能。最好的青春，是你離開故土，恣意遠遊。然而，在歷經人世間的千瘡百孔，那些生老病死，那些刀劍相逼，那些無從傾訴的痛苦之後，當你深深地回憶過往的一切，你才會明白，最好的青春，是雙親健在，孝敬未遲，每到節日，全家相聚的團圓，這才是人間最動人的風景。最好的青春，是你可以在校園裡無憂地讀書追求知識。最好的青春，是遇到同心共感的知音，彼此打氣支持，許你未來。我們從《山裏山外》見到，在抗日戰爭末期，有很多在學階段的孩子都已經拿起沉重的槍桿擔負起保家衛國的責任，而80年後的這一代青年，是未來社會的主力軍，是未來民族的主人翁，和他們一樣正是青春正茂的年紀，正是肆無忌憚追逐夢想的年紀，正是灑脫自由放蕩不羈的年紀，也正是勤學奮進、刻苦鑽研的年紀，有了更好的社會環境和生活條件，是不是應更珍惜當下的時光？因為，青少年的明天決定了國家的明天。

　　青年，是常有常新的。無論現在是什麼年齡，每一個人一定曾經、或正在、或即將經歷自己的青年時代。一代又一代的青年人前赴後繼，在不同的歷史時期，扛起了屬於自己的歷史使命和擔當，品嘗著屬於自己的磨難和成就。人類社會之所以讓人覺得充滿希望，就是無論時間如何流逝，總有那麼一群人是青年，他們年輕而有朝氣，充滿理想和行動力，像是掛在天空永不凋落、每天都升起的八、九點鐘的太陽。我們最先衰老的從來

不是容貌，而是那份不顧一切的闖勁。在各個城市間游走，路上漂泊，何嘗不是一種經歷？只要往前走，就會有路，就會有勇氣，這就是人生啊。我們讀著經歷過時代的人所講述他們的故事，讀他們的回憶，讀他們的記錄，從那裡理解我們不知道的年代和歷史，或許，我們要感謝那一段炮火連天的歲月；感謝那一段昏天黑地的歲月；感謝那一段彷彿看不到光明與希望的歲月。是它造就了流亡學生爭氣成器，造就了像王鼎鈞這樣優秀的文學巨擘，感謝他喚醒了麻木不仁的我們。

第二篇

在夢境與現實
融攝中的精神返鄉

第四章　在自我與他者之間游走
——論王鼎鈞《情人眼》越界與變形的自傳書寫

　　人類的感情豐富而又複雜，於是透過各種文學手法表現深邃而難言的內心世界。不論是什麼題材，都是作者情感的代言，楊義在《中國敘事學》中曾指出：「作品蘊含著文化密碼，也蘊含著作家個人心靈的密碼，依據文本及其敘事角度，進行逆向思維，揣摩作者心靈深處的光斑、情緒和疤痕，乃是進入作品生命本體的重要途徑。」[1]散文作為一種最自由、靈動、活潑的文體，一直具有最開放的包容性。王鼎鈞作為一個時代的創作代表，七十多年來憑藉自身戰亂流離的經歷，他用自己的話語來表現對人生的思考，用自己深刻的體驗來感悟宇宙，用自己細膩的眼光來審視世界，不斷對散文的文體進行越界和變體的試驗。這種越界和變體的試驗，實肇始於《情人眼》一書。在長期閱讀王鼎鈞作品的經驗中，筆者以為，在王鼎鈞的作品中，《情人眼》在其創作的歷程中實有重要意義，是從說理轉為自傳抒情的過渡，是作家對文體進行拓展與試驗的開始，不同於後來完成的自傳性散文如《碎琉璃》、《左心房漩渦》、回憶錄四部曲等是在遠適異域的時空距離中完成，《情人眼》是作家在台三十年時期完成的「抒情」散文。在那個白色恐怖威權統治的特殊年代，抒情困難，抒寫自己人生的經歷與體驗更難，但王鼎鈞卻在這個時刻開始反省自己為職業而寫作的得失，「擔心自己的抒情能力將要由退化而僵化」，決定擺脫長久以來被說理定型的危機，開始決定「為自己而藝術」[2]，寫自我獨特的生命感悟。

　　但在白色威權的年代，對於曾在國共內戰中被中共俘虜而放歸的特殊身分，自我抒情又該如何呈現、呈現什麼，才能全身遠禍？這應是一個值得探討的議題，卻少被學界重視論述，本章欲彌補學界對於《情人眼》這

---

[1]　楊義在《中國敘事學》（北京：人民出版社，1997年），頁12。
[2]　王鼎鈞，〈情人眼自序〉，《情人眼》（台北：爾雅出版社，2004年12月初版），頁8。

本著作研究的空白，試圖從文本出發，透過「知人論世」的路徑，探析王鼎鈞透過本書三十五篇作品所展現的內心世界、人生追求和生命態度。此外，亦透過「以意逆志」的方式，以文解文，透過對於文本客觀分析以探究作品中的微言大義，從表現手法來看作家獨特的藝術追求與對散文文體的越界突破。筆者發現其散文落筆便是遊走在「自我」與「他者」之間，其「自我」並不絕對是作家自我處境的主人和主體，而時有異化成「對象的我」或「客觀的我」。而這種「自我」與「他者」之間敘述視角的遊走，使得王鼎鈞能超越單一的眼光而立足在較為寬廣的層面上審視人類的生存本質。

第一節　創作背景：威權時代與自我抒情的碰撞

　　文學作品，雖不能說它就是作者實際生平事跡的自敘傳記，但可以肯定的是：它必然是作家主觀精神的外化。大多數的作家都是在經過了現實生活的歷練之後將自身的經歷轉變成文學作品，其實，作家作品萬變不離其宗，都是各種回憶錄和傳記的變體。正如王鼎鈞所言：

　　　　我們二十世紀五十年代的人物，同睹過一個世界的破碎，一種文化的幻滅，痛哭過那麼多的長夜，這隻手還不是產生名著的手嗎？無疑的，這身體，從頭頂到腳底，每一寸都是作品！[3]

　　這裡提出的五十年代，即是作家在國共內戰之後至台灣的時代背景，走過那樣一個充滿裂變與幻滅的偉烈時代，作品必然反映作家所處的時代與作家的生命歷程。王鼎鈞在民國五十九年出版了變體散文《情人眼》，他在序文中表示，在特定的年代有些經歷不可說，不忍說，不敢說，而又非說不可，這才「敘他人之事，抒一己之情」，「那時散文還不時興這個寫法，可是我非這樣寫不可」[4]。如果說歷史是以一種嚴謹求實的方式記錄著從前，那麼文學則是過往時代最生動的錄影者，同時也是個體人生經歷與生命感受的曲折呈現。

---

[3]　王鼎鈞，〈舊夢〉，《情人眼》（台北：爾雅出版社，2004年12月初版），頁14。
[4]　王鼎鈞，〈情人眼自序〉，《情人眼》，頁10。

一、隱藏在白色恐怖年代下難言的抒情

　　文學既為內外相應、心文交會的產物，必然要集中地反映那個時代的文人主要文化情結。作者也試圖通過自述生平，展示人類的生存狀態。王鼎鈞之所以採取變形與陌生化手法進行抒情，更有其生命滄桑的背景。國共內戰時，王鼎鈞在天津防守戰中被中共俘虜半個月，在中共佔有東北全境後因俘虜太多，決定釋放俘虜，索性讓他們投奔國民黨，國民黨雖然接受他們，也顧慮他們難免受到中共洗腦而把影響帶到國府統治區。國民政府退守台灣，大陸失敗的教訓深刻難忘，萬事防諜為先，盡力布置一個無菌室，那群「匪區來歸官兵」難免動輒得咎，[5]被視為從疫區來的帶菌者，要偵測、觀察、防範，也要控制，當局的危疑是王鼎鈞內心的震撼，他自述這段經歷帶給他的感受：

> 那時「匪諜案」用軍法審判，軍法並非追求社會正義，它是伸張統帥權、鼓舞士氣的工具，它多半只有內部的正當性，沒有普遍的正當性。被捕不可怕、槍斃可怕，槍斃不可怕、刑求可怕，刑求不可怕、社會歧視可怕。[6]

　　五、六十年代的台灣，執政當局仍然以嚴酷的政治統制約束個人言論，以言治罪、以意斷獄，王鼎鈞身處其中如臨深淵、如履薄冰，他回憶當年的社會氛圍：「台灣治安機關患了嚴重的文字敏感症，好像倉頡造字的時候就通共附匪了。他們太聰明，寫作的人也不可遲鈍，你得訓練自己和他一樣聰明。那幾年，我把文章寫好以後總要冷藏一下，然後假設自己是檢查員，把文字中的象徵、暗喻、影射、雙關、歧義一一殺死，反覆肅清，這才放心交稿。」[7]在威權戒嚴體制下，王鼎鈞又在媒體工作，以創作為業，憂讒畏譏，他必須保持固定的說理姿勢，必須儘量縮小自己，不佔空間，如果隨便舉手投足，就可能受到傷害。中共一向以文藝為宣傳

---

[5]　參考自〈天津中共戰俘營半月記〉，王鼎鈞《關山奪路：國共內戰》（台北：爾雅出版社，2005年5月），頁362。

[6]　王鼎鈞，〈特務的顯性騷擾〉，《文學江湖》（台北：爾雅出版社，2009年3月），頁146。

[7]　王鼎鈞，〈小說組的講座們〉，《文學江湖》，頁95。

車，國民黨內就有一些人把文藝當作「敵情」來研究，對文字保持高度敏感，認為文字是神祕的符碼，治安機關採取「有罪論定」[8]，那時有一段文人自嘲的話在暗中流傳：「你心裡想的、最好別說出來，你口裡說的、最好別寫出來，如果你寫出來、最好別發表，如果發表了、你要立刻否認。」[9] 張堂錡指出：「自由與個性，本是文學自身具有的品格，然而這種出自人性、審美情感的追求，在20世紀上半葉幾乎成了一種奢求。」[10] 王鼎鈞站在歷史的交叉點上，被迫離開原鄉的傷痛情緒、回顧往昔或瞻望未來、時代的荒謬、生存的艱難，種種複雜的情感，都在他的內心累積了沉重的政治創傷。王鼎鈞處在台灣社會的荊棘叢林中，驚魂未定，於是學會至慎謹言，甚至失語噤聲，唯恐稍一不慎，又被羅織成罪，創作不得自由，多寫一篇文章就多一道罪狀。他生命中的「三十功名塵與土，八千里路雲和月」，都只能深埋密封，不可能進入作品中，這是王鼎鈞在台灣初期無法自由地挖掘內在情感世界的環境與背景。

　　王鼎鈞創作《情人眼》的時代，是一個威權統治的時代，一個敏於想像的時代，是一個長於用思想測度人生和世界的時代，是文人創作不得自由的時代，也是王鼎鈞欲自我抒情而不得實說明言的時代。在這個時代創作，必須曲曲折折地影涉或象徵，必須要遮遮掩掩的言此意彼。在文學發展的過程中，影射與象徵是一種重要的文學現象。影射現象多形之於制度不民主的時代，作為一種文學手法，有其獨特價值。它是一種巧智的敘事，它通過暗示、隱喻、寄託、借言的方式完成敘事，作者使用較為特殊的「編碼」技巧，開放給讀者感發聯想地「解碼」，讓讀者在無字的空白處看天書，展開自由創造的揣想。

二、不能、不忍說又欲語還休：藉他人之事，述一己之情

　　王鼎鈞二十一歲時隨著國民黨撤退來到台灣，他在回憶錄四部曲之四《文學江湖》中提及他初到台灣時的心情：

---

[8]　王鼎鈞，〈藝術洗禮　現代文學的潮流〉，《文學江湖》，頁255。

[9]　王鼎鈞，〈方塊文章　畫地為牢〉，《文學江湖》，頁43。

[10]　張堂錡：《個人的聲音：抒情審美與中國現代作家》（台北：文史哲出版社，2011年），頁391。

　　　　我完全不能寫抒情文，喜怒哀樂如刀攪，我必須把它當做病
灶，密封死裏。我也不能寫對台灣的第一印象，我看風景人物都模
糊飄動，好像眼暈瞳花。我整天近乎眩暈，基隆那些日子每天上午
晴朗，午後陣雨，怎麼我看亞熱帶五月的陽光是灰色的，而且帶著
寒氣。回想起來，我那時是個病人。[11]

　　王鼎鈞經歷了戰亂流離、跋涉了幾千里路、看盡了人性的殘酷，雖
然當時只有二十幾歲，但他覺得自己好像老了，破碎了，不但身體疲倦
了，心理也病了，雖然急欲以筆桿為自己尋找安身立命之所在，但卻完全
無法觸碰到自己個人的經歷與心情。於是說理成為王鼎鈞年輕時創作的主
軸，他出版了《文路》、《講理》、《人生觀察》、《長短調》、《廣播
寫作》、《短篇小說透視》、《文藝批評》、《世事與棋》等論說性的作
品。在出版了幾部論說文集之後，王鼎鈞開始反省自己的寫作方式：「我
並不喜歡用這種方式（為職業而說理）生活，我立志寫作並不是為了傳教
或作裁判」，他擔心自己的抒情能力將因長久的為職業說長道短積習由退
化而僵化：

　　　　我在這方面（指抒情）成長得慢，因為情由事生，事過情傷，
傷口不能碰，不忍看，要我以置身事外的態度觀照昨日之我，應該
那麼做而當時做不到，於是一篇抒情文的構思過程等於一場寒熱
病。有時想：這又何苦！致命傷是太珍惜自己的過去，拋不開，忘
不了。[12]

　　王鼎鈞鍾情於文學，視文學創作為生命事業，並以為創作應是「有
我之境」，應是自身經歷與情感的反映，然而因為當時才二十多歲，戰亂
流離的苦難記憶仍然鮮明尖銳，正是這種情況，使他不敢去觸及，再訴一
字。只有穿越漫長時間的平靜、冷卻，那些悲不勝悲的事件才能通過回憶
和反省表現在語言文字之中，創作是需要時間的沉澱、年歲的累積：

11　王鼎鈞，〈用筆桿急叩台灣之門〉，《文學江湖》，頁20。
12　王鼎鈞，〈情人眼自序〉，《情人眼》，頁9。

　　　　我到了「心情微近中年」的時候才寫抒情的散文。在此之前，
別人認為應該「為賦新詞強說愁」的歲月裡，我卻去幹「議論縱
橫」的勾當，這因為我以賣文為業，說長道短才有市場。那時，握
有傳播媒體的人多半認定抒情是你的私事，說理才是社會公器。

　　作者提及「心情微近中年」時才開始寫抒情文，確實有逆於一般的
常規，但仔細想想，中年開始抒情果是真正擺在每一個中年作家面前的嚴
峻挑戰。之所以說它是挑戰，就在於它有著青春時期抒情所無法預見的視
野。一個堅持寫作到中年的人，當然會自然而然地出現和青春時不一樣的
寫作走向。這種不一樣的走向或許才是真正的寫作走向。「中年寫作抒情
文」的確在王鼎鈞身上形成現象，也創造了碩果，是他往後真正的寫作走
向。中年，是將降臨到任何一個人身上的時期，人到中年，激情消褪，更
真切地體會到命運錯綜複雜中的一些深沈感受，和青春時的自我凝視相
比，中年的眼光已逐漸地轉移到自身之外，更加細微地感受個體與他者、
過往與現在，是生命更加純粹和深刻的體驗。人只有到了不再膠著於一己
的時候，才開始成為一位夠格的作家。在時代封閉的困境中，王鼎鈞雖有
打破僵局的打算，渴望自我抒情，但在文網嚴密和欲自我抒情的矛盾中，
必須透過特殊安排，幾番嘗試，王鼎鈞終於思考到兩全的方式：

　　　　我沒有廣度，我追求深度來補救，地面上兩點之間不相干，
地下水遠近相通。我追求高度來補救，地面上有城牆界溝，天上的
雲不受空間限制。有深度、可能直指本心，有高度、可能疏散鬱
結。[13]

　　台灣地面狹小，王鼎鈞在台灣的生活圈子又儘量收縮，在處處受到
制約的不自由環境，他想要為自己尋找有限度的創作自由。他在創作中的
自覺能動的創造，不但意味著他對創作自由的要求，且同時意味著他嚴格
的自我限制，因為自由總是以不自由為基本前提的。在自由與不自由之
間，他思考從深度和高度進行補救。隨著他對文學自覺的審美追求，於是

---

[13]　王鼎鈞，〈並非一個人的歷史〉，《東鳴西應記》（台北：爾雅出版社，2013年11月初版），
頁43。

他的創作發生了轉向：創作內容由關注社會現實的客觀描述而轉向「直指本心」的深度挖掘。以對自己內心精神世界審美觀照來豐富自己的創作深度。以「出乎其外」的高度來達到澄懷昇華的心理超越。這就是文藝創作中虛實之間相互聯繫、相互轉化的辯證關係。「虛」，引領並指導著實；「實」，充滿並擴張著「虛」。「虛」與「實」是文學創作的兩翼，實不窒虛，實中有虛。在《情人眼》一書中，到處可見他對虛與實這兩種手法的交錯運用。「實」的一面是他情感和意境的載體，是客觀的場景物象和人物蹤跡，透過可以分析把握的實體，含蓄曲折地抒寫出身世之感與生命之悲，使無窮哀感都在虛處，「虛」的一面是作品的氣韻，貫穿於作品之中形象表現出來的藝術情趣及所觸發的藝術聯想，它能夠被感知，卻難以清晰地描摹出來。王鼎鈞將「虛」與「實」進行了獨特的運用和處理，並使二者高度融合，這就是他所謂的「在深度的地下，水遠近相通，在高度的天空，雲不受空間限制」。在現實世界，人的心境也正是在虛實的轉化之中臻於完善。除了作品表現出來的部分外，同時還能引導和喚起讀者對其他沒有表現出來的部分進行想像和聯想，從而造成作品既真實而又引發人想像的強烈藝術效果。

> 我要抒的是情，同樣的情藏在不同的事裡……我把心中之情「代」進外在的事件裡，求內心的淨化和寧靜。敘他人之事，述一己之情，敘事是表，抒情是裡，敘事是過程，抒情是遺響。那時，散文還不時興這個寫法，可是我非這樣寫不可。這樣，我走出了泥沼。[14]

　　故事或許是別人的，但感情絕對是自己的。而敘事與抒情之間相為表裡，自己與他人，事異而理同，人異而情同，從此，王鼎鈞的作品都是「有我」之境，在本書中我們可看到形形色色的人物，同時也會看到王鼎鈞的影子，雖廣泛地運用了暗示、象徵、誇張變形、對比等手法探索人物內心的奧秘，但筆者以為這部作品仍然是自身經歷的一種變形化描寫。如此這樣的抒情文便擴大了作者的關懷：

---

[14] 王鼎鈞，〈情人眼自序〉，《情人眼》，頁10。

「一人之心千萬人之心也」，起初是借別人的遭際宣洩自己的痛苦，後來是記別人的痛苦忘記自己的痛苦。有一段日子我幾乎以為此心在冤親之外，敵友之上，一念豁然，迷津得渡，開啟了我以後的寫作之路。抒情一旦得心應手，你就再也不想說理了！有了情人眼，你就不想有法官的眼、史家的眼、間諜的眼了！抒情是天路，是窄門，最後升堂入室的，是赤子。[15]

「借別人的遭際宣洩自己的痛苦，後來是記別人的痛苦忘記自己的痛苦」，因為避開了正面的直接描寫，在游離與隱匿中和情事保持相當的距離，在情感和理智之間維持相當的制約。作者內在的創作情感猶如一個潛在的巨大漩渦，但他很少在作品中過多滲透自己的情感，而是以「借別人」、「記別人」的方式融入了自我的情感，正在於感情不執著於自我的本身去寫，而是在抽身而出的客觀敘述處著手，所以可以達到「多情卻似總無情」的境地：

固然「無情不似有情苦」，但「無情何必生斯世？」願我們以有情之眼，看無情人生，看出感動，看出覺悟，看出共鳴，看出希望！

這段文字展現了作家對「情」之體認自覺與「情」之超越。此情並非拘限於男女之情，而是對宇宙人間的大愛。所謂「情之所鍾，正在我輩」[16]，正是對「情」作為人之本質的肯定。從理性上說，「忘情」固然是理想的境界，但是人生而有情，我們仍要用有情的眼光看待世界，世界自然回報我們以有情。在此可以用作家在《意識流》中所言來作補充說明：「戀愛用的是情人眼，情人眼能從無中看見有，情人眼能從有中看見無」，[17]用有情的眼睛去看世界，可以在「無中看到有」，即從他人洞悉自我，從普遍印證自我。從「有中看見無」，即是從有限看到無限，從個別看到普遍。「無」與「有」雙向圓成，於是筆下的有情天地，既「內

---

[15] 王鼎鈞，〈情人眼自序〉，《情人眼》（台北：爾雅出版社，2004年12月初版），頁10。
[16] 劉義慶著、劉孝標注、余嘉錫箋疏，《世說新語箋疏》（上海：上海古出版社，1993年），〈傷逝篇〉，頁637。
[17] 王鼎鈞，《意識流》（台北：爾雅出版社，2003年7月初版），頁57-59。

在」於個人之中，又「超越」於個人之上而及於人世，作家善於體驗人生，為自己也代他人寫出內心的感受，給予自己和世人一份慰藉，也達到了對人生困境的自我救贖。

王鼎鈞直到《情人眼》問世，才算找到了獨屬於自己的經驗世界，並對經驗世界做貼切的把握，他也憑藉這部作品完成了自己的生命態度與創作理念的轉變。人或許只有到了不再熱衷於自己傷口的中年時刻，寫作者才能真正地打量到身外世界的存在。

三、避患保身的創作顧忌：開啟散文越界與變體的試驗

在嚴密文網的壓制下，文人們噤若寒蟬，憂憤鬱結，必然要尋找宣洩的途徑，以表達對現實的感受，婉曲地表達心中的積鬱，是一種相對安全的抒情方式。象徵性的寓言故事，陌生化表現的運用，足耐幽尋的創作藝術，方不易觸動統治者敏感的政治神經。正因為「在特定的年代有些經歷不可說，不忍說，不敢說，而又非說不可」，反而成就了王鼎鈞對散文試驗的可能性。正由於那苦悶的年代，於是造就了六〇、七〇年代的特殊的文學風景，這時代的冷黯氛圍給王鼎鈞的內心蒙上了一層陰影，於是作品就不可能像赴美之後的《山裏山外》那般敘事中處處有「我」的影子，也無法像《左心房漩渦》寫的那麼具有激揚騰躍的深情，更不可能像回憶錄那樣以史筆實寫所見所聞的宏壯視野，於是，他只能帶著時代賦予他的苦悶，透過細膩感受的曲折書寫和距離審美的內化捕捉，間接表現他內心深處的焦灼。《情人眼》的篇章皆為作者對生活的事理進行反覆體會後提煉出來，富有生活氣息又兼含理思，但卻不張揚、不顯露，作家為文之用心似乎隱匿在重重迷障之下讓讀者自行解讀，間接曲折地展現了作者對於生活的感知。文本自身只是提供「所指」的方向，閱讀者將確立「能指」的意義。如此說來，文本一經形成，話語權就交給了閱讀者。一曲終了，讀者能否在煙銷日出中找到「曲中有人」的書寫者的身影，則取決於閱讀者那雙發現的眼睛。創作主體只是躲在文本的背後，經過閱讀者的闡釋才會浮出水面。閱讀者決定著他們如何浮出來，浮出何種形象，浮得多久，這也就構成了對於文本解讀的多重意蘊。在文網嚴密的時代，不僅說話要小心，寫作也要以欲說還休、隱約其辭的方式為之，這種戰戰兢兢的生活，對王鼎鈞而言，何嘗不是一種悲劇，但也由此而造就了《情人眼》文旨淵

深、歸趣難求的獨特藝術效果，開啟了王鼎鈞創作的文體試驗，表現了散文對各種文體的會通兼容，這種開拓創造，甚至影響了後來台灣八十、九十年代的林燿德、簡媜等作家虛構與越界變體的散文書寫，這種隱晦朦朧之美對文學來說確實是幸事，它豐富了散文的表現手段，拓展了散文的創作思維與結構格局，可謂功不可沒。

王鼎鈞的文體試驗，預示了散文對其他文體的長處不是被動地接受其滲透，而是主動地吸收、改造。以下各節針對《情人眼》一書的越界與變型書寫的具體表現來討論其所寄託的身世之感與時代體悟。分別從「詩化傾向」、「小說化傾向」、「寓言傾向」、「獨特意象的象徵作用」四方面來談，再歸結《情人眼》虛化的自傳書寫有何獨特之處。

第二節　小說化傾向：推己及人的虛化呈現

創作歷程中的情感體驗大致可分為兩種：一是自我的體驗；二是他人的體驗。作家在創作時，除了採用「推己及人」（物）的方式把自己的情感投射到對象上，也要「設身處地」地體驗他人遭遇來進行創作感知。誠如作者在序中所言：「敘他人之事，述一己之情，敘事是表，抒情是裡，敘事是過程，抒情是遺響。」從表面上看這些故事，似乎是為他人的遭遇而鳴不平，可視為一種純客觀之作，但在一連串思考反詰中所蘊含之力量，實際上卻是作者充沛之主觀感情的流露，必然是「有我之境」的。其實任何作品皆是「有我之境」，即使是代言擬想之作也必然在有意無意間流露出著作者自我的感情，沒有所謂的「無我」[18]。從這個角度來看，這些篇章當是王鼎鈞自我之詠懷，只不過是借他人酒杯，澆自我之塊磊，故而又有著感同身受的共鳴。關於小說傾向所展現的自傳性的生命情節，本節選錄三篇散文討論，分述如下：

---

[18] 清末・王國維：《人間詞話》云：「有有我之境，有無我之境。有我之境，以我觀物，物皆著我之色彩；無我之境，以物觀物，不知何者為我，何者為物。」意思是情景交融的藝術畫面，其中必然有一抒情主角存在，這個抒情主體在作品中，有時是比較明顯存在，有時則是比較隱藏存在。王國維把前者表現手法寫的意境叫「有我之境」，把後一種境界叫「無我之境」。

一、〈種子〉：通過變身抒發長途跋涉的生命經歷

王鼎鈞在人生的旅途艱辛地跋涉奔波，這種生命軌跡，成為故事主角的主要活動軌跡。〈種子〉寫了一個四十四歲的女子到醫院檢查不孕症，而這位中年女子在二十多年前在抗戰期間的大遷徙中跋涉了一萬九千里路：

> 那個盼望生殖的婦人躺在潔白柔軟的病床上，整天不移動一尺。今天，她突然寒熱顫抖，感覺骨盆碎裂，兩股折斷。大遷徙時代遺留的噩夢重現了！煉獄，你的名字是道途！顛沛困頓疲憊欲死的經驗不堪重溫。……一個女孩子，怎麼能走這樣遠的路呢？他走了這麼遠的路之後，將來怎能再生育呢？[19]

這篇文章實則由作者的想像成分和自我經歷構成，表面寫的是一位年踰四十仍渴望有孩子的中年女性求醫，但實際就在寫自己，女性渴望生育有子，正如同作者渴望在台灣能落地生根，文中提及「風把一種帶翅的種子送往遠方，在新土生根長葉，生出下一代來，下一代再乘風而去」：

> 已經沒有一種風能將豐腴安適的中年吹高送遠，它已沉落，陷入一種叫做生活的池沼，如同嬰兒陷入襁褓。[20]

作者渴望在台灣能生根發芽，「風送我來這一片新土，我應該還給風帶翅的種子。」王鼎鈞是在「他者」的經歷裡流著「自我」的眼淚。為何要虛構一個「她」來寄託自我的身世感懷呢？自傳書寫本應以作者真實經歷為主，應忠於「自我」的運行軌跡，但如果更多地考慮作者的心理因素，可能就會認為作者想像性的思維也許比真實發生的事件更有傳記性，因為展示主觀內心遠比外在經歷更加自我真實，作家以中年女性渴求孩子的焦慮心境為表，其實質是為了更好地表現自己對周圍世界的感受。該

---

[19]　王鼎鈞，〈種子〉，《情人眼》，頁106。
[20]　王鼎鈞，〈種子〉，《情人眼》，頁107。

故事是以第三人稱的敘述開始的：「她來檢查不孕症，在病房裡躺了七天」，「可是，一個女孩子怎麼能走這樣遠的路呢？她將來怎能再生育呢？」原本在講述的過程中，作者是以敘述者的角度來陳述女子的經歷，但不知不覺中由虛構想像的世界而進入到自我的現實世界，把虛構與現實有機地結合起來，以第一人稱抒懷：

> 上帝一直是虧待我的。上帝，我們向前走一尺，你使那路又延長一丈。上帝，你造出那麼多山，每一座山都崎嶇。上帝，你使夏午的太陽燒人，而四十里內沒有一棵樹。上帝，上帝，你使我的腳掌起泡，使許多小泡串成蓋滿腳底的大泡，我們用荊棘戳破，擠起膿血，咬緊牙再穿上草鞋。上帝上帝，我們再上路的時候，簡直是赤足踏在刀刃上。你製造傾盆大雨，使我有河無橋，有肺炎而無盤尼西林。你製造高原黃塵，使我們伸手不見五指，使汽車在中午開燈慢駛，使人耳聾，髮根生草。上帝上帝，你給我無知無畏的青春，憂患空虛的中年。……[21]

字裡行間流露著強烈的主觀抒情。這段話簡直就是作者自我心情和盤托出，最終仍然唱出自我的歌。一個人到底能走多遠？對於走在人生路的王鼎鈞而言，就意味著能擁有多少的人生體驗和旅程。跋涉過一條又一條的道路，但道路總是無窮無盡，好像怎麼走也走不完。在王鼎鈞的心理上有致命的疲倦，對道路阻長的恐懼，正如他在《海水天涯中國人》序文中所言：「時代用擠牙膏的方法把我擠出來，從此無家，有走不完的路。路呀，你這用淚水汗水浸泡著的刑具！我終生量不出你的長度來。征人的腳已磨成肉粉，你也不肯縮短一尺！……為甚麼命運偏要作弄我呢？我為甚麼既須遠行又不良於行呢？」[22]這些心聲，可做為〈種子〉的現身說法。〈種子〉採取了一種敘述者和主角時分時合、若即若離的敘述角度。透過虛構的「她者」，以變身的視角逼出自我最真實的生命體驗，把故事的敘述和寄託的身世之感相結合，從而使小說具有言說不盡的藝術魅力。從某種意義上說，小說化書寫是作家的一種精神的寄託，是作者用筆墨文字構

---

[21]　王鼎鈞，〈種子〉，《情人眼》，頁106。
[22]　王鼎鈞〈牢寵‧天井‧蠱—代序〉，《海水天涯中國人》（臺北：爾雅出版社，1982年11月初版），頁1。

築出來的第二世界。在這個被作家創造出來的如幻影一般的世界裡，即使明知一切都不過是虛幻的假設，卻也一樣可以讓我們的心靈深處，保留一片純粹而晶瑩的感情世界。

二、〈有一種藝術家〉：自我創作生命形態的變體化再現

　　王鼎鈞在《文學江湖》提及1950年在中國文藝協會「小說創作研習班」上課，授課老師王夢鷗先生要學生改寫唐宋傳奇、話本而成新式的白話小說。分給王鼎鈞碾玉的崔寧，在給作者的信中寫道：「玉匠崔寧看似魯鈍，其實別有一番專注與執著，他在他願意投入的工作中必定既精且能」，「夢老說我的性格有近似崔寧之處，對崔寧這個人物的了解體會應該比別人深刻。」多年之後，導演李行把姚一葦先生的「玉觀音」故事拍成電影，王鼎鈞想起了夢鷗老師的深心厚愛，潸然淚下。所以寫下了〈有一種藝術家〉這一篇極其抒情的變體影評。[23]作家在這篇文章中探討了藝術家的特質：

> 　　就一個藝術家而論，忠於自己的內在是天經地義；但是，就一個侯門食客來說，這是極愚蠢的錯誤。……藝術家意識及潛意識裡面所藏的愛憎，無可避免的要在創作中化為藝術形象公開出現，除非他是冒牌，他不能控制也不應該控制。

　　創作之於人，不是學一門謀生的手藝，而是用美的方式來表達生命。世事紛紜，人生多歧，人常常要面對誘惑和選擇。藝術家的存在價值在於棄絕了世俗的追求，藝術家展現了無拘無束的自由心靈狀態和處世基本原則，他剔除了不斷求索迎合世俗的浮躁人生。藝術家必然要忠於自己內在的真實。真正的藝術家不會讓生命為了謀生而失去對真實的追求。此外，藝術家心中的感受是不足為外人道的，因為，這樣的感受常常非常深刻，非一般語言所能形容，於是，出之以藝術創作的手段來表現。作品是作家心靈融貫的產物，是作家生活的藝術延伸。崔寧只要有了作品，就一定會洩露自己心中所感，即使他不想在創作時表現出來，卻是無從逃避地會碾

---

[23]　王鼎鈞〈張道藩創辦小說研究組〉，見《文學江湖》，頁84。

出他心中所愛女子的面目。

　　崔寧在現實生活中是一個弱者，當王府悍僕將郡公主劫走，崔寧面對此一猝變，絲毫無能，只能在藝術世界裡吹著簫，「但簫聲感人而動天，他仍然有他的莊嚴」。當金兵出現，全城人俱已逃光，而崔寧仍在埋頭碾玉，好像外界發生的事情全與他無關。金兵統帥欣賞他的手藝，要他碾一座觀音像獻給狼主，但看不慣金兵暴行的崔寧，憤然把已碾成的觀音像雙目刺瞎：

> 　　殘忍的金兵將崔寧刺聾、刺瞎、刺啞。失明、失聰、失音之後的崔寧，與現實完全隔絕，他已經沒有外在的世界，可是，他仍然保有內心的世界，這個世界，只要他一息尚存，任何人不能將之奪去。這內在的世界形之於外的，是那樣淒涼的簫聲，他一路吹簫聲奔向臨安⋯⋯這個與現實完全脫離了的藝術家，卻能以他的簫聲，或者說以他的藝術，越過重重障礙進入別人的內心世界，甚至去構成別人的內心世界。[24]

　　藝術家棄絕世俗的利益，崔寧是解脫了現實功利束縛的人格寫照，它展示了無拘無束的自由狀態和創作的基本原則，他剔除了求索迎合俗世的浮躁人生，甘守寂寞不怕受苦這就是藝術家的人格特質。因為懂得人生可以創造不朽的價值，寧靜的生命狀態才能獲得創作的充實。在這一思想的支配下，現實生活中的淒涼痛苦，都不能攪亂他內心的平靜。真正的藝術家可以終其一生都不曾認識到他是如何寫作的，他只知道，有時候必須不計一切代價和後果子然獨處，忍受寂寞，藝術家覺得自己必須沉於孤獨、遁於僻靜，長時間默默無言地投入創作，這正是人們指責藝術家行為古怪、舉止孤僻的原因，藝術家總是時常被打上離群索居的標籤，那難以名狀的天賦總是通過退縮和漠不關心的姿態來表明自己的存在。如何去看待藝術家一生的幸或不幸，正如王鼎鈞所言：

> 　　他必須很不幸，必須在大不幸中才彰顯優點。[25]

---

[24]　王鼎鈞，〈有一種藝術家〉，《情人眼》，頁224。

[25]　王鼎鈞，〈有一種藝術家〉，《情人眼》，頁226。

崔寧在生命終曲奏響之際，他作品所展示的藝術價值才得到世人的認可與理解。作家是人類精神苦難的承擔者，是生命意義的延續者，是人類精神世界的守護者。作家直面現實生活中殘酷的一面並不是簡單的悲觀、宿命，而是一種深刻的人生體認，是通過自身對苦難的承受來增強人們對現實生活的承受能力。當生活無可挽回的全部破碎，當所有的期望都落空時，還有什麼比坦然正視這一切更可貴呢？我們每個人都是自我生命的藝術家，創造一幅畫卷，畫卷的內容正是成長時所遭遇的一切，正如王鼎鈞在《海水天涯中國人》中所言：「蠶，一定要悶死在自己的框框裡，它的作品才完美，倘若咬個破洞鑽出來，那繭就沒有甚麼可取了」[26]。

文學作品中人物形象塑造是否成功，就在於作家是否塑造了唯一的這一個。我想，王鼎鈞的〈有一種藝術家〉做到了。這篇文章正是王鼎鈞他自己創作經驗的藝術化再現，是夫子自道也。從〈有一種藝術家〉中可以觸摸到作家孤單且勇敢的靈魂。一如崔寧，在苦難中仍然堅持創作的使命，書寫自我，發現自我，認識自我，通過寫作來再造自我內在的和諧。每一部作品都好似一個台階，一步一步邁向自己的理想高峰，回望走過的歷程，才能對自我有一全面的認識。即使不幸而死去，他的作品也將迎來重生，他的生命便溶入了他所在時代的歷史洪流。

三、〈與我同囚〉：心理的移位下照見在框架生活中的蒼老

〈與我同囚〉一文由實寫入手，寫自己去理髮，多年來都在熟悉的理髮店與坐慣的位置：

> 理一次髮年輕十歲，理四百次髮卻要蒼老十年，奇怪的數字，無心細算。一陣亞莫尼亞的氣味，是那個尚未絕望的中年來在染頭髮。換走青春，再給你青春。愈染愈白，愈白愈染，愈染愈少，愈少愈白，終於放棄，終於絕望，終於屈服，誰來到這裡都是一樣。[27]

---

[26] 王鼎鈞〈牢寵・天井・蠶―代序〉，《海水天涯中國人》（台北：爾雅出版社，1982年11月初版）。

[27] 王鼎鈞，〈與我同囚〉，《情人眼》，頁66。

作者在這樣的情境下感受到，「理髮使我年輕一次，同時又走向衰老一步，規規矩矩，一如鏡框套鏡框之井然的比例。」千篇一律的生活，機械化的寫作模式，如同「椅子後面對著鏡子，椅子的前面對著鏡子，而鏡子又隔著走道隔著人，遙遙正對著一面鏡子」：

> 鏡子裡面還有鏡子，鏡子裡面還有鏡子，還有鏡子，……還有鏡子……。鏡框一個一個逐漸縮小，按照比例。平面的玻璃深陷，陷入無窮，陷入不可知，把許多鏡框以等距排列，精確得要命，規規矩矩，令人難以忍受的幾何。而每一面鏡框有一顆頭顱，一顆後面還有一顆，還有一顆，挨次縮小，按照比例，可厭的精確，令人難以忍受的幾何。……。可厭的幾何，每一個幾何圖形中有一個我，可厭的我。我必須安於這張椅子，安於鏡框式的枷，否則，我逸出，我便迷失，找不到自己。椅已破敝，理髮小姐的刀已鈍，指已粗糙，美麗已失去，鏡面已濛濛，但我一直來坐這張椅子，自安也自虐。[28]

　　鏡子復鏡子，重重疊疊，隱喻出現實生活的壓力，又象徵著日常生活的單調乏味，顆顆的頭顱都是自己，都在鏡中出現，正是一種苦悶的象徵，向讀者展示了一個幽曲深沉的內心世界，在生活的具象與藝術的幻象間遊走，看似平常，實則於奇崛中見功力，它娓娓地道出了人生之旅的困惑、無奈與精神守望。作者在這裡明寫理髮店裡制式化的擺設與按比例設計好的鏡框，映射出來的卻是他對自己多年來在職業位置上按時交稿的板滯寫作形態，被框設好的生活模式，為特定目的說理評論寫作，如同火車總是按照正規的節拍前進，日復一日，從青年寫到中年，如枷似鎖，這種囚禁是自為自擇，無法自我突破。如同理髮小姐現在的境況：

> 我看過她的從前，不忍看她現在，花謝、月殘、珠黃……她必須在這裡戴枷，比我更久，更被動。[29]

---

[28] 王鼎鈞，〈與我同囚〉，《情人眼》，頁68。
[29] 同上。

　　作者從理髮小姐的狀況似乎看到了自己，「豐富的經驗，粗糙的手指，疲憊的主顧，現狀很壞，但比將來好。」這或許是一種心理的移位現象，即從一個自我到另一個自我，從男性「自我」到女性「他者」的轉換。從審美角度來看，理髮小姐的青春衰頹與自己在機械化中疲憊蒼老的遭遇有著某種相通之處，這種相通，在創作中具有特別的意義。女性不僅成為作家觀察的對象，而且成為他內省的對象，從他人身上照現了自己的形貌，他發現了自己多年來的框架寫作是多麼大的一個謬誤！恐懼與發現是追尋自由的可能，於是他有了決定：

　　　　我渴望能把這一顆顆頭顱翻轉、審查，找我青春未逝去的臉，美夢未破滅的臉，衝動未消失的臉。[30]

　　〈與我同囚〉中出現的形象與情境，本質上仍然是虛擬的，絕不能與現實等同。「個人經驗」不等同「個人經歷」。「個人經歷」是作家個人生活歷史的客觀形態，而「個人經驗」是個人生活史的主觀形態。散文主要表述自身「經驗」，未必要完全拘泥於自身「經歷」。理髮小姐「他者」與作者「自我」，之所以「同囚」，或者是一種分身立言的觀看內摹，或者因「同是天涯淪落人」而生發的感懷，於是文中的敘述者能夠審視內宇宙的複雜，敘述者「我」被「內在化」了，使其中融入了作者很多的情感體驗。也許是作家心理湧動著一股創作的欲望，他在苦苦地尋找思想感情的宣泄口——能夠承載思想的形象生動的藝術媒體，然而這樣的藝術媒體並不是隨處可遇，它需要有一個契機的碰撞才會出現。這個契機對於作品的誕生有著決定性的意義，然而這契機是可遇而不可求，王鼎鈞在《情人眼》的序文中特別一提：

　　　　回想起來，我開始賣文賺錢未免太早，可以說是這一行的「童工」。我並不喜歡用這種方式生活，我立志寫作並不是為了傳教或作裁判。有一次，面對依照編輯計畫約稿的主編，我決定為自己寫點甚麼，於是我說我要抒情。他為之愕然，好像打開牛肉罐頭髮現了蘆筍。這個表情深深啟發了我，我馬上發覺我已陷得太深，我已

---

[30]　王鼎鈞，〈與我同囚〉，《情人眼》，頁70。

> 即將固定成型，我的抒情能力將要由退化而僵化。那天我去理髮，
> 回來就做了一件我向來未做過的事，那就是使用了我的「別裁」，
> 它現今保存在這本集子裡，題目是「與我同囚」。

作家道出了「與我同囚」是他的「別裁」，是他首次以抒情之筆寫內心隱衷。如果作者把這個心理轉變的契機平鋪直敘地寫下來，雖不乏深刻的思想內涵和社會意義，但卻少了感人心弦的藝術魅力。作家藝術功力就在於化平為奇，變直為曲，推陳出新。為了呈現生活事件在他心裡掀起的波瀾，才以意賦形，走筆在虛實相生、亦出亦入之間，在這樣的創作中，自己和理髮小姐相似的生活現象是同時隱現，如影隨形，他可以透過「超以象外」的客觀視角更進一步把人生的本質看透。全文的一切都是按作家情感邏輯進行創造的，他是通過了理髮店的一切人事與物理的刻畫，烙下了自己內心世界的印記，藉以觀照自己，認識自己。

從此，王鼎鈞的散文吸收了小說的筆法，為散文的變革做出了新的藝術探索。即使是作者親身體驗，但經過藝術的剪裁、記憶的重組，也可以具有虛構成份，如此一來便打破了長久以來，散文作者必須是「紀實」角色的規範。在本節所探討的三篇小說傾向的散文，作者的筆墨遊走在「自我」與「他者」之間，有時「推己及人」，有時「設身處地」的虛化呈現；有時借他人的故事道自己之情，有時為以自己為觀察者、經歷者的直敘。作者或性別裝扮、或身分置換、或重組自我、或穿越時空、或虛實交錯，敘述視角的多元轉化，使散文取得更有彈性的視角去經營。

第三節　寓言化傾向：經驗世界變型的哲理揭示

王鼎鈞在動盪不安的大時代下，擅長體察人性，善於對世態人性深刻觀察與體會。他將自己閱歷過後的人生經歷化成一個又一個的生命寓言，運用象徵手法，巧妙的細節描寫、簡練含蓄的語言、生動形象的比喻編織出一個個感人的故事，一個個新穎獨特的審美體。樓肇明言：「王鼎鈞對人的研究，實為其創作主線，把人放在歷史風雲激盪的漩渦裡加以表現，研究人作為靈與肉，精神與欲望的雙重矛盾統一體，兩者之間相為依存、

互為制約。」[31]寓言化散文是以超現實題材中造境設計形成的特殊類型散文，其重點不在於刻劃人物，而在通過故事來表達一個哲理，表達的方式不是理性的說明，而是感性的呈現。不是直接的議論，而是與形象結合，從形象中透出道理，方具有新鮮感、深刻性。寓言性自傳是對生命的一種解釋，故事和寄託是寓言的兩大要素，現實與非現實交織、合理和荒誕水乳交融、常人與非人拼合在一起，作者將虛幻和現實結合，將荒謬悖理的情節與合情合理的生活現實緊密結合，使之充滿怪誕虛幻的色彩，從而形成一種召喚結構，引導人們深入思考其寓意。寓言化寫作和寫實相比，它在表面上拋棄了真實性的追求，而確認了生活的虛構性，在其中寓寄哲理。《情人眼》許多篇章其寓言色彩極濃，筆者以為這些寓言化散文皆是作者經歷與觀察的曲折呈現，其本身仍具有自傳性色彩。限於篇幅，無法一一盡言，只舉幾篇較有代表性的篇章分析其寓意與哲思。

一、〈石頭記〉：生命裡的無常與錯綜複雜

　　〈石頭記〉寫到一塊巨石因為地震而滾落時把一個正在癡等失約女友的青年給壓死，人人傳說自從這塊堅硬的大石頭無意中殺死一個多情的青年，它的「心」就鼕鼕地跳個不停，是青年的愛使一塊石頭跳起了脈搏。後來有迷信愛情的青年男女從遠方一路尋來，張開雙臂在大石上爬行，以為如果可以找到大石的心臟，感受到神祕的顫動，必能從大石的脈搏中受到一種洗禮和治療，用情會變得既純且專，兩心不渝。多年來，常常有正陷於熱戀中的人們，向大石要求一點神祕的力量，或向大石求證以強化海枯石爛的自信。後來有一對戀人正在石下摸索時忽然又發生地震，巨石翻了一個身，把它的兩個信徒活活砸死了。這兩人成了最後的朝拜者。從那時起，再也沒有人為大石的心肝而來。這故事結局，正如陶潛〈桃花源記〉結尾「後遂無問津者」的沉痛，相信愛情者反而遭遇到現實的無情。同時也反映了人們普遍的焦慮，擔心愛情無法永在常存，而青年男女對愛情的堅定渴望並不來自於彼此的堅定信念，而是求諸外在虛無的力量，然而追求的結果反而是令人錯愕遺憾的結局。我們可以用〈我要瘋〉中的一段話做註腳：「我所希望的總是不會發生，我不希望的事是會不斷發

---

[31]　樓肇明：〈附錄　評王鼎鈞的散文〉，見王鼎鈞：《碎琉璃》（台北：爾雅出版社，2003年）

生。」[32]這裡展現的就是人生的錯愕與無常，更有對命運無可奈何之感。若以自傳書寫的角度來看此文，則它也可以象徵作者因為在戰亂流離中見證了人性的殘酷，以前所信仰的孔孟倫理之道、基督的信神得永生之理，都不靈了，他從此進入生命中的「無神論」時代。

二、〈興亡〉：人生的困境與希望往往相生相成

本文敘述一座養雞風氣興盛的農村遭遇雞瘟侵襲，又從雞瘟恢復養雞生機的故事。文中有一個敘述者，是由他來引領整個故事的鋪陳。村莊因外來一隻雞未能及時宰殺，而把瘟疫帶到了村莊，使得村莊上的雞大都中病身亡，雞的世界與人性的世界相通，母雞用愛來照料兒女，也會鼓勵生病的小雞要站起來。然而大難來臨，母愛再偉大也敵不過現實的殘酷，如同作者所說：「母雞雖有多方面的天賦，無奈缺少處理這一類問題的能力。她愛孩子們無微不至，但是不能阻止數目的減少」[33]，最後母雞和牠的十七隻雞寶寶大都也難逃災難，一隻隻隨著日子的逝去而逐漸死去。當敘述者已不對這群生命抱任何希望，準備讓它們自生自滅時，裡面的一隻小雞竟似奇蹟似地存活下來。這隻小雞在家人和族群全數罹難後，受不住恐懼和寂寞，渴望能跟夠和主人作伴。在本文中的雞，並不是以擬人方式呈現，而是具有人性情感的雞，這種人性傾向的出現，是因觀察者把人性投射在雞族世界。作者用雞面臨瘟疫的無助，表達了人生的無常與生命的脆弱，生命在最無助的時刻，僅能憑著堅強的意志對抗死亡，這個「大劫之後僅存的生命」，在時間的推移中，在同類的召喚中，牠才想起自己也是一隻雞：

> 這時，誰也不能再否認那隻雞業已長大，牠親眼看見一個社會的覆滅和另一個社會的開始。這已夠使牠成熟。牠的行動活躍起來，彷彿是，這些同類使牠記起，牠也是一隻雞。[34]

這隻見證了上一個社會傾覆的雞，更加深刻地感受個體與他者、過往與現在、生死交替的現象，對生命承擔意識的自覺有了進一步的深化。

---

32 王鼎鈞，〈我要瘋〉，《情人眼》，頁46。
33 王鼎鈞，〈興亡〉，《情人眼》，頁116。
34 王鼎鈞，〈興亡〉，《情人眼》，頁118。

隨著這隻小雞逐漸茁壯的過程，養雞的風氣也重新興起。存活的小雞見證了上一個社會與下一個社會的交替，小雞也擔負起創造下一個新世代的重任，而把從上一時代得來的經驗傳承下去、讓有些錯誤不再重犯，這就是一種生命的進步與成長，除非停止了下一代的誕生，不然誰也無法阻擋這與生俱來的自然進步力量。每個個體來到這個世上，既孤單又艱辛，即使有親人朋友的陪伴，但也不可能永遠陪伴，終究是要自己面對一切，獨自擔當起生活的各式問題。人生的困境不代表希望的結束，它只是一種必須的循環與起落，讓之後的過程能在更有經驗的情境下完成。生命就是在不斷蛻變中獲取新的滋養，進而完成「質」的突破，並在蛻變中不斷提高的過程。所以，從某種意義上來講，蛻變也是生命不斷超越自我而使人生獲得完滿昇華的過程。

另外，作者強調「這些同類使牠記起，牠也是一隻雞」：

> 一天中午，這隻雄雞忽然發出一聲長鳴。不再是啾啾唧唧的聲音，是一種獨立生存的口號，是一篇成年的宣言。聽起來，聲音裡充滿了生氣、活力，跟牠父親的一代在完全幸福的日子裡所發出的聲音同樣興奮昂揚。我們都懷著驚喜的心情跑到戶外看牠，原來牠有客人，一隻少女型的母雞正和牠並肩散步。是這少女喚醒了牠的自覺、使牠想起了責任和尊嚴嗎？從此，牠是一隻真正的雞，一隻雄雞。[35]

在這裡體現了人與人「創造聯繫」的重要意義，人們對生存的自覺，往往是來自於同類之間的相互召喚。建立聯繫對於自我與他者來說都是一件美妙的事。因為這種「聯繫」一旦建立，整個世界都會在心中改變面貌。人必須與他人建立一種聯繫關係，才會引發一份責任心與尊嚴，成為真正的人。同類之間的「召喚」，「召喚」的是共有的歷史、傳統與文化，不論是歷史、傳統或文化，都是一個民族在風雨中走過的見證，也是連接人們心靈的紐帶。傳統文化是人們溝通情感的有效橋樑，成為把同一民族的人們結合在一起的粘合劑，它使原本孤立的個人，從而產生歸屬感。

---

[35]　王鼎鈞，〈興亡〉，《情人眼》（台北：爾雅出版社，2004年12月初版），頁119。

這隻見證了一個社會的覆滅和另一個社會的開始的小雞,不就是王鼎鈞自我的身世寫照嗎?作者經歷了時代的興亡,並沒有把遇到的阻礙與低潮當做絕望,而是考驗自己是否有足夠的能力承擔一切。作家經歷過種種生活壓力和社會危機,仍然將希望寄託於明天。當我們抱怨被生活埋沒的時候,當我們認為上天不公的時候,可否想過,當生活的沙粒散去後,自己是否已經在人生的旅途成長為一顆珍珠?我們在這篇生命寓言裡找到了效仿的樣版。不為別的,只為了生生不息。

我們可在文中見到一位隱藏作者「我」,他既是觀察者,也是敘述者,整個事件的發展或角色的想法,都要通過「我」的眼睛、耳朵或設想,才能表達出來,展現了散文文體特有的「一個觀點」和「一種視角」,〈興亡〉也因此穩住了散文的本質,而不致與故事、小說的分際混淆。

三、〈勝利的代價〉:任何的勝利都是另一個層次的傷損

〈勝利的代價〉寫侯家墓園出現了惹禍招災的夜貓子,侯老爺為了家族興亡的大事,決定在大年夜之前解決這些邪鳥,並要求子弟們一起跪下發誓,一定不能讓墓園裡的夜貓子活到大年夜。他們在寒冷的雪夜裡只露出右手的食指扣扳機掃射,「十幾支槍一起噴出火來,射擊的位置、角度是那麼適當,每個人都覺得自己打中了目標,可是他們並不停手,繼續朝剛才發聲的地方轟擊,把這一夜所受的辛苦都從槍管裡發洩出來」。[36]一切多麼順利,不過每個人都不知道,侯家卻沒有辦法舒舒服服地過年。每個男丁都凍傷了,甚至每個人的右手食指由於潰爛而必須鋸掉。整篇文章要告訴我們的是,任何的勝利必有付出。每個人都必須為了追求他所要的事物而付出代價。勝利,是一種必須分出勝負的結果,不論是任何族群、任何地域的戰爭,戰爭勝利所付出的代價往往是血淚痛苦。王鼎鈞經歷了偉烈的大時代,由於戰爭,每個人都要過著顛沛流離的生活,就算勝利的果實令人感到甜美,但是戰爭歷程絕對是苦澀的,而勝利的代價卻是用人民的身軀當做肥料,以人民的血淚作為水源,培養一棵充滿憎恨的大樹。每一場戰爭意味的都是一次失去,即使勝利是多麼的誘人,但是卻沒有任何人可以保證所付出的代價會不會反噬、毀滅自己。尤其為了侵略他人、

---

[36]　王鼎鈞,〈勝利的代價〉,《情人眼》,頁198。

榮耀自己的戰爭。在做出任何事情之前，請試著排列出這件事情利害得失組成的成分。

四、〈最美與最醜〉：美醜不在表象，而在內心

　　〈最美與最醜〉文章一開始就告訴我們這是一個故事，一個最美與最醜的故事。二個舊時代遺留下來的人物，一個是絕美的娘娘，一個是年邁老醜的太監。最美和最醜不單純只是膚淺的表面評斷，而是一段令人感傷的過往。故事曲折，波瀾起伏，人物的命運扣人心弦。然而當作者以第一人稱的角度來來敘述，彷彿他就是故事的見證人，增強了生活的實感和故事的真實性。作者想告訴我們的並不是具體可見的美，是無形的美與醜，美醜不存在表象之中，而是行為背後的生命意義。美麗的表象之下有著不為人知的血淚，醜陋的外表卻藏著為生命奉獻的真誠。生活困苦之際，更是人性美醜真實顯露之時。凡事皆有一體兩面，有美就有醜，表面上的光鮮亮麗，或許背後有著不為人知的心酸血淚史，就像文中的娘娘的美是絕對的，但以這樣的身分與美麗，在一個改朝換代的時代，在帝王已成為過去的世界裡，她習以為常的世界改變了，皇宮不再，繁華不再，這位前朝遺下的娘娘，像隻從雲端墜落凡間的鳳凰，為了維持尊嚴絕不願意「雞棲鳳凰食」。像異次元的外星人格格不入，沒有其他的生活技能，只好繼續維持著習慣的生活模式，守著皇室的尊嚴，只想把自己鎖在狹小的天地裡，麻木地活著。儘管時代更迭，她仍是守著她的木箱，她的貞潔，夜夜垂淚，懷念過往，時局不再，她的生存意義也消失了，像具活死人。時代向她開了籠鎖，但她卻寧可繼續被封建傳統禁錮，墨守成規，不知變通，至死方休。這樣的行為，或許為現代人所不能理解，為什麼虛無的尊嚴驕傲會比實際的生命來得重要？

　　文中最令人讚歎的轉折點，莫過於太監。老太監在皇室覆亡後，並沒有另謀生路，仍繼續堅守本份來侍侯他的主子娘娘，用最不堪、最鄙劣的方式謀生，為了盡忠，就算是脫了褲子讓人瞧見自己的殘缺也無所謂。照顧娘娘是他生存的唯一理由，不離不棄，無怨無悔，忠心耿耿，看似低劣的醜行，又何嘗不是一種生命之美的呈現？其悲慟何其大，何其深！到了這個時候，醜不再是醜，而是令人由衷地敬佩與憐憫的「最美」。當生命的延續建立在某種價值與意義上，即使過程是不堪與痛苦的，但只要能達

成自己的心願，一切辛苦又何妨呢？太監那顆心才是最美的，他無條件付出，他的主子不一定懂，他也不要求自己的傷痛讓人能懂，美與醜在太監的靈魂裡合而為一，由「醜」而昇華至「美」。

在這裡真正醜的是人性，為了滿足自己的好奇心卻漠視他人的尊嚴的一群看客。這是美與醜的表裡割裂與統一的對照，也是自然人性與變態人性的對照，兩種人性在不期而遇的生動比較中，使讀者沉入對人性批判的嚴肅思考。

> 後來，我離開北京，美和醜還是深深印在我心上，遇見從北京來的人，就向他打聽，想知道娘娘、太監的生活方式是不是有了改變。奇怪，那些人能說出北京市的雞毛蒜皮卻不知道有這麼兩個人。……怎麼，難道這兩人只有對我而言才存在？……以後，世界一分為二，再也不會有人從北京來，再也不會有娘娘的消息，這個最美同時也是最醜的故事，也就從此沒有下文。[37]

什麼是美？什麼是醜？很多時候，美、醜如同世界被一分為二地截然劃分開來了，然而世界上很多事情都是相因相生，相互轉化。表面上的光鮮不代表內裡不存在黑暗，看起來醜惡也不見得沒有美麗隱藏其中。美與醜既是對立的，也是互相轉化的。世間所有的美、醜都是透過對比而來，而此對比也是人類自己主觀的意識見解。我們也多半習以為常地人云亦云，照著世俗的見解去論斷美與醜。可是美與醜是否真如我們所想的樣，那樣地膚淺地表面化或兩極化？抑或可以說，「美」與「醜」其實根本就是一體兩面，不可分割。光明與黑暗二面並存。最美之物可能極其醜惡。而最醜的東西卻蘊含了無法言喻的美。娘娘是美的，她堅持自我的尊嚴，昂然地撐起中國的最後一個存在，可是娘娘同時也是醜的，在堅持表面形象的情況下，她早已親手將自己活在這個世界該有的目標和動力給送進了暗無天日的大牢。太監是醜的，他為了錢而出賣自己的尊嚴，可是太監同時也是美的，因為他所作的一切醜，都是為了一個美麗的理由──要維持前朝皇室唯一的命脈活下去。太監的美在於，他不圖自己的生存安適，而是懇切地希望他所忠心服侍的娘娘也能繼續存在，那代表中國的存在，他

---

[37]　王鼎鈞，〈最美與最醜〉，《情人眼》，頁189。

的情操是高尚的。娘娘的執著和太監的忠心是這篇文章中的美，只可惜隨著時代變遷，舊時代的美要維持下去是相當困難。這樣的美存在於現今卻成了一種格格不入的醜。他們為了維持這一種美，也不得不向現實低頭，用一種奇異的手段爭取維繫生命的要素。

作者要我們重新檢視我們的價值觀，不僅是美醜，乃至貧富、貴賤等我們習以為常的事情。唯有透過反思與內觀，我們才會習得尊重包容。生活中的美與醜並不像「二一添作五」這麼簡單，如何看待生活中的美與醜，作者留給讀者的是一種深沉的思考。最美與最醜，並非用外在的形貌來判斷，是用心來感受。

五、〈洗手〉：外在的污染，須從心的療癒作起

〈洗手〉全文意旨隱晦，但如果層層分析，仍可以拼湊出一個梗概。人類原本都是純潔的，但有一天受到某些因素的影響，而感染了污點，正如文中主角其中一隻手一夜之間變黑，當一個人發現了他本身感染了污點之後，他們往往小看它，以為只要一些清水即可解決，然而從水管裡傾瀉而出的全是墨汁，這也是一個反常的安排，作者應是要說明，外在環境的污染，是無法透過外在的形式去消除它，不但徒勞無功，反而越發嚴重。而之所以會感染污點的原因，必須透過有智慧的人方能找出真正原因。這便是主角在求醫診治的過程中，每個醫生都建議他去找他們的老師，這就是老醫師比剛才出出進進的任何病人更老的原因。而老醫生並未對他用藥，只對他說：

> 內臟器官正常以後，皮膚的顏色會恢復正常。……像這種我們不能了解的病症，也常常在我們不了解之中自然痊癒。[38]

這內臟就是心臟，所謂「洗心革面」，心的淨化才能解決問題的根源。一般人往往不明白人類缺點的產生，大都導源於心，因此當他們急急於洗手之餘，又有幾個人知道「洗心」呢？人要消除缺點，要從內心做起，洗手的根本是「洗心」。

---

[38] 王鼎鈞，〈洗手〉，《情人眼》，頁207。

　　以上是從寓言的角度來解析〈洗手〉的寓意。然而本文既可以是普遍性的真理鏡像，同時又可以從個別視角來看，導入作家個人生命與時代背景的影涉，一半是寓言，一半是歷史。主角在一夜之間一手變黑，讓他感到世事無常不可思議，洗了又洗，就是抹不掉那一手愈積愈厚的墨黑。而這被一夜之間染上的墨黑又何嘗不是被政治歷史所留下印記？[39]也可能是作者在漂泊中形成的某些個性、心態和感情。無論如何洗滌或尋醫診治，被打亂的生命軌跡都不可能回復原初的面貌。只有等到心釋懷放下了，手才會變好：

> 　　於是，這隻手只好黑，黑得很邪惡。每天看見別人比我多一隻手，心裡嫉妒得要死。嫉妒決非美德，但是，我相信糾正也應不難，有一天，一夜之間，我從夢中醒來，會忽然發現手上的黑色褪盡，還我應有的紅潤清白。只要那一天來到。[40]

　　大半生都被政治苦難困頓的作家，最後期待自己能重獲新生。當現實已然如此，所能做的就是坦然地正視這一切，王鼎鈞對內心黑暗面的正視和糾正，體現出他不同尋常的心理承受能力，同時也給了我們反抗絕望、在絕望中期待光亮的勇氣。

　　散文比起其他文體更需要面對自我的問題，尤其是內心幽暗陰鬱面的問題，然而若要書寫個人的幽暗意識，則必將真實的自我暴露在讀者面前，這使得作者不得不面對種種隱私或禁忌的困擾而對作品進行特殊的處理。王鼎鈞在無法直言自我黑暗面的禁忌之下，藉助敘述觀點的轉移，以隱匿作者代替自己敘述，以減少作家自我意識的過度曝光，變形的虛構與想像，便成了他的另一種選擇與努力。自傳書寫中的寓言性是對生命的一種解釋，它通過情節的發展推動主角心理的變化，側重於人物心理的分析，折射出現實世界的面貌。

---

[39] 王鼎鈞在〈特務的顯性騷擾〉一文提及：「亂世夢多，我常常夢見解放軍追捕我、公審我，挖個坑要活埋我，我大叫驚醒，喝一盃冷水再睡。又夢見我在保安司令部上了手銬、灌了冷水、押到「馬場町」執行槍決，我又大叫驚醒。我坐在床上自己審問自己，共產黨和國民黨都有理由懷疑我、懲治我，我兩面都有虧欠，我站在中共公安的立場上檢查自己，有罪，我站在台灣保安司令部的立場上檢查自己，也有罪。」見《文學江湖》，頁146-147。

[40] 王鼎鈞，〈洗手〉，《情人眼》，頁208。

六、文明與物欲侵逼下的異化：喚醒尊重自然的人文價值

（一）〈那樹〉

　　對於寫作，王鼎鈞主張應透過用意象說話，而非直接表達出來。〈那樹〉塑造了一棵生命悠遠、見證了人世滄海桑田變遷的老樹，這棵屹立不搖、老而堅強的樹形象，含蘊豐富而深刻。老樹的內在價值正在於為人類帶來許多美好的福音，沉默的樹，暗中伸展它的根，加大它所能庇蔭的土地，一公分一公分地向外拓展生命的空間，付出而不求回報。然而現代文明闖入的速度更快，柏油路、高壓線、公寓樓房——都是人類生存欲望膨脹的表現，這種大幅度又快速的入侵姿態擠壓著其他生命的存在，於是「所有原來在地面上自然生長的東西都被剷除，被連根拔起。」[41]

　　　　只有那樹還綠，那樹被一重又一重死魚般的灰白色包圍，連根鬚都被壓路機輾進灰色之下，但樹頂仍在雨後滴翠，經過速成的建築物襯托，綠得很年輕。[42]

　　樹作為特定的意象，代表一種性格與精神，一棵永遠成長的樹：「綠在這裡，綠著生，綠著死，死復綠」。那樹即使在人類工業化拓展的過程中，仍然以綠色生命力對世界做出貢獻，掩護已失去的土地，那樹成為見證世事變遷的最後的一道風景，一片精神的綠洲。然而社會的發展、人類精神意識的異化，已經讓那樹失去了原有的生存價值，人們開始對那樹「為什麼長在這兒」有了疑問，那棵本來已經立在那裡很久的樹，反而成為一個不合時宜、不合地宜者。可是，那樹似乎不識時務，依然「屹立不動，連一片葉也不落下」，絲毫沒有移動的跡象。「那一蓬蓬葉子照舊綠，綠得很有問題。」當然，樹沒有腳，不能自己離去，這是上帝已經安排好的尷尬處境。這是一棵落後於時代的發展而又無奈於環境的樹。老樹終究難逃浩劫，人類找到一個藉口就把它伐倒、除根，「一個醉漢超速駕駛而撞樹，於是人死，交通專家宣判那樹要償命」，[43]於是堂而皇之地對

---

[41]　王鼎鈞，〈那樹〉，《情人眼》，頁82。
[42]　王鼎鈞，〈那樹〉，《情人眼》，頁83。
[43]　王鼎鈞，〈那樹〉，《情人眼》，頁84。

樹施暴，以電鋸屠殺了樹。

> 電鋸從樹的踝骨咬下去，嚼碎，撒了一圈白森森的骨粉，那樹
> 僅僅在倒地時呻吟了一聲。這次屠殺排在深夜裡進行，為了不影響
> 馬路上的交通。夜很靜，像樹的祖先時代，星臨萬戶，天象莊嚴，
> 可是樹沒有說什麼，上帝也沒有。一切預定，一切先有默契，不再
> 多言。

　　在這漆黑夜幕烘托出的莊嚴肅穆中，人類對「那樹」所作所為正演繹一出殘忍悲壯的戲劇。面對這樣的事故，人類不去問責「酒駕者」，而只是狹隘地保護自己的同類，從而問罪於無辜的「那樹」。顯然，按照人類的邏輯，「那樹」有過失，那就是「擋了道」，但事實分明是人類欲霸佔「那樹」的家園而起了殺心。人類以文明、進步的名義屠殺。面對人類的屠刀，老樹只能束手就擒。難能可貴的是，作者並沒有停留在這種淺層醒悟及堅忍生存的層面上，而是筆鋒一轉，說「那樹」把這一災禍的來臨及時地告訴了體內的寄生蟲，拯救了整個螞蟻家族。這就更令人景仰了。「那樹」的悲劇，也因此在慘白的底色上增添了崇高悲壯的亮色。樹的無私奉獻、逆來順受和捨己救人的昇華，反而更深化了樹的崇高精神。反觀人類對生命的態度是什麼呢？只關注一己之利、一己之生存，而不顧及別人的生命。樹以一種廣博寬大的愛來對待世界，它給人類及其他生物群落帶來了極大益處，而人類卻視這樣的益處為理所當然，缺乏起碼的感恩意識，甚至還不如搬家的那一群螞蟻。人之負恩，以矇矓的託辭，欲堂而皇之地驅除那樹，看似合情合理的說詞其實何其荒謬。

　　我們可以感受到作者對一棵樹的死亡抒發深深的感慨，但樹與人的生活息息相關，其實他是在對人類命運發感慨，社會形態的轉變，難道一定要以犧牲這棵樹為代表的一切有價值的存在物，才能推進現代文明？王鼎鈞對客觀他者的描述中融入自己對人類未來命運的深刻思考。自然空間不斷受到都市文明的侵襲，另一方面，自然作為一與文明對抗的空間又滋長著都市文明所缺失的道德意識和敏銳的感覺能力。寫樹即是寫人，樹的遭遇，即是人類的遭遇，樹的不幸，就是人類的不幸。對樹的殺傷就是對人類的殺傷。每一個他者的傷亡都是我自己一部分的減少，人與自然，以至宇宙一切生物組成了一種共存互榮的關係。每個人都不只是為自己而活

著，再渺小、卑微的人，對於其他人來說也可以是一棵偉岸的樹。

〈那樹〉是用一棵樹的繁榮與毀滅喚醒人們對環境問題的思考、人類文明的思考以及人與自然關係的思考。物質文明的進步與發展是必然的趨勢，王鼎鈞絕非反對文明的發展，其意是在對文明發展的深刻反思。現代人一意追求物質文明的滿足，對自然的不斷索取掠奪，忘記了自然是哺育人類生命的重要源泉，人與自然是共生共榮的關係，對於自然應具有的一種天經地義的責任意識，反而做出砍樹的愚蠢行為。文明的發展原為了使人們的生活更形完善，而結果卻適得其反，精神境界漸趨偏執自私。作者透過這篇文章告訴讀者，人應建構起一種尊重他者的倫理觀，對每一生命給予關懷。全文的末尾寫道：「現在，日月光華，周道如砥，已無人知道有這麼一棵樹，更沒有人知道幾千條斷根壓在一層石子一層瀝青又一層的柏油下的悶死。」悲劇發生了，可是沒人知道，人們還是像往常一樣平靜地生活，麻木無知，這就是更大的悲劇。在文明的進程中，遺忘與重複悲劇無疑是最可怕的。仔細閱讀，便會發現字裡行間流露的是作者無盡的憂傷，文章敘述所採用的第三人稱──「那」樹，用「那」而不用「這」，可以看出作者極力地想保持一種客觀的態度，來講述關於一棵樹的命運的故事，儘量不讓自己的情感過於外露，但這種含而不露的表達姿態反而起到了一種更令人感慨、引人深思的效果。

（二）〈網中〉

〈網中〉一文透過具體的漁網之網，延伸至人欲之網。漁村世界原本是一個純樸的世外桃源，沒有物質與財富的紛爭，沒有時尚與新潮的糾纏，也沒有社會的高速運轉所帶來的焦灼與煩躁，人們生活在自給自足的漁村小天地裡，享受著自得其樂的甜蜜。正如同王鼎鈞心中的故鄉，是在時間之外，哪怕分隔了幾十年，仍和記憶中的一樣，故鄉是情感的冰庫，把所有的美好封存。然而現代文明入侵後便改變了一切。「網」的意象聯結著一個漁村的歷史變遷，一個攀著漁網的模特兒破壞了漁村原有的圓滿自足，使得村中的漁女們渴望尋找一種新鮮的與眾不同的東西，漁女衝破漁村之網，卻又掉入了都市之網：

　　於是漁女相繼而去。精美的海產外流，當第三批探險者離鄉遠走時，先走的第一批已久無家信。都市是另一種恢恢之網，她們是

> 另一種魚，魚未死，網亦不破。所有的魚定要投入一種網，尋求一種透明的長城。……不設防的魚，赤裸的魚，在網內翻滾，或攀黑沉沉的網索，從方格中露出雪白的肌膚。漁網一重，人網千重，越過一層，前面還有；穿透一層，前面還有。直到魚死，網終不破。[44]

都市繁華的吸管將漁村吸瘦，作為歷史的反省，作者看到文明入侵對原本純樸世界的傷害。現代文明如浪潮襲來，彷若一條集聚文化生命的鏈條，蘊涵著大時代接踵而來的事件，成為關乎後人命運的潛在線索。源於人類普遍喜新厭舊的心理，這是漁女在那種情境下很容易走向的境地。漁女無論當初是迫不得已走向繁華之地，還是由繁華之地走到一無所有的淒涼之地，都是身不由己、無法主宰自我。不管人們如何掙扎，無論如何也掙脫不了命運之「網」。從中我們也看到命運的殘酷，人們大多無法掌握自己的命運。人與人互相影響，人人都生活在網中，作者在此更有以小觀大、以一當十的用心，一個個漁女離棄純樸的魚村，一味地追求繁華，從個體可以反映一個地域，一個時代。人們一味地追趕現代化，卻忘了文化與傳統才是生存的必要，是我們不能拋棄的財富，走離了傳統，拋棄了根本，便落得重重網纏，糾結難解的困境。

（三）〈捕鳥〉

〈捕鳥〉寫颱風之夜捉鳥又放鳥的故事，在捉放之間暴露出人性的自私的佔有慾，盤算著「在夢中，牠會啣來一枚指環，草葉編成的。」當人類開始思考如何可以永遠擁有這樣一隻會唱歌的好鳥，立刻付諸行動，出門買鳥籠，且一路思考如何捉鳥入籠，然而鳥已察覺到人類有機心而事先逃飛：

> 想不到室內已空了，我閂緊門窗提著籠子仔細搜索，不見它的踪影，也想不出它能由甚麼地方逃走。大概它有一種非常的本領吧。只有付之爽然。
> 買來的籠子永遠掛在廊下，永遠空著。我要它提醒：高尚的動機後來可能變成卑鄙的行為。[45]

---

[44] 王鼎鈞，〈網中〉，《情人眼》，頁95-96。
[45] 王鼎鈞，〈捕鳥〉，《情人眼》，頁134。

　　有機心者自然會在無意間顯露出本身的破綻。一個人只要有非分之欲、無窮之欲，就可能違背道德，而不擇手段地去佔有，最終失去。無欲則無憾，欣賞而不佔有也是對「美」的珍視。佔有者未能本質地佔有，卻使被佔有者遭到具有本質意義的美的喪失。欣賞而不佔有，是對美好事物的崇尚和珍惜，而不是對美好事物的踐踏和暴殄。人只有擺脫貪婪和物欲的誘惑，在極簡單的生活條件下回歸人的本真生活方式中去，才能與他者和平共存，也才能獲得他者真心的付出。作者要我們把自然物都當作是人類自身一樣看待，尊重自然，順其自然，保護自然。人需要在融入大自然的過程中對自然進行一番新的認識和改造。

　　從上述這些篇章的反覆描寫中，我們不難看到王鼎鈞對自然生命的敬畏和對大自然的深情，這應與作家的責任意識和審美意識相聯繫，不要把自己的快樂建築在自然生命的痛苦上。人類承擔起對自然的責任也就是承擔起對於自己的責任，因為自然是人類安身立命的處所。

　　本節探討《情人眼》中的寓言化自傳書寫，從上述的例子可見作者多是以全知視角講述故事，彷彿自己就是故事的見證者，以一位了解情況者向不了解情況的讀者傳達信息，以時間發展先後為線索，揭示人物的遭遇，他在講述故事時，有時是客觀冷靜的敘述之筆，有時流露出一定的情感色彩，在似有心若無意之中傳達他的某些看法或想法，但並不是直接點明或主觀評價。王鼎鈞總是辯證地看待問題，並不簡單地執著於一條思想的路線，不做絕對的價值評價，作家關注人類自身命運，使其散文具有穿透歲月的力量。這些篇章往往對生活進行距離化觀照以後，從而產生一種虛實相生的陌生化審美效果。寓言書寫往往具有扭曲或變形的形象或情節。所謂「變形」，就是審美中的形象由母形象向新形象嬗變，通常通過形式的誇張、簡化、變形等等手法，突出形象的本質特徵，使作品獲得神韻和旨趣。換言之，作者並不只是講故事，他在講故事的同時，也不動聲色地流露了自己的感知，並且營造了一種冷靜內斂的敘述風格，從而確立了上述幾篇作品是散文而非寓言故事。

　　從時空背景來看，這種寓言性寫作所容納的社會和歷史景觀十分廣闊，其精神的意蘊也紛繁複雜。《情人眼》雖因解構性的寫作姿態及表達對生活的理解而呈出思想文化意蘊的多向度指向，但對人類生存困境寓言式表達仍是其基本的特徵。寓言式的散文，一開始如話家常般地引起讀者閱讀下去的興趣，總在淺中有深、深中有味中鋪陳故事情節，安排人物，

乍看語不驚人，卻寓深邃於平淡之中，在平淡中見奇異。王鼎鈞以象徵寓言的方式寫散文，打破了傳統的散文的創作模式，為我們探索新的生存狀態的表現開啟了新的空間。在巧智敘事中包含有抒情和臧否，所以也就達成一種巧智的諷刺。

第四節　詩化傾向：心靈化與藝術化的情感體驗

作家在設想和讀者的交流中，因為不能說、不忍說，無法通過超出語言之外的其他可行的方式進行交流，只好運用不同的詞語、敘述的技巧與策略來強調和突出，避免直接顯露自我的生存狀態與時代背景。王鼎鈞在《情人眼》的許多篇章創造出一種多視角、跨地域、穿越時空的「詩」性敘述方式。而這種「詩」性的敘述，突破了一般散文以敘述自己一生主要行狀為主的寫作模式，進入到傳主的心理狀態與心靈感受，使得讀者從中看到的，並不是由各種客觀事跡呈示出來的外在的人物形象，而更是一顆迷茫而痛苦的心靈。

「詩」之為體，其語言有何獨特之處？正如鄭明娳《現代散文》所言：

> 一般口語屬於第一度語言，散文因透過文字記錄下來，屬於白話文學，稱為二度語言，而詩，則被歸屬於第三度語言，透過多重指涉的詞語，迫使讀者在閱讀中產生空間，經過跳躍性的思考來補足連綴，達到語言的趣味性。[46]

「文醒而詩醉」，詩的語言，不同於散文語言，它是在「醉意」的主導下，在「醉境」中創造出來的。醉意，即是深層情感體驗與心靈感受，如同前人所言：「詩之至處，妙在含蓄無垠，思致微妙，其寄託在可言不可言之間，其指歸在可解不可解之會；言在此而意在彼……引人於冥漠恍惚之境。」（葉燮《原詩》），「凡作詩不宜逼真……妙在含糊」（明·謝榛《四溟詩話》），皆指出詩的意象語言的模糊性，滿足創造性審美的要求。散文的「詩化」，指的是散文吸收了詩的特質，詩對於散文的藝術滲透主要是熱情與想像，具體表現在散文裡，便構成「詩意」和「意

---

[46] 鄭明娳《現代散文》（台北：三民書局，2009年），頁367-368。

境」。「詩意」是一種流動狀態的美麗情感和想像，顯得飄忽、空靈。「意境」是情景交融所構築的藝術畫面，這畫面是充滿了生命氣息。抒情的出發點，就是作者的內心與靈魂。從創作心理上看，作者都是有了強烈的表達欲望而後有文字行為，作者或產生了強烈的思想碰撞，或湧起內心波瀾，或有將紛繁生活描繪出來的動機，凡此種種，語言都有強烈的主觀傾向和意義指向。在王鼎鈞的內心，有一份與生俱來永在長存而無法擺脫的深情與舊夢，一是對文學創作之愛、一是鄉愁與回憶之夢，當他提及這兩種情感時常常透過詩性語言來展示，甚至以男女之愛來比擬。茲分三點來說明。

一、天路的指引：文學是生命的光源所在

〈雨中行〉一篇，一開始從實寫入手，在四條街上走時總可以望見一小樓，作者虛設了一個「她」住在樓上，為此「我在四條街的街心鋪滿了腳印」，遠遠望著小樓，望著樓窗裡的燈光：

> 每當樓上漲滿燈光時，我覺得，我是在茫茫海上朝燈塔行駛的一艘船。……我忽然興奮極了，我覺得，此刻真正像是一艘風雨中的歸舟，破浪之聲，驚天動地。等我低下頭來，望見躁急的雨點敲打在水泥地上迸出來的水渦，渾圓，中心稍稍隆起，形狀像一個斗笠。十幾個這樣可愛的小東西密密麻麻排了個滿街滿地，像花紋奇異的大地毯，為我來見她而鋪在地上。……我站在這奇異的地毯上，仰首向天，雙目緊閉，雨點像耳光一樣劈面而來，有一種快樂的痛楚。[47]

表面上所寫是對樓上的佳人一份懷思嚮往之心，但這個「她」只是一個代號，實則「她」就是文學。作者以近乎戀愛的心情面對文學。正如〈想妳〉是一篇愛的箴言，他愛一切人，愛世間萬物，想念一切，不論是苦澀甜美，成敗得失：「想你。天晴，想你；天陰，想你；花開，想你；

花落，想你；人聚，想你；人散，想你。」[48]，想念的心情，時時更新，不曾遠離，在「崎嶇世味嚐應遍」的想念中，不難感知作家對人生的執著與熱愛：

> 記得明月，記得你，能照亮生命的光，只要有，不嫌短。感傷，知足，想你，不恨你。[49]

「記得」美好的「你」，就是珍惜自己所擁有的一切，不恨不怨。其實他真正要表達的是，人只能懷著愛去寫作，人只有放下一切怨怒，才能真正擁有一切。在所有人類的情感生活中，男女之愛作為整個人類生活經驗的一部分，在歷史的長流中早已積澱在人們心裡深層，構成集體意識，具有極大的普遍性與可感性。要表現自己對文學的執著心情，也許再也沒有比愛情更切合的比喻了。個體必需要與他人發生關係，不斷與這個世界的「他者」遇合，才能保持其在世界的真實存在感。在此作家所謂對於「你」的愛，是作為生命存在的個體對真實存在者的愛，對生命的一份熱愛。

寫作，是作家把一生的寂寞與孤獨化為孜孜不倦的勞動付出，它並非烏托邦，首先要面對地獄，面對心靈的黑暗，但作者必需要在黑暗中不斷深入地尋找桃源的光明。寫作如同暗夜中的燈光、月光，是生命不斷超越自我而使人生獲得完滿昇華的過程。如同他說過：

> 抒情是天路，是窄門，最後升堂入室的，是赤子。[50]

美・塞林格《麥田守望者》裡有言：「長大是人必經的潰爛。我始終相信，每個深諳世故的大人都曾經有一顆分辨是非的赤子之心，只是俗世的荒流讓他們易轍。」人常常因經歷太多的生活磨難和人性考驗，而讓他放棄了對人生的探索熱情與對是非辨別的執著。惟有以真誠的感情與世人相見才能「不忘初心，方得始終」，進而升堂入室，從而打開生命的又一層空間。王鼎鈞尋回了抒情的初心，「成人之思」和「赤子之心」合流，期許自己能在這條抒情的遠路上不斷前進，最後得以登堂入室。

---

[48] 王鼎鈞，〈想你〉，《情人眼》，頁47。
[49] 王鼎鈞，〈想你〉，《情人眼》，頁50。
[50] 王鼎鈞，〈情人眼自序〉，《情人眼》，頁10。

二、時間的追溯：回憶是生命裡的醉與夢

從心理學的角度來看，人的感情與個人的生命結構有著非常密切的關聯。我們每一個人都有自己的過去，而過去的生活在追憶時總是美好的，回憶聯結了過去和現在，它可以使人達到精神的超越與享受。任何寫作往往是以當下的時空為基點而進行的，所以往往立足於當下眼前之景，再追憶往昔，或由往昔轉到當下，使今昔的對比因反差之大給人以更直接更沉重的悲傷感。因為生命遷徙的特殊經歷，使得王鼎鈞常常在當下回顧塵封歲月裡的人生，他總是執著於往昔的追憶，他總是在過去的記憶中尋找情感的寄託。

> 回憶是零下的氣溫中僅有的一點熱，想想我們共有的過去，我覺得心仍跳動，此身未死。想必是上帝有意救我。我書桌上的鬧鐘忽然發生一種奇怪的毛病，它倒著走，在急促細碎的滴答聲中，分針由9移向8，由8再向7。這種現象，本我十分驚訝，可是，我不久就深深的愛上它，珍惜這種難得的反常。從此，我有了最好的安慰，把這隻鬧鐘高高放起，望著它，聽著它，在眩惑中，月東沉而日西昇，枯骨再生紅顏，丁令威解開行囊打消了離鄉之行。車由終站退回起站，旅客沿途撿回自己的遺失。於是，我還是我，我們還是我們。那是何等美妙啊！望著鬧鐘，我常常不知道一天已過去，不知道一天已開始。……[51]

這段文字的敘述既樸實又撲朔迷離，樸實在於其感情的真摯，撲朔迷離在於其關於身世的探尋閃爍其辭的揭示。作者打破了自我回憶性的文本中常以時間為自然順序的方式，其結構發展的內驅力是人物心理而不是故事情節。鬧鐘倒轉的反常現象，正是作者的思緒倒轉回過去的沉溺。一遍又一遍的回憶足以喚醒潛隱的生命激情，來撫慰自己在政治背景下必須蜷縮委屈身姿的苦悶。作者的生命中埋藏的痛苦辛酸糾纏，只有在回憶中，才能照見過往的種種：「在回憶中隨時可以見你，有回憶即已足夠。不需

---

[51] 王鼎鈞，〈告訴你〉，《情人眼》，頁26。

要明天，不需要未來。未來是不確定的，未可知的。只有過去才完整，才舒適，才輕而易得。」如果說相思苦長是悲，錯失情緣是悔，那麼夢裡相逢的回憶，醒來更是一片淒涼與悲歡。作家執著於生命裡的回憶，有幾篇文章都把夢境作為重要敘述組成部分，夢的補償作用在於它能夠彌補現實生活的不完美，釋放出在清醒的真實世界裡所承受的壓抑。一件小事，一個細節，一個小東西都會引發難以盡解的語言流，對個人生命史的詩意回溯與對命運的理性質問相交錯：

> 　　二十幾歲的小伙子，自覺與上帝距離很近，彷彿上帝剛剛將他們用心裝備一番打發到地上來，天才如果這麼要緊，上帝不會不給我們。……慢慢的，我們明白，誰也不是金剛不壞之身，誰也不是天之驕子。上帝隨便抓起了幾把物質，這就是我們。才能不能滿足志願，志願不能改變命運，這也是我們。我們離上帝是這麼遙遠，不但伸手觸不到他，舉目看不到他，側耳也聽不到他，甚至想像力都想不到他。……每個人可能只剩有一撮舊夢，隱藏在記憶深處，然而誰也不願去想起它，縱然想起了，也混沌如夢中之夢，一若情人之眼，眼前世界總是那麼著實而又那麼虛幻。[52]

　　那隱藏在記憶深處的夢，許多地方是通過傾向性的默想、回憶、自言自語等形式敘述出來的。正是這種如幻似真的醉境，作家內心的靈魂才得以止泊。於是把情感寄託於現實之外的虛幻之境。夢幻這種方式能讓文本的故事與現實產生一定的距離，能夠營造一種略帶神祕色彩的敘事效果，同時，夢幻也能使時空變得更自由，方便作者靈活操縱文本的敘事建構。又如：

> 　　不要勸我，不要勸酒精中毒的人，往事是我的盃，日日泥醉。此心已橫，將來不曾來，過去也不曾去。我能夠再見你嗎？我能，隨時，祇要暫時閉上眼睛，縮地飛毯。地上的天國，永遠的春天。一天已過去，一天又開始，不要干擾我，不要搶走嬰兒口中的奶瓶。我說過，人最難心中寧靜。真正的寧靜中既沒有日曆，也沒有

---

[52]　王鼎鈞，〈舊夢〉，《情人眼》，頁16。

報紙。只有你，只有我，而且並沒有你的皺紋、我的白髮。[53]

　　這段看似寫醉中人的自言，寫出只有在醉中才能尋找到的心靈慰藉的方式，將實者虛之，虛者實之，構成虛實相生的藝術境界。醉中人以醒者的姿態，端詳自己的醉態和呼喚；醉中人雖然沈醉在其中，卻仍然清醒，自始至終都了解醉中自我心的切切私語。很明顯，「你」，就是往昔、即是作者追憶的昨天。只有你我，沒有歲月風雨之悲，如此美好的過往，王鼎鈞只能在現實中依靠夢幻這種虛擬的方式接近並緬懷，然而我們可以感受到，儘管是在夢幻中回憶美好的過往，但我們明顯地感受到作者內心在自由的夢幻裡也是無法真正獲得解慰的，對現實世界的無奈與對自己的人生訴求難以彌合的絕望與孤寂之情仍然滲透在字裡行間。

三、空間的緬懷：故鄉是回不去的遠方

　　文學創作是作者生活經歷的反映，人們總是生活在一定的場景之中，因此作品也免不了會打上特定的空間烙印。王鼎鈞在台期間，其心情如所言：「來到這裡，環境是安定了，我們仍然是幾塊滾動的石頭。我們年年環島旅行來逃避內心的空虛」[54]，現實的台灣因社會歧見仍然無法給予他安身立命的歸屬感，往昔的大陸生活雖不盡是美好的回憶，卻因歷史時空的驟然斷裂而具有了私人珍藏的生命情史般的意味。故鄉已歸不得，作家便退回內心，依託記憶中的碎片拼湊原鄉的樣貌，在《情人眼》中，故鄉是經常出現的空間：

　　　　我們也許永不相見。也許相見已老，祇能在心底默唱。也許我們無人再願意談往事聽舊歌，決心不使舊創流血。將來的事誰知道呢！我祇知道此時，此時舊日的歌聲永在我心裡震動，除非心臟休止。我能聽見我聲音中的你，你聲音中的我。它是自動的、不隨意的響著，響得很洪亮。可惜我不能張口，張口便錯。我祇能保內在的鼓譟、外表的沉靜，祕密的享受興奮激動。[55]

---

[53]　王鼎鈞，〈告訴你〉，《情人眼》，頁24。
[54]　王鼎鈞，〈地圖〉，《情人眼》，頁214。
[55]　王鼎鈞，〈告訴你〉，《情人眼》，頁28。

　　這段文字寫出了他在白色恐怖的時代背景中，只能把對故鄉的思念埋在心中，無法張口明說，一張口就錯。當語言的表述和現實人生有難解的複雜關係，內宇宙經驗與外部社會的矛盾交錯，都可以促使真正藝術的產生。作家始終希望把一切都說出來，但剖白內心又必須有限度，如果不作人為的處理，就無法控制在限度之內。做為一個特定的歷史存在，在特定的時間和地點談自己的時候，只能以迂迴曲折的姿態進行。在作者筆下的文學世界，虛中有實，實中有虛，虛虛實實，難解難分，恍惚迷離，如幻似夢，否則文中就不會出現那麼多「也許」、「我們」、「你」、「我聲音中的你，你聲音中的我」等字眼，將「虛」和「實」合二為一，形成一種詩情畫意的境界。作家構思的新穎之處就在於這段帶有神奇色彩的私語，將現實生活的幸福感和危機感對一位「你」表露無遺。而「你」究竟是誰呢？或許是一位曾患難與共又天各一方的朋友，或許是故鄉，或許是過往……，新穎的藝術構思主要體現在虛實的辯證處理上。又如：

　　　　行盡千山萬水，十年不知藥味，拂魏晉古碑而臥，鑿冰飲河，
　　　　捫月贈愛。無酒無花，無守護神，無香羅巾，有塵土雲月，有稚
　　　　氣，有夢，有歌。……而今，而今，時間已遠，空間已遠。鄉音盡
　　　　改，鄉夢模糊不清，陌上無花，林中無子規。人有情時間無情，眼
　　　　看陌巷成通衢，桑田又變新巷，滿巷的兒童轉眼成為滿校的大學
　　　　生。三十年脫胎換骨，今我已非昨我……[56]

　　作者在斷裂的記憶中尋找浩遠的歷史記憶，以鮮活的個體生命印記編織出獨特的歷史畫面，使之成為一首獨特的自傳史詩。以自身內在心理變化為主，其本質是自我省察，即今日之我已非昨日之我，亦真亦幻，這種以幻境承載情感、以情感充滿幻境的抒情方式，表現了內在情感擺盪在過去與現在、夢境與現實、甜蜜與酸辛之間。不論是在現實、夢境還是回憶，都包含著許多作者的親身經歷，透露出他內心的感情。這是作者自我的真實寫照，是一次又一次真實可信的內心獨白。王鼎鈞在台三十年，生活在白色恐怖的氛圍中，五十一歲後退休離台到美國工作，國門一出至今四十年。但事實上不論是中國、美國、台灣，似乎哪裡都不是他真正的歸

---

[56] 王鼎鈞，〈舊曲〉，《情人眼》，頁74。

宿。由於走離了故鄉，他的靈魂一生都在夢裡回鄉。他已經意識到此生無法回鄉，只好藉著精神上的回鄉想像以滿足內心渴望歸鄉之情，從而解除遊子漂泊的苦澀。這種「欲歸」與「歸不得」的困境並不是王鼎鈞一人的生命體驗，而是整整一代人內心的生存苦悶，他的詩意創造因此具有了歷史文本與文學文本的雙重價值。

以上幾段皆透過詩化傾向道出，句法有整有散，情感擺蕩在虛實之間，這樣的寫法使他的散文瀰漫著詩的氛圍，而且可以具有強烈的抒情性。由此可見散文接受詩歌的滲透主要表現在：抒情性更加突出，更具濃郁、醇厚的詩情。此外，詩歌的凝練也會使散文的筆墨注意節制，詩歌的音樂美也會影響到散文文字的美感追求。散文折射了心靈的世界，作者以詩心慧眼精心地釀造著他別具情味的詩美意境，形成了婉約含情的詩化散文格調。

以文體來看，散文重描寫，詩重在意象的經營。在詩化散文中，不經意可以看到作家對於文字的經營與使用。然而，散文既要接受詩歌的滲透，但又忌諱完全詩化。出位之思仍要符合散文的文體特質。散文的筆墨盡可以飛出天外，然其根蒂仍將回歸人寰。「文醒而詩醉」，這是人們常常以此概括散文和詩的不同美學特質。儘管散文借鑑詩歌意象化、跳躍性的文字，其醉意可以撲朔迷離，其醉境可以冥漠恍惚，但卻不能一醉不醒，「善醉」者並不等於「已醉」，王鼎鈞始終是醉酒的清醒者，為了維護散文自身的美學特質，作者仍然必須保持幾分清醒，讓筆下的形象適當地保留幾分透明度。王鼎鈞正是通過創造在自覺的基礎上形成了滲透著自我主觀感受的客觀事物的影像，呈現心造之景，在虛實相生的轉變過程，使自我的情感在真實和誇張之間獲得了很好的平衡，自我的經驗得到了曲折的展現。讀者從中所見到的，並不是由各種客觀事跡呈示出來外在人物形象，而更多的是一顆迷茫而痛苦的心靈。其詩化的自傳書寫便在內在真實與外在虛構的矛盾衝突中、在個體與社會的交互作用中、在作家和讀者的潛在交流中得到了美好的表現。王鼎鈞在自傳的語言中完成了一種詩性而又真實的自我書寫，已由敘事而轉入心理場的表現，是一種主觀色彩強烈的心理化敘述，突出傳主的心理感受和變化。

《情人眼》已在散文「詩化」的傾向中踏出了嘗試的第一步，這種詩化傾向開啟了他日後如抒情史詩般的《左心房漩渦》在創作上的優秀表現。

第五節　象中有意：獨特意象的象徵意蘊

意象作為一種承載作家內心體驗的具體事物，往往最直接、深刻地流露出作家的深層意識。意象源於作者對物象的直接感知，物象疊映著作者的感情經驗等心靈幻象。對任一意象的選擇都是作家內心審美體驗和情感指向的結果，作家在選擇它來表達自己內心的某種感觸和思考時，就被注入了情感因素。

文學作品中的自然意象，往往是對現實的反映和作家主觀情感的強烈介入，作家自覺透過「意象—人世—心靈」的思維模式，通過自然意象與人世、心靈的溝通，進而達到寓主觀於客觀之中的目的。在《情人眼》之中，出現的意象有許多，例如月、水、花、歌聲、腳印，但「路」、「地圖」與「水」是頻率較高者，本節就針對「路」、「地圖」與「水」來討論其所承載的生命意識。

一、路：看不見起點與終點的「行走」

「路」的意象在《情人眼》中多次出現，王鼎鈞之所以選擇「路」這個意象作為表現對象，在於路與他的人生體驗是息息相通的。他對路的體悟是建立在自我人生體驗這塊厚重的基石上。

（一）成長是一種「上路」的跋涉行走

對「路」這個意象的理解必須聯繫「走」這個動詞包含的對於生命態度的內涵才能更加深化。如果說「路」是作家的人生，從年少、中年到老年這一過程的隱喻，那麼，「走」則意味著他在這一段過程中所持有的認真、嚴肅的態度，例如〈種子〉中作者把自己的人生經驗化身為一位在戰亂中歷經艱苦跋涉的中年婦人：

> 哦，上帝，我是為了保持自身純潔才走那麼多路，你知道那男司機怎樣挑逗我。他希望我白天在他的座上夜晚在他的牀上。他對我說你熬不下去，你受不了，走不完的路還很長很長。……你終於要妥協，終於會投降，投向手握方向盤的男人。我沒有，我沒有。

　　　　我咬緊牙走完該走的迢迢長途。[57]

　　女子寧可忍受長途跋涉的痛苦，也要保持自身的純潔，這已傳達了作者對於自我在人生歷程中所採取的態度。穿越人間艱險，對人格操守的堅持，人必須對生命負責，必須努力追求和完成只屬於自己的人生。人來到世上，既艱辛又孤單，人若想要好好活著，就必須成為一個獨立的生存者，獨自承當起生活中的全部問題，自我創造，自我選擇，而「行走」就是一種努力成長。成長是一種「上路」，起點是心靈，終點是世界。在旅程中，本是以「自我」為中心的孩子，變成了社會化的成人，接受了這個不完美的世界，在妥協之中找到了自己的位置。於是「行走」成了王鼎鈞創作中最常見的姿勢，或茫然失措，歧路徬徨，回頭遙望，或百折不撓、堅忍不拔、江湖路遙。走在路上，意味接受考驗，因為生命的意義不在終點，而在過程。前行的道路，更行更遠還生，陰晴風雨，仍要咬緊牙繼續往前走。

（二）路是射出去迫使親人分離的箭

　　此外，「路」還象徵著人與人之間的分離。行行重行行，更行更遠，漸行漸遠漸無蹤，從此自己和故鄉、親人便隔絕成天涯，人世的一切都成了虛妄：

　　　　我不喜歡路，愈寬愈平愈長愈直的路，人家愈讚美，我愈要咒詛。路千條萬條，沒有路能通到你的門前。路是一些射出去的箭。路祇是便於分離，強迫我們愈離愈遠。在迢迢長路的另一端，「明天」在窺伺，而「明天」最可怕。超級路面，刺目傷心，我不肯走，我不要把歪歪斜斜的血印印上去，不要去挨近「明天」的虎視。[58]

　　故鄉是一個人生命的起點，也是一個人最初生存的空間，前面的道路既長且多，卻沒有一條可以通向故鄉，通到家門前。王鼎鈞從自己的飄泊中去尋找故鄉，路的遙長成為與故鄉之間的空間距離，空間距離似乎隔開

---

[57] 王鼎鈞，〈種子〉，《情人眼》，頁107。
[58] 王鼎鈞，〈告訴你〉，《情人眼》，頁27。

了彼此而使觀照更富於冷靜的思考，但空間的距離也使得表面冷靜的感情更加暗潮洶湧，故鄉成了作者既嚮往又疏離的存在。於是落入進退失據的泥淖，留給我們一個蒼涼的失路者的背影。如〈咖啡路〉：

> 夢裡的路是咖啡色的，煮得很濃很濃的咖啡，不加糖也不加牛奶。用眼睛嘗得出又苦又澀。……咖啡路好長呵好長。……走啊走，好長好長的路，好遠好遠的故鄉。……那遙遙遙遙的故鄉，變得陌生了的故鄉，在路的那一端，路變成咖啡色，被灰濛濛的霧遮成無數段。……當淚水沾濕了一片青石階，小精靈也從那石階上滾下來。……舉手叩門，大門吱呀呀自動開啟，庭院幽幽，無人。衝向第二道門，……無人。第三道門，第四道門，第五道門，第六道門。每一扇門自動開啟，門後有門，門內無一人。……衝進一扇又一扇門，門外有門，門內無人。當最後一道門被衝開時，門外豁然，一條筆直筆直的路由地平線上掛下來，在你門前腳下。那條路是不可思議的直而遠，咖啡色，又苦又澀，沒有轍跡。[59]

作者似乎回到了故鄉，又似乎永遠也回不了故鄉。在如夢似幻中回到兒時的家門前，曾經在魂夢中思之念之的家鄉就在眼前，然而，即使真的能夠回去，那麼回到那個空間早已經被時間的風雨改變得面貌全非。即使遊子可以找到地理空間上的故鄉，卻找不到記憶中精神的故鄉了。門外有門，門內無人，歸家的路已經迷失在政治的風暴中。政治壁壘的分明，歸鄉的欲望依舊變成了可望不可及的夢。

又如〈我看見〉一文，一開始是具體的泥濘路，駕車的老牛在上面失蹄跌倒，工人在上鋪水泥，這本是一條具體的道路，突然「光滑的路面上有你的影子」一句就從現實進入想像的世界：

> 我也赤足而來，來走你走過的路。我的腳板踏你留下的腳印。我覺得，兩人的腳心疊合，全身震動。
>
> 我的腳抵著你的腳，你的腳抵著我的腳。我是你的影子，你是我的影子。我在你之上，你也在我之上。

---

[59]　王鼎鈞，〈咖啡路〉，《情人眼》，頁80。

> 我們好像在天空失重，不知道自己在哪裡，不知道自己能做什
> 麼和不能。我們不能分開也不能挨近。[60]

這影子便是回憶，每一條具體的路總是引領他走向那遙遠的過往，走向那再也無法還原的舊時月色。過去的自己與現在的自己在回憶裡重逢，如同腳抵著腳，身影相隨。「我們不能分開也不能挨近」，這是一種極矛盾的存在，作者從心靈上願意無距離地貼近回憶，接近故鄉，卻又不自由自主地與現實意義上的家鄉維持一定的距離，或者這距離是不可抗拒的外在現實，何嘗不是兩岸的關係，無法真心交通，卻在文化血緣上無法一刀切開，既不能分開也不能挨近的矛盾。

又如〈狗皮上的眼睛〉以遺失在路上的相簿而營造出一個詭譎的空間，以晦澀的方式書寫存在的焦慮感：

> 不可能在這條路上找到屬於我的任何東西。……它一定撕碎我
> 的相簿，而且不留下垃圾。……這是最後一次走這條路。[61]

這條路就是夢境，雖然人不會在夢中真正失去自己的相簿，也不能在夢中真正找到自己的相簿。

王鼎鈞用現實之路隱喻人生探索或追求理想之路，將現實之路更多地抽象化為心靈之路，從「無路」中尋求「出路」，正是鄉愁難解的表現，也是一種「人生如行路」與「行路難」的文化符碼。王鼎鈞已以一代人的心路歷程詮釋著「天涯美學」的內涵，「路」作為漂泊義涵的直接載體，已不只是王鼎鈞個人的生命體驗，而是整整一代人糾結於心中的生存感受。

二、地圖：生命的座標與文化根繫的緬懷

每個人都有自己的生命座標，有自己的文化命脈，無論人在天涯還是海角，都想要尋找自己的根源所在，找到根源並與之聯繫，這樣生命才不會是斷簡殘編。王鼎鈞常藉著地圖意象來緬懷和重溫在大陸生活的憑藉，

---

[60]　王鼎鈞，〈我看見〉，《情人眼》，頁38。
[61]　王鼎鈞，〈狗皮上的眼睛〉，《情人眼》，頁124。

表達他對中國歷史的記憶、連接現在過去的依據，「地圖」是個富有身世之感的意象：

> 我喜歡看地圖。我可以從圖裡找到你。圖上一片均勻鮮明的蘋果綠，恰像我們坐過的草地。……告訴你，地圖這件東西要多神祕就有多神祕，它可以把你的故鄉你的國家排在平面上，縮進你的口袋裡，讓你帶著千里萬里奔走，再大的城也不過是一個黑點，一個像蝨子一樣的圓點就掩沒幾十萬人，遮進多少高樓大廈。[62]

　　文本所指向的「你」是一個模糊的所指，並不確定是誰，這種傾訴指向的不確定性為文本增添了不少色彩，也讓我們讀起來時有一種濃濃的暖意，這細碎訴說下的溫柔力量便在「你」和「我」之間的對話進行。個體雖然以孤獨的形態行走在通往死亡的途中，然而在這樣的前行中，他卻無時無刻不在與這個世界發生關係，與人交流，與物關聯，人與人之間有著不盡的關聯，地圖向生命向空間敞開，正如同地圖上一望無際的遠景，有廣漠的平原，平原上交錯的蹊徑，相互呼應，相互關聯，此中條條道路，道道流水，陣陣清風，片片流雲，人化為景，景化為人，這些事物相互關聯，體現了實際存在中生命與生命、生命與萬物之間互相感應、互相交織、互相融合的狀態，也展現了在王鼎鈞內心深處，溝通與交流無處不在、無限延展的思想。把地圖縮進口袋，就是帶著故鄉去奔走，帶著自己的文化去觸碰別人的文化，這是一種文化的尋根。
　　他在〈地圖〉一文中寫道「我」把一幅中國地圖作為結婚禮物饋贈一對好友夫妻，並請他們在地圖上畫出自己曾經生活過的地方及其足跡，想不到竟然觸動起友人切身的回憶：

> 我從他手裡把地圖取回來，發覺他所畫的線條，粗細不勻。從家鄉開始出發時，線條細弱，像滑行一般不費力氣，象徵一段只見幻景不見現實的旅行。後來，線條畫得很粗，有時像肌肉隆起的臂，有時像老樹的枝椏，有時逆流而上的纜。這裡面似乎有憤怒的不同意，有勉強吞嚥的悲辛，也有滔滔奔流的豪氣。他在畫線時，

---

[62]　王鼎鈞，〈告訴你〉，《情人眼》，頁17。

> 劇本在他眼前重演一次，已熄的幾座火山在他心中重新輪流噴發一
> 次，他的指和腕的筋肉像紀錄地震的儀器，記下震動的幅度。[63]

　　朋友在地圖畫出的線條便是人生的道途，地圖的主要魅力在於將潛意識明朗化、將抽象情感具體化，線條的粗細，是人生經歷的深淺，點線面相接相交是生命體驗與人生經歷的寫照。作者運用象徵手法，巧妙的細節描寫、簡練含蓄的語言、生動形象的比喻編織出一個個感人的片段與經歷，一個個新穎獨特的審美客體。以在地圖上返鄉的超現實旅程超越了政治對立的限制，因為他時刻不忘自己的文化根源，通過「地圖」這個意象，從具體的地圖上昇為情感的地圖、文化血源的地圖、生命的地圖。

三、水：飄泊流離、居無定所的身世之感

　　水意象一直是中國抒情文學的重要意象，一個意象可以被轉換成一個隱喻，但如果它的出現在後人筆下不斷重複，那就變成了一個象徵。孔子的「逝者如斯夫」則是意蘊深長的情語，具有藝術審美性，它以其豐富的情感內涵啟迪著人們對生命、時間的流逝作出深沉的思考，從而引起了歷代文人的共鳴。在人們的相繼挖掘、生發下，流水意象不僅演變為一種情結，同時又折射出中華民族的集體生命觀、文化觀和宇宙觀。如樂府民歌〈長歌行〉「百川東到海，何時復西歸」之句，被無窮盡重複吟詠的「水」意象顯然已超越了自然物的樸素含義，其特定的原型內涵作為經驗立刻進了人類的意識構造中，成為人類世代相承、不斷重複的精神感受中所體現的相通性。水與人類的生存息息相關，水是一切生命之源。在王鼎鈞筆下的水，不但是生命的泉源，也是流離生命的寫照，從某種意義上說，水是人類生命的一種特殊形式，飄泊流離的人生更如同水之居無定所。流水飄泊天地間，處處無家卻也處處為家，居無定所，這悠悠的身世之慨，早在他的心理結構上刻下了與水息息相關的深刻印跡：

> 聽說某大學的圖書館裡鎖著一部地圖，不輕易打開。我偏偏想看，想得要命。告訴你，我終於看到了！我衹看到跟我們共同有關

---

[63]　王鼎鈞，〈地圖〉，《情人眼》，頁218。

的那一部分，當然，已經夠了。這部地圖真詳細，你住的小鎮，我住的小鎮，赫然畫在上面，而且有一粒仁丹那麼大！像我們年輕時暢銷的紅仁丹！鎮外小丘、小河，也畫得清清楚楚。小河在鎮外流程的時候不是轉了個彎嗎？我們不是常常在水彎裡走來走去嗎？連那個水彎都畫出來了。……[64]

　　王鼎鈞透過地圖回望心中的故鄉，在他的故鄉蘭陵鎮外有山丘，也有一彎清淺的小河，河中流淌的是他殷殷的掛念，尋覓心中的桃花源，也要緣地圖的點線才能到達。不知何時，他已經離家千百里，只能透過地圖來想像，對家鄉故園的思念如悠悠河水無窮無盡。於是，「水」成為他人生情感的重要載體，它被作家注入了漂泊以及無所依憑的一種孤獨感，但也同時形成一種追求前進的生命力。當作家不得不離鄉背井，水成為佔據他內心的一種極其頑強的生命飄泊之感和響往安頓之情，水成為負載作家生命意識的一種意象。

　　　　那條小河現在怎麼樣了？想到它，我覺得渴，渴得要命，想拚命喝水，而且衹想喝那條小河裡的水。我們是喝它長大的。它是雲的鏡子，鳥的鏡子，我們的鏡子。當我們懂得為人生哭泣時，我們的眼淚大部分是落在河裡。我們能看得見自己哭泣的模樣，看得見淚珠在跌入河水之前最後的閃光，看見水面的淡粧被淚擊碎時那一陣美麗的擾亂。哭泣之後的渴是真正的渴，於是我們掬水而飲，飲自己的淚，也飲對方的淚。[65]

　　透過地圖假想過往，但夢想邀遊畢竟是虛幻的。河水，是哺育自己生命的源泉，從年少開始，渴了欲飲水，悲傷欲流淚，淚水一滴滴滴進了河中，他也在河水中照見自己哭泣的模樣，小河收藏了自己的生命。但家鄉、小鎮、鎮外小丘、小河，卻只存在記憶中。從地圖中見到故鄉的小河，從河水轉向渴了欲飲水，最後淚水滴入河水，意象的組合形成了意象的建構群。從一個單純的基點出發，逐漸向深處、廣處、遠處推去，相關

---

[64]　王鼎鈞，〈告訴你〉，《情人眼》，頁18。

[65]　王鼎鈞，〈告訴你〉，《情人眼》，頁17-18。

的意象皆是合乎想像邏輯發展的意象，每一個後來的意象不僅是前行意象的連續，而且是他們的加深和推遠，具體而微寫出了山高水長的愁。想念過往的一切，想得那麼悠長，如同河水永遠在自己的記憶裡流動，點出愁、思、恨的具體發生。水，永遠是心靈秘密之所在。

水雖然是空間意象，但水的流逝又具有時間運行的意味，生命的流逝，生命的過往，時間是一個永不停歇的持續流，沒有絕對意義的現在，現在既包含著過去，又充滿了未來，正如古希臘哲學家所說：「人不能兩次踏入同一條河流」，這是一個客觀的邏輯判斷，具有哲學思辨性。人的生命亦復如此，我是我，但又不是我，因為一切都在不停地流變之中，無物常在，人無常健，生命與時間的這種不斷流變的動態感應已深深扎根於人們心中。水作為生命的象徵物已然能與時間構成對應，更何況流水的物理特性具有與時間同樣的單向動態：永不停歇，一逝不返。生命、時間與水三者也是同構的關係。這裡，作者借水之奔流不返表示一種人生易老、歲月不居的現象。當年的家鄉、河水、平和的生活皆已隨水東流，化成歷史，日月流邁，時移事往，不可復得。哀人生之須臾、歎興廢之無常、懼凋零之無期、哀眾芳之蕪穢，歸根結底都是對生命流逝的傷感，是歷史責任感在時間緊迫感的催促下所形成的一種深沉的憂患意識。「哭泣之後的渴是真正的渴，於是我們掬水而飲，飲自己的淚，也飲對方的淚」，淚是水化成的，是悲劇意識的象徵，因而，水意象已不單指時間的流逝，而是由歷史、社會、自身等諸多因素交織而成的愁恨、愁苦、愁怨、愁悶的象徵。愁有百種，羈旅之愁、身世之愁、黍離之愁；恨也有百種，相思之恨、離別之恨、去國之恨。在此岸張望彼岸世界中有無限延伸的悠悠身世之感。流水意象與時間的對應成為懷鄉的主題，豐富了抒情的藝術表現形式，深刻地反映了所有流離者集體精神和心理特徵。「人生天地之間，若白駒之過隙」（《莊子‧知北遊》），生命的過程若河水東逝，不可逆轉、不為任何人而淹留。命運之坎坷、人生之多艱更使其覺光陰之易逝，韶華青春已如水之一去不返了。王鼎鈞透過水來定位自己的生存狀態，從水的意象中更加清晰地看到命運，也更清醒地反觀自身。

作為一位深諳意象之美的文學高手，王鼎鈞對意象的運用，有著遠比一般人更為深刻的體悟。他獨特的意象選擇傾向，也深刻地闡釋了其生命意識。本節透過「路」、「地圖」與「水」等意象的探討，可見意象成了作者認識世界和思索生命的載體，感情通過自然的物象轉化成生動具體的

意象，是作者向藝術預期效果進一步的接近，讀者的想像距離通過作家筆下的暗示、聯想，感覺逐漸作有關的伸展，而終於不自覺地浸透於一種特殊氣味與節奏的氛圍裡。王鼎鈞從孤獨、憂傷、生命三個方面構築他的藝術世界和傳達他的審美理念。意象具有感性的特點，賦予作品的思想感情以生動、感性、具體的形象；形成思想的穿透力，透過現象直達本質來震撼讀者。

第六節　《情人眼》「虛己變體」的自傳書寫

一、以向內超越的方式展現生存狀態的運思方式

筆者以為，以自傳性書寫來觀看《情人眼》是打開這本書的重要鑰匙，藉助這把金鑰匙許多難解之謎都將迎刃而解。與回憶錄或實際存在的人物傳記相對，《情人眼》偏向於虛構式自傳。作品中的形象化人物，是杜撰出來的。有些人物不僅沒有多少現實性，甚至十分荒誕無稽，但這並不是故弄玄虛，而是作者有所寄託的表現。散文的自傳書寫和回憶錄的敘述方式不同，一者容有小說筆法的虛構，一者為寫實之筆；一者借他人的故事道自己之情，一者以自己為觀察者、經歷者的直敘。散文和回憶錄的社會效應不同，它不需要對歷史事實作精細的描述，也不需要突出歷史的主線，它表現的方向是從外在的評述轉入內心的自省，透過明寫生活，以暗寫內心。其審美觀照點是由外界轉入到內心，這才是文學藝術性的構思。

文學是根據現實世界而鑄成的另一個超現實的意象世界，而又復原為一重建的現實人生。所以，它一方面是現實人生的返照，一方面也是現實人生的超脫。自傳書寫是作家解釋和闡明自己人生經歷的一種記錄，它不但能夠使人們發現自我意義，而且能表達自我曾經擁有的種種思想和情感。自傳書寫不僅僅是個體人生歷史的坦率記錄，而且是文化觀念、個人情感、寫作技巧、自我想像、以及自我表現的共同體。真誠，一直被視作為文學創作的一個重要向度，尤其是散文，但由於當時作者畢竟無法和那段歷史在心理上拉開距離，無法以自我的身分明言實說，何況，文學的使命不是報導某個現象事實，而是傳導出人的主體精神活動。作家便以越界變身的虛構想像，以一種向內超越的方式實現人生價值的生存運思，他在

作品中著力表現的是他所發現的生活內在規律或邏輯，或是他對生活的獨特體驗與獨到的認識。他要表現的不是現象事實，而是人的主體意識，追求的是在更深入的層次上對生活作出本質的反映，在更廣闊的背景上對生活作出深刻的概括。作家個人經驗與其作品之間有著密切的關係，他往往將個人的經驗有意無意地在作品中或暗或明地展示出來。

二、多重視角的選擇與手法的置換成就散文自傳的藝術性

　　《情人眼》多篇散文的視角和敘述方式多重轉換，來自於人物命運的一波三折，情節的山重水複，這些人物似我非我，在「此人」的故事裡埋伏著「彼人」的結局。敘述者位置的歧異，讓作家取得更有彈性的敘述視角去經營文本。文中的敘述者並非完全等同於作者，即所謂的「隱藏作者」，隱匿在文本中間接為讀者提供訊息，並不一定必須以作者主體身分霸佔文本。作者在生活中抓取一人一事，以託物言志、借景傳情的方式，藉助富有象徵意義的藝術形象，糅合生活中的人事景物，把自己的感受凝成各種不同的人物形象、人生體驗與生活哲理，創造出富有感染力的意境。究其實質，本書內容實為作者的生活經歷，他沒有採用回憶錄按生活經歷依次敘述的寫法，而是通過一則則的小故事，緬懷他過往人生中所遇到的一些人和事，描述自己的見聞與感受。可見想像的虛構也可以創造出真正的歷史，作者從自己實際的體驗出發，創造出一如現實生活中極其真實的人性，正因其透過「虛構」的手法逼出存在的「真實」，才令人感到新奇，那是作者從生活中所提煉、昇華的人生哲理的集中表現，其魅力就在於其象徵意義的幽深委婉，它試圖為我們指出一條通向人類文明的理想境界與前進道路。

三、以「有情」之眼覺「無情」人生

　　每一位作家都有自己的悲歡離合，每一位詩人都有自己的內心世界，如何將自己的故事訴諸於人、公之於世，而且悅之於人，傳之於世，這就要看作者的藝術造詣和藝術功力了。《情人眼》一書乃以「有情」之眼覺「無情」人生，「情人」一詞乃情因人生，文傳人情。「情人眼」裡才能照見真西施。「獨特化」的生命歷程與「個性化」的生存體驗需要「創新

化」的話語方式去呈現。人們都有著屬於個體自身的審美經驗，形成的文本裡包含最多的就是情感上的不平衡狀態。生命流離的人生經歷與威權時代的文網壓迫，使得王鼎鈞對語言的使用有著更多的敏感度，《情人眼》是一本富有時代特色的創作，「敘他人之事，抒一己之情」，把心中之情代進外在的事件裡，他的創作是現實政治的遺跡，創作主體的突顯與遮蔽，乃通過「自我」與「他者」之間的分裂與統合，達到新的把握與組合。

　　文學作品，不管是小說或散文、詩歌，雖不能說它就是作者實際生平事跡的自敘傳記，但可以肯定的是：它必然是作家主觀精神的外化。對於文本的研究可以採取各個角度進入，或分析其結構、形象、敘述策略，或考察意象、原型、情感類型等等；但所有的這些探討都必然附麗在一個基點，那個基點就是「如何全面地、完整地」表現人類的生存面貌、挖掘人們的內在精神。具有藝術審美的文本，必然是作者有意無意將個人生命體驗的外化，《情人眼》所以能引人入勝，正是由於它的新穎的藝術構思，巧妙的藝術手法，完美的藝術結構和自然的藝術語言。新穎的藝術構思主要體現在虛實的辯證處理上，文本內之人是實，文本外之人是虛。整本作品以實帶虛，以虛顯實，虛實相生。我們若把文本組合中的情節事件、場面細節、意象原型等都看成是作者的生命體驗的外化表現，這使得我們能把創作主體在創作過程中分離，又在最高意義的概括中合一。

結語　以有情之眼覺無情人生

　　《情人眼》是王鼎鈞在台時期，決定擺脫職業說理的羈絆而開始為自己抒情的轉捩點。然而在白色恐怖威權統治下，又如何能真正為自己抒情呢？在黑暗威權與嚴密文網的壓制下，要尋找適當的方式以表達對現實的感受，只有透過隱晦或變形的手法曲折地表達心中的積鬱，是一種相對安全的抒情方式。隱諱曲折的生命寓言，言此意彼，指東說西，足耐幽尋的創作，方不易觸動執政當局敏感的政治神經。作者的視角游離在「自我」與「他者」之間，因此，本書內容實為作者的生活經歷的變形呈現，但又何嘗不是許多人生命的縮影呢？對王鼎鈞而言，他更願意把「個人」放在一個更廣闊的背景裡去，以個體生命的印記編織出獨特的歷史畫面，是《情人眼》深層的內蘊。

　　本章從《情人眼》的文思置構模式來看作家如何透過散文的越界變體的形式來表現他對生命的思考，從而逆溯作家的創作思維。可以得知，王鼎鈞先生透過創新思維，以抽離自我的「他者」視角來返身觀照，讓自己既可以藉他人的故事來抒自己的情，同時以藝術變型的手法，轉換視角，對生活經歷進行選擇、提煉、概括、發掘，達到了以象徵的意蘊傳輸廣義的人生情義，因而尋找別樣的創作風光。

第五章　故鄉與異鄉的異流同歸
──《左心房漩渦》的鄉愁美學

　　「雖信美而非吾土兮，曾何足以少留？」，在文學的長河中，鄉愁是一直是個充滿美麗與哀愁的重要母題，也成為人人心中抹不掉的文化情結。這個情結中，既有著「近鄉情更切，不敢問來人」的且羞且怯、波瀾沸揚；也有著「遙知兄弟登高處，遍插茱萸少一人」離群失路的愁緒如煙；也有著傳統觀念中的「衣錦還鄉」、「榮歸故里」的自我期許；有著「少小離家老大回，鄉音無改鬢毛衰。兒童相見不相識，笑問客從何處來」的滄桑感慨；更有著「落葉歸根」、「狐死首丘」的堅定執著。尤其在特定的歷史時期，因民族群體的特殊際遇，時代風雲的巨大變化，或是社會生活的重大變遷，這樣偉烈的時代背景已為文化鄉愁的勃興提供了的有利的契機。

　　王鼎鈞代表的是千千萬萬在苦難中流離遷徙中國人其中的一位，鄉愁亦是他作品中最重要、也是最常見的主題。他少小離家，與原鄉漸行漸遠，半生漂泊，驀然回首，往事歷歷，老淚縱橫，鄉愁的濃烈與苦澀，對他而言，已不是距離和時空上的，而是苦難歲月的磨礪，不堪回首的辛酸。他在台灣時期，抒情不得自由，只能站穩腳跟寫作，多半以說理、方塊雜文為主。《情人眼》是他從說理過渡到抒情的暖身，用寓言手法借他人之事寫心中之懷。而《碎琉璃》是他把敘述與抒情結合的嘗試，融入了虛實相生的小說手法來寫散文。而《左心房漩渦》是他在東渡赴美後，在創作史上的再次突破，可謂深沉抒情的震波激盪。其抒情之濃烈，有異於他說理性文字的冷靜旁觀，也有異於《情人眼》視角變幻的欲露不露、《碎琉璃》溫柔感傷的虛實相生，而是用詩化手段「漫將心事付絲琴」，流露在字裡行間的鄉愁，高拔峭立，激越遼遠，長歌當哭，如怨如嘆，如泣如訴，動人心魄。

　　同時，《左心房漩渦》也是王鼎鈞創作史上首次嘗試「主題式」的寫作，在全書三十三篇散文中訴說的其實只是「鄉愁」的單一主題。為何抒發「鄉愁」採用詩化散文的形式呢？我想，自古詩人多鄉愁，鄉愁是詩

歌永遠的來時路，是詩歌創作的觸媒。思鄉，是中華民族根深蒂固的傳統文化心理，也是人類共有的精神傾向。而鄉愁，則更是文學世界中一個亙古久遠、綿延不絕的創作母題。從古至今，中國的詩人彷彿總是走在回鄉的路上，故鄉也總是在詩人們的回憶與想像中被拼湊得更加生動豐滿，而中國人的鄉愁則更是在各種漂泊者的淺吟低唱中歷久彌新、綿延不絕。鄉愁體現了人類普遍的「集體無意識」，王鼎鈞的鄉愁書寫因回望生命的創作視角而生成了獨特的詩性光輝，在寂靜中生發的回憶是「詩」與「思」的聚合，蘊含著潛意識裡虛化的夢境或想像，回憶這一審美心理所內含的兩種演繹圖式——即偏重於情感的「想像」與偏重於省思的「對話」並行共進，使得他的鄉愁書寫獲得了富有張力的詩性審美空間，形成了獨特的「鄉愁美學」。本章通過對《左心房漩渦》的分析以見王鼎鈞創作中所展現之大時代人類普遍的鄉愁情結與家國情懷。

第一節　開放探親下兩重世界的乍然接合

一、鄉愁肇始於大時代的悲劇

　　台灣的鄉愁文學誕生於二十世紀的五十年代。從抗戰勝利後的一九四五年到一九四九年，雖說只是短短四年的國共內戰，對於兩岸中國人而言，卻是一場時代的爆破點，它造成了前所未見的歷史海嘯。此後，國民黨主控的政權完全退出中國大陸，撤往台灣，帶著一百多萬的大陸軍民離開故鄉，來到台灣這原本是陌生的孤島，他們原本沒有做長期定居的心理準備，期待總有一天能重回故鄉，收復失土。然而，隨著時間的推移，由內心的騷動轉為無奈的沉默，爾後即進入長達四十年的平靜接納，這樣的歷煉，是那群由大陸遷台人士的傷懷。散文大家王鼎鈞身為其中一員，也是最具有代表性的一位，他在中國大陸成長、求學，經過抗日戰爭的骨肉流離，經過幾次內戰的倉皇奔馳，道險且長，與父親輾轉來到台灣，在台灣成家立業，三十年後再惶惶地移往美國。中國的戰亂流離，兩岸的分裂對立，異鄉的隔閡孤寂，不能不在他的心中留下了深刻的傷痕，過往種種更是無法抹去的記憶，他曾在回憶過往時感傷地說：

　　　　我想起中央政府「遷台」的時候，那個最有權勢的人說過，我把

您們帶出來，一定再把您們帶回去。可是終其一生，他沒有做到。[1]

　　這個最有權勢的人是蔣介石，隨著蔣介石去世，這群遷台人士知道「光復大陸」的夢想也隨之破滅，對岸是再也回不去了，海峽兩岸由此長達了四十年的政治、社會、文化的封閉隔絕。政治的對立與社會制度的差異迫使這些大陸遷台的外省人變成了有家歸不得的流亡者，與故鄉的一切，從此天各一方。擺盪在新舊環境適應的焦躁中，這些跋涉過動盪的大時代、終生回不了家的人，在對過去的珍惜和生命被分裂的痛苦中，日思夜想，望海興歎，患了一種難以治癒的「懷鄉病」。還有一部分的人，是從台灣飄流到海外各地，他們同時繫念著海峽兩岸的土地和親人。這些作家把淳厚、濃重的鄉愁作為創作的表現內容，藉助文學的形式加以傾訴。從五十年代初期，在此後二、三十年綿延發展的鄉愁文學便成為台灣文學的一大景觀。

　　對於解嚴前的外省級台灣作家來說，重返大陸是一個遙不可及的夢。儘管大陸是他們的根，那裡有他們夢縈魂繞的家園，但兩岸關係的隔絕，使他們無法重返大陸家園，以慰鄉心鄉愁。王鼎鈞說：

　　　　由五十年代到七十年代，臺灣和中國大陸完全隔絕，地理上的隔絕，政治上的隔絕，文化上的隔絕，還加上歷史記憶的隔絕，我稱為「真空包裝」。一九四九以前，我們讀過的書有問題，接觸過的人有問題，到過的地方有問題，服務過的機關名稱部隊番號都是問題，我稱為「背負原罪的初生嬰兒」。我們是無根之木，無源之水，無祖之裔，無史之國。我們都只知有神州，不知有故鄉，只知有億萬同胞，不知有至親好友。[2]

　　這段話已描述了當年兩岸隔絕對立的處境，以及這些外省族群背負著歷史的原罪，無處安放自己的身心，於是他們的鄉愁便有多層次：第一種鄉愁，即是歸鳥戀巢的本性，這是人情物性的基本鄉愁；再加上自身處境，悲歲月的流失，歎人生的無常，就產生第二種鄉愁，深層的鄉愁，鄉

[1]　王鼎鈞〈名詞帶來的迷惑和清醒〉，《關山奪路‧代序》（台北：爾雅出版社，2005年5月），頁4。
[2]　王鼎鈞，〈並非一個人的歷史〉，《東鳴西應記》（台北：爾雅出版社2013年11月），頁34。

愁是滴瀝心底的悲歌與永恆的遙望。第三種鄉愁，比前兩種更深的，是文化的鄉愁，兩重世界的隔絕與對立。於是鄉愁包括政治、社會、地理和制度在內的整個劃界的無可奈何。鄉愁，已經滲進這些人的血液，成了他們生命的一部分。對王鼎鈞而言，鄉愁不僅僅是生命中澎湃交響的眼淚與詩行，在他的人生軌跡中，鄉愁成了他創作的航標，愈老愈重，也愈純粹超越。四十年來，文化鄉愁幾經變遷，也折射出作家由感傷、迷惘、徬徨的懷鄉思鄉到安於現狀，平靜地面對現實。

二、探親大門開啟，接通被切斷的根脈

八十年代，中美建交，中國對外開放，台灣可以和大陸親友通信，接著，終於在一九八七年——蔣經國總統決定威權政治必須轉型，台灣政府宣布「解嚴」，並開放黨禁和報禁，更在這一年的十一月二日——一個劃時代的日子，探親的大門打開了，隔絕近四十的兩岸關係終於有了重大的變化。這群當年從大陸撤退來台的人士，終於得以重回故土，使鄉情得到慰藉。從台灣到大陸，出現了一波又一波的探親潮，於是在神州大地上出現了一個個悲歡交織、五彩繽紛的親人團聚的動人故事，這些故事已為台灣的鄉愁文學注入了一股生機，使得鄉愁散文產生了分化，伴隨著解慰鄉愁而來的是「探親散文」的誕生和發展。「探親」是「鄉愁」的延伸和持續，文學史每一步的變化都凝聚著歷史的腳步，凝聚著歲月的痕跡。所謂「探親散文」，根據大陸學者方中所言：

> 指台灣作家以回大陸探親旅遊為題材，描寫家鄉親人幾十年的歷史變遷，表現中華民族分久必合的悲喜劇，抒發愛國思鄉感情的散文作品。[3]

指出了中國人的鄉愁的本質，是在時空距離隔絕下的一種對團圓的人性渴望，也間接說明中國人的鄉愁不同於西方人大多是單純的懷舊與戀地情結，更有其獨特的文化傳統與人文情懷。探親不是旅遊，而是蘊含更深

3　方忠〈文化鄉愁的消長和演變─論台灣當代散文的情感走向〉，《鎮江師專學報》（社會科學版）1997年第1期，頁39至43。

的人文內涵，即人對過去、對土地與自然的感情，體現了家國情懷、人文思念。

方忠分析台灣鄉愁散文的現象曾言：「鄉愁作為一種獨特的文學題材，自有它自身獨特有的審美價值。在五十年代光復初期受到政府的鼓勵與推動，台灣文壇上，『反共戰鬥文藝』曾鼓噪一時，但卻因思想內容的概念化、藝術形式的公式化，以及缺乏真誠而健全的藝術良知而迅速衰竭，難以為繼。與戰鬥文學幾乎同時產生的鄉愁文學，雖然處於『非主流』的地位，但隨著時間的推移，影響卻越來越大。究其根本，就在於台灣的鄉愁文學反映了大陸遷台的作家們共同的思想情感和心路歷程，作家成了大陸遊子的代言人。」[4]戰鬥文藝乃為政治服務的工具，缺乏油然而生的自然真情。鄉愁散文之所以較之戰鬥文學影響深遠乃因為「情動於中而形於言」，「情動」而「言情」是人的心理本能，戀鄉愛家是人類的生命本能，作家之所以能成為大陸遊子的代言人，原因容或有二：其一，乃文學創作的一種規律：一切文學以特殊為始，卻必須以普遍為終，因為文學的終極關懷是普遍的人生與人性。鄉愁是個人的，也是大我的共同情志。其次，鄉愁的發生在實質上亦揭示出歷史發展的一條規律：人類歷史的發展，必需要以無數個體的生命悲劇作為代價，個人遭遇的精神創傷是一種具有普遍意義的歷史現象。

在政府開放大陸探親的這股熱潮風湧中，許多作家老大回鄉，看見四十年的情物變革，人生際遇的無常，乃湧現了「探親文學」，描寫海兩岸分別四十年的悲歡離合。這是一種歷史的必然產物，一種親情被無奈的時代滄桑長期割裂，積壓在人們心中的情感總要尋找一個抒發處，隨著越來越多的尋親探親者的腳步，這種文學必然應運而生。因此，台灣探親文學的面世，具有時代里程碑的重要意義。這些作家用自己的眼光和語調，記錄下闊別多年返鄉的激動心情，有相擁而泣的畫面，也有恍若隔世的歔噓。那些刻骨銘心的迷離記憶與思鄉之情，是每一個平凡小人物的家事，也共同構成了一段民族遷徙的大歷史。王鼎鈞《左心房漩渦》[5]是非常具有代表性的優秀作品，本書雖未提到實地探親，作者雖未實際回到大陸省視家鄉與故舊，但透過通信，反而能更深的內在境界裡達成還鄉。「通信

4　方忠〈文化鄉愁的消長和演變—論台灣當代散文的情感走向〉。
5　王鼎鈞《左心房漩渦》（台北：爾雅出版社，1988年5月出版）。

是具體而微的還鄉，是一種『摹擬』」[6]，其中延展的情感與思緒，仍然可以視為在這股熱潮下的敘述情境去理解。

三、異鄉人成了還鄉人，還鄉人又回復為異鄉人

「人情同於懷土兮，豈窮達而易心？」[7]，鄉愁，應是人們最易觸摸也最為動情的一種情感。「鄉愁，從字面上理解，是指對自己的出生地，祖祖輩輩所居住的地方的一種刻骨銘心的思念與苦戀。」[8]作為一種神祕的空間體驗，人類對於自己成長的土地有一種神奇的尋根意識，找到自己的生命根源而時時感受著自我與鄉土之間有一條永遠割不斷的線乃人生的歸趨。所以，人從離開家鄉的剎那開始，鄉愁即同時開始醞釀。

在隔絕了四十年之後，終於可以和家鄉接通消息了，但返鄉探親的人群，他們面對的是一個怎樣的情境呢？如果兩個人分別在兩種相反的社會制度裡生活四十年，即使團聚了，又當如何呢？王鼎鈞在〈分〉一文說：「天下大勢合久必分……分字底下一把刀，有形的刀之外有無形的刀」[9]，曾經的熟悉，如今卻這樣陌生；已然遙遠的，卻非要去拉近距離，所以有人說：「所有的重逢都是劫後餘生」。王鼎鈞描寫這些年他看到的「還鄉五部曲」：

> 乍見是哭哭啼啼，接著是說說笑笑，後來是爭爭搶搶，最後一部竟以吵吵鬧鬧了結。「哭哭啼啼」是延續未分之前的心態，但他們不久就發覺既分的事實，你定了你的型，我定了我的定，積不相容。[10]

人與人在多年的隔閡後，生活的軌跡早已發生變化，再也回不到從前。四十年歲月與地域的阻隔使得原有的人情變得無可奈何，分離之後的

6　王鼎鈞〈分〉，見《左心房漩渦》，頁138。

7　三國・王粲〈登樓賦〉，梁・蕭統編・唐・李善注《昭明文選》第十一卷「賦己」（台北：文津出版社，1987年），頁489。

8　引自徐學〈孤狹與鄉愁—王鼎鈞短篇小說研析〉，《台灣研究集刊》，1994年第3期，頁100至101。

9　王鼎鈞〈分〉，見《左心房漩渦》，頁137。

10　王鼎鈞〈分〉，見《左心房漩渦》，頁138。

親人再也不可能回到從前那種莫逆於心的親密融洽，橫亙在彼此之間那一種難言的矛盾與反差，多了自我立場的盤算和利害的計較，探親的結局往往是以「破鏡不能重圓」而告終。我們從王鼎鈞的深度探索中，見到這群人在還鄉後與親人重逢，鄉愁已不再只是一份對兒時令人心神寧靜平和的土地和人事的情感眷懷，更是對於集體深層心理的冷靜反思，說到底，也就是對人性的探尋與逼近。對於人性的行為方式和心理層次的挖掘體驗，竟是這群人集體鄉愁之共同心理的最後凝聚！王鼎鈞正是從這一更深秘的角度，開拓著鄉愁散文的精神內蘊，也建構了懷鄉者心境轉折變遷之複雜發展歷程。王鼎鈞是從個人的悲歡遭際，進而省思戰爭、圍堵與政治敵對的劃界對人的傷害。

那些在台灣被視為「異鄉人」的外省族群，為了還鄉，他們流了多少眼淚，許下了多少次的心願與誓言，甚至賣掉房子提光了存款，但他仍然無法彌補因為時代悲劇而造成對大陸親人的負欠。故鄉對他失望，他也對故鄉失望，親人之間人心近在咫尺，但卻又難以觸及。心靈的距離遠比客觀的時空距離來得更有殺傷力。他才發現家園早已失落，再也無法回歸。王鼎鈞〈送友人還鄉探親〉云：

> 臺北的太陽　聽你述說／渡過海峽的那天／腳上只賸下一隻鞋子／明知擠掉鞋子的地方／已鋪上瀝青／還要回去尋找腳印／甘願受傷　用十歲那年／種痘的心情面對現實／來時路花了你四十年／去時用二十個小時飛到／在那塊黃土地上／我恨不得你步行／到天壇替我進一炷香／替我仔細聽一聽黃河／鄭州路上　倚著車窗／呼吸，再呼吸……／回來　要在機場出口／看你吐出金色的灰塵／傾瀉瞳中的西湖。[11]

鄉愁是個奢侈品，不是從心裡一閃而過的念頭，而是久久占據在心中揮之不去的情愫。明知故鄉已人事全非，卻仍然要回頭去尋找，甘願受傷，也要用年少時的勇氣去面對，尋找美好的童年，尋找失落的親情，尋找過去的情緣舊夢。然而，返鄉人面對的是一個斷裂了四十年的情境，他們必須承受斷裂所帶來的痛苦，斷裂的一切使人們精神處於一種無根的飄

---

[11]　王鼎鈞〈送友人還鄉探親〉，《有詩》（台北：爾雅出版社，1999年1月），頁30。

泊狀態之中。

　　以王鼎鈞而言，他是山東臨沂人，他生長在蘭陵這樣一個傳統文化氛圍濃厚的文化古城。對他而言，他的鄉愁更是對家鄉人事物的懷念，對山東蘭陵的親友師長、山水草木、歷史風物的懷念。同時也包括他在流亡途中，生活過、停留過地方，如阜陽、鄭州、瀋陽、秦皇島、上海、台灣等地。但誠如他所言：「我已從一時的流亡延長為終身流浪」[12]：

> 看我走的那些路！比例尺為證，腳印為證。披星戴月，忍飢耐餓，風打頭雨打臉，走得仙人掌的骨髓枯竭，太陽內出血，駝掌變薄。……那些里程、那些里程呀，連接起來比赤道還長。可是沒發現好望角。一直走，一直走，走得汽車也得了心絞痛。我實在太累，實在希望靜止，我羨慕深山裏的那些樹。走走走，即使重走一遍，童年也不可能在那一頭等我。……四十年可以將人變鬼、將河變路、將芙蓉花變斷腸草。四十年一陣風過，斷線的風箏沿河而下，小成一粒砂子，使我眼紅腫。水不為沉舟永遠盪漾，漩渦合閉，真相沉埋，千帆駛過。我實在太累、太累。[13]

　　這段文字深沉地流露出對道路流離的疲倦，這樣的疲倦，不只是身體的，更是心靈的，一生流浪飄泊在外，老來寄居異國，怎能不累？鄉愁與探親原本是國民黨遷到台灣之後，無數人寫過的題材，但王鼎鈞卻以其獨特的藝術經營來表現更加深沉博大的內蘊，他並不是只是單純地懷念過去，更用最精煉的文字與苦心經營的結構來寫他對過去經驗的感受以及他對人生的覺悟。因此，當七十年代台灣鄉愁文學漸有蕭條趨勢時，王鼎鈞卻愈展現創作的熱情，也愈提高其情韻美與意境美。戰爭使得五十多年前的一位青年飽受流離之苦，使他離鄉背井，從此無根，使他在四十多年後必須藉文字來醫療創傷。王鼎鈞的鄉愁，已超越了寫實性的具體限定，昇華為一種滿含酸楚又不失豪邁的時代意識的承載體。其次，他對幾十年飄泊流離的痛苦有了更深一層的領悟，他往往不是從一己的悲歡去理解歷史、丈量歷史，而是以一種超然達觀的人生態度去體驗苦難，傳達出中國

[12]　王鼎鈞〈失名〉，見《左心房漩渦》，頁35。
[13]　王鼎鈞〈中國在我牆上〉，《左心房漩渦》，頁116-117。

傳統文化鄉愁的真諦。因此，七十年代以後的鄉愁散文經過王鼎鈞的創作更具文化意蘊，表現出一個具有著深厚文化修養的心靈。並從對過去的留戀，對現今處境的接納，來重生再造自己的生命。

第二節　《左心房漩渦》的抒情模式和美學建構

鄉愁是王鼎鈞寫作《左心房漩渦》的動力，亦是他寫作的歸宿。鄉愁，是他心底的眼淚與詩行，他以鄉愁為血肉，通過詩化的散文抒發心中的思戀與苦痛，尋找精神家園，獲得心靈還鄉的救贖。《左心房漩渦》在擅長說理的王鼎鈞絕大數冷靜淡漠的文風中是少有的濃墨重筆，懷鄉情懷的深沉凝重已發揮到極致，那份感情如洪水大浪，如急流漩渦，讓讀者昏然沉溺有如滅頂之感。雖然感情強烈，但他的表達方式卻趨向內斂深沉，很少不加節制的宣洩，而是將鄉愁包裹在具體的故鄉風物、故人舊事中，通過詩化的敘述緩緩地流瀉出來。全書特有的文字風格，也呈現著強烈的心理感情張力，那是終身流浪者撕人裂魄的吶喊。

「左心房漩渦」一詞只出現在最適合做為全書主題的〈人，不能真正逃出故鄉〉中：「那流經我們心房心室的漩渦」[14]，「書本上讀不到，電視上看不到，書記未記，社論未論，考證未考」，是那麼隱密，卻又是那麼強烈。他將自己對大陸故鄉故人的懷念比喻為「左心房漩渦」。左心房，本為人體心臟結構的一部分，全書以之為題，特取「左」字含義，暗指左派，左翼，即中國大陸。「流經左心房的血液是新鮮有氧的血夜」，永遠躍動奔流著深摯的情感潛流。這就是遊子與生俱來、命中注定的思鄉情懷，它執著且堅定，正如聖詩所言：「壓傷的蘆葦，他不折斷；將殘的燈火，他不吹滅」，澎湃有力，「此左心房之所以為左心房。」[15]漩渦，是內心深處盤旋的掙扎和翻攪，是千回百轉不能自已的紆曲百結，是難以排遣的濃烈而近乎灼熱的追念，王鼎鈞寫出自己經歷了大風大浪的苦難之後對原鄉的懷念，全書充分表現了懷鄉情懷的強烈與真摯。

題材和主題是衡量文學作品內涵的重要標尺，但是必須用最完美的藝術手法和形式技巧表達出來，才能具有強烈的藝術魅力。雖然鄉愁的詠歎

---

[14]　王鼎鈞〈人，不能真正逃出故鄉〉，《左心房漩渦》，頁150。
[15]　部分敘述文字，乃參考袁慕直〈「左心房漩渦」讀後〉改寫，見《左心房漩渦》，頁252。

這類題材並不新鮮，但王鼎鈞的創作，正如亮軒所言：「每每予人新奇獨特之感，似乎每一次的重新再寫，也就造就了一個新的人生」[16]。鄉愁是一種大眾化的熟題，假如寫出的是一般人心眼都看得見、感受得到的故鄉風物或往事回憶，縱非陳腐，也是平庸。有創造力的作家必能讓熟題「陌生化」，王鼎鈞對鄉愁的詠歎就是找到對過往獨特的「觀看」角度與獨特的心靈體驗，然後，以創新的敘述形式表現出來。這種創新性，便在於他運用了現代詩的一些技巧，如意象切斷、節奏跳躍，形成所謂的「詩化散文」。詩化散文，顧名思義，就是在散文的靈魂中具有詩歌一樣的優美流暢、講究語言的精美與詩化。

　　散文本是用生活化的形式，表現深刻的人生體驗、人生感情。詩化散文不同於一般意義上記事寫實的散文，它是散文，但具有詩質。它更需要其語言表現具有一種內在的凝煉、含蓄的張力與彈性，具有內在的力度與質感，不能如日常生活中那般隨意、散漫。詩化散文實在是一種具有表達優勢的文學新品種，比較適合於抒情寫意，比較適合於表現強烈感情的重大題材。它比詩的容量大，又比散文的意境深遠。詩化散文無論是從總體構思上來看，還是從章節韻律上來看，它都具有詩的特質，在字裡行間都閃耀著詩的光芒，具有精煉美、含蓄美、飄逸美。《左心房漩渦》全書的抒情模式和美學建構主要有二項特色：其一，假設問答以寄意的書信體例，其二，以心理的流序來展現起承轉合的有機結構。以下說明之：

一、「你」與「我」的對話關係：假設問答以寄意的書信體

　　王鼎鈞在廖玉蕙的訪問中說明他寫《左心房漩渦》的背景：

　　　　1980年中國大陸對外開放，我觀望了一陣子，確定海外關係不致傷害親友，就寫信回國大索天下，向故舊印證傳記材料。當時所收到的每一封信都使我非常激動，這種類似死而復活的激動，類似前生再現的激動，必須用另外一種形式表達，而且迫不及待。[17]

---

[16] 部分文字參考自亮軒《風雨陰晴王鼎鈞》（台北：爾雅出版社，2003年4月），第八章第九節，頁441。

[17] 廖玉蕙〈到紐約，走訪捕蝶人〉，《中央日報》2001年9/20、9/21、9/22。

王鼎鈞在出版《左心房漩渦》之前常用說理的方式來引導讀者思考人生[18]，也用小說、戲劇的手法來訴說他所經歷的動亂歲月[19]，然而與家鄉隔絕多年之後乍然通訊，「這種類似死而復活的激動，類似前生再現的激動」，正如王鼎鈞在〈人，不能真正逃出故鄉〉說：

> 我找到了！我找到了！我一一找到了我想念的人。坦白的說，我本來很絕望，來年的蝴蝶怎能找到去年的花。我讀他們的信如讀敦煌殘卷，此心此情宜狂歌，宜痛飲，宜擂鼓，宜作雕刻。我要像婆娘一樣哭，像守財奴數錢一樣細數今昔，像得手的小偷一樣暗中安慰。[20]

「失而復得」的興奮讓絕望多年的他有意採取另外一種形式——即詩化的手法來進行創作。而這種形式的成就在於作者擅長抓住能吸引讀者的心理因素——假設問答以寄意的書信形式來呈現，全書每一篇的道白皆有個假想讀者，書中除了強烈而鮮明的「我」的色彩，尚有個他所傾訴的對象「你」，用書信體抒發自我的感情，更能予人抵掌晤談、交相莫逆的情摯意切之感。此種手法早在《楚辭》屈原的作品即已出現，如〈漁父〉，而從宋玉〈對楚王問〉之後便逐漸多了起來：如東方朔的〈答客難〉、楊雄〈解嘲〉，皆是明用虛設主客問答手法的名篇。後來，這種表現手法更演變為後代辭賦謀篇結構的一大特點，如韓愈的〈進學解〉、歐陽修〈秋聲賦〉、蘇軾的〈前赤壁賦〉。虛設主客問答實在有助於表情達意。因為主客問答是虛設的，儘可以靈活自如地按照作者思想情感的發展，欲東說東，欲西說西，起承轉合，不為章法所拘，而可使文章淋漓盡致。

從表面上看，全書似乎是王鼎鈞他身在美國思念大陸家鄉，寫給闊別幾十年的朋友的信件，信中追懷往日失去的歲月，訴說懷念家鄉的刻骨相思，洋溢著濃鬱而又真實的情感。所以，文中的傾訴對象都是「你」，這個「你」，正如亮軒所言，可視為：「當年曾經與作者一起經驗過生死患難的歲月，爾後又海天一方，兩相隔閡的知己。如今得以通信，談談當年

---

[18] 如《人生三書》：《開放的人生》、《人生試金石》、《我們現代人》。
[19] 如《碎琉璃》、《山裏山外》、《單身溫度》。
[20] 王鼎鈞〈人，不能真正逃出故鄉〉，《左心房漩渦》，頁149。

各言爾志，而今日安在哉。但，有時也可以是其他各個不同的『你』」[21]，例如故鄉的一切、對岸的一切、過去的一切，甚至是作者本身，他與另一個自己對話、爭辯。對「你」的呼喚、尋覓，也包含著後世對前生的呼喚[22]、遊子對故鄉的尋覓、東半球和西半球的對話。「你」如何如何，我又怎樣怎樣，予人格外溫馨深情之感。由〈明滅〉篇中所言：「時代把我折疊了很久，我掙扎著的打開，讓你讀我」[23]，更可見作者藉由文章交給讀者的真誠。讀者可以依照作者的題材、立場、感受，來調整「你」的那個角色之義涵，與作品及作者內心有了更深的共鳴。

二、以心理的流程來展現起承轉合的有機結構

王鼎鈞用「異鄉的眼，故鄉的心」[24]寫下了《左心房漩渦》一書中三十三篇洋溢著對大陸故鄉思念之情的散文，全書是有計畫的作品，結構也經過精心設計，對此徐學早有發現：

> 從整本集子來看，它是一個完美的有機體，它並非按照創作或發表的順序排列的，而是按照書中「我」的心路歷程安排的。……四個部分環環相扣，銜接貫通，其間脈絡歷歷可見，難怪有人說它如同一篇文章的起承轉合。[25]

王鼎鈞自己也說過：

> 有人說，《左心房漩渦》雖然是一本散文集，其實整本書是一篇很長的文章，可謂先得我心。[26]

---

[21] 引自亮軒《風雨陰晴王鼎鈞》（台北：爾雅出版社，2003年4月），第七章，頁181。

[22] 王鼎鈞在〈明滅〉中自言有「兩世為人」之感，見《左心房漩渦》，頁3。

[23] 王鼎鈞〈明滅〉，《左心房漩渦》，頁7。

[24] 王鼎鈞〈明滅〉，《左心房漩渦》，頁6。

[25] 徐學，〈《左心房漩渦》的憂患與昇華〉，《評論十家》（台北：爾雅出版社，1993年），頁211-219。

[26] 商天佑〈滄海遺珠似明月—和老作家王鼎一席談〉，見王鼎鈞《滄海幾顆珠》（台北：爾雅出版社，2000年4月），頁2。

　　全書正如作者所認定，可被視為一篇很長的文章，亦即全書從頭到尾只有一個主題──鄉愁，這樣的主題雖然平常，但作者卻透過對鄉愁的抒懷，結合個人生活經驗，對人生做澄澈的觀照反芻，進而審思人世的禍福得失、洞察歷史興亡，那麼其實全書所展現的就是一種心理流程完整呈現的有機結構，我們當可以見到作者生命體驗的起伏轉折。

　　王鼎鈞將全書分為「大氣游虹」、「世事恍惚」、「江流石轉」、「萬本有聲」四個部分，各篇文章似可以拆下來讀，各部分也可以單獨來讀，但若將整本書合而為一來讀，更可見其心境轉折之處。全書宣洩了作者如決堤之水一般不可遏制的家國情懷，在懷鄉的同時，王鼎鈞也表現了一份尋根的深情。所謂「尋根」，是尋求民族文化之根，尋求歷史發展之根。是這樣博大而深沉的時代觀照，使得這本散文集將王鼎鈞推向創作的最高峰。正如評論者所言：「全書四編三十三篇文章，也是三十三篇美麗而又悲哀的抒情史詩」[27]，今天的中國，是由歷史的中國發展而成的，要更好地了解中國的今天，不能不了解中國的昨天。王鼎鈞走過大時代的風雨，其個人遭遇與小我的情懷不僅具有審美價值，更具有認識價值，我們通過王鼎鈞的歌詠，可以增進對特定的時代人物和歷史事件的了解。袁慕直認為全書四部分各有題目，其實就是一種起、承、轉、合的設計：

　　　　「大氣游虹」：寫一個人去國懷鄉的苦思，可名之為「憶」。「世事恍惚」，寫此人向祖國故土寫信尋人的迫切期待的心情，可名之為「尋」，「尋」乃是「憶」的一種安慰寄託，由「大」落實為「小」。「江流石轉」乃寫此人在四十年天翻天地覆之後居然找到了他要找的人，悲喜之餘胸懷一寬，脫出第一部分如怨如慕的調子。他再三勸勉那些劫後餘生同時也教育自己，可名之為「悟」。最後，那幾個存活人間的親友像「舢板」一樣，把他的思維引回祖國故土，由「小」再昇高變大。[28]

　　由於人類情緒的複雜性與無常性，有些相似的情緒與情結會反覆湧現，因此全書四部不見得真能截然劃分為「憶」、「尋」、「悟」、

---

[27] 引自李宜涯〈文路無盡誓願行─力求突破的作家王鼎鈞先生〉，《文訊》，150期，1998年4月，頁61--65。。

[28] 袁慕直〈「左心房漩渦」讀後〉，見《左心房漩渦》，頁249。

「得」四個前後發展嬗變的軌跡，也不一定能機械化地讓四部分各自擔負起、承、轉、合的位置，然而在此書的許多篇章中，我們的確可以掌握到作者由「入乎其內」到「出乎其外」心境起伏轉化的發展。鄉愁之於王鼎鈞，不僅是一種思鄉念舊的哀愁，它還是一種極為可貴的精神滋養和生命源泉，是對一種源遠流長的文化傳統的深深依戀，也是對歷史和現實的一種冷靜審視，更是對民族、對兩岸未來的一種殷切的期望。從全書中，我們可以看到一個受苦的靈魂，是如何從種種矛盾、失望、寂寞、悲苦之中，以其艱難的努力，而終於從人生的困惑中掙脫出來，從而做到了轉悲苦為欣愉，化矛盾為圓融的一段可貴的生命體驗。全書各篇的心情轉折，正好反映了王鼎鈞達到通徹了悟的境界所經歷過的那一個複雜、艱辛、曲折的過程。以下試就這四部分的篇章內容，來探討鄉愁在作者心中發展的歷程與生命意義，以及作者對分裂的兩重世界中的小人物如何安頓自身的博大關照。

第三節　鄉愁始於生命被切斷的詠歎

　　哪裡是你心靈的家鄉？在台灣土生土長的我們這一代毫無疑慮，實際的家鄉與心靈的家鄉合而為一。然而對於一九四九年以後到達台灣的那些外省族群，卻不免有左岸右岸哪裡才是岸、哪邊才是國的疑惑，如果是中國、臺灣、美國三處落腳的人，何處是國？何處是家鄉？如何選擇？或許才是最大的困惑吧！王鼎鈞寫作本書時，是住在生活進步的大都會紐約，但他又感到在異鄉難以扎根，所謂「美國是打不勝的戰場」，「台灣是回不去的家，大陸是醒了的夢」[29]，得到了天空，卻又失去了大地，那是一代流浪外地的中國人心理的寫照。王鼎鈞在全書開篇的〈明滅〉說：

　　　　據說我今年六十歲，可是，我常常覺得我只有三十九歲，兩世為人，三十九年以前的種種好像是我的前生。而前生是一塊擦得乾乾淨淨的黑板，三十九年，這塊黑板掛在那裏等著再被塗抹。

[29]　王鼎鈞〈你不能只用一個比喻〉，《左心房漩渦》，序頁129。

　　文中的「我」時年六十歲，可是他的生命早在二十一歲離開大陸時就被切斷了。[30]二十一歲以前的種種似乎被擦得乾乾淨淨。三十九年來，生命等著被新的人事物取代，等著忘記過去的種種。本是忘得乾乾淨淨，但來自血脈中那根深柢固的相連，故鄉的遙遠呼喚，提醒自己是個殘缺的靈魂。生命被切斷的意義不僅是離開大陸親人而已，同時也是兩個封閉世界互相對立的悲劇。他在〈壓力〉一文說：

　　　　我今生最大的壓力是：我的國家裂成兩個，而我注定了要被一方判決為賣國賊。[31]

在〈明滅〉中說：

　　　　也許造物之於我們，切斷我們生命，也是出於無心，在造物者眼中，我們不過是一條蚯蚓。[32]

　　事實上他的生命是被強迫切斷而非自願切割，這般殘缺的生命，在作者的意識中一直無法黏合，因為他始終忘不了自己的完整，始終沒有放棄追求完整。正如孩子出世後要知道自己的母親和身世，人類與生俱來就具有一種尋根意識，一種家園意識。家園意識其實是對過往歷史的依戀，對從前美好年代的嚮往。「家」的延伸和擴展就是「鄉」，「鄉」是以「家」為核心的，遠離故鄉，也就遠離了家，遠離了母親。在作家的文學思維中，母親似乎象徵著一種生理、心理上的本源和依託。無微不至的母愛尤能襯托出遊子內心的孤寂和鄉愁的深厚。實際上在作家的戀母情結

---

[30] 按照《左心房》一書敘述：「我」與「你」睽違三十九年，「我」的身分是一位從一九四九年年由大陸來台的軍人，「我」當時是六十歲。按照這樣的線索，則作者王鼎鈞先生應是民國十七年出生，但在《千手捕蝶》一書的「自傳」中，作者自言是民國十四年出生，在許多選本的作者介紹中亦以民國十四年出生為多。關於這個矛盾點，在他的回憶錄《怒目少年》有交代。當他到安徽阜陽讀流亡學校時，承辦人員認為十七歲的王鼎鈞要來讀初中，年齡太大了，只能給他寫十四歲。（可參考〈我，一個偽造的人〉，見《怒目少年》（台北：爾雅出版社，2005年2月），頁40）造成了二種民國十七年或十四年出生的兩種版本。即使是身分證所載四月四日的生日，僅是假定，只因男兒志在四方，但四方何方？大陸，台灣，抑或美國？三個地方，卻沒有一個是他的家。大陸故土，人面成鬼，舊遊不在，故鄉已成為異鄉。臺灣、美國也無根，寄情無處，落葉歸根卻無根。

[31] 王鼎鈞〈壓力〉，《千手捕蝶》（台北：爾雅出版社，1999年1月），頁103。

[32] 王鼎鈞〈明滅〉，《左心房漩渦》，頁6。

中，母親已經泛化為整個故土的形象，生命的母體不只是那生身的母親，而是整個故土，以及依存於故土的一切物質和精神的存在。正如王鼎鈞所言：「我看到昨天，我知道明天」：

> 我的心如同一張底片，既已感光，別的物象就難以侵入。……對我而言，沒有背後，就沒有面前。[33]

　　自從人類有了意識，有了對一塊土地、一種人文、一種群體的歸屬、一種生活環境認同之後，即開始對這種認同的抒發。一個人只要離別故土，流浪異地，故鄉就會成為他永遠的思念，無論是他的出生之地，還是他的成長、生活之地；無論是留下他的歡樂笑語，還是曾經帶給他辛酸和悲傷，這個地方都會成為他的回憶。王鼎鈞對於自己到過的地方總是特別珍惜，他在〈失名〉一文中提及自己習慣準備一本日記，在自己走過的地方留下所見所感，每逢經過大鎮小城，不管早已多餓多累，總要找到郵局，請他們在日記本上蓋個戳，留下日期和地名，作為日後無價的紀念。儘管這些地方多是鐵路不到、公路沒修、地圖不載、經傳不見：

> 有些不知名字的地方，有些忘了名字的地方，對我有特別的意義。地名可以忘記，地方不會忘記；地方可以忘記，事件不會忘記。[34]

　　由此可見王鼎鈞對自己生命回憶的珍惜，儘管只是細微瑣碎的人事地。「世上豈有不回憶的作家？」[35]尤其是以回憶為創作源泉的散文作家，尤其是善於返身觀照自我與時代的散文大家王鼎鈞。在人類的感情中，和戀母情感最接近的，莫過於對世世代代生息繁衍的鄉土地域的眷戀之情。懷鄉思土，愛國愛家，歷來就是最重要的文學母題之一。作家們總會以各種抒情的方式來傾訴對鄉土的思念和嚮往，這種與大時代相結合的家國之思，在散文作家筆下也成為最觸動人心的詩意情感。在大陸生活了二十四年的王鼎鈞，在家鄉成長、經歷時代動亂，這些酸甜苦辣的生活回

---

[33]　王鼎鈞〈驚生〉，《左心房漩渦》，頁19。
[34]　王鼎鈞〈失名〉，見《左心房漩渦》，頁34。
[35]　王鼎鈞〈驚生〉，《左心房漩渦》，頁18。

憶，形成了一定的情感和思維定勢，腦海裡裝滿了種種人事，甩不開丟不掉，將會伴隨他終其一生。換言之，這就是他的生命，他的精神生命。從這一層意義上說，創作要割斷他與故鄉形成的生命聯繫，放棄故鄉對他的創作的影響是不可能的。

　　二十四年的成長歲月，王鼎鈞曾在大陸擁有過太多的悲歡，因此他從來沒有忘記想回大陸的心願，《左心房漩渦》典型地反映了這一心態。作品中的「我」，想要回到故鄉，回到那曾經記錄著他成長悲歡的土地，因為故鄉聯繫了人類生存的最悠久的歷史和鮮明清晰的經驗。然而經過了大時代的動亂，儘管因為威權政治轉型而開放探親，在探親風潮下出現了一個個大團圓的結局，似乎使受苦的人的經驗、記憶和牽掛的親情，可以得到喘息、棲止的機會，但是王鼎鈞卻未實際返鄉，而是用內在的精靈魂，不斷地在文字世界裡重返家園、追憶過往：

> 我知道，我早已知道，故鄉已沒有一間老屋（可是為什麼？）沒有一棵老樹（為什麼？）沒有一座老墳（為什麼？）老成凋謝，訪舊為鬼。……故鄉只在傳說裡，只在心上紙上。[36]

　　只有離開故鄉的人才會有鄉愁，所以鄉愁，便意味著一點點地失去，作者思鄉、戀鄉卻也怨鄉，過去是欲歸而不能，現在卻是能歸卻又不願歸，為什麼呢？存在記憶中的舊人舊事並不會一直保存停留，不但人的形體會衰老、死亡，人的價值觀念、感情認同、社會視野與關係網絡都會隨著時間流逝與地理的阻隔而改變。尤其是親人的老死病痛，使得返鄉之後的心境更多是悲懷，帶出最多的是今生無法再團圓的感傷或宿命的悲哀。因為王鼎鈞當年離鄉背井，四十餘年的阻隔，故鄉已沒有一間老屋，一座老墳，一棵老樹，他甚至連自己的準確生辰都無從查證。在開放探親之後，引爆探親熱潮，許多人蜂擁而至大陸，欲尋心中睽違了多年的故鄉，但也引發了更強烈的身分認同的問題。「四十年的相思，情意濃如岩漿，幸而相逢，才發現早已凝成各自的形狀。」[37]經過了四十年的斷絕隔離，兩岸各自發展出自己的生活、文化型態，使得作家意識到與原鄉差距的隔

---

[36]　王鼎鈞〈水心〉，《左心房漩渦》，頁11。
[37]　王鼎鈞〈兩猜〉，《左心房漩渦》，頁28。

閣，心中更增添落寞：

> 中國的人口雖然從四億五千萬增加到十億，新生代相逢總是陌
> 路，那些構成我的歷史釀造我的情感的人卻是凋零了。[38]

　　人生如煙雲，世事多變幻，原本哺育自己生命的人與事，隨著時間
遠去而凋零了，各種連結慢慢少了、淡了、消逝了，樹欲靜而風不息，那
些生命中出現的身影已成過去，在物是人非、時移事往的無常變遷中，流
露了人世滄桑的悲涼之感。「曾經」，終究是過去完成式。還鄉還有什麼
意義呢？滄海過後終究是桑田。就像睡著了坐過站，一個恍惚，前排的座
位就換了人，窗外的景色就變了樣。你駐足不前，回望也不是，前行也不
是，就這樣孤零零地看著大地。離開故鄉已久，曾經擁有的故鄉早已人事
全非，人們又如何能冀望在失去某些東西之後又能完全再擁有呢？這些從
大陸撤退來台的人們，在台灣生活時被標誌著「外省人」的身分，踏上大
陸的原鄉時，卻又被套上了「台胞」的標籤，兩岸都不能全心接納與認同
他們。所謂「只有國，沒有家；只有居所，只有通信地址」[39]這種失根的
悲愴，在今天已不是地域意義上的離鄉背井，因為「在千里江陵一日還」
交通發達的今日，地域的阻隔早已不成問題，但是，今昔的種種人事巨
變，文化上的差異，價值觀的差異，政治制度的差異，使遊子心中、夢中
的原鄉早已了無蹤跡：

> 十里不同風，百里不同俗，這千里萬里，這風俗改變了多少
> 呢？東集有東集的秤，西集有西集的斗，這南集北集又用甚麼樣的
> 度量衡呢？張三的蹄膀，李四的砒霜，那砒霜究竟治了多少病人，
> 蹄膀究竟添了多少病症呢？謎太多，我簡直難猜。[40]

　　在這裡真實刻畫了這些漂泊、離散者對故園的無限追憶和他們在夾
縫中的生存困境、身分認同的混淆，飽受悲歡離合的人生百態。戰亂與四
十年音訊全無的時代滄桑，一旦得以再相聚的骨肉、夫妻、手足、初次謀

---

[38]　王鼎鈞〈驚生〉，《左心房漩渦》，頁17。
[39]　王鼎鈞〈水心〉，《左心房漩渦》，頁12。
[40]　王鼎鈞〈兩猜〉，《左心房漩渦》，頁30。

面的中年至親，他們該如何修補或者重建橫亙在他們之間那種既真實但又
虛幻的家族情感與血緣關係？異鄉人成了還鄉人，還鄉人回到原鄉，又回
復了異鄉人。所謂「大團圓」的喜悅，或許只是一種美好的想像。鄉愁並
不因為親人重聚而得到解慰。事實上，因為返鄉探親所帶出的關於婚姻、
孝親、責任、罪愆、忠誠、信賴、人性、生存的選擇，都因為當年無法
「早知道」的人生境遇而有著人生不能重來的怨歎，使得彼此之間有著無
可奈何的感傷。「他那裡有四十年光陰，把這一身異鄉銷肌蝕骨，伐毛洗
髓，重又長出故鄉的樣子來？」[41]從他千辛萬苦的回到故鄉，從他第一步
踏入兒時門巷的那一天，他會發現，返鄉最終抵達的恰恰是永遠回不去的
故鄉，那種既熟悉又陌生、既親近又疏遠的感覺，便迫使他和故鄉進行了
永遠分裂的儀式。返鄉探親，鄉愁雖然得以暫時紓緩，但終將永遠難以止
息。故鄉與家園雖然是遊子心中永遠的思念，但是「人不可能兩次插足同
一條河流」[42]，天體運行不已，滄海桑田，大地換了人間，人也無法再回
到原來的故鄉。這種生命被切斷為前半生與後半生的「兩截人生」，是鄉
情和親情內在蘊藏與外在巨大變化的矛盾所承受的衝擊，形成前後割裂、
內外衝突、進退失據的痛苦，這是人屬於歷史、屬於時代的一份證明，時
代悲劇是鄉愁形成的內在因緣。

第四節　鄉愁承載對過去的依戀與對現今的怊悵

　　鄉愁是母親手中的那根線，是屋頂的縷縷炊煙，是村前那條彎彎的小
河。鄉愁是記憶裡最真的夢，鄉愁是一杯酒，鄉愁是一朵雲，鄉愁是一生
情。懷鄉必思親，而思親往往表現為對「過去」的一種懷念，對過去的留
戀，在這種情懷的觸動下，往往融入了對往事舊情、故土風物的描寫，回
憶過去，不啻重生再造。王鼎鈞正是依循著他對過去生活體驗和生活感情
的回憶來表現鄉愁之於個人的生命意義：

　　　　我想，我不能僅說，人活著就是成就。應該進一步說，人活著，
　　並且能自由述說自己的回憶，能忠於自己的記憶，才是成就。[43]

---

[41] 王鼎鈞，〈世緣茫茫天蒼蒼〉，《有詩》，頁116。

[42] 《左心房漩渦》，序文，頁4。

[43] 王鼎鈞〈驚生〉，見《左心房漩渦》，頁19。

在王鼎鈞的文字中，所呈現給讀者的並非僅是個人的歷史，他在個人的回憶中，把自己放在一個廣闊的時空座標裡，依循著自己的生命歷程，身為參與者的作者，在書寫的過程中，又變成為一個側寫者，主觀地用自己的角度陳述所見所聞，聯繫特定的時間與地理，使回憶文學變得更有深度。他在〈腳印〉中寫一個有關於腳印的傳說：「人死了，他的鬼魂要把生前留下的腳印一個一個都揀起來。為了做這件事，他的鬼魂要把生平經過的路再走一遍。」[44]即使揀腳印的故事令人懷疑，即使揀腳印的情節超乎眾所周知的複雜，但是如果有可能，他要揀回來的不是只有自己的腳印，連同生命中陪他走過的其他人的腳印也一併收妥當，因為請珍惜那些伴隨我們走過生命的人。而且他要揀回的「不止是腳印」，還有那些歌，那些四處被「拋擲的音符」，還有那些淚，「那化為鐵漿，凝成鐵心鋼腸，舊地重臨，鋼鐵還原成漿還原成淚，老淚如陳年舊釀」[45]：

> 人散落，淚散落，歌聲散落，腳印散落，我一一仔細收拾，如同向夜光杯中仔細斟滿葡萄美酒。[46]

鄉愁成了王鼎鈞的生命符號，用它來寄託生命中所有的前塵舊夢，所有的歷煉體會。作者借此傳說來抒寫自己對往昔的深情緬懷。鄉愁是一種記憶，是一份懷念，是一種掛牽，是一首淒婉的歌，是一杯陳年釀製的老酒，王鼎鈞生命中的原鄉正是盛產美酒的蘭陵，他悠然神往於千山萬水外的故鄉風物，刻骨銘記著童年的美好時光，盼然在垂暮之年作一次「回顧式的旅行」，透過回望把過往一一撿拾：

> 若把平生行程再走一遍，這旅程的終點站，當然就是故鄉。[47]

鄉愁，是一根無形的絲線，一頭是故鄉，一頭是你，不管你和它之間曾經有過多遠的距離，當年少的銳氣被閱盡世事的滄桑沖淡之後，曾經的不捨與埋怨，都將化作不盡的相思；榮歸故里也好，浪蕩歸家也好；鄉愁

---

[44] 王鼎鈞〈腳印〉，見《左心房漩渦》，頁201。
[45] 王鼎鈞〈腳印〉，見《左心房漩渦》，頁203。
[46] 王鼎鈞〈腳印〉，見《左心房漩渦》，頁203。
[47] 王鼎鈞〈腳印〉，見《左心房漩渦》，頁201-205。

就是一眼永不枯竭的清泉，蕩滌游子的心靈，洗淨思想的塵垢，沖淡人世的滄桑。王鼎鈞對於故土的情感，最近於童年的經驗，童年記憶中的蘭陵故鄉，是一片最令人心神寧適的地方，也是最令人不懈地尋找的地方，他想把每一分秒度過的時光、每一寸的跋涉的土地和自己的感情緊緊糅合在一起，使自己感到痛楚或甜蜜，在旅途的終點就可回到故鄉。在王鼎鈞的心中，原鄉是最超脫最聖潔、最值得記憶的地方，我們可以體察到原鄉成為支撐人生前進的一種力量。

此外，王鼎鈞的鄉愁也氤氳著十分濃郁的中國氣息和中國風韻的文化鄉愁，集中表現在對生我育我的大地情感回歸，例如〈黃河在咆哮〉一文中，他在紐約音樂廳裡聽海韻合唱團唱「黃河」曲，內心湧現著四十多年來的斷層：

> 四十年了啊，四十年斷層，黃河久成絕響……黃河遠去，黃河變成象徵，變成傳說，變成音樂廳裡的清唱劇。今天黃河又怒吼了，或者說，黃河一直在怒吼，今晚我們又聽見了，音樂廳裡，合唱團化身黃河，演示那一頁歷史，燈群如繁星在天，腳下的地氈使我想起離離草原。[48]

土地的鄉愁，是最具體也最為原生鄉愁，「熱土難離，厚土難捨，沃土難忘」，且不說是出生地，即便是生活稍久的地方，其風土也總有令人留戀之處。黃河是中國的動脈，作者移居在紐約後的一晚，在音樂廳裡聽海韻哈唱團歌頌黃河，歌聲勾起他那夢幻般的記憶，使他想當年自己生為軍人，為保衛國家與敵人爭鬥的壯志豪情，黃河如斯，往事如斯，遙想大陸江土，人淡如煙。由此可見，鄉愁是一種大地山川的滋養，遠離的遊子怎能不湧起綿綿的情思？

除了對大地山川的眷懷，鄉愁也是對人情美好的眷戀，在世俗人生中尋找人間真情，惟有人間這分真情意，讓我們在苦難中仍能感受到生存之美。王鼎鈞用感念的心回首生命中出現的每一份緣會，每一場人際關係：

---

[48]　王鼎鈞〈黃河在咆哮〉，《左心房漩渦》，頁61。

我們的一生由許多人玉成，缺少那一個都不行，並不是缺少那一個都行。[49]。

同船共渡是前生注定的緣份，在我們在生命中遇到的人——不論是家人、朋友、陌生人甚至是敵人——他們都會對你的成長與創造過程有所意義與增益。生命中的一切際遇都有其必然的安排與特殊意義。王鼎鈞對於曾幫助過自己的人，都懷抱一輩子的感念與懷念，例如他在〈眼科診所和眼睛〉一文開始：「眼科醫師的眼睛該是什麼樣子？」接下來問而不答地寫道：

> 然而，我是閉著眼睛走進那個眼科診所、又在暗夜離開的。那年砲火很兇猛。那年我的世界碎成瓦礫。那年我的眼睛都因為腫脹而密封起來。我摸索腳下的坎坷。瓦片不能變成家信。瓦片不能變成車票。瓦片不能變成紗布和消炎藥膏。瓦片相互傾軋，發出骨折般的聲響。瓦片絆倒了我，爬起來，眼更腫更痛了。……
> 如果那診所也變成瓦礫，我想我會變成瞎子。[50]

他不寫自己的眼睛如何在戰火中受傷的細節，因為他無意去強調自己的不幸，他只掛懷這位救了他的眼科醫生：

> 心臟科醫師未必有一副好心，眼科醫師卻都有一雙好眼。對他們的眼，上帝特別多費了一些愛心和匠心。他們的眼是江中的灘江，池中的天池，湖中的西湖。當年對我施醫的那位大夫也該如此吧？他的眼到底甚麼樣子？我卻茫然。這就更使我想念他。我常常把一雙一雙的好眼睛配裝在他的臉上，總不是天造地設，妥當勻稱。請你替我找他。你不必寄給我六安的茶或秦俑的複製品，我只要他的一張照片。聽說那小城高了不少，也肥了不少。我們的良醫當然也龍鍾了不少，玻璃體也渾濁了不少。我仍然要尋他訪他，想知道他的晚景是否安康，子女是否成器。「積善之家，必有餘

49　王鼎鈞〈人，不能真正逃出故鄉〉，《左心房漩渦》，頁150。
50　王鼎鈞〈眼科診所和眼睛〉，《左心房漩渦》，頁85-90。

慶」，我們來檢驗這句格言。[51]

　　作者心心念念不忘的是這位救治他的眼科醫生，他要老友為他找這一位醫生，表達了他對這位醫生的感恩與懷念。並為他致上「積善之家，必有餘慶」的祝禱。

　　此外，他在〈寫下格言的漢子〉中寫到一位在冰天雪地中救了自己大漢：

> 見了他，我才知道「魁梧」是個什麼模樣，矮小的酒館似是為了映襯他的高大寬厚而設。他的臉皮粗糙，可是分布著一些白麻子，看上去相當柔和。直到現在，我述說這一段經過仍然帶著說夢的心情。咳，我夢見俯身撿拾那些掉在雪地裏閃亮閃亮的白麻子！……那人是我的英雄，我常常在他的前後左右望著他的眼色他的手，可是他並不在意自己的形象。……我想念這個人。我不僅是感謝他，我喜歡他。[52]

　　鄉愁是一種緬懷，不只緬懷山水風物，也可以緬懷人情味，緬懷記憶中動人的風景。與其要說王鼎鈞是在回憶過往，還不如說他試圖在回憶中尋找人間真情，期望在苦難的生活中給生命增加一抹亮色，這份真情對於在戰火中跋涉而來的人而言是多麼寶貴，是滋潤心田的甘泉，他一直在尋找的就是這種沙漠中的甘泉。他不停的尋找，尋找許多對自己生命有著重要意義的人，但「世事恍惚有如風中火焰」，他在〈夢，那一個是真的〉中描寫了心中的迷惑：

> 歷史決不重演，但是人的感覺往往相似。我想找人，我有許多人要找，我把許多事情告訴了你。我是傾心吐腑的寫，字斟句酌的寫，漫地鋪地的寫，寫給你看。可是，你怎的不置一詞？你豈可置若罔聞？那些有關找人的事，我到底寫了還是根本沒寫？

---

[51]　王鼎鈞〈眼科診所和眼睛〉，《左心房漩渦》，頁85-90。
[52]　王鼎鈞〈寫下格言的漢子〉，《左心房漩渦》，頁77-83。

　　　同樣一件事，內容斷續因果矛盾的夢我做過很多，有些夢不免
　　和事實混淆了也把往事扭曲了。

　　　誰能指出那個是夢？誰能斷定那個是真？歷史密封太久，記憶
　　發酵成醋成醬，而我皓首窮經研究把酒還原成葡萄。[53]

　　歷史不可能假設，也無法重來，正如我們無法從酒汁中去還原出一
粒粒的葡萄。許多時候不免困惑，不知何者是夢，何者非夢？王鼎鈞心中
濃郁的鄉愁，其實更加深了自己的漂泊感，他千方百計為自己營構一個精
神的休憩之所，那顆孤寂、勞頓、疲倦的心似乎得到了一些滿足，讓自己
的精神回歸到自己所設的詩意境界中去了。但這僅只是一種暫時的沉湎，
當他回到現實中時，他的夢境就會再度失落，反而更加深了他的被放逐之
感。王鼎鈞無非是表現世事的惝恍虛幻，無論是真或假，夢或醒，喜或
悲，光榮或失落，美麗或哀愁，都是我們所未能把握的，只是迷惑中不知
自己，不知他物。正所謂「一體變更易，萬事良悠悠。」在失憶的年代，
三十歲的人不知道四十年前的歷史真相，四十歲的人不知道五十年前的歷
史面目，因為正史常為握有權力的官方立言，大眾傳媒和教科書不是遮蔽
就是空白，還原歷史記憶，是史家的責任，文學家何以為之？文學不是
無所做為，王鼎鈞他要知其不可而為之的「皓首窮經研究把酒還原成葡
萄」，努力延續一個民族的歷史記憶。一旦文學插上了歷史的翅膀，便會
比史學著作具有更大的感染力和影響力。
　　兩岸關係從隔絕到互動，直接影響了當年撤退來台的人士的感情和心
靈世界。越過近半個世紀的時間和空間的隔絕，這群人能回到故土，與親
人團圓，心中悲喜交織，喜只是暫時的，悲卻是無休止的，因為人事的變
遷，再也不能回到最初的種種，那不只是兩岸政治仍然處於對立的緊張，
也不只是社會制度全然不同的衝擊，更是對人性人情同時感到既親切又遙
遠、既熟悉而又陌生的一種莫名的情緒，正如他在〈分〉一文所言：

　　　你費了許多心血查出親友的住址，親友也十分盼望收到你的
　　信，第一封信的確真情流露，從第二封起開始遞減折舊，到後來許
　　多話都談不下去。

---

[53]　王鼎鈞〈夢，那一個是真的〉，《左心房漩渦》，頁108。

現在呢？使我張口結舌的是彼此的不同。我們在山頂相遇，然後一個從山南一個從山北找路下山。謎面是一個，你有你的謎底，我有我的謎底。我們一同下棋，卻不守同一套規則。我們一同禱告，卻不奉同一個上帝。我們演一部戲，兩種結局。我們談江、不能談到海，談海、不能談到雨，談雨、不能談到雲。我們只談蠶、避開絲，只談絲、避開綢，只談綢、避開紡織。一根根很短的線頭，織不成布，線頭稍一延長就會打結。一棵樹在我們而言只是年輪。[54]

曾經莫逆於心的親人或知交，因長久疏離而形成難以彌合的膈膜，四十多年的斷層難以接合。因此，對於王鼎鈞乃至具有同樣背景的這群人而言，回歸只能是一種精神上的，是一種夢境的，而放逐卻是實在的、現實的，在回歸和放逐的衝突中，夢一次一次地被打破，放逐感一次一次加濃，最終，因夢無可實現、無可追尋，使得回歸成為一種精神感傷的旅行：

故鄉只在傳說裡，只在心上紙上。故鄉要你離它越遠它才越真實，你閉目不看才最清楚。……光天化日，只要我走進近它，睜開眼，轟的一聲，我的故鄉就粉碎了，那稱為記憶的底片，就曝光成為白版，麻醉消褪，新的痛楚佔領神經，那時，我才真的成為沒有故鄉的人了。[55]

實際上，故鄉情結的形成和存在是離別和顛沛流離生活的產物，不離開故鄉的人沒有故鄉的概念，只有時空意義上的隔絕，「離」和「回」的經歷才使那個曾生於斯、長於斯的地方召喚起滄桑人事中藏匿的個體經驗和記憶。所以，他們不得不面對欲歸不能歸、不願歸的尷尬和悲哀。然而，他們有更多的感慨與無奈。鄉愁永遠是一種距離，距離越遠鄉愁越濃。因為有了時空的距離，作家的鄉愁才更加動人心魄。時間的距離把鄉愁釀造為一罈陳年老酒，空間的距離把鄉愁牽扯成一根綿綿情絲。鄉愁承載著對過去的依戀與對現今的悵惘，使得人間世事一切變得恍惚迷離了。

[54] 王鼎鈞〈分〉，見《左心房漩渦》，頁139。
[55] 王鼎鈞〈水心〉，見《左心房漩渦》，頁11。

第五節　鄉愁是一種對歷史命運的審視

　　鄉愁的本質就是一種身世之悲、生命之苦，大凡第一流的文學家，他們都有這樣一個苦難的煉獄且恆久地置身於其中，那是他們的靈魂得以被洗濯出光芒而照亮人生悠遠之路和宇宙高深之淵的泉源，是他們取之不竭、用之不盡的寶庫。他們以千辛萬苦換來一種真正屬於生命的體驗，一種對「群體存在」的感性把握。對王鼎鈞而言，鄉愁既來自於對故鄉的思念，對文化的依戀，更來自對國家的歷史、傳統以及命運的反思和審視，尤其他經歷過動蕩時代的戰亂流離、內憂外患，正是這些苦難迫使他回首過去，思索現況，站在歷史的高度，對國家命運和民族心態進行審視和反思，由此得到解脫超越的轉折，我們可以分以下幾點說明。

一、重建傷痕，化解毒素

　　鄉愁，它不只是地理空間的阻隔，更有因時光流逝而造成對人情的莫可奈何。由於海峽兩岸隔絕太久，因此這群士人踏上大陸故土時，在精神及思想情感等方面都產生了很大的震撼，有一部分是來自人性的尖銳呈現：

> 　　心靈的巨創深痛，多半是由近在肘腋的人造成。而別離足以美化人生。當年我們背道而馳，也許是上帝的恩典吧，正因為再也不能相見，我才一寸一縷把你金妝銀裹了，我才一點一滴把你浸在柔情蜜意裏。[56]

> 　　我們都是人海的潛泳者，隔了一大段時間才冒出水面，誰也不知道對方在水底幹些什麼。在人們的猜疑編造聲中，我們都想憑一張藥方治對方的百病。[57]

---

[56] 王鼎鈞〈如果〉，《左心房漩渦》，頁24。
[57] 王鼎鈞〈中國在我牆上〉，見《左心房漩渦》，頁118。

　　面對今昔之對比，不同空間之對比，不同生命遭遇的對比，不同價值觀念的對比，不論是在敵人鐵蹄壓境的年代，或是在同胞彼此以意識型態鬥爭的時代，不管是仍住在長江頭，或改喝西方異域的水，這些年來，中國人一再被分半、對立，這已告知我們，當一個中國人，快樂始終是不廉價的。面對多年前好友竟已無法溝通，戰爭對於人情的影響持續在人們的身上、親人之間發酵：

　　　　一個真正的中國人，他的夢裡到底有些什麼？還剩下幾件？中國，偉大的中國，黃河九次改道的中國，包容世界第二大沙漠的中國，卻不肯給我母親一坏土。我不能以故鄉為墓，我沒有那麼大；我也不能說墳墓是一種奢侈品，我沒有那麼小。我那有心情去看十三陵。[58]

　　母親無墓，使「我」悲慨。造成「我」家破人亡內戰、三年災害、十年浩劫、人與人互相殘殺……使人傷悲。

　　　　中國是我的母親，可惜人心太複雜。……母親，母親，身為失蹤的遊子，這叫喚聲裏有我們的權利和尊嚴。你，萬不可以、認為這呼聲暴露了我們無可救藥的弱點。……可憐的母親哪！你可以使我心痛，不要使我心碎；可以使我失望，不要使我絕望！[59]

　　因為愛，所以對現況的改變感到失落和不滿，因為愛得深，所以失落感也就特別強烈。中華民族光輝燦爛的歷史文化讓他們自豪，但中國近代內憂外患、天災人患的悲劇不斷卻讓他們感到失望悲哀。現代社會人格人情味的喪失更讓他們感到惆悵感傷，許多彌足珍貴的文化傳統往昔不再讓他們深感憂愁。那種沉痛近乎無可奈何的懷家思國的心情，是這一代流浪海外的中國人的心靈寫照。該如何面對這種橫亙在彼此悲歡離合之後人情人性的對立呢？王鼎鈞關注著人與人相處的問題，思索著形成這種苦痛的內在心理根源：

---

[58]　王鼎鈞〈中國在我牆上〉，見《左心房漩渦》，頁119。
[59]　王鼎鈞〈你不能只用一個比喻〉，見《左心房漩渦》，頁130。

> 我了解你的疲倦，一如打過擺子的人了解瘧疾。怎能不疲倦
> 呢，如果人是套在我們頸上的枷。如果人人似乎心懷巨測，連海浪
> 也是在搜刮天空。如果人不是可怕就是可恨。如果對平生的每一件
> 善行都後悔。[60]

他深知人生許多痛苦的經驗造成了心靈上的疲倦，尤其是人與人之間相互製造的痛苦，那是「百年千年分分秒秒連綿不斷無盡無休的」[61]，而這樣的痛苦，大多源自於人性的自私為我。但他也認為人們不能只是一味的對人心感到失望，應該更積極的調適自己、接納缺失，如此一來，才能洗淨、沉澱自己曾遭遇過的挫折、苦難，重建新的自我。在〈給我更多的人看〉中，他寫道：

> 人啊人，我要看人，給我更多的人看，給我標準化的人，給我
> 異化的人，給我可愛的人，可恨的人，以及愛恨難分、同中有異異
> 中有同的人。[62]

不論個人或是社會都會有其晴陰兩面，猶如月亮有光明、黑暗兩面。就單一個體而言，每個人有都有其優點和缺點，就群體而言，世上有好人也有壞人，我們不能只是一味的對人心感到失望，應該更積極的調適自己、接納缺失，進而對人產生更大的信心，如此一來，才能洗淨、沉澱自己曾遭遇過的挫折、苦難，重建一個新的自我。如果我們可以理解生命、接受生命，我們會更珍惜經歷過的一切，也會更期待充滿變數的未來。王鼎鈞在劫後餘生後教育了自己，悟得了生命的可貴，也理解生命個體和社會群體的多樣性，所以他希望可以用欣賞的眼光「看更多的人」，「也給更多的人看」，藉此來理解複雜化的他人，也理解更多變化的自己，讓自己具有清明的見識和理性的超越。

> 人終需肯定別人並且被別人肯定。……永遠不要對人絕望，星
> 星對天體絕望才變成隕星，一顆隕星不會比一顆行星更有價值。遇

---

[60] 王鼎鈞〈我們的功課是化學〉，見《左心房漩渦》，頁161。
[61] 王鼎鈞〈中國人如此過年〉，《活到老，真好》，頁103。
[62] 王鼎鈞〈給我更多的人看〉，《左心房漩渦》，頁159。

難落海的人緊緊抱住浮木，但他們最後還得相信船。通宵趕路，傍山穿林，我情願遇見強盜也不願遇見狼群。

聽我說，咱們同年同月同日找一個人煙稠密的地方去看人，去欣賞人，去和我們的同類和解，結束千日防賊，百年披掛。上帝為我們造手的時候說過，你不能永遠握緊拳頭。來，放鬆自己，回到人群，在人群中恢復精力。[63]

面對時代的生存困境，王鼎鈞為全人類提出了自我救贖的見解，「人總要與人摩肩接踵。人終須肯定別人並且被別人肯定。人萬惡，人萬能，人萬變，然而歸根結底我們自己也是一個人。」[64]人是社會的動物，非團體無以生存，無以肯定個人的價值，因而「群處」為人際關係中重要的一環，也是人生旅途中的一大學問。人我的相處，在應對進退之間，難免有紛爭糾葛的情形，而酬答還報之際，也常陷於恩怨纏繞不清、施受糾結不明的境地，然而不應因此而封閉自我的內心。他認為我們應該改變自己對生活的想法，改變自己「看人」的角度，重新思索人際間的相處，審視面對黑暗困境的態度，在此我們可見作者已恢復了對人的信心，也就重建了自我。

二、生命是條河，家是在漂流狀態中的概念

從人們離開家鄉的剎那間開始，鄉愁即同時開始醞釀，但終將難以止息。為何說難以止息呢？除了因生老病死而導致的人事滄桑難以團圓之外，另一方面，和人們的「能動性」，即參與內戰、參與國家及現代化的經歷有關。這種歷史過程讓很多離鄉者不會只歸屬或停留於一個地方。人們少小離家，但終將於異地成家立業，與他人建立新的親密關係，並在這樣的群體歸屬中追求安定、繁衍，並嘗試建立新的家園，建構出新的生活習慣與偏好。換言之，新的移民也可能會一群人一起努力建立「新家園」，保障自己的生存與歸屬關係。人們因為現代化經歷而流動遷徙，現在的新家可能成為日後的舊家，而之前舊家也可能成為現在的新家，或者

---

[63]　王鼎鈞〈我們的功課是化學〉，《左心房漩渦》，頁166。
[64]　王鼎鈞〈我們的功課是化學〉，《左心房漩渦》，頁166。

新、舊同時並存。如此一來，家是一艘船，載我們穿過許多歲月，歲月不會倒流，前面永遠是陌生的水域，船只能往前航行，無法倒退，也不能重返，所以王鼎鈞在凝聚起割捨不盡的思鄉之情同時也斷絕了還鄉之情：「我已經為了身在異鄉、思念故鄉而飽受責難，不能為了回到故鄉再受責難。」[65]人生是一種漂流，漂過空間之河，漂過時間之流，王鼎鈞因為時代的悲劇一生更是處在不斷的飄泊之中，他把自己的生命比喻為一瓢水：

> 想我看過的瀑布河源。想那山勢無情，流水無主，推著擠著踐踏著急忙行去，那進了河流的，就是河水了，那進了湖泊的，就是湖水了，那進了大江的，就是江水了，那蒸發成汽的，就是雨水露水了。我只是天地間的一瓢水。[66]

　　這段文字不但展現由空間遷徙的流浪感，也傳達出由時間流逝而形成的流浪感。在王鼎鈞看來，生命像一條河流，人生就是一種漂流，對有些人而言是漂流過許多地方，對所有人言是漂流過歲月之河。而「家」亦是一個永遠處於漂流狀態中的概念，沒有人能固定在同一處所而永不遷徙。從自然界滋養萬物的水，到文化中怡養性情的水，到歷史動盪亂，飄泊天地間、居無定所的水，處處無家卻也處處是家，人世滄桑更迭，水如同歷史洪流跨越時空。我們可以說，水是王鼎鈞身世的寫照，如水思緒流動而構成他的人生體驗。舊約裏面有一段話：「生有時，死有時，聚有時，散有時」[67]，人生的種種境遇與遭遇，或許是命中注定。有時逢逆流，有時遇順水，決定讓他們成為阻力或是助力的關鍵在於自己，一切端視自己是以逆反、抗拒的心態，還是以隨遇、接納的心態來看待他們，正如王鼎鈞在全書的〈小結〉中所說：

> 我寧願人生是一條河，不願意它是一個湖。湖總是沉澱、腐敗、再沉澱、再腐敗。湖以本能儲藏一切的衰朽、枯萎、污穢，使自己中毒。而河水是一直流著的，從源頭流下來的永遠是新鮮的活

---

[65] 王鼎鈞〈水心〉，見《左心房漩渦》，頁12。
[66] 王鼎鈞〈水心〉，見《左心房漩渦》，頁11。
[67] 引自王鼎鈞〈中國在我牆上〉，見《左心房漩渦》，頁119。

> 水。……願生命是一條河，是河中的微波，不停滯，不回顧，偶然
> 有漩渦，終歸於萬里清流。[68]

　　生命就像白天與黑夜一樣輪流並存著光明與黑暗，我們要做的，並非拒絕黑暗混亂來臨，而是放鬆地迎接生命之河所流經的一切。我們每個人來到世界上，都有等待完成的使命。我們為什麼被放在這個位置上，為什麼我們要做這些事，為什麼我們會和某某人相遇，都是命中的因緣際遇，你了解自己的命運，一種接納的感覺就會進入你的心靈。這不表示你將屈服於命運，但是你能清楚地看見自己所在的位置，你會接受它。王鼎鈞已然了解我們都只是天地間的一瓢水，水自有其流勢與流向，不應抗拒生命的發展而違返自然的規律。不停滯，不回顧，努力泅游，讓自己不斷地澄清雜質，迎接清流。在人的一生當中，有幸也有不幸，我們要試著綜合生命相反的兩端，一旦內在調合了，整個世界都會定下來，一旦自己處於和諧中，整個世界都處於和諧中。生命裡其實就具有平和寧靜的一切泉源，大自然的變化只是在提醒我們這個事實。人和自然界的相映也是一種鏡照的過程，我們了解內在的衝突性，接受它的存在，不論快樂或痛苦，都能保持平和的心境，如此，就能尋回我們的完整。

三、由地理家園上昇到精神家園

　　王鼎鈞他和故鄉的關係可以分成好幾個階段，最早，「童年和故鄉是一體的」，「我在故鄉裡面，故鄉在我裡面，沒有距離」，[69]他不必仰觀或俯視，不必前瞻後望，不必左顧右盼，就可以見到他的故鄉蘭陵那一眼幽深的老井，那一彎清淺的小河，井邊是他心中美麗的故鄉，不知何時，這清靈的水染上了憂愁，河中開始流淌著他殷殷的掛念，尋覓心中的桃花源，也要緣溪行才能到達，因為他已經離鄉千百里，越走越遠，「漢之廣矣，不可泳思，江之永矣，不可方思」，不論他走到那裡，「東南西北，江河湖海，我總覺得故鄉在我瞳孔裡面」，「我把故鄉扛在肩上，馱在背上。自開天闢地以來，凡是失去家園的人，都有這一份負擔。」[70]，他和

---

[68]　王鼎鈞〈小結〉，《左心房漩渦》，頁230。
[69]　王鼎鈞，〈世緣茫茫天蒼蒼〉，《有詩》，頁114。
[70]　王鼎鈞，〈世緣茫茫天蒼蒼〉，《有詩》，頁114。

故鄉之間已經是一種阻隔，山長水闊知何處？阻隔了故鄉的親情，隔阻了童年的夢境，來到異鄉，異鄉一寸寸的改變了他，一層層淘洗了他，「故鄉後撤，故鄉縮小，故鄉在臟腑間無處藏身」，直到有一天，他必須棄守故鄉，把故鄉放到深不見底的潛意識，他成了真正的異鄉人，故鄉這才與他分開。

> 但我從未因他回頭，我覺得故鄉在異鄉的前面，這天涯路無論
> 東西南北，江河湖海，……我總覺得異鄉人只要一直走下去，會看
> 見「我家門前有小河，背後有山坡」。那時候只知道往前奔跑，奔
> 跑……每條路都撲個空，但是從未灰心。[71]

不論怎樣奔跑、尋找，但故鄉再也遍尋不著了，落空的愁如水，淚如水，水與悲傷合為一體，對家鄉故園的思念如悠悠江水無窮無盡。王鼎鈞說過：「台灣是回不去的家，大陸是醒了的夢，美國是打不勝的戰場」，「大陸生他，臺灣育他，美國用他」[72]，他的悲哀是「有三個國，卻沒有一個是他的家」[73]。大陸故土，訪舊為鬼，故鄉已為異鄉。臺灣社會，對於他無法改變的身分予以歧見，而且往往只抓住這無法改變的現象，就足以完全讓他毫無立足的空間。來到美國，移植到半個地球之外，是一種永遠不能生育的「墮胎」，更是「進行一場觸及靈魂的文化大革命」[74]。「而今，我這樣的人竟是真的沒有家鄉也沒有流浪的餘地了」[75]。有人說「到不了的都叫做遠方，回不去的名字叫故鄉」，對王鼎鈞來說，感性的、地理意義上的故土已是不能承受的生命之重，然而，漂泊的靈魂需要探尋精神的棲息地。王鼎鈞從大陸到台灣又移居美國紐約，寫作五十五年，他談及「最後的心願」：寫四冊回憶錄，第一本寫故鄉幼年，第二本寫抗戰，第三本寫內戰，第四本寫台灣，寫到1978年離開台灣為止：「以後移民海外的日子就不寫了，我覺得我離開台灣就沒有生活了」，在海外二十餘載寒暑中，他不間斷地出版著作，卻稱「邊緣人生活」為「沒有生

---

[71] 王鼎鈞，〈世緣茫茫天蒼蒼〉，《有詩》，頁115。

[72] 王鼎鈞〈你不能只有一個比喻〉，《左心房漩渦》，頁129。

[73] 王鼎鈞〈水心〉，《左心房漩渦》，頁12。

[74] 王鼎鈞〈舊曲〉，《左心房漩渦》，頁54。

[75] 王鼎鈞〈水心〉，《左心房漩渦》，頁10。

活」，因其心中的家園無所不在。如果從現實境遇來看，離鄉遷居海外有如遁入空門，是失根、無根的悲哀，但他卻仍然選擇遠渡異國，是因為他已能在變局中處理感情，安頓身心。他在〈心靈的故鄉慰遠人〉一文中說：

> 安身是重要的，但安身之後，更上一層的需要隨之而來，身體的安頓之外，還得有心靈的安頓。心靈的安頓就是心靈的故鄉吧。
>
> 尋覓心靈的故鄉是人類才有的能力，心靈的故鄉並不等同原鄉，原鄉和異鄉是平面的距離，心靈的故鄉和我們是立體的距離。故鄉在遠方，心靈的故鄉在上方，到原鄉要回歸，到心靈的故鄉要上昇。
>
> 我想，心靈的故鄉並不等同尋根，尋根是在平面上找歷史，找到歷史未必找到心靈。
>
> 安土重遷不出家門的人，心靈可能是漂泊的。原鄉、此身遲早終須離開，心靈的故鄉、此生終須擁有。[76]

　　一個人因為現實因素而無法回到自己的故鄉，也無法再回到過去，但是，他可以在自己的心目中重新創造一個充滿個性、完全屬於自己的精神故鄉。那裡既有自己的過去，自己的親人，也有自己的現在、未來和理想。對故鄉的思念是回憶的重構，對生命家園的重構。從這個意義上說，鄉愁是滋養人的。因此，鄉愁也不總是悲愁的，它無疑還有極為主動和積極的一面，它是作家精神的必需，也是他們人生和價值追求的重要表現。

　　故鄉是現實的，故鄉又是精神的，鄉愁不僅是對故鄉綿綿不斷的思念，還是天下遊子與故鄉終生不渝的維繫。對廣大的中國人而言，故鄉是一個永恆的精神家園，無論走到天涯海角，只要想起故鄉，心裡就踏實，奮鬥就有力量。故鄉是一種無言的關懷，無論面對怎樣的困難，即使到了山窮水盡的地步，只要想起故鄉，就會感到一種鼓舞和溫暖，就會產生信心和勇氣。王鼎鈞的鄉愁，超越了時間和空間，超越了實指的故鄉，上升為精神家園的探尋。

---

[76]　王鼎鈞〈心靈的故鄉慰遠人〉，《活到老，真好》（台北：爾雅出版社，1999年），頁94-96。

四、分散是保存和開展的另一種方式：從自我放逐到文化回歸

　　當現實與回憶在王鼎鈞的意識中交匯和碰撞時，不可避免產生人生歸宿的尋找。王鼎鈞為了保護心靈的一方淨土，或對某種精神自由的渴求，他選擇了放逐異域的命運。王鼎鈞已客君美國多年，既不回生長之地的大陸探舊，對於青壯時期勾留的台灣，亦是「人問歸期未有期」，我們無法確知他是否對分裂的國族而感到失望，因而選擇「自我放逐」？抑或他認為人生在世本就是一種流浪，他「已從一時的流亡延長為終身的流浪」[77]。雖然不能將其遠赴異國完全定位為政治放逐，但的確帶有很明顯的自我流放色彩。[78]這種自我放逐是個人和社會、心靈和外在秩序相衝突的結果。然而卻有人要誤解：「國外的人滯留不歸，是因為祖國太窮」，王鼎鈞認為，這話不對：「異國的富和我有什麼關係？我就是守著密西西比河，每天也只喝五磅水。幾十年來，海外有這麼多華人辭根化作九秋蓬，不是因為窮」[79]，其中的原因是要用「直覺」，而不是「邏輯」，要用「歷史」而不是「新聞」才能感受得到、才能探究得明白的。[80]所以，他一直在為移居在海外的華人複雜的鄉愁挖掘出心音：

> 誰甘願由追韓信的蕭何變成起解的秦瓊、再變成出塞的昭君呢，誰會主動選擇這樣一條路呢，這樣曲折的一條路他們是怎樣走過來的呢，在這拋棄過去尋找未來的路上要受多少折磨呢。他們並未作曲，只是演唱；他們不是編導，只是擔任指定的角色。[81]

　　經由這段文字，可以感受到那些因為自願或非自願的海外華人的花果飄零是無可奈何，身不由主，是時代歷史的擺布，他們並沒有選擇決定自

---

[77]　王鼎鈞〈失名〉，《左心房漩渦》，頁35。

[78]　關於王鼎鈞為何赴美定居，從其《回憶錄之四：文學江湖》（台北：爾雅出版社，2009年3月）或可知其原因，因王鼎鈞在國共內戰時遭共軍俘擄，雖然重獲自由，卻被國軍疑為間諜，近半輩子遭精神囚禁。在台三十年，王鼎鈞的一舉一動都遭監視、蒐證。在台灣的白色恐怖記憶及氛圍，讓他深感幾乎無處安身立命，為了創作的自由，因此決心西渡。

[79]　王鼎鈞〈舊曲〉，《左心房漩渦》，頁51。

[80]　王鼎鈞〈舊曲〉，《左心房漩渦》，頁51。

[81]　王鼎鈞〈舊曲〉，《左心房漩渦》，頁55。

己命運的能力。他們「遠離了一個情感上認同的家」，從所熟悉的環境遷移到一個完全陌生的環境，猶如遁入空門，等待他們的是語言、文化、種族、生活習慣等各方面的疏離感和隔閡感。當他置身於經濟發達的歐美國家，原有的傳統母體文化與居住國的客體文化發生劇烈的衝突。面對西方強勢文化的霸權主義和種族歧視，難以認同其人生觀、價值觀和倫理道德觀，所以，遠離家國的移民者必須承受精神和肉體上的雙重壓力，最難受的是個人價值的落差，曾經擁有的名望地位、榮耀熱鬧都必須遺忘。異質文化對話的艱難，使他們感受到置身於社會的邊緣，是文化身分模糊的他者，從而產生心理上的失落、虛空、迷惘和焦慮。作為「歷經七個國家，看五種文化，三種制度」[82]的王鼎鈞，認為不能不用一個個「異鄉」的來與「原鄉」相較，反觀「原鄉」的美與醜，神奇與缺憾，古樸與封閉。他曾說：「遷居海外是一種『墮胎』，是他們祖先第二次的死」，在異質文化的環境中，他一方面得以汲取西方文化某些長處，對中國傳統文化進行重新審視，另一方面，又在兩種文化的對比和衝突中，更加鮮明地感受到民族文化傳統的珍貴，從而在異域更加自覺地堅持、繼承和弘揚中華文化傳統。他說過：

　　蒲公英永遠是蒲公英，松樹永遠松樹，不論離它的母體有多遠，不論它寄身的土壤換了什麼顏色。分散是一種必要，是保存和開展的另一種方式。它們不會是「無根的一代」，它們有根，它們是帶著根走的，根就在它們的生命裡。有時候，就算是江南的橘子到了淮北變成了枳子吧，枳子的生命裡仍有橘子的本性，經過「接枝」還是可以結出橘子來。[83]

　　天下所有的中國人都是同根的果實。大時代把我們分送到天涯海角，是要這世界上的人有更多機會看見中國人的光輝。如果有人在海外數典忘祖，那就違返造物者的本意了。[84]

[82] 王鼎鈞〈紅石榴〉，《左心房漩渦》，頁124。
[83] 王鼎鈞〈本是同根生〉，《我們現代人》（台北：爾雅出版社，2002年11月），頁120。
[84] 王鼎鈞〈本是同根生〉，《我們現代人》，頁120。

　　當王鼎鈞沉潛至生命內在的本質，他體悟到，「離開母體是一種必要，是保存和開展的一種方式」。如何迎接西方文化的挑戰，如何適應日新月異的世界潮流，如何使古老的中華文化煥發出令人注目的生命活力，如何讓世人見到中國人健康開放的心態和嶄新的面貌，這是王鼎鈞孜孜不倦的努力。他要以不斷的創作成果來讓世界上的人有機會看見中國人的光輝，而事實上也證明了在他中年以後移居異鄉的寫作生活有了更豐碩的成果，「王鼎鈞」三字已經成為兩岸中國人共同的驕傲。人生痛苦、磨難使鄉愁昇華為一種想像、一種聖地、一種圖騰，但又不沉溺其中。王鼎鈞的超越在於，從他滄桑巨變、人世變遷中找到了宗教式的覺悟，以鄉情洞見人生，以鄉愁沉澱悲苦：

> 我是異鄉養大的孤兒，我懷念故鄉，但是感激我居過住過的每一個地方。啊，故鄉，故鄉是什麼，所有的故鄉都是從異鄉演變而來，故鄉是祖先流浪的最後一站。……如果我們能在異鄉創造價值，則形滅神存，功不唐捐，故鄉有一天也會分享的吧。[85]

　　這段文字思緒起伏，大啟大闔於天地間。由於人們對現實不滿常會把遙遠的地方理想化，「家」是讓我們安頓之所在。心安即是家，心不安永遠都在漂泊。漂泊的吉普賽並不浪漫，學習愛你所居住的土地，你才能真正地活著。「所有的故鄉都是從異鄉演變而來，故鄉是祖先流浪的最後一站！」於是他也給自己的飄泊找到了定位──每一個炎黃子孫，不管漂流到世界的哪一個角落，他都在心靈深處留下一方神聖的故土；每一個中華兒女，無論經歷多少磨難與困苦，他們都擁有一種家園意識。國與家相連，對國的感性認識往往從家鄉開始，因此，家園意識極易轉化為愛國主義情感。返鄉，從文學的意義上來說，是一種追本溯源的行為，是追尋最原初的目的和意義。風箏的引線不是牽絆，它透露出駕馭風的祕密。鄉愁不只是哀怨和惆悵，它孕育著上進的力量。鄉愁，對於故鄉的眷戀，從古至今，這種眷戀無可替代──有惆悵、心酸與無盡感觸，也有思念、追憶、激勵與無限希望。鄉愁，是我們心底最堅硬而又最柔軟、最厚重而又最縹緲、最莊嚴而又最平常的情感。鄉愁是其他所有情感的基石和酵母，

---

[85]　王鼎鈞〈水心〉，《左心房漩渦》，頁13。

由此生發出悲憫、仁慈、善和愛，生發出文學情思和美感。它的理性結晶，就是堅毅與上進，正直和良知。

王鼎鈞他的唱出來的思鄉曲，不是那種使人想回家或淚濕衣衫的憂傷音符，而是在愴然中有著灑脫之致，雖然仍有悲傷，但民族情懷的博大堅毅終於壓倒了小我的酸楚，讓人的心中裝下一個親切溫馨的原鄉而毅然決然地浪跡天涯。對他而言，故鄉是一個永永恆恆的精神家園，無論走到天涯海角，只要想起故鄉，心裡就踏實，奮鬥就有力量。故鄉是一種無言的關懷，無論面怎樣的困難，即使到了山窮水盡的地步，只要想起故鄉，就會感到一種鼓舞和溫暖，就會產生信心和勇氣。天涯芳草依依，海角流水潺潺，尋常去處便是家，「心安便是吾鄉」，安於斯境，全心投入便是家，有家可歸的人是幸福。告別你的原鄉，但你擁有新家，新家是如此熟悉，故鄉是那麼陌生，珍惜這份擁有，讓那一份陌生抹去你腮邊的老淚縱橫，精神的故鄉便消釋了遊子最後的一絲愁緒。[86]

第六節　鄉愁是對民族未來和解的一種期待

在文學史的長河裡，經得起考驗的是那些反映全民族共同命運的感情的作品。王鼎鈞其鄉愁的核心是愛，對家國的愛，對同胞的愛，對全人類的愛。愛的核心則化成一種深深的期待，對民族未來的盼望，對兩岸中國人共同出路的尋索，期待人與人之間終必合解，不要老在你對我錯的歧見中打轉，而要尋找一條大家都對的出路。這份愛的思想意蘊具有一種超越地域、超越時代的意義。在《左心房漩渦》的第四部「萬木有聲」已承接第三部的化解苦難的餘韻而展現一種更為圓融通達的境界。

人們對文化傳統的依戀，甚至超出了對土地的依戀，故土是具體實在的，文化精神雖不是那麼具體，卻是無所不在，時隱時現。中國數千年的歷史文化，既是源遠流長，亦遠及他鄉。當一個人曾經浸染於此種文化氛圍中卻又不能親臨這片土地，甚至不得不遠離這片土地時，他必然成為一位傳統文化的懷舊者。王鼎鈞身在異域，卻無法忘情於傳統中國的情懷，惟其如此，他對文化傳統的眷懷之情才更加突顯出來。然而他筆下的這種

---

[86] 以上部分內容參考自劉春水〈告別溫柔的鄉愁—兼評王鼎鈞的文化散文〉，《當代文壇》，1995年第3期，頁43。

往昔情懷並不僅僅局限於在個人情感天地中咀嚼一己的悲歡，而是寄寓了一代中國人的事和情。例如在〈年關〉一文對於「過年」有了新的體驗，除夕的守歲儀式沉重嚴肅，等到元旦的曙光照到，大家走出去迎著刺骨的寒風、去掌握黃金時機，正如同人生悲喜交替，先賢藉著過年教育後人，在變局中如何面對情感的變化，他讚美了中國人過年節的意義，有著除舊布新、送舊迎新、推陳出新的價值：

> 人，從昨天活過來，昨天十分重要，但是人畢竟要投入明天。夏蟲不可語冰，因為它活不到冬天，倘若享壽十年，就知道水變固體也沒有甚麼了不得。人既不能乘光速與逝者同行，只有與來者同在。[87]

這段文字與前面第二部「對我而言，沒有背後，就沒有面前」的話語有了回應與修正。王鼎鈞在全書的第一、二部中執著地追尋昨天的人與事，幾近陷溺，在第四部中雖然仍肯定昨天的重要意義，但已澈悟我們要面對的永遠是明天而不是昨天。

> 流浪雖有苦悶，但一想到過年，如釋重負。人越長越大，終於有了所謂社交生活，這才明白人並不能只和他喜歡的人來往，不能只和他推心置腹的人共事，不能只和語言有味的人交談。[88]

人生的流浪，重點不在於你去了幾個地方，重要的是你去那個地方的時候，懷著怎樣的心情以及以怎樣的胸襟氣度去和當地人相處——這才是最關鍵的，也是一個把流浪當修行的行者最需要做的功課。王鼎鈞了解人生一定要有朋友，不論那朋友是否和你情投意合、接拍合律。人一定要學習和異己的人相處。這種反省便是作家精神境界的建構，胸襟氣度的彰顯，既關涉著現實世界的塵世生活，又牽連著心靈空間的拓展。或許我們時常在猜測別人對自己的評價，卻忘了自己評價自己的言行，忘了自我定位。回望自己是一種智慧，是一種站在人生高度上的自我考察，認真地審視自己，就會正確地認識自己，不斷修正自己。

---

[87] 王鼎鈞〈年關〉，《左心房漩渦》，頁174。
[88] 王鼎鈞〈年關〉，《左心房漩渦》，頁172。

又如〈園藝〉一文透過種花蒔草，讓自己悟道修心：

> 這幾年種花種草種菜，「悠然見南山」的境界沒達到，世情
> 倒是勘透幾分。多年來怨天尤人，對種種遭遇大惑不解，咎在未曾
> 「向貧下中農學習」。現在明白了，「上帝在天上，地上發生的一
> 切都是合理的。」農民以能忍耐順應聞名天下，這回也知道了他們
> 怎麼會有這種力量。[89]

王鼎鈞透過學做老圃來體驗人生，這也是傳統中國知識份子認同的儒道互補的理想境界。中國古老的農耕生活為人們、特別是仕途上受挫的知識份子提供了一塊精神得以駐足的樂園，正如陶潛營造的「桃花源」的理想，體現了人們在戰亂流離的社會裡，對和平、寧靜生活的嚮往和追求。桃源精神不僅為中國文人提供了一片暫時棲居的天地，也使他們找到了解決現實問題的一條途徑。種種在「地上發生的一切都是合理的」，王鼎鈞在劫後餘生後教育了自己，悟得了「境由心造」，是好命壞命、是善緣孽障，全看各人是否能以隨順因緣的平常心視之。生命中的種種，不論是橫逆挫折，還是幸福得意，都是老天為了讓我們從中學習而安排的，如果我們可以理解生命、接受生命，我們會更珍惜曾經經歷過的一切，也會更期待充滿變數的未來。又如〈夜行〉在文末說：

> 走夜路走得了不會遇見鬼，看聊齋看得多了才會生出鬼來。那
> 我們別讀蒲松齡，我們讀達爾文。[90]

王鼎鈞飽經憂患仍然對人生抱持積極熱情的豪邁曠達，「物競天擇，適者生存」，要新陳代謝，一切有責任感的炎黃子孫，要「天行健君子以自強不息」，努力進取，使中華民族有朝一日真正屹立世界民族之林。這種歷史觀和進化觀，充溢著生命的力度和藝術的美感。

又如在〈看大〉一文中更展現自己行遍世間萬里路之後的智慧與圓融：

---

[89] 王鼎鈞〈園藝〉，《左心房漩渦》，頁181。
[90] 王鼎鈞〈夜行〉，《左心房漩渦》，頁187。

　　　　千金難買回頭看。回首是因，回首是緣，回首是曾，回首是
　　未，回首是來處，回首是白雲深處。妙哉，十七歲的時候能睜著眼
　　做夢，到七十歲又恢復了這門神功。夢裏的獅子溫馴如貓。夢裏的
　　城牆用蛋糕砌成。夢裏的流彈是斜風細雨雨打梨花花近高樓傷客心
　　心隨流水先還家。[91]

　　人生的旅途上，回首是必須的，過去的經驗是我們確立當下，展望未
來的基石。但若一味地沉溺於過往悲傷的回憶而舉足不前，那並不是積極
的人生態度。當一個人到了七十歲時仍能恢復十七歲的時候能睜著眼做夢
的功夫，夢裡的一切不再尖銳刺目，只如飛花絲雨、淡煙流水，王鼎鈞在
此展現出一種從容和諧的人生境界，一種佛陀拈花似的微笑，一種由曠達
胸懷和苦難人生歷程鍛鑄的寧靜和澄明。

　　　　樹失去了，山在；山失去了，地在，地物改，地形變，大地萬
　　古千秋。土在即苗在，苗在即樹在。斯土斯地得你親眼看，親自用
　　腳踏，親身翻滾擁抱。[92]

　　土地是永恆的，王鼎鈞要人們永遠對大地有一分歸屬與擔當、對生
活永不放棄的毅力，生命的庸碌和悲愴畢竟都是可以忍受的，風雨傷痛總
會過去。土地所教導人的，無法用華麗的高談闊論，而是用身體力行去領
悟，敞開心胸接觸大自然，學習大地的無私覆育萬物，其深層意涵是傳達
一個意念：希望能找到心靈的依歸，大地總能帶給人們療癒與包容。
　　〈看苗〉一文更展現了對生命的信心與喜悅：

　　　　我清清楚楚的感覺到，苗給人們的喜悅，基於穗；那一地嫩綠
　　給人們的信心，多於遍野金黃。[93]

　　他更把未來的希望寄託在中國青年身上：

---

[91]　王鼎鈞〈看大〉，《左心房漩渦》，頁191。
[92]　王鼎鈞〈看大〉，《左心房漩渦》，頁193。
[93]　王鼎鈞〈看苗〉，《左心房漩渦》，頁196。

> 看他們將來的大苦大樂，大成大毀，大破大立，大寒大暑，大夢大覺，我來看中國的前途，中國的前途在他們是何等人，不在大壩大橋大樓大廠。[94]

　　經歷過大成大毀、大寒大暑的王鼎鈞，在苦難的關頭，他見證過人性用自私、怯懦、傲慢、愚昧、冷酷，演出一個最壞的時代，刻描一個墮落沉淪、荒謬乖張的時代。同時也見證過，人們正在用熱情、勇敢、犧牲、奉獻、謙抑、悲憫，註解一個最好的時代，浮雕一個衝破黑暗、迎向光明的時代。他走過動盪不安的年代，看見人性的善，也震驚於人性的惡，然而，這個世界不論好壞，都是由我們每一個人的信念涓滴匯聚而成的，他相信未來的前途就決定在中國青年用什麼樣的態度去面對，態度將決定前途的高度，期許他們承擔起國家未來主人翁的重任，這是普天下中國人最強烈的心願。

　　在〈對聯〉一文中則通過對黃河的批判來表達對中國的情感與思索：

> 黃河能當得起那麼多的歌頌嗎，八千里瘦攣的肌肉，四百億立方尺的嘔吐。……這條在三千里平原上隨意翻身打滾的河，用老年的皮膚，裹著無數螻蟻和人命，蘆葦和梁柱，珍珠和亂石。……那河幾番滅省滅縣滅人三代九族，使中國人痛苦，無動於衷，不負責任。為什為還要歌頌它？[95]

　　黃河雖是中華文化的發祥地，但也是戰亂最多的地方。古代稱黃河下游地區為中原，欲爭奪帝王之位者稱曰「逐鹿中原」，極亂之世，天下分裂，戰爭不斷，民不聊生，迫使人民遠走他鄉。王鼎鈞經過內心不斷的交戰、思索，最後得到的理性昇華是：「人愛其所有，既然有了，就愛，既然愛，就冠冕堂皇理直氣壯，自尊由此維護，自信由此產生。黃河已經存在，萬古千秋，天造地設，命中注定。」我們對家國的愛也是命中注定，無可更換，無法否認。「黃河是我們民族抱在懷裏的孩子，尿床，遺矢，踢被子，還是抱著，抱得更緊。」「黃河黃河，我們驕縱它，修正它，防

---

[94] 王鼎鈞〈看苗〉，《左心房漩渦》，頁196。
[95] 王鼎鈞〈對聯〉，《左心房漩渦》，頁216。

範它，美化它。我們對黃河賦予價值，再從黃河取得價值。」[96]因為愛，足於包容所有的缺陷與遺憾，至此，哀痛與創痕都化為同情與諒解，展現了一種在苦難中見證家國之愛的深沉博大。

王鼎鈞在全書最末一篇〈天堂〉坦言，「用寫來雕刻自己，用寫來治療自己」[97]，他以鄉愁為血肉，通過創作來尋找家園，用寫作來宣洩心中的思戀與苦痛，用文學來獲得心靈還鄉的救贖，也在寫作的歷程中完成人格的重建。他體認到人生的定律正如同蓋房子：「塵埃已經落地了，合同已經結束了，工程已經完成了，你還想怎樣呢。你蓋的房子越多，你能散步的地方越少，不是很自然嗎？」人生一切都是公平的，這裡有所得，那裡便有所失，為了要得到什麼，便得要先失去或付出些什麼，在〈天堂〉的最後，作者告訴老友，兩人共同追求的境界該是：

> 望著窗子裏面柔和的燈光，祝福每一個家庭安居樂業。[98]。

非但為人與人之間的了解、互信、同情和寬容提供了最有力的歷史期待，而且也為長期以來對抗、間隔的人群關係樹立一種典範。以仇恨相向，以藩籬相隔，終究不是推動社會進步、人群親和的好辦法。至此，足見王鼎鈞心中期望世代的仇恨終要成為過去，人與人終必合解，族群的對立應該消失，讓家家戶戶都能守者溫柔的燈光，共同守護一家的平和溫馨。這或許是大愛大關心之後的大徹大悟，是大喜大悲後的大寂大空。

原來，鄉愁還有難以表述的更為深層次的東西，在不同人生階段、不同的境遇都會對鄉愁有不同的感悟。我們可以清楚地感受到王鼎鈞在第四部「萬木有聲」的心情轉為平和寧靜，在洞察歷史興亡、深明人世的禍福之後，對世間一切恩怨得失化做冷靜無窒礙的觀照。由此我們可見真正的平靜是從人間的困苦悲慟開始，從痛苦、負累、傷感開始，但我們要把它消解掉，如此才能遠離人生的有限性，而開發出無限的精神空間。人類的記憶，常是文化的記憶。而令人刻骨銘心的文化認同，就是鄉愁。於是，對鄉愁的書寫與溫故，從來都是一個書寫者避之不去的心靈的洗禮，一個

---

[96] 王鼎鈞〈對聯〉，《左心房漩渦》，頁217-218。
[97] 王鼎鈞〈天堂〉，《左心房漩渦》，頁219。
[98] 王鼎鈞〈天堂〉，《左心房漩渦》，頁223。

人充滿了神性的心靈儀式。王鼎鈞從個體懷鄉經驗的投射，到歷史意識的覺醒，到政治理想的期許，再到追尋精神家園的哲學世界，從現實境遇到精神追尋的昇華之路，是作家內心鄉愁演繹發展的一條隱形路徑。全書在淒然中有溫馨、悲愴中有豁達、沉鬱中有幽默、華麗中有自然，在激情傾訴中有含蓄委婉、在豪氣奔騰中不乏兒女深情，在苦吟低詠中則更多人生圓融的智慧觀照。

第七節　從泛濫到消解：浪漫溫柔的鄉愁美學

　　《左心房漩渦》全書借用兩位暌隔四十多年、分居新舊大陸的老友間的往來對答，牽引出大時代的人群所共同經歷的許多令人難忘、教人心酸的人事物。年少時一起成長，一起跋涉千山萬水，一起擁抱意志、追求理想的朋友，卻在人生重要的關鍵時刻，一者選擇北走，一者選擇南行，從此殊途異路，各自有著不同的人生際遇，也因兩岸隔絕而音訊渺茫。四十年後，兩岸接通了，開始有了通信往返，一時間，原本塵封的過往、原本不願再去回憶的舊事，全部湧現，於是展開了「你」和「我」之間的生命對話。對話一定是動態生成的，是彼此之間情感的全方位敞開。對話的本質，是為了促進彼此之間的和諧發展，是對彼此精神生命的一種尊重，一種理解。用心傾聽，設身處地，讓對話成為一種生命的關懷；用心理解，以己度人，讓對話成為一種生命的賞識；靈活應對，換位思考，讓對話綻放生命的個性。於是分隔、對立了四十年的人們，開始有了和解與交通的可能。

　　故鄉說起來很抽象，其實它是一個個具體的生活細節，一個能夠讓人想起來就覺得溫暖的情境。鄉愁是分年齡的，年齡越大，鄉愁越濃。對孩子來說，他們沒有鄉愁，即使想家，也只是想念母親的懷抱，想念家人的疼愛。青年人的鄉愁也淡的很，他們整天有忙不完的事，有許多理想要去追攀，沒有時間想家和感受鄉愁。只有到了中年和老年，人開始有了較多的閒暇回顧過往、總結人生，也就有了培育鄉愁的心境。四十年的歲月，可以讓一位少年成長為中年人，可以使一位青年蛻變為老年，王鼎鈞寫的是中老年的鄉愁。

　　　鄉愁是美學，不是經濟學。思鄉不需要獎賞，也用不著和別人

競賽。我的鄉愁是浪漫而略近頹廢的，帶著像感冒一樣的溫柔。[99]

鄉愁是美學，既然是美學，它便是一種藝術，深刻地表現了一種絕對精神——自由，王鼎鈞他的鄉愁沒有功利化色彩，不求與他人競賽，也不需要獎賞，全然尤其創作心境來決定，當心靈不是貼近現實或置身於現實，而是進入到遠距離的沉靜觀照，內心便會因為這時間和空間的距離而變得虛廓澄澈，便能形成一種美學心靈。這種審美姿態便詩性記憶，詩性記憶的出現需要一種孕育它的心境——靜觀，靜觀有助於除盡煙火氣，催發想像與深思而產生純粹的審美心理。

一、缺憾是一種美

殘缺美是美學中的重要概念，從美學角度來看，殘缺是部分的空白和欠憾，這欠憾反而具有強大的孕育美的生命力。鄉愁是一種美學，因為它是生命的欠缺：

> 你為什麼說，人是一個月亮，每天盡心竭力想畫成一個圓，無奈天不由人，立即又缺了一個邊兒？
> 你能說出這句話來，除了智慧，必定還得加上了不起的滄桑閱歷。[100]

生命只是滄海之一粟，然而卻承載了太多的情非得已、聚散離合，不甘心也好，不情願也罷，也只能接受。其實，沒有經歷過遺憾的人生才是不完整的。讀懂了遺憾的正面價值，也就讀懂了人生。從殘缺的情感層面和藝境層面，可以分析其巧拙相參、悲欣交集、虛實相生的美學特質。在中國傳統文學藝術中，殘缺之美在筆墨有無間被展現得淋漓盡致，可以進一步發掘殘缺的美學意蘊。

> 「還鄉」對我能有什麼意義呢？……對我來說，那還不是由這

---

[99] 王鼎鈞〈腳印〉，《左心房漩渦》，頁201。
[100] 王鼎鈞〈水心〉，《左心房漩渦》，頁9。

　　一個異鄉到另一個異鄉？還不是由一個業已被人接受的異鄉到一個
不熟悉不適應的異鄉？我離鄉已經四十四年，世上有什麼東西、在
你放棄了它失落了它四十四年之後、還能真正再屬於你？回去，還
不是一個倉皇失措張口結舌的異鄉人？[101]

　　王鼎鈞雖然說「我的鄉愁是浪漫而略近頹廢的，帶著像感冒一樣的
溫柔」，然而他更是清醒的現實主義者，他深知，像他這樣一個已經離鄉
四十四年的人，又怎能奢望曾經擁有的一切能永恆擁有？或是能失而復得
呢？他何嘗沒有在心上、紙上、畫外一寸一縷地把故鄉「金妝銀裏」？他
何嘗沒有在自己的殘宵夢裡尋找阡陌巷路尋找千瘡百孔的家園呢？然而，
如果他真的返鄉，若依著記憶去舊地重遊，會失望地找不到一寸瓦一間
屋！四十年的巨變哪裡還能存放著四十年前的舊觀？誰知道流年暗中偷換
了多少？為了不打破那記憶中美麗的故鄉，王鼎鈞情願自己終生為故鄉魂
縈夢繞，而不希望再回到故鄉，他不想讓所有的夢都粉碎在現實中。他並
不是不知道對故鄉的美化是一種幻化，但他寧願這樣，讓這一個美麗而純
潔的想像，成為一種精神上的寄託。他的思鄉體現了漂泊靈魂對終極歸宿
的嚮往，當他在廣闊的社會上展開個體生命時，家鄉親情也構成了堅實精
神支柱，他們在夢歸家園以求片刻心靈慰籍同時強化著自己。而這種精神
嚮往是自我與非我的情思契合，是時空的跨越，是心靈的現實化；又在一
定程度上將其淨化、詩化了，使之成為了時間無法傷害的美。這種藝術之
美不僅能夠撫慰人們的心靈，更可引導人們踏上回歸精神家園之途。

　　鄉愁是一種美學，這是海外華人文學為中華民族文學傳統提供的重要
積累。離國去家的心靈劇痛，異域羈旅的現實禁圍，使鄉愁獲得豐富的審
美形態，而文化歸屬、生命原型的命題，使鄉愁進入生命哲學的層面。在
王鼎鈞筆下，鄉愁是個體心靈的回憶美學，它以個人化的記憶展開生命感
覺，在時空與政治、社會等「距離」的多種指向中產生審美的心理距離，
呈現甘願承擔「甜蜜折磨」的審美形態，將「可望而不可及」的現實人情
與歷史記憶轉化為不受時間侵蝕的藝術情懷，並最終指向了精神與心靈的
故鄉。因為精神的昇華與超越因素，使身為他的「鄉愁美學」形態豐富而
深刻。

---

[101] 王鼎鈞〈水心〉，《左心房漩渦》，頁11。

二、人文的救贖是一種美

　　人文情懷不僅代表的是一個人的情操，更是代表了人類應有的價值觀。它包含了時代精神與先進理念：不僅要關注自己，還要關注他人；不僅要關注人的人文環境，還要關注人的生態環境；不僅要關注人類的現在，還要關注人類的未來。王鼎鈞關注這些走過離亂歷史的人們，住在眷村中的臺灣老兵，背井離鄉四十年年，懷揣著鄉愁漸漸凋零。戰爭背後的人倫悲劇，絕非「鄉愁」二字可一筆帶過，這些人四十年沒能回老家了，「他們輾轉四方，為子女找生地，為自己找死地」，王鼎鈞透過自身的情懷代他們發言：

　　　　我們都是靠自己的缺點活下來，理想化為錢幣上磨損的人面，名聲不過是昇空飄搖的汽球。不敢心憂天下，擔憂自己的兒女，不敢談澤被蒼生，只偷偷打聽幾個朋友。蝸牛無須為了沒有房子住的人道歉。你不能希望老年的回憶等於年輕時期的想像，你只能希望老人的過去並不等於青年人的未來。[102]

　　在那個海峽隔絕的特殊年代，跟隨國民黨撤退臺灣的大陸籍老兵們與親人隔絕兩岸、無法相見，幾乎每一個人都有一串沉甸甸的生命故事。王鼎鈞以現身說法的姿態，用自己最真實深切的情思，去詮釋這些跋涉過特殊年代的老兵內心的血淚滄桑。曾經，他們活著，僅只為了要效忠的對象，或為一個心目中最高的義理，最深的期待。但隨著時光流逝，隨著那個有權勢的人辭世，隨著自己人生步入老境，老兵真的老了，不但是生理衰老，心靈也老了，意志的消沉、信念的幻滅了，對於自己的青春與生命被時代惡意地擺佈、欺罔與嘲弄，他們再也不敢奢求公平，只期望下一代的子女不要再經歷他們走過的歷史。寥寥數語說盡老兵們錐心刻骨的鄉愁，生命中無可奈何的悲涼。

　　　　時代要每個人都做英雄，我們畢竟是凡夫俗子。四十年不回

---

[102] 王鼎鈞〈人，不能真正逃出故鄉〉，《左心房漩渦》，頁152。

> 家的人必定有英雄氣概，那一點歸心即是凡心。浮生有涯，一語道
> 盡，由常人變英雄，又由英雄還原為常人，造化撥弄，身不由己。
> 每一次都變得你好辛苦。卸下頭盔，洗掉化妝，再照個相，在大遠
> 鏡頭下，我們是小螞蟻，在大特寫鏡頭中，我們是老妖怪。[103]

　　這段文字像史詩一般記錄這一段特殊歷史時空裡老兵的血淚滄桑。戰爭的年代要求他們想每個人都做英雄，那時候，他們並不老，他們曾是豪邁與勇敢的，他們穿越時代的烽火，夾著煙硝來到這座島嶼，從此，他們正常的人生和家庭生活就這樣犧牲了。四十多年過去了，他們畢竟只是平凡人，不再想做冒險的好漢英雄。他們只想好好生活。透過這些默默耕耘、盡心盡力的凡俗人生的表象，我們看見的是一幕幕真實而普通的人生悲劇，在外在與內在衝突的相互觀照中，作品對現實社會的批判上升為對生命本質與人生社會的整體性思索上來，並具有獨特的悲劇美學意蘊。

　　王鼎鈞對外省老兵內心世界的挖掘，一方面是向外觀看他者，一方面也往內觀看自己，因為自己也是芸芸眾生中的一員。他對自我的觀看，是以生命中的無妄之災出發，進而審視自己的內心。王鼎鈞字裡行間隱含著作家對老兵命運的關注與思考，是挖掘他們沉重、尷尬的生存現實，又揭示他們在認命與接納中展示著他們尋找精神救贖的努力，從而真正觸及他們的精神世界，將主題挖掘和開拓至另一個更高的向度──精神救贖。他希望我們對這群離散的生命能有更多些的同情、理解與尊敬。他的落腳點「是對人類存在和命運的關懷，它表現出文人知識分子博大的胸襟，遼闊的文化視野，智慧的思索觀照，真誠的人道精神和憂國憂民的良知。它把偌大一個世界的生僻角落，變成人人心中的故鄉；將相互疏離的人、社會、自然、歷史、宗教的種種景觀變成富有文化、哲理意味的精神家園。這樣一來，無疑極大地豐富了現代散文鄉愁母題的內涵，也極大地提高了鄉愁散文的品位和境界。」[104]他的鄉愁書寫以其獨特的審美視角和人文情懷，開闢了更為廣闊的審美空間。

---

103 王鼎鈞〈人，不能真正逃出故鄉〉，《左心房漩渦》，頁152。

104 這段文字借用吳冰〈鄉魂一縷入夢遙─論散文的鄉愁母題〉，《遼寧教育學院學報》第16卷第6期，1999年11月，頁86。

三、哲理的感性顯現是一種美

「未曾在長夜痛哭過的人，不足以語人生」，美是哲理的感性顯現，而「哲理」在實質上便等同於生命哲思、人生體悟、精神力量、絕對心靈。王鼎鈞在抒寫鄉愁的同時更傳達出強烈的生命意識，它主要表現在對人生的深刻反思，對自然生命的深切關懷，對人生價值的深情追求。他把對人的生命的關懷，對生命價值的關注由哲學層面提升到美學層面，無疑對現實人生具有指導和示範意義。

> 想我看過的瀑布河源。想那山勢無情，流水無主，推著擠著踐踏著急忙行去，那進了河流的，就是河水了，那進了湖泊的，就是湖水了，那進了大江的，就是江水了，那蒸發成汽的，就是雨水露水了。我只是天地間的一瓢水。[105]

作者根據水的變化過程，直視本質，隨物賦形，照見流水天地飄泊，一躍而為河水、湖水、江水、雨水、露水，均為作者自我具體微的寫照，生活就像一條源遠的流長、川流不息的河，從人一誕生的亙古荒原上發源，流過歲月的歷史，流向遙遠的未來，而作家這個河上的泅渡者，他用整個生命在這個河上完成一個跋涉的旅程。人生就是一條永不停息的水流，停滯就會枯竭，生命之舟就會擱淺。從自然界滋養萬物的水，到文化中怡養性情的水，到歷史動盪亂，水已經成為王鼎鈞生命的一部分。流水飄泊天地間，處處無家處處為家，居無定所，這是他悠悠的身世之慨。

濃濃的鄉愁迫使遊子急匆匆地從異鄉撲回故鄉，要不了幾日，美妙的夢就破滅了，怎麼，我的故鄉怎是這個樣？開始懷念起當時迫不及待要離開的異鄉來。這個情結要是如何套上的？又如何解開？正如作者所說的：

> 啊，故鄉，故鄉是什麼，所有的異鄉都是從故鄉演變而來，故鄉是祖先流浪的最後一站。[106]

---

[105] 王鼎鈞〈水心〉，《左心房漩渦》，頁11。
[106] 王鼎鈞〈水心〉，《左心房漩渦》，頁13。

　　既開通豁達，又顯得深情眷顧。故鄉與異鄉看似對立，兩者其是對立的統一，所謂的「所有的異鄉都是從故鄉演變而來」，正是腳到哪裡，故鄉就到哪裡，心就在哪裡，此腳落處是吾家，此心安處是吾鄉，因此演繹出鏗鏘有力的判斷句：「故鄉是祖先流浪的最後一站」，其實也是我們飄泊旅程中的第一站，人生的起點即是終點，故鄉即異鄉，異鄉終有一天會成為故鄉。故鄉是現實的，故鄉又是精神的，鄉愁不僅是對故鄉綿綿不斷的思念，還是天下游子與故鄉終生不渝的眷戀。每個作家都在文學中尋找自己的人生。

　　心理學理論認為，歸屬的需要，是人最基本的心理需要之一。我是哪裡人？我的家在哪兒？我的身分是什麼？當人們問及這些，正是出於歸屬感的需要。因此，不論身在何處，人們依然需要在心底保持與故鄉的一種緊密的聯結，這個故鄉不是現在的鄉村，而是深藏在我們童年和少年回憶裡的，它的位置離心靈的指向似乎更近些。事實上，只有背井離鄉的人，他們才更容易想起故鄉，對故鄉的體會和感悟才更加深刻。而如今，許多的遊子悵歎：此時的故鄉，已非彼時的故鄉。戰爭與對立，把故鄉變得支離破碎。許多人如今卻只能悵望故鄉，故鄉不可回，無法回，抑或回去，亦不是想像中兒時的模樣。王鼎鈞在流浪中尋找，在尋找中流浪，他不僅向著蒼茫的大地尋找著生命的皈依，還向著家族的精神血脈順流追溯，賦予流浪更深層的文化意蘊，最后他似乎找到了他流浪中要尋找的精神的家園並且建構了「精神家園」。於是，故鄉不但被指向地理上的故鄉，還指向心靈的終極歸宿。所謂「晨鐘暮鼓閒看雲，心若安處即故鄉」即此意。風可以無拘無束地吹到世界上的每一個角落，但它卻不能停留在任何一個它所愛的地方，這是風的遺憾；水從它的發源處啟航終必順流而下，但它只能隨地賦形，沒有不變的姿態，它永遠在流浪的途中，這是水的命運。何處是故鄉？何處是異鄉？說得清楚嚜？人類生生息息，祖祖輩輩，在此在彼，今日是異鄉，明日成為故鄉，一方山水養一方人，這方山水養育著我們，縱使原是異鄉也終成故鄉。正如王鼎鈞在〈水心〉中說：「我懷念故鄉，但是感激我居住過的每一個地方」，「月魄在天終不死」，如果我們能在異鄉創造價值，則形滅神存，功不唐捐，故鄉有一天也會分享的吧。」王鼎鈞以詩性思維和歷代先輩哲人的心靈探索接軌，從而以多種藝術形式和多元的思考範式，完成了一次艱難追尋的心靈之旅，在更高的層次上豐富著鄉愁散文的意蘊與內涵。

　　人間世，怎一個「情」字了得！文學的本質不過是一種抒情，散文尤盛。唯有寫真情的作品，才能超越時空。散文的時代精神，若要表現得深刻，則必須由個人的特殊性，晉升到人性關懷的普遍性。唯有表現大時代人類普遍情感的基型與共向的作品，才能引起生活在不同時空人們的共鳴。這種抒情，從生理學或心理學來說，也是一種自我調節。人隨著年齡的不同，每個時期都必不可避免積壓一些情緒待宣泄，待抒發。寫作是釋放情感最好的工具。宗白華說：「藝術源泉是一種強烈深濃的、不可歇止的情，挾著超越尋常的想像能力。這種人性最深處發生的情感，刺激他直覺到普遍理性所不能概括的境界，在這一剎那產生的許多複雜的感想情緒的聯絡組織，便成了一個藝術創造的基礎。」[107]王鼎鈞就是把深深地埋在心底的鄉音鄉情，還有儲存在記憶裡的故鄉的審美意象釋放出來。中國文人性格中的秉直和偉烈，在王鼎鈞身上不只是感時傷懷的情結，而是他的生命體驗、精神洗禮的藝術載體。

　　《左心房漩渦》表現了深藏於心的真摯熱烈的懷鄉愛國的情愫，在嚴謹的寫實和浪漫的激情之中真切地展示了民族的過去與現在，感情之細膩，思想之深邃，筆法之多樣，在台灣散文家中是出類拔萃的。探親文學是帶有特殊情感和色彩的，它既有喜又有悲，既有愛又有怨，既有樂又有苦，既有失意又有希望。王鼎鈞以多情筆觸深刻地描繪出那個憂患重重、民生多艱的年代。在他的作品中，民族的危亡、中國人的苦難始終是一個持久而沉重的主題，但我們捧讀他的作品，你卻很難發現澈底的沮喪、陰鬱和悲觀失望的調子。他總是在苦難中展現希望，在重壓下展露涵納，在憂患的世界裡為人們樹起一面理想的旗幟。

結語　《左心房漩渦》對時代的啟示

　　一九四九年，一個特殊的年代，硬生生地把正常人與生俱來對家庭渴求的人權剝奪。這些外省族群來到台灣，那種想家的折磨恐怕要更深。他們想家的欲望是那麼強烈，絕對不是因為他們不接受台灣這片土地，而是生命深處有非常強烈的文化鄉愁。當一九八七年，探親大門敞開，許多人在作品中分享回鄉的喜悅，但也提到回鄉後的陌生失落感。這種情況，令

---

[107] 宗白華《美學與意境》（上海：人民文學出版社，1987年版），頁20。

人覺得歷史實在非常無情，在台灣這邊，他們被稱為「外省族群」，回去卻又變成「陌生人」，如果台灣不能讓他們安身立命，歷史對他們也未免過於殘忍。台灣現存的許多難解的對立問題，答案並不存在理性的邏輯推理裡，而是隱藏在感性的「將心比心」裡。如何讓這群想家的人，有一天終於把這一塊土地也當做自己的家，容許他們既有精神的原鄉，也有定居的故鄉，兩者同時並存，則台灣的開放價值才能彰顯出來。畢竟，他們都流下了汗，奉獻了一生的生命，全心注入這塊土地。他們內心深處，可能還懷有一個精神的原鄉，但生命則已經是屬於台灣。如果我們不要太過執著，這個世界本來就會為我們開放。如果太堅持某一種信仰，可能會排斥某一價值，這塊土地有那麼多人，皆以其蓬勃的生命力與想像力豐富這塊土地。未來的台灣，應該以開放的態度尊重不同的族群，促進族群間互相理解與尊重，認同彼此間的複雜性，並能消解統獨意識的價值對立。我們唯有以個人不同的生命紋理填補族群類型與歷史裂縫，才可反對污名，反對刻板印象，並能文明的相互尊重與對待。[108]

　　人生的苦難，偉大的作家大多對此有過切膚切心的領受。它是一種反作用力，推你向困境、絕境，使你的生命在這種多元外力的強烈脅迫之中發出強烈的閃光，這便是昇華，便是超越。王鼎鈞的鄉愁書寫不僅僅限於個體的抒懷，同時也具有了群體的特徵和追尋族群生存意義的哲學高度，體現了豐富的精神內蘊與人文特質，正如徐學所說：

　　　　從內容上看，《左心房漩渦》描寫是「我」的心路歷程：細加品味，這個「我」並不僅是作者個人的所歷所聞所感所思，而是代表了千千萬萬背井離鄉的大陸人，也表露了眾多漂泊海外中華遊子的心聲，那是一個大我。《左心房漩渦》四個部分正是這樣一群人的「回憶」、「追尋」、「化解」、「徹悟」。從結構上看，《左心房漩渦》的四部分有如交響樂的四個樂章，「小我」的委屈與哀怨與「大我」的執著和堅毅是其中交相呼應，貫串始終的兩個主題，它們之間的衝突形成了全書的張力，使讀者的心房也處於這藝術的漩渦中。在第一、二部分，國家情懷一度幾成精神病患般的呢

喃，生命無常造化弄人的哀怨，在作品的旋律中佔主導地位，而那清明理性的省思，超越小我的理想與氣節則似有若無，時隱時現。但到了第三部分，雖然還有一些疑惑、一些沮喪、一些憤懣，但悲天憫人的寧靜篤定與民族情懷的堅毅闊大終於壓倒了小我的酸楚。在第四部分中，「大我」發出更為宏大輝煌的高音，使我們也隨之上升和淨化。[109]

對於苦難，能夠入之而領受、又能出之而觀照，那才能夠超越一己之私的自怨自艾，這源於人類心靈的共相，上升於宇宙精神的高處。即是說，由感受自身的痛苦進而感受到人類的痛苦，由感受人類的痛苦進而感受宇宙的痛苦，如此才是大痛苦。越是偉大的作家，由於自身經歷、先天素質以及文化修養等方面多元的廣度和深度超越，能把自然、社會、人生以及苦難、幸福、邪惡、善良、愛恨、順逆、興衰、存亡等等關係，生存、欲望諸種問題升華到哲學的高度去投入、體認。「投入」是一種「入乎其內」的同於常人的領受感覺，「超越」是一種「出乎其外」的不同於常人的觀照體悟。

二十世紀以來，兩次世界大戰、韓戰、越戰、蘇聯解體、中東流血衝突，由於分裂、戰爭及政治意識等原因，放逐、流亡幾乎成為一種世界性的普遍現象，使得許多人有家不能回，有鄉不能歸。文化鄉愁本來就是人的天性，想家不僅是人類最崇高的情操，也是最基本的人權要求。台灣這塊土地本來就是一個開放的土地，這塊土地不斷有新的移民進來。過去清朝的漢人移民，不管他們叫做「閩南人」，或者叫做「客家人」，他們也曾經經過一段想家的煎熬經驗。八十、九十年代又有了一股新的移民潮，那是從東南亞來的，不同的族群在台灣由衝突而至融合，歷史生動地在我們眼前演出。在不同的時代，不斷有新的移民進入，這原是台灣歷史的宿命，因為台灣不可能只靠一群封閉的族群在這塊土地上就能永續經營。歷史的發展已經告訴我們，每一個歷史階段不斷會有新的移民進來，歷史才能展現多元化的面貌與嬗變的開創力。今天有不少人在台灣強調本土，分新台灣人、舊台灣人、正港台灣人，其實「本土」的內容是不斷地在添

[109] 徐學，〈《左心房漩渦》的憂患與昇華〉，《評論十家》（台北：爾雅出版社，1993年），頁211-219。

補、不斷地在填充，而非一成不變。所謂「本土政權」，其實是某一特定族群刻意彰顯的政口號而已。如果不是對真實的歷史面貌有所認識就不可能自稱是「本土政權」。多年來台灣政治總是在藍綠對抗、政黨族群的對立的旋漩渦中糾結沉浮。真正的「本地政權」，應該是不斷接納新的移民、新的歷史記憶、新的文化鄉愁。「台灣人」的定義和範圍不應是被拘限在某一族群或某一時代定居於台灣的人。台灣的歷史從來就是開放的，從來就是不斷接受新的生命、新的文化、新的記憶。

第三篇

在隔海相望與返身觀照下的移民人生

第六章　「海水天涯久為客」的他者觀看
──移民視角下的異域書寫

　　有人說新移民的生活是「一年大苦，二年小苦，三年不苦」，或許那只是對華人移民經歷的一種簡單概括而已。其實移民的路是漫長的、艱辛的。在安家、擇行、置業等方面，都有許多必然要克服的困境，並且要適應 東、西方在價值觀念、語言表達、家庭制度、生活方式等方面的許多差異。東、西方在各自的文化現實境遇中以其不同的「他者」姿態構築了不同生存體系，中華文化在異域文化語境中形成了複雜的生存形態，不同民族文化的相互交融、認同是海外作家創作的一重要主題。

　　移民之初，王鼎鈞對人生完全失去了興趣，由舊金山進關時，他對接機的朋友說，「這是我的空門」。移民是一個沉重的問題，因為在移民的背後，它觸及到的是自身文化根性和異質文化的間隙與對抗、磨合的心路歷程，它已經不只是生命離散的問題，而是在離散中，漂泊者如何將自己放在新的時空的秩序中，尋找巨大的思考能量，從而在創作中形成更為廣闊的藝術張力，這才是異域書寫更為可貴的精神特徵。因為「離散」話語只是一種對移民文化處境的描述，如果只停留在此，它並不能解決自身所產生的問題，而且「離散」不一定就是一種永恆不變的文化狀態，其中的具體情形非常複雜。王鼎鈞在美國的生活超過三十年，實已超越了他在中國與臺灣時期，他不能永遠讓自己停留在思鄉念鄉的痛苦中，讓自己身處終生離散之境，作家試圖超越所謂離散的寫作，他已經不滿足把家園與故國的描述停留在膚淺的懷念與歌頌上，而是在兩種文化的比較中，開闊了視野，拓展了精神的疆域，在他的異域描寫中，對於兩岸的觀察，對東西方文化的比較，已經超越了個人的懷念層面，是在一種全球化的文化視野下的清醒審視。對他而言，他已不再執著於落葉歸根，而是把自己作為一粒種子，著落之處便是根，便是家園。王鼎鈞最終選擇了「離散」和「移植」的人生境遇，「離散」是向故國告別，是為了實現創作自由的夢想而向故國的告別，是為了實現夢想而主動地離開；「移植」則是將自己納入新環境並適應它，跟植物一樣，凡是移植，都會產生「根」和「土壤」的

衝突，只有敏銳善感的「根」主動適應和接受「新土壤」中的養份，新移民才能真正的扎根下來。因而他在寫作中固然有對痛苦的抒發，但這種抒發是有節制的，他固然有對家國的懷念，但這懷念也是有限度的。他深知，這種瀰漫著詩意的懷想，是由於時間與空間的阻隔而被營造出來的，在這種理性的意識支配下，他雖然回憶著、懷念著返鄉，但卻毫不遲疑地往前走。於是，有兩種不盡相同的聲音交替呈現，一種是對文化家園情結「眷戀式」的心靈書寫，一種是尋求精神家園「重審式」的放逐書寫，也可能是兩者的交互映現。前者多見於其自傳性散文如《碎琉璃》、《山裏山外》、回憶錄四部曲。後者見於《海水天涯中國人》、《看不透的城市》、《度有涯日記》。三書正是在大洋兩岸、中美兩國的大舞臺上演繹出的人生面貌，從日常生活、民情風俗、文化差異入手，皆因在美國自由自在的生活，為自己而寫作，讓他更真切地反映了移民人的觀察視野。三書的創作有時間發展的歷程，具有時間的前後性，透過這三本書可以見到王鼎鈞的異域見聞，以及他在美三十多年來心情的轉變。如果說在這之前他的作品是以多樣的創作手法實現對散文越界破體的創新，嘗試反映中國近代在戰亂流離下的人物心態，折射出戰爭時那個荒誕的年代所造成的人性扭曲；那麼，赴美之後置身於東西方文化交織的社會變動的生存環境，其作品以多元文化的觀點去深入探測和刻劃普世的人性，以紀實和反思的方式來反映華人的生活境遇和內心鏡像，作家不僅要跨越地理的疆域，更需要跨越文化和心理的藩籬，尋覓身分和情感的依歸，在東西文化進行碰撞和交融時，必會傳達一種邊緣的生活體驗和精神狀態。作為新移民作家的代表，王鼎鈞具有雙重映射——既是對五光十色的移民生活的深入透視，也是對自我身分的超越性觀照。

第一節　海水天涯中國人：遠適異域的飄泊意識

　　在王鼎鈞的一生中，流浪的經歷已佔去了他大部分的歲月。細數他一生離鄉遷徙的歷程大致有三：第一次，民國二十九年，十五歲的他在對日抗戰時，便離開故鄉山東蘭陵，成了一路逃難的流亡學生，足跡遍布大半個中國，在長途流亡的遷徙中，作為一個青春少年，他第一次有了思鄉與鄉愁的生命體驗，他也是第一次把異鄉變成了自己摯愛的第二故鄉。因為這些土地雖然不是生他、育他的土地，但卻是他一吋一吋數過，一步一

步地過，流淚過、歡笑過的地方，那中間記錄著他的喜怒哀樂，他的成長歷程。第二次，民國三十八年國共內戰結束，二十四歲的他，隨國民政府撤退來臺，這是他第二次經歷離鄉背井，從此與中國大陸天各一方。王鼎鈞在臺灣成家立業、結婚生子，成了知名作家與副刊主編。在這三十年期間經歷了臺灣由近代向現代社會的轉型巨變，在臺灣感受了深刻的人性鍛鍊。三十年的臺灣生活漸漸讓王鼎鈞對異鄉由陌生到熟悉，他漸漸把臺灣當做自己的故鄉。王鼎鈞說過：「每個離開自己國家的人，都是因為後面有根針在刺他。」「世上最適合孩子成長的地方，原是母親的懷抱」，「一切問題都是由於那孩子是棄嬰才會讓孩子無處可去。」[1]故鄉被共產黨解放的長刺針他，他逃到臺灣。在臺灣，白色恐怖與社會歧見的那根刺更尖更長，刺得他的心淌血，讓他深感幾乎無處安身立命。在那樣的境域裡，他的創作不得施展，像永遠被框設在特定的範圍、固定的說理寫作模式。[2]在創作的世界裡，對自由、藝術、美的追求是三位一體的，因自由而藝術，因藝術而產生美。

　　　　作家為什麼喜歡民主自由？無他，在民主自由的政體下，文學容易有獨立的生命。[3]

　　所以，第三次，他在一九七八年，五十三歲時，從工作崗位退休，決定應聘至美國西東大學工作，編撰華文教材。美國因為是個移民眾多的國家，推行雙語教育，對於新移民學生，必須用他的母語教他，再過渡到英文，這需要編教材，訓練師資，聯邦政府委託新澤西的西東大學辦理，西東大學成立雙語教程中心，主其事者為楊覺勇教授，他專程到臺北物色中文編輯，於時王鼎鈞剛退休，他心中早有規劃，要寫回憶錄，寫回憶錄並需要把一切放下，但在臺灣生活環境太熟悉，很難專心，又加以需要閱讀

[1] 王鼎鈞〈天涯未歸〉，《海水天涯中國人》（臺北：爾雅出版社，1982年11月），頁121。
[2] 說理成為王鼎鈞在臺灣創作的主軸，他出版了《文路》、《講理》、《人生觀察》、《長短調》、《廣播寫作》、《短篇小說透視》、《文藝批評》、《世事與棋》等論說性的作品。在出版了幾部論說文集之後，王鼎鈞開始反省自己的寫作方式，他在〈情人眼自序〉中說：「我並不喜歡用這種方式（為職業而說理）生活，我立志寫作並不是為了傳教或作裁判」，他擔心自己的抒情能力將因長久的為職業說長道短積習而退化而僵化，見《情人眼》（台北：爾雅出版社，2004年12月初版），頁9。
[3] 王鼎鈞：《東鳴西應記》（臺北：爾雅出版社，2013年11月），頁98。

中國大量出版的資料，那時臺灣還在戒嚴，美國是通往中國大陸的捷徑，正當楊教授洽詢時，正與王鼎鈞心中的構想相合，從此遠渡異域，定居紐約至今。[4]

王鼎鈞認為自己在美三十年的生活是一片空白，因為他到了美國，就是要探測心中的黑洞，書寫一代中國人的生死流轉，歷史的因果發展，要以不斷的創作來完成他來到世上的使命。王鼎鈞的異域離散，有一部分是出於自我際遇與追尋理想的必須，或者可以說是一種自願自覺的選擇。

長於大陸，成名於臺灣，這位鄉愁濃烈的散文大家，老來卻選擇落腳異域番邦。他的一生走的都是單行道——不能復返或重來的單行道，自一九四九年，二十四歲的王鼎鈞隨軍隊撤往臺灣後，至今未返大陸；至一九七八年，五十三歲的王鼎鈞赴美定居，此後不再踏足臺灣。自從離開故鄉後，他既未回大陸，也未回臺灣，來到美國後，更沒去遊覽美國的名勝古蹟，原因各有不同，但它們有一個公分母，那就是在王鼎鈞的心理上有致命的疲倦，對道路阻長的恐懼[5]，正如他所說的：

> 時代用擠牙膏的方法把我擠出來，從此無家，有走不完的路。
> 路呀，你這用淚水汗水浸泡著的刑具！我終生量不出你的長度來。
> 征人的腳已磨成肉粉，你也不肯縮短一尺！……為甚麼命運偏要作
> 弄我呢？我為甚麼既須遠行又不良於行呢？[6]

離散與放逐是歷史過程中的常態，也是一種政治命遇、一種生存本質、一種文化現象，人們遠離了熟悉的故土和家園，或為了尋找更好的生活，或為了對自由的渴望，不論是被迫或是主動，有意還是無意，離散與放逐便成為一種獨特的生存方式和行走方式。王鼎鈞《海水天涯中國人》藉著一位老華僑之口道出箇中原由：

> 美國人排華，是想要把中國人趕回去，中國人儘管吃盡苦頭，
> 卻始終留在美國，為甚麼？因為回去的日子更不好過！中國政府對

---

4   參考王鼎鈞：《東鳴西應記》（臺北：爾雅出版社，2013年11月），頁219。
5   以上內容乃筆者以書信訪談王鼎鈞先生：「為何在這三十多年來，不再回大陸也不回臺灣呢？」鼎鈞先生回覆筆者所得。
6   王鼎鈞，〈蠶‧井天‧籠牢〉，《海水天涯中國人》代序，序頁1-6。

待中國人既是如此，又何必苛責美國政府？[7]

華人移民的歷史可以上溯到十九世紀中葉，在美國主流文化面前，華人移民始終也沒放棄自己的追求。為了生存戰爭，他們要為自己尋找機會，當然要有相應的犧牲。

> 紐約也有那麼多不良幫派，那麼多色情電影和大麻烟，但是，他知道那是他必冒的風險，任何事情都有風險是不是？如果他牢守故園，不是也有許多風險要冒嗎？勝算不是比在紐約還要小嗎？——我敢說，這個人的想法是有代表性的，「非我族類」，其心約略相同。它正是紐約無形的「紐」，紐約人無聲的「約」。[8]

不論是出於政治而流亡，還是由於謀生而出走，都為了追尋更好的生活，飄泊便成為人們必須付出的代價。「為了生存發展，有人是連刀山劍海也敢去的。」[9]，移民人的抒情並不是對故土的魂牽夢繞、日夜思歸，而是再苦也要挺下去、再難也決不回去的堅忍。他們是懷抱著成就偉業的雄心而離開故鄉的，是自願的追夢人，並不全然是走投無路的逃離者。追夢途中的艱難固然令他們痛苦，但這種痛苦並非不可承受，他們在上路之前就已經有了一定的心理準備，他們的追尋行動原本就與廝守故鄉相悖的，他們渴望實現夢想原本就與滋養他的文化傳統是遠隔的，他們放棄了在文化母體中依存的角色，不論是情勢所逼還是自覺的選擇，轉而追求個人在另一種文化中的生存、發展與成功，他們必須走向異域。

飄泊不止是空間上的位移，也是時間上的滄海桑田，更是人生靈魂的無所歸依。人一旦離開自己原有的時空定位，生命在時空的轉換中，必然要承受壓力。與自我原本生命所熟悉的生存空間發生位移，原有的生存價值系統似乎也要被否定了，面對異己的時空謀求生存和發展，就意味著對新的空間的順應和對自我的重鑄生。當王鼎鈞決定遠適異域的那一刻，進入機艙，卻又生發許多複雜的感受：

---

[7]　王鼎鈞，〈匆匆行路〉，《海水天涯中國人》，頁4。
[8]　王鼎鈞，《看不透城市・代序》，頁5。
[9]　王鼎鈞，〈溫柔桃源〉，《海水天涯中國人》，頁31。

　　進了機艙，找到座位，才發現一身是汗。坐定了，才去細嘗
那一個月來無暇咀嚼的、「遠適異國」的悵惘和「故土難移」的依
戀。飛機偏又遲遲不飛，好像故意讓我多匯聚一些離愁。……

　　終於，機身微微顫動。終於，在輕輕一震之後，印在機窗玻璃
上的航空大廈傾斜了。轉眼間，由大廈頂層振翅而起的鴿子與我比
肩同高，而巍巍的圓山大飯店迅速縮小。臺北市變成一張精緻的、
複雜的沙盤。不容多看，窗玻璃忽然變成不透光的白板，那是雲，
神和人之間的帷幕。我驟然覺得肚臍一緊，臍下的小腹隱隱作痛，
彷彿臍帶未斷，越拉越長，拉得我的肚子變形下垂，拉成了一條敏
感的細絃，在寒冷的大氣中裸露著。[10]

　　這段描述由實入虛，由當下真實境況的寫照而進入了心靈的感受，
預示著這一熟悉的美好已不會再有，似乎也昭示著臺灣對於他而言，是個
「再也回不去」的所在！遠離故土的人，如同嬰兒脫離母體時產生的慟哭
一般，斷根之痛，鋸解之傷，是失去一種對熟悉的溫暖和安全的渴求。隨
著機身漸漸上升，他與臺灣漸行漸遠，由地面升至天上，更是上下無憑的
流浪感，找不到身心的安歇，上下起伏的漂泊感。天空橫無際涯，只見到
雲，而雲是流浪者無依無靠、飄泊無定的寫照。「飛機朝著地球的另一邊
飛，無論飛得多快，我和你，還有你們之間連著血管，連著神經，越拉越
緊，越拉越細，但是永不繃斷。」[11]故鄉的雲遠去，但掛念是風箏的線，
無論飛得多高的風箏，情懷仍捏在手中：

　　二十四小時不著陸飛行，使我貪戀那種沒有壓力、沒有挑戰
的生活。……我知道，只要飛機落進下面的方格裡，只要我落進網
裡，這一切將成為無憑的春夢，再無痕跡。……著陸時，龐大的鐵
鳥如燕雀般輕盈，我的心驀然一沉。這才覺得和你關山阻隔，遠在
天涯。再也不能像飛行途中，以為只要撥開雲，我就可以看見你，
你就可以看見我。[12]

---

[10] 王鼎鈞，〈匆匆行路〉，《海水天涯中國人》，頁4。
[11] 王鼎鈞，〈匆匆行路〉，《海水天涯中國人》，頁4。
[12] 王鼎鈞，〈匆匆行路〉，《海水天涯中國人》，頁7。

　　家園情結不是只有地理空間的阻隔，更有時間流逝的內涵。遠離了一個情感上認同的家，從一個熟悉的地方遷徙到一個完全陌生的地帶，一個語言、文化、種族、生活習慣都有極大距離的異域，更加深心中的疏離感和漂泊感。在抵達異域的那一刻，王鼎鈞便成為一個無根和迷失者，飄泊在異國他鄉，流落在精神荒原，如同風中的飄絮飛蓬，無法掌握自己的命運。他在俯瞰霧氣籠罩的太平洋，海水波濤洶湧、驚天動地漫湧而來，沒有邊際奔騰蔓延，前浪後浪相推排，漲落有著一定的規律。

　　　　早晨，我們來到碼頭旁邊，我知道那蒼茫的海水正是太平洋。
　　我知道我面對你們，你們也面對著我。海浪是兩岸連起來的肌肉、
　　神經纖維，是我們互相呼應的共同的脈搏。我浪漫的想：這些人的
　　腳踏在尖沙嘴上，輕輕震動海灘，震波穿越太平洋到對面的海灘，
　　中國的海灘，臺灣的海灘，那海灘上也有一些腳印。海水不曾將兩
　　者切斷，反而從中間一脈相連！[13]

　　表現人生的流浪感，是王鼎鈞創作中的重要主題，海水海灘相連之景，實際是暗示自己的心境。自己的內心也像奔騰的海水一樣，沒有片刻平靜。從物理現象來看，海水一脈象延，回望那迷失在烟嵐霧靄中的過往，對於一直流亡到今天的自身遭遇，作家不免思考為什麼自古以來總有那麼多人要遠離自己的故鄉：

　　　　我思念第一代的華僑，他們幹嗎要在驚濤駭浪中九死一生搶
　　灘登陸呢？究竟有一根甚麼樣針在後面刺他們呢！他們如果能夠預
　　料今日的結果，還肯飄洋過海嗎？你說，「有海水的地方就有中國
　　人」，豈是中國人的光榮？[14]

　　王鼎鈞遠離自己的國家，是在那樣一個風雨飄搖、政局動盪的年代。在無所歸依的心靈漂泊之中，讓他常思索追夢與鄉愁之間的關係。在他的心中，山東蘭陵是他父祖之鄉，亦是生他育他的故鄉。但現在是連故鄉老

---

[13] 王鼎鈞，〈溫柔桃源〉，《海水天涯中國人》，頁35。
[14] 王鼎鈞，〈溫柔桃源〉，《海水天涯中國人》，頁34-35。

屋、高堂白髮都不存在了。臺灣曾經是他打算安身立命的第二個家,然而在臺灣三十年,王鼎鈞也沒有落下根,永遠有人會說他是流亡至此的「外省人」。如今選擇離開了臺灣,「為甚麼要飄洋過海呢?」「我究竟來自何處?」「我的根究竟歸屬何處?」的追問潛逸而出。遠適異域的漂泊意識時時縈繞心頭,永遠落不下根的漂浮感揮之不去,因為他「已從由一時的流亡延長為終生的流浪」。[15]

　　「離散」與「放逐」是指人們無法在自己的國家安身立命,多半是受到政治迫害之後自願與非自願的流亡,只好把自己抽離出原本熟悉的世界與故土,與原本所在的地方形成一種距離的美感和惆悵之情。離散的處境最容易產生的情感就是思念,人們在離散的處境中,才能把故鄉理想化。放逐,在某種意義上,是追尋另一種自由,在兩種文化的比較中,開闊了視野,為創作提供新的可能。放逐,在某種意義上,便成為放逐者尋找精神家園、守住心靈故鄉的另一種方式。在放逐的生命體驗中迸發出的創作動機,便成為作家個體人生的一種安撫或寫照。王鼎鈞的移居海外,是主動也是被動,他因為客觀的因素不得已而棄國離鄉,一方面是為了主動選擇,他為了守護心靈的一方淨土,哪怕帶有烏托邦的色彩,選擇了自我放逐的道路,遊走在個人與現實、自我心靈與外在秩序相互衝突的交叉地帶,構成為一個富有張力的空間。於是,他們由此出走向世界,同時也渴望最終回到家園。家園和世界原本是對立的,但在他的心中家園和世界並非對立的,他可以在世界的任何一個角落找到家園,在世界上發現家園,開掘出家園的新涵義。那個家園已不是地理意識上的家園,而是他所嚮往的「精神家園」,家園與世界則日益和諧一致,他由此而獲得了更加開闊的發展空間。使家園和世界和諧一致,並非一蹴可幾,也不是每位離散者都能夠意識到這一點,很多人是始終把自己的生活狀態視為客居,在故土與客地之間來迴逡巡而無法認同新的家園。王鼎鈞的移民書寫正揭示了他如何重新認識家園、重新定位人生的過程。

---

[15] 轉引自王鼎鈞〈失名〉,《左心房漩渦》,王鼎鈞《左心房漩渦》(台北:爾雅出版社,1988年5月),頁35。

第二節　「弱者」與「邊緣人」的處境：移民入境的生存代價

　　遠在太平洋彼岸的美國有著不同於中國的文化特質。美國雖是一個匯聚了各國移民的資本主義國家，但其主流文化仍以西方價值觀為核心，華人在美，必然要承受「弱者」與「邊緣人」的處境，寄人籬下的不平等地位。當王鼎鈞初次踏入美國這個經濟、政治、文化、民俗差別迥異的地域空間時，這些異質因素必然會刺激他的敏感，這樣一種縱橫交錯的目光使得王鼎鈞的審視具有冷靜客觀的理性，於是一種新型的書寫就交錯於兩種文化的碰撞之中，他客觀地展現了中國人到紐約的生存狀態，移民人的隱秘內心世界。在異質文化碰撞中人性所面臨的各種心靈掙扎，特別是在「移民情結」中如何對抗異化，從而給讀者展示出現實人生的痛苦無奈、冷酷無聲的精神畫卷，這種「弱者」與「邊緣人」的處境，已勾劃出移民所觸及到的生命尊嚴這樣沉重的主題，把握人性在特定歷史背景下所具有的全部張力和豐富深邃的內涵。

一、「弱者」的處境與想像的超越

　　從本土走向異域，移民人面對的是一個完全陌生的生存環境，這個環境帶給他們是無法擺脫又令人苦惱的語言隔閡、文化差異以及生存壓力等諸多問題，這一切都要靠自己去承受，心理的失衡與精神的折磨都是他們必經的一個階段。特別是生存的經濟壓力，對於移民者而言，是一道難以逾越的物質屏障，面對西方社會的強勢經濟、文化，移民者身上本土印記──弱者的身分，被襯託得更加顯明。美國雖是繁榮進步的大國，但城市的發展和犯罪率是同步上升的，〈狼嗥聲中〉寫出紐約環境險惡，在紐約的華人相遇，見面的問候答語往往是，「很好，到現在還沒有人偷我」、「很好，我沒有挨槍」。[16]治安這麼亂、生存這麼危殆，但為何華人還要搬到紐約來呢？一位經歷過文革的人說：「那時候，坐在家裡，走在街上，隨時準備有不測之禍。現在，也給我同樣的感覺。不過仔細想想也有差別：紐約的不測是一條線，文革之類的不測是一張網，線容易躲得過，

---

[16] 王鼎鈞，〈狼嗥聲中〉，《看不透的城市》，頁118-119。

網就在劫難逃了」，所以，「總不能因為怕狼就不養豬。」[17]人生總有危險，但為了生活，仍要冒險。移民者為了發展的機會，寧可忍受生活的艱難與危險。

> 天下有些事，明知會失望也得去做。所以，多少汗流滿面的人在這裡屈指計算那天可以申領美國護照。[18]

這種明知不可以而為之的態度，便是圖個爭取那個機率成功的冒險精神，「為了生存發展，有人是連刀山劍海也敢去的」。[19]例如〈單向交通〉一文，寫一個妻兒已去美國三年，自己也想方設法去美國，因而低聲下氣寫信給在美的朋友幫忙打點的人，然而妻子卻一直無法順利拿到綠卡，他仍然相信天無絕人之路，只要鍥而不捨，機會終會出現：「當初這樣安排了，現在無從改變，就像畫水彩，只能畫下去，不能修改。移民這玩意兒一步錯，步步錯，既然錯了，只好錯到底啦！」[20]為了能移民到美國，甚至願意讓妻子幾年來的非法打工所存的錢送給朋友，作為酬答，也把自己的房子賣掉，打算一起到美國和妻子會合。然而最後，終因兒子在美國學抽大麻、妻子毅然帶著兒子上了飛機回國。[21]所有的努力與付出終究功虧一簣，男主角在一家人團圓中澈悟人生：

> 我今日家雖已破，人幸未亡，人在即家在，迷途未遠，今是昨非，誓以有生之年，重建家園，一贖前愆。[22]

這個妻子選擇了踏上歸程，返回母國，也等於放棄長久以來的努力，這當然是一種理性卻令人不甘心的決定，但對於當事人又何嘗不是一種心靈磨難的解脫？作者透過一封封的書信，寫出了移民者的命運賭注，在這樣卑微的境地裡，為了成功他必須謙卑地向人請託、必須承受一個家庭分隔異地之苦，即使妻子堅忍、終因孩子學壞而放棄多年來的移民計畫，展

---

[17] 王鼎鈞，〈狼嗥聲中〉，《看不透的城市》，頁118-119。

[18] 王鼎鈞，〈歸心〉，《看不透的城市》，頁225。

[19] 王鼎鈞，〈溫柔桃源〉，《海水天涯中國人》，頁31。

[20] 王鼎鈞，〈單向交通〉，《看不透的城市》，頁73。

[21] 王鼎鈞，〈單向交通〉，《看不透的城市》，頁71-82。

[22] 王鼎鈞，〈單向交通〉，《看不透的城市》，頁81。

示了移民人必需要承受的精神煎熬、面對無可奈何意外變化的生命歷程，這是移民弱者的挫折體驗，是尋夢者身處邊緣的悲劇宿命。

移民者帶著第三世界的平民情感由世界的邊緣跨進了中心，在異國的叢林中搏擊，那生存焦慮使他們投注一切去拼搏，為了生存他們出來不易，待下去很難，決定回去更需要勇氣，移民者在美國的「他者」的看視下，來自種種有形無形壓力，更加重了他們的難言與難堪，加深了他們身為「弱者」的被棄感。凡是為了生存或生存所迫而形成的陋習，都可以算是美好人性的一種變相表現，需要我們的諒解和同情。

正因為華人到美國，是弱勢地位，他們自知自己在美國的地位脆弱，所以盡其所能逼迫子女用功，以便在泳賽中不致滅頂，人在屋簷，只能忍耐配合。例如〈崔門三記〉的老崔帶著兒子赴美入學，處心積慮地要給孩子最好的安排，期望兒子進入寶庫變成寶，但卻一再地承受種族的歧視與壓迫，在學校受到美國同學推他而頭撞到牆，他擔心這種事會再發生，為杜微防漸，他決心花了錢請個翻譯陪同去向校長討公道，但未料校長認為兩方都說對方動手，可是都沒有證據，好在沒有人受傷，兩人已握手和好，孩子不記仇，大人不宜再提。做父親的絕望地擔心誰來保護自己的孩子？那位華人翻譯告訴老崔：「告訴你兒子，他要靠自己！有人打他，他就打回去！」「哭沒有用，告狀也沒有用，只有這個辦法中用！」老崔深知自怨自艾無用，「處世之道在胸脯向前一挺。打得過，就打，打不過，就告！告狀儘管無用，到底不失為一種反抗。」想到兒子學過跆拳功夫，臨陣應有還手之功，但畢竟內心仍有掙扎：「中國武術寧願忍辱，不肯出手，這個『打』字如何從他做父親的口中說出來？」父親天天擔心孩子在學校會遇到麻煩，越是怕事，越要出事，老師打電話通知老崔兒子又打架了，老師一口認定是兒子的錯，他先推了別人一把：

> 崔先生，請你跟我們合作，教你的孩子記得這是美國，不是中國。在中國，孩子們你擠我、我推你，嘻嘻哈哈，是親熱；這裡不行！你推人家一把，人家就以是受到攻擊，以為是你要打他！中國人要打誰，自己退後兩步，美國人要打誰，先把他推開兩步！

老崔擔心常常打架怎麼得了，放學後正好想問孩子，未料孩子主動告知：「今天傑克有麻煩，他想打我，我就用腳踢他，他倒了，我沒倒。」

老崔不考慮地揚起巴掌劈臉就打了兒子，這一掌打破了兒子的鼻子流血了，屋子裡沒有第三個人，老崔只得急忙轉換角色，由嚴父轉為慈母，由懲罰者轉救護者，止血洗臉，兒子的抽噎使他全身震動。[23]

> 　　不該打，不該打，打孩子是犯法的行為，倘若有多事的鄰居打個電話，立刻就有警車上門。孩子，你不可以打人。孩子，那不是傑克的麻煩，是你的麻煩。把孩子緊緊摟在懷裡，要孩子忍，要孩子讓，要孩子會看眼色，趨吉避凶。他說一句，小孩就答應一聲，接著又抽噎一下。老崔的心跟著隱隱痛一下。叮囑了千言萬語，小俠答應了千遍萬遍，這孩子忽然仰起臉來問：「他打我，我為甚麼不能打他？」老崔語塞，眼淚直流。[24]

　　老崔對兒子有深深的歉疚，這是移民者的人生悲涼，一個弱勢文化的成員在進入到強勢文化環境後，想要獲得強勢文化承認同是非常困難的。最終因兒子學過跆拳功夫，校方擔心會造成了更多的學生間的紛擾，要求老崔接兒子回家，省得受到其他美國學生的糾纏。移民人漂洋過海，含辛茹苦，日夜勞累，就是為了子女能夠打入美國主流社會，出人頭地，然而弱者的處境，注定了他們想像中的天堂終究是一個幻影，帶來的是處境的失落感。原來天堂不過如此而已。在〈那年冬天〉裡，王鼎鈞借一位移民專家之口，說出了在美非法定居人的窘態：

> 　　對非法居留的人而言，美國不啻是一座看不見圍牆的大監牢，這座大牢的懲罰規則並非不准出去，而是出去以後不准再回來，非準居留者惟恐失去「坐牢」的機會，哭哭啼啼硬不肯走。這是中國古代政治家不能夢想的境界，是美國的驕傲。[25]

　　歷盡千辛萬苦爭取的卻只是「坐牢」的機會，令人沈思。美國並非天堂，但也不是地獄，因為在這片異域的天空下，強與弱者的對比既已如此顯明，處於劣勢的弱者對自我弱勢的抵制與抗爭便成了順理成章的本能

---

[23]　王鼎鈞，〈崔門三記〉，《看不透的城市》，頁13-33。
[24]　王鼎鈞，〈崔門三記〉，《看不透的城市》，頁31-32。
[25]　王鼎鈞，〈那年冬天〉，《看不透的城市》，頁173。

反應，這如同一張紙的正反兩面，表達弱者身分與超越弱者身分，就是共在依存的兩面，因此我們會不經意地發現，弱者有時也可以是強者。例如在〈怨〉一文，寫了一個朋友，發誓對人生絕對不抱怨，在去國之日收拾行李，以一個壓箱的刻了「忍」字的鎮紙來自許，然而在面對美國的許多異化現象，不免難以接受，即使他在心裡不斷地告訴自己：「這都只是小事，大丈夫提得起、放得下，何足介懷。」有些事知易行難，提得起硬是放不下。結果，安慰的話也成了抱怨。最後，這位朋友對「抱怨」有了新體驗：

> 從前，抱怨帶來難過，現在，抱怨之後身心放鬆，壓力解除，對健康必定有益。他認為抱怨是一個身分地位的問題，國會議員的抱怨，謂之質詢，專欄主筆的抱怨，謂之輿論，檢察官的抱怨，謂之上訴。一個小人物不是主筆，不是檢察官，他的吐沫星子濺不到任何人身上，他只有「不及物」自言自語，這就是抱怨的來源。他說，抱怨乃是小人物的權利。[26]

　　這位朋友以為「抱怨能幫助忍耐，能產生真正的忍耐」，這是作家對這種弱者身分的想像性超越，我們不經意發現，弱者有時竟會是道道地地的強者。

　　又如〈至親好友〉提及，一位在美國燻腸工廠工作的中年人，整天都在廠裡，甚麼時候一抬頭，便可見老闆無情的臉，連一秒鐘也不讓工人蹉跎，簡直是個機器人，你不論甚麼時候犯一點小錯，他都能馬上發現，他是個奴隸主，只差手裡少根鞭子，他自己表情像僵屍，卻要求做工的人要表現得又活潑又快樂，但這位中國工人他實在笑不出來，因為天天上班做燻腸做了八年，漸漸對燻腸作嘔，「我忽然覺得這東西不是燻腸，是大便」，天天在屎堆裡混生活，痛苦極了。他的一位朋友告訴他：「咱們那有資格挑人家？是人家挑咱們啊！咱們外頭不能換，但是裡頭可以換。」即是改變心裡的想法，同一件事情，用快樂的想法去想就快樂，用不快樂的想法去想就不快樂。

---

[26]　王鼎鈞，〈怨〉，《看不透的城市》，頁51-52。

你想，美國佬這麼神氣，像大便的東西他們也吃，而且有人特別愛吃，這不是很滑稽嗎？他們瞧不起你，可是你每天做大便給他們吃，不是很痛快嗎？你的老闆，才睡在大便做成的房子裡，端著大便做成的盤子吃飯，並不是你。這樣一想，他那神氣十足的樣子不是成了開心果？這個世界多有趣啊！[27]

我知道一個人，在唐人街開了個小吃店，東西好，每天晚上都有很多人在門外排隊，生意既然興隆，辛苦緊張自然不必說。日子久了，內心的苦悶也不必說。可是他的店一直開到現在，以後會繼續開下去，他怎麼能支持的呢？有一天，他忽然覺悟了，他說，你看門外排隊站著那麼多人，不是活像一群乞丐？那些傢伙，管你三萬美金一年、四萬美金一年，還不個個在那兒等著我打發？讓他們慢慢等吧，老子不在乎。[28]

這就是一種由弱變強的心理轉換與思想調整，移民者為了改變自己處境的弱勢，試圖越越自我、超越強者。

王鼎鈞非常客觀冷靜地陳列著一樁樁事情，他並沒有義憤填膺地去道美國人事的種種不是，而是將入美的利弊陳述出來，尤其給做著美國夢卻沒有做好承當苦難的心理準備而只是一腦子憧憬的人敲了警鐘。

二、邊緣人的兩難困惑與選擇

人類是不能離開身分而生活的，缺乏自我身分將只會是「風中的一根草」。不論移民的動機為何，人們離開了自己的國家而投向西方世界，實際上就是將自己置於一種異質的文化之中，一旦他們成為了移民，他們就已經不在自己國家的文化疆域之內了，但同時他們也不能完完全全地融入到西方文化的情境之中。他們被迫在雙重世界中穿行，一個是決定自己人格形成的原有中國文化，一個是迫使你每天設法去適應的異國文化，換言之，他實際上更像生活在中、西兩種文化的夾縫之間，成為被異域與本土雙重邊緣化的「邊緣人」，對他們而言，本土意味著自己的精神歸屬，而

---

[27] 王鼎鈞，〈至親好友〉，《看不透的城市》，頁65。
[28] 王鼎鈞，〈至親好友〉，《看不透的城市》，頁67。

異域往往是一種物質利誘的象徵。因此面對著自己的情感歸屬與西方的物質利誘，處於夾縫的移民常常不得不苦惱於中、西之間做出選擇的困難，在兩難選擇的背後展現給我們的往往是新移民們與異質文化之間的情感糾葛、靈魂掙扎的痛苦。畢竟他們在去國之前已經形成了具有中國特色的文化認同，移民後他們必須在西方的文化中重新調整自己的認同機制。

例如〈他們開店〉[29]寫幾個中國人在紐約開店，在生活的壓力與生命的尊嚴之間來回奔走，作為一個尋夢者，在異國他鄉想要安頓下來，面對著生存與欲望、個人與族群、社區與地域等構成的生存場，使得身處異域的每個個體，在嚴峻的現實中無法回避多元化的鏡像，這種歷史境遇，便使得移民者在感知自己與過去、現實和未來的現實聯繫中便顯得力不從心，產生了一種難以言喻的焦慮感，多少年來，有多少想吃「吃不著苦的苦」的心態比吃得著的苦更苦。王鼎鈞自己也深有感受，他在〈吾兒‧吾兒〉中借他人酒杯澆自我之塊磊：

吾兒，當我考慮是否應該安排你到美國受教育的時候，我是哭過，瘦過，在菩薩面前礐礐磕過響頭的。

我知道，如果我這樣做了，就是把你放在世界第一流大學的門口，世界著名的圖書館和博物館的門口，然而同時也把你放在許多賭窟淫窟和毒窟的門口。

本來，無論在甚麼地方，上進的人總會遇到相反的誘惑。可是，像美國各大都市這樣尖銳，這樣極端，得失的差距這樣大，這樣令人驚心動魄，卻是我難以想像的。在這裡，你，一個大孩子，是走向天堂，或者走向地獄；投身黑淵，或者沐浴光明；這要你自己決定，你的生命可能美而充實，也可能醜惡虛無。

吾兒，如果我們自己的國家，也能提供美國這樣的教育環境和發展機會，我們無須作此冒險。退一步說，如果能趕得上美國的二分之一，我們又何苦為求虎子而入虎穴？再退一步說，就算是四分之一或八分之一吧，——我還能再往下想嗎？再往下想，一定有人批評我太沒有立場、太沒有自尊心了。……

---

[29] 王鼎鈞，〈他們開店〉，《看不透的城市》，頁83-96。

「遠適異國，其人所悲」，但是，吾兒，只要你自愛，上進，我不後悔。

吾兒，只要你上進，愛人，沒有誰可以批評我對不起中國。[30]

這段話寫出了異鄉求生的真實窘境，也抒寫了心靈變遷的坎坷歷程。為了讓孩子可以有更好的教育環境，父母情願犧牲自己。然而，「移民者的孩子即使是在美國出生，入學後也交不到多少朋友，日常往還的，多半是少數民族的子弟」[31]：

談到歧見，當然是有的，「十個指頭有長短，荷花出水有高低」，父母對子女尚有偏心偏愛，何況政府之於不同種族的人民？[32]

「砂子似的在蚌肉裡夾著，人生地不熟，做甚麼都錯。」[33]移民者的孩子在校被同學瞧不起，因為她在放學回來的時候，逗著、追著路旁廣場前的成群鴿子，不過是好玩罷了，在同學眼中卻成了一項罪名，這讓華人父親不能忍受：

這些有眼無珠的小洋仔，我的女兒不是和鴿子一樣無邪無猜嗎，她豈有傷害鴿子的意思？她只是催促鴿子表演一下飛行的美姿，衷心欣賞而已！鴿子作「太空漫步」時，你們這些洋仔不是也看得心花怒放嗎？看鴿子那身肥肉，運動一下，慢跑幾步，也是應該！鴿子畢竟是禽獸，只愛禽獸不愛人，豈由此理！[34]

面對著他族歧視的眼睛，能有幾個人保持得住自我的本真，尤其當這雙眼睛與社會合謀而成為凌駕在自我之上的集體意志的時候，自我便只能落到他者所編織的意義之網中，即使不甘，即使迷惘，也只能接受。

---

[30] 王鼎鈞〈吾兒・吾兒〉，《看不透的城市》，頁191-193。
[31] 王鼎鈞〈那年冬天〉，《看不透的城市》，頁168。
[32] 王鼎鈞〈那年冬天〉，《看不透的城市》，頁169。
[33] 王鼎鈞，〈怨〉，《看不透的城市》，頁47。
[34] 王鼎鈞，〈怨〉，《看不透的城市》，頁47。

又有一位朋友的兒子在祕魯京城利馬因為參加示威而被捕，作者想要打電話關心，但有朋友反而這樣安慰他：

> 利馬的那個青年參加示威，證明他在當地有朋友，能進入那個社會的裡層。雖然示威被捕絕非好事，他總算屬於個社會了。巴拿馬有些中國人好像永遠是遊客，一直游離在社會之外，贊成為反對都沒有他的份兒。老一代還可以抱守殘闕找安慰，下一代孤苦伶仃沒有歸屬感，有些孩子就染上了賭博和吸毒。[35]

所有的移民者都難以擺脫作為「邊緣人」所面臨的尷尬境遇，王鼎鈞的貢獻在於他能夠穿透了「邊緣人」表層的喜怒哀樂，從而進入到人物心理痛苦的深層，在人性的意義上表達了更為深沈的苦難意識。他告訴了我們一個真實的美國生活面貌，告訴那些迷失在紐約、曼哈頓有著「黃金遍地」的神話想像的人們，從而在一個新的層面上，展示了新移民世界鮮為人知的生存坎坷。作者在日常生活、在平易細微處暗暗地刻劃出華人的「邊緣」處境。現實中「邊緣人」的處境，以及自覺的「邊緣」意識使得王鼎鈞反而能站在「邊緣人」的位置審視自我與他人，游離於主流，這樣他便可以站在局外觀看，觀察更冷靜，王鼎鈞用冷靜客觀的心態，刻劃了移民人的心情，便由自我敘述言說的欲望轉向了敘述他人的故事和「邊緣人」的心態，這使他的創作獲得了前所未有的廣闊視角和思維深度。

三、「十年一覺移民夢」：從「尋夢」到「把夢踩在腳底下」

在海內外的大千世界裡，人總是嚮往自由的。自由的人才可以算是一個真實的人。但在實際生活中，人又無處不在枷鎖和圍城之中，種種追求自由的可能性，往往要付出不自由的代價。華人來到那個天下下熙熙攘攘皆為利來利往的西方世界，都注定要被那世界所塑造所左右。欲望騷動著人，功名煎熬著人，異化擠壓著人，毀譽追逼著人，而許多學而不思之輩往往自溺其中、罔然其間，導致徇彼而喪我、背離了自己活潑潑的真實生命。王鼎鈞寫到在公車上見到一位老者閱讀的《美國歷史》，封面上正是

---

[35] 王鼎鈞，〈黑白是非〉，《海水天涯中國人》（台北：爾雅出版社，1982年），頁98。

紐約港外高舉火炬的「自由女神」：

> 這張照片一定是坐在直升飛機上拍的，角度和女神平行。女神
> 留在鏡頭裡的是她的背影，她正在大踏步向前走去，好像要走進書
> 中，又好像要走出鏡頭之外，一去不返。當初設計這座塑像的藝術
> 家，要女神走進美國人的世界，他希望我們覺得女神迎面而來，漸
> 行漸近。從來沒人導引我接受這樣一張相反的照片。因此，我吃了
> 一驚，然後，是無限的悵惘。[36]

照片上自由女神的姿勢似乎要引領大家「走出」美國，這引發了作者
的反思。移民者本是帶著對美國這個高度發展的西方國家的美好想像而進
入美國的，然而他們對美國的美好設想都是一種誤讀與誤判，美國並不是
遍地有黃金的天堂，也不是絕對自由平等的伊甸園，當移民置身於美國這
個陌生的環境不久，他們很快發現這裡、那裡都存在著可能而無法預料、
防範的敵意，未必是自己可以久留之地，而此時，種種考慮又不能使他們
即刻抽身折往、重歸故國。當初懷著到美國去大做綠卡夢的人，此時幡然
頓悟，「十年一覺美國夢」，原本想到美國尋夢的人，最後成為一個個把
夢踩在腳底下的人。

移民，這個最脆弱敏感的生命形式，它必需要學習對殘酷的環境做出
最適切的反應，才能存活。移民異國，不僅要面臨生存的壓力，更要面臨
文化的衝突，除了解決生計之外，移民人還要擔當起文化衝突的協調人，
來調和兩種文化碰撞時產生的矛盾，尋找對自己來說最穩妥、最適合的文
化方略，這個文化方略並不是現成備取的，而是需要通過生活的砥礪、歲
月的磨洗、內心的千回百折才逐漸成形，這也是作家離散書寫的最後歸
趨，便是要安時而處順、折合二端而兼取。

第三節　看不透的城市：觀看「他者」的異質文化

美國是一個移民國家，世界各國的人們在歷史演變的過程中選擇來
此實現他們的夢想，具「大拼盤」的文化現象，「紐約市真正是個戰場，

---

[36] 王鼎鈞，〈如是我見〉，《看不透的城市》，頁10-11。

我一進紐約就緊張」[37]，美國是一塊由一批充滿冒險精神的移民蓽路藍縷的墾拓出來的新大陸，因此，美國人常把這種勇於奮鬥的移民稱之為「美國精神」的代表。王鼎鈞在中西兩種文化之間拉開一段距離，由觀看冷漠的、變異的、隔閡的「他者」的印象，讓他感受到二者的間隔，他用東方與西方相碰撞產生的新立場、角度審視著現實和歷史，從而反思如何超越自身文化、尋找文化融合的可能性。

　　「『文化模式』是一個民族或國家在長期的歷史發展過程中逐漸形成的一種相對穩定的文化心理、思想觀念以及情感模式」。[38]這種種文化的影響早已根深蒂固的印記在每個人心中，最終確立起自己的文化身分。移民在文化語境中與他人交流出現的困難，不僅僅因為語言等文化表層的部分，而更是源於文化中深層次、核心的部分，如思維方式、行為規範、風俗習慣和家庭信仰等。中國在五千年的歷史長河中，形成了儒家「溫良恭儉讓」五倫的文化特質，孔子曰；「詩可以興，可以觀，可以群，可以怨」，「可以群」即是建基於「人能群」的一種天性，無論待人處世都要依自然需求的理由，順應天然，執中兼容。美國是近代興起的資本主義移民國家，原始土著和多種族的人生活其間，形成了民族混居相處的社會族群結構，他們更多崇尚自我個性和自由主義。中、西兩種文化交鋒，一些民族、文化、心理上的衝突勢必難免，一個人只要離開自己習慣的生活環境，就會發現許多令人費解的文化現象和難以適應的生活習慣。王鼎鈞在美國異質文化中的疑慮和困惑，這是文化心理上難以泯除的矛盾和精神內質上難以忍受的無所歸依之感。異國形象呈現了冷寞、變異、隔閡的特點。王鼎鈞從文化和人性的角度為我們呈現了豐富多彩的海外邊緣人生。這種「異」視野拓展出的異質形態，是東西文化的距離觀照中互見「異」處而表現出自覺的跨文化意識，從中可見，移民在不同歷史時期生存策略和文化認同的相異性，已在不同程度反映了中國與世界互動關係的變化與發展。

　　　　行色匆匆，甚麼也無暇細看，倒是觀察身旁的美國人綽有餘
　　裕。我從沒有見過這麼多的外國人，平日在國內，只接觸三兩個傳
　　教士或留學生，現在，觸目盡是「非我族類」。

---

[37]　王鼎鈞，〈狼嗥聲中〉，《看不透的城市》，頁117。
[38]　杜進，《跨文化視野中的比較文學》（合肥：安徽人民出版社，2009年），頁141。

> 美國人，我的意思是美國的白種人，再縮小範圍，由歐洲來
> 的白種人，大都高大整潔，奕奕有神，他們的額角、鼻樑、人中、
> 顴骨、耳輪，大都近乎中國相書上的貴格。相法是中國人家喻戶曉
> 的一門學問，也是他們處世待人的祕密指針，大體上說，中國人遇
> 見了「非池中物」，照例儘量禮讓，不敢得罪。白種人的這副「貴
> 相」，或者可以列為中國百姓媚外的一項原因。[39]

　　文化是一種特性，它可以使每個人從他所接觸的環境中潛移默化地吸收其中的文化習俗和思想規範。王鼎鈞來到紐約這座大城，觀察這些「其心必異」的「非我族類」。面對這個世界，「看」什麼與怎麼「看」，表面上是一個文學視角的問題，然其中更有其深厚的社會內涵存在。作者站在海外「看」異族，其實也在海外「看」中國。任何事物，只有拉開距離，立足局外，在邊緣處觀中心，方能更清楚全面，所謂「旁觀者清」，這也是海外作家的優勢。

　　西方國家的強勢地位，作為一種整體性的認識是被整個世界接受了的，它成了標準和目的，也成了最終的裁決。於是，東方人往往淪為西方強勢眼光中「被看」的對象。近現代以來，在東、西方的接觸碰撞中，處處吃虧的中國人被迫從世界中心的大夢中驚醒，然後迅速地被拋擲在一種邊緣的弱勢地位。在「看」與「被看」的關係中，起決定作用的是一個權力結構，「看」的一方處於絕對強勢的主體地位，「被看」一方的身分則要由「看」的人來賦予，只有在被強勢者「看」的過程中，「被看」者才能確立自己的存在。在過去一個多世紀中，華人就是這樣一直處於西方視野中的「被看者」。通過對東方的「看」，西方國家更加確立了自己主體的優勢，而「被看者」，出於現實的弱勢處境，找不到屬於自身看取自我與世界的視角。在這種態勢下，華人寄居海外，更容易失去主動的地位與決定的權力，在不自覺中走上為別人所主導的發展模式中。所以當我們回過頭來看王鼎鈞的作品，他的主動「觀看」異族、反省西方的視野格外難能可貴，他已經悄然地改變著「看」與「被看」之間的權力結構。作為久居國外的創作者，在中、美兩種文化體系內來回比較時，王鼎鈞並沒有過多地表現出一面倒的態度，而是把客觀公正作為衡量尺度，不論是中國還是美

---

[39] 王鼎鈞，〈匆匆行路〉，《海水天涯中國人》，頁14。

國都要受它的度量，王鼎鈞以高於特定意識型態的視角進行對雙方的文化觀照，中式民主和西式民主、中式教育和西式教育、中式家族化人情與西式家族化人情，在他眼裡都有各特色，也各有荒唐。在切身體驗了兩種不同的文化之後，他獲得了一份從容的自信，這種自信的目光中既有著犀利，又有著包容。既展現了文化衝突，也表現了文化融合和文化超越的內涵。

一、實事求是、理性功利的人際關係

美國是一個高度繁榮的資本主義國家，在這樣重商主義的國度中，利益是美國運轉的中心和動力，所以人和人之間，人與環境之間，利害界限劃分的非常清楚。

> 紐約市地鐵站之亂，之髒，不堪收拾，何以故？乘車者認為這裡是他人瓦上而非自家門前。[40]

美國雖是各種民族移民的大拼盤，但外來者多各自為政，未曾真心認同美國，這種情況不只發生在異族之間的相處，親人之間亦然。美國人失業了，向他的父親借錢交房租，他的父親會說：「對不起，那是你的問題！」[41]責任和義務劃分得非常明晰，迥異於中國人以樂群和諧為貴的生活原則，對於重情重義的中國人來說，顯然是不能很快地接受的。

〈怨〉一文敘述了一個初來紐約的人因為一時找不到房子，暫時借住在朋友家，朋友要求電話費自付，後來遷出時，他算出電話費，然後買了一條金項鍊送給朋友的太太，聊表補償，這是一種對朋友的尊重，他認為當面拿出髒兮兮的鈔票、叮噹響的硬幣來算帳真不成體統，朋友又怎麼伸出手來接受？誰知道了月初，朋友照樣寄來電話費帳單，讓他大吃一驚，打電話去繞了好幾個彎子，婉轉提及他送那條項鍊的動機。對方爽直地說：「那是你給我太太的禮物，不是付給我的電話費。她不會賣了項鍊把錢交給我。如果我們離婚，她會把項鍊帶走，那是她的東西」[42]，這話離他的了解太遠了。

---

[40] 王鼎鈞，〈反映一代眾生的存在〉，《度有涯日記》，頁62。
[41] 王鼎鈞〈老奶奶的見識〉，《看不透的城市》，頁122。
[42] 王鼎鈞〈老奶奶的見識〉，《看不透的城市》，頁122。

　　美國人和中國人不同，他們講求實際，尤其在金錢方面非常務實，付出勞動便要取得報酬，求助於他們當以惠相報，在美國人看來天經地義的，所以他們在勞動報酬方面便算得清清楚楚。美國人的生活都是按理性原則操作的，似乎沒有感性衝動，一切都好像在完成應盡的義務，這樣的理性變異者正是美國這個高速運轉社會的現實產物。

　　王鼎鈞除了敘述美國陌生民族的冷漠，還對赴美打拼的華人進行了深刻的反映，表達出對同族人的陌生和失望，他在〈那年冬天〉中提到在有一種處於「輝煌的過去，黯淡的現在」的中國人，怕見自己的同胞，寧可觸目盡是洋人，以便重新開始。如果他知道某工廠本有若干華工，他怕人家道自己不堪回首的往事和底細，見了中國人就不舒服，於是想方設法換掉中國工人。[43]異域生活的艱苦中最難以承受不是種族歧視，反倒是在異國他鄉依然遭遇到同鄉人的刻薄對待。在海外的同鄉人，不但不能互相幫忙，反而互相打擊，這裡的華人已不是懷有中國情意的同鄉了，早已被同化為美國式的冷漠，一切以個人的利益為考量。熙熙攘攘，皆為利來，皆為利往，凡此種種，導致海外華人的不團結，雖然在殘酷的環境中，適者生存，但是為了生活不惜代價的可怕行為也讓我們重新思考華人的生存價值觀。對人情十分看重的王鼎鈞，通過了多種異國形象的展示，表達了他對人性異化的失落感。

二、荒誕、扭曲的另類關係

　　作者在前往哥斯達黎加時在機上，他看見在前一排座位上的一對拉丁美州男女，一直盡情擁抱熱吻，忙到無暇用餐，原以為他們是蜜月中的夫妻，但他們和作者同時下機，一走出機門，兩個人就誰也不再理誰，誰也不再望誰一眼。在接機的地方，有個他在等她，也有個她在等他，各人投入自己另一半的懷抱，難解難分。[44]這是讓作家想也想不到的情況。西方國家兩性關係開放，隨時可以為了慾望需求而熱情投入，不論對方是否與自己具有關係的聯繫，在另類愛情關係裡實際上捲入一種危險而又荒誕的愛情遊戲，他們不僅陷於危險的人倫險境，而且也陷於輿論險境，甚至法

[43]　王鼎鈞，〈那年冬天〉，《看不透的城市》，頁164。
[44]　王鼎鈞，〈匆匆行路〉，《海水天涯中國人》，頁20。

律險境，這裡自然沒有聖潔的忠貞可言。僅以此類危險遊戲而言，不能不說是作為歷史進步的個體婚姻制度的一個相對的退步，是婚姻制度中的毒瘤。按照本能行事，行動總是領先於意識。人作為一個生命個體，自然本性需要被滿足，倫理道德成了一紙空文，這種態度，對於歷來信奉白頭偕老、忠於婚姻這樣一類觀念的中國人來說，所造成的震撼是可想而知的。

王鼎鈞在〈亂世孤雛〉中提及，波哥大有許多小偷，是「世界上小偷最多的地方」：

> 「小偷」名副其實，都是十來歲的孩子。這裡兩性關係開放，鼓勵同居，而又教律謹嚴，禁止節育，多少任性男女生下孩子，聽其自然，於是街頭充斥所謂「自然兒童」。有人招收這種兒童，加以組織訓練，使之成為「優秀的」小偷。訓練期滿、成績及格的小偷可以取到一張證書，憑此證書可以在全國各地甚至到鄰國去「創業」。遊人到了波哥大，最好隔孩子遠一點兒，別讓他們近身。這又是觀光手冊上沒有的。[45]

這些小偷，都是兩性關係開放下的另類產物。性解放、性濫交，這是現代西方極端「自由主義」與「自我文化」下的產物，王鼎鈞無法見怪不怪地泰然處之。中國人最重視孩子的教育，看到這樣情況，不免擔心那些孩子裡面有沒有中國人的後代，如果有，那麼中國人到這裡來是幹什麼？

人性的常態往往和荒誕的巧妙結合。移民者在追求真善美的過程中，無不充滿著荒誕和悖論，荒誕是現代人的一種生存狀態，也是人的一種心理體悟，人性的常態和荒誕是在一個又一個的現象裡變得無比真實。

三、文化隔閡下苦澀變味的年節氣氛

中國人的思維方式是感性的，而美國人是過分理性，在崇尚溫馨、注重人情交往的中國人眼裡，西方那種冰冷的人際關係令人承受不了，更加深了作者在中國式的溫馨佳節裡倍嚐異域文化隔閡和思鄉的苦澀。「獨在異鄉為異客，每逢佳家倍思親」，中秋節是中華民族團圓的傳統佳節，

---

[45]　王鼎鈞，〈亂世孤雛〉，《海水天涯中國人》，頁62。

這一天親人們團聚在一起賞圓月吃月餅，其樂融融，親情依依，中秋節所引發的情懷是浪漫的，遠在海外的遊子們在這個象徵團圓的節日裡，更加思念家鄉和親人。然而，移民人在美國若想過中國人的節日，是要付出很大的代價。「中國人嘛，過中秋總得咬一口月餅」，在美國過中秋，只能在唐人街才能買到月餅，作者開了兩個半小時的車程來了，在食品公司排隊，好不容易月餅到手，提著沉沉的購物袋，滲入人流：

> 車在路在，早點回去吧！回去準備吃月餅、賞月。要有兩個小孩子在家裡等著盼著，嚥著口水張開小手接著，那才真不虛此行呢！可惜女兒大了。就是在她還小的時候，她也愛吃麵包、不愛饅頭，愛喝可樂、不愛稀飯。不知為什麼，薰陶強制身教都不起作用。女兒一下子就換了習慣。今天動身出門的時候，告訴她有月餅可吃，瞧她的冷淡！棗泥、豆沙、五仁、百果，可都是咱們的山川靈秀之氣！都是日月精華！是世態人情傳說掌故！你這一口咬下去，可就腳踏實地、做個炎黃世胄！這些，女兒怎懂？怎懂？[46]

王鼎鈞在〈關於月餅〉一文裡，刻畫了移民人在年節時候的內心失落，雖然興致沖沖地去買月餅，但女兒卻不在乎，而在美國成長的孩子，怎麼樣也無法理解年節意義之於父親的重要。華人想要在家中維護中華文化傳統以及執行此類家教並非易事，子女處於新舊文化與中西文化的衝突，他們避之猶恐不及的是華夏文化，趨之若鶩的是美國文化。華人移民家庭的代際衝突，充滿了移民家庭特有的跨文化衝突。如果連兒女都無法了解父母，那麼美國人就更不可能理解中華文化的意義。作者提到去年他送了兩個月餅給隔鄰的湯姆，那個碧眼褐髮的洋囝囝追問：「中國人為什麼要做這種東西？」。作者編了個故事給他聽，但講完了之後，他覺得身心俱疲。[47]月餅對於沒有共同記憶人而言，不過是尋常的一團甜麵粉。美國人是無法懂得中國人的感情，沉浸在深情款款中的作者，立刻清醒過來，這是在美國，孤寂冰冷的美國，只重利益而不重情感的美國。這時月亮出來了，美國天空的月亮雖大，但是活像一枚苦澀的阿斯匹林大藥片。

46　王鼎鈞，〈關於月餅〉，《看不透的城市》，頁37-38。
47　王鼎鈞，〈關於月餅〉，《看不透的城市》，頁41-42。

四、文化差異下的「他者」印象

　　王鼎鈞對美國的印象是在自我文化和異域文化衝突的背景下所產生的，美國形象在中西文化的對比中，得到了一次移民的「他者」重新認識。在這些對異國冷漠、異化、隔閡的描述中，王鼎鈞在反思「他者」的同時，也在反思自我。個人的本位主義是以美國文化為代表的西方文化的根本傳統，在美國沒有免費的午餐，美國人強調個人的身分、作用和價值，有生以來就受著自主選擇、努力爭先的美國式的教育，在起跑點人人平等，但終點不均等，最終導致強者生存，優勝劣汰。美國人主體意識、自主意識相對較強，他們把謙讓容忍看成是信心不足，無所作為甚至是無能的表現。在美國，天賦人權，人人平等，一切只有靠自己。而且他們一般不主動幫助別人，他們以為那樣是在視對方為弱者，是雙方都不能容忍的事情。美國人向來喜歡獨立，他們不喜歡依賴別人，也不喜歡別人依賴他們。所以深受中國傳統美德薰陶的華人在美國處處碰壁，華人對差異的感受是極為複雜的，他已經意識到差異是生活必然不可避免的現象。移民人以所在異國主流文化的「他者」身分去面對生活時，必然要產生如前述的小如教育文化之類的日常生活，大至愛情婚姻倫理道德觀等方面的差異和衝突，王鼎鈞的思考是：「看起來，相處有些困難，然而這些困難都合乎常情，我們都會疏遠那些強使我們改變習慣的人」[48]，他認同差異的合理性，正因為這種種差異和衝突的存在，才說明了不同文化之間融合的艱難。然而，融合的艱難並不意味著新移民放棄或拒絕為這種融合做出必要的努力。華人為了適應美國社會，為了入境隨俗，往往要學習不同文化間相互尊重、相互了解的必須性，王鼎鈞展現了對傳統文化的理性認識和緬懷，同時也能以一種開放的姿態和開拓的視野接納八面來風，做到從異質文化中吸取豐富的養料來重構自己的文化意識。

第四節　「自我」與「他者」的跨文化交流

　　「自我」與「他者」都是具有主體性的人，是一種主體與客體關係，

---

[48]　王鼎鈞〈「中國月亮」之我見〉，《看不透的城市》，頁216。

二者是相對的觀念，彼此都在互相影響。異國形象的創造是一個借「他者」發現「自我」和認識「自我」的過程，是對自我文化身分加以確認的一個過程，對「他者」的思辨也就變成了對「自我」的思辨，正是這種文化融合的視野使他有可能從現實不平境遇而產生的怨天尤人中擺脫出來，有可能改變以往移民那種單純執守的民族文化的封閉狀態，而容納進多元文化的存在。文化是在隔離與交流的矛盾運動中逐步發展的。在衝突與融合的對立統一中相互激活，並由此而產生新的文化因子。

一、人際關係在反差中的諧調

　　王鼎鈞透過一位從中國移民到美國的朋友，對比了紐約和家鄉的差異：

> 　　在鄉下，這家的草坪連接那一家的草坪，鮮花開到你腳岸邊手邊來。在紐約，草坪四周圍著鐵絲網；在鄉下，養狗是養著玩的，狗很嬌，很和善。在紐約，養狗是為了咬人，狗又壯又兇；在鄉下，學校沒有大門，沒有圍牆，你隨時可以踱到教室的窗外看孩子上課。在紐約，學校的邊門是上了鎖的，大門是有警衛把守的；在鄉下，送信的人，送牛奶的人把你的東西送上五樓十樓，他的小車就停在人行道旁。在紐約，郵差必須把他的小車推進來。……[49]

　　種種有形無形的藩籬，說明了美國人際關係的設防與武裝、隔絕與分離。這種種的對照便是文化的差異。承認文化的差異、並在尊重對方文化的前提下，才能實現文化間的交流與溝通。王鼎鈞漸漸地接受了文化的交流，例如他提及，鄰人朋友要出遠門，想把車子停在作者的院內，每月付酬百元。作者忽然想起「這是美國」，我若同意別人的車子停在我家的土地上，而且接受酬勞，我要負保管的責任，他以「老美國」待我，我以「老美國」報之，立即回答說，車子可以暫停我家，我不接受報酬，車子如有損壞或失竊，我不負責任，他聽了默然作罷。[50]

---

[49]　王鼎鈞，〈狼嗥聲中〉，《看不透的城市》，頁118。
[50]　王鼎鈞《度有涯日記》，頁134。

　　美國文化重視獨立自主，中國則相反。幾個美國人相約一起進館子同桌吃飯，吃完各自付各人的帳，但中國人在餐館裡付帳有不同於美國的文化特色，約定同桌吃飯，往往「倚賴」一個人「埋單」，「倘若座中有長官，為了禮貌，你不可以貿然付帳。倘若座中有「大哥」，這裡是他的地盤，餐館出納拒收。還有，中國人很重視「回請」，今天你請我吃飯，明天我找個理由請你吃飯，「來而不往非禮也」，中國人吃了人家一頓是負了債，欠了人情，並不輕鬆。[51]反而美國的各付各的，是一種彼此都不累的人際關係。

　　作者在〈門前雪〉一文中提及美國人對於家門前的撬雪責任與界限分的非常清楚，即使他在做完自己份內事，剷到和隔壁鄰居交界的地方，一時興起，嚓、嚓、嚓，向前推進了三尺，芳鄰一見，便急忙趕過來阻止，竟像是作者侵犯了他的權益似的。按美國風習，也許需要道歉或解釋，但作者以中國風習行之，只是退入自己的疆域。王鼎鈞也發現即使對門兩家的男主人是比鄰而居的手足兄弟，但遇到掃雪這事，這邊的一家十分準確的剷到兩家的分界線上戛然而止，幾乎一公分不多、一公分不少。作者對此有著不解：

> 為什麼不能幫助你的鄰人？中國不是極其講究睦鄰之道嗎？以後每逢剷雪，剷到那無形的楚河漢界，總覺得一陣手癢，我得連忙悚然警覺，及時打住。[52]

　　作者對「手癢文化」是抱持肯定的，他認為「癢」優於「不癢」。但一位老美告訴他「各人自掃門前雪」不是一句反話。

> 試想，倘若混合剷雪或者輪流合併剷雪，必定有人覺得自己剷寬了、別人剷窄了，或是自己剷長了、別人剷短了，或是自己次數多、別人次數少，暗中滋生抱怨和不平，在功過難分勞逸難均的大鍋菜中，人人都以為別人多夾走了一塊肉，大家非但不能增長感情，結果恐怕適得其反。[53]

---

[51]　王鼎鈞，《度有涯日記》，頁125。
[52]　王鼎鈞，〈門前雪〉，《看不透的城市》，頁131。
[53]　王鼎鈞，〈門前雪〉，《看不透的城市》，頁132。

「各人自掃門前雪雖不親熱,但在有限的溫度中卻能持久。」[54]中國人來到美國,逐漸喪失了原有的美德,這實在是美國的文化與制度使然,在美國的蒼穹下,看重情份、善解人意的中國移民人終究要學會適度的接受與適應。

作者在〈茶話〉一文中提及:

> 美國人最捨得丟東西。他們的房子不大,又要講求布置,只有把目前不需要的東西丟掉。中國人節儉慣了,一向主張將就,——人家講究,咱們將就。——正好你丟我撿。[55]

你丟我撿,正是中美文化差異下的一種協調,美國人因「捨得」而丟,中國人因「捨不得」去撿,因此,儘管中西文化存在種種衝突,但在兩種文化的激烈碰撞後,王鼎鈞關注的是不同文化如何求同存異、和平共存。中國與西方文化,雖不能並肩攜手,卻又是在彼此的視野裡,達到異質文化間的相互作用而形成的兩種文化平等存在與整合效應。

二、倫理關係在差異中的並行

中國人最為看重倫理深情,在異域文化差異的衝擊中,家庭既成為華人最急欲構築的港灣,同時也承受著種種最易剝奪其本質精神的壓力。如〈怨〉一文中,提及父親打電話給女兒,接線生再三地詢問女兒:「你的父親甯先生打電話給你,你願意付電話費嗎?」這一再確定的態度,讓父親不悅:

> 這個「蠻夷之邦」的接線生,究竟把父女關係看成了甚麼?[56]

移民者在日常生活中無時不承受文化衝突。這種衝突最尖銳的地方就發生在親子關係上。父母是外來的移民,兒女則在美國本土生長,兩代人同化的取向和速度都不同,家中充滿了兩代的代際衝突,也充滿著跨文化

---

[54] 王鼎鈞,〈門前雪〉,《看不透的城市》,頁132。

[55] 王鼎鈞,〈茶話〉,《看不透的城市》,頁151。

[56] 王鼎鈞,〈怨〉,《看不透的城市》,頁50。

的衝突：

> 女兒本來像鵓鴣一樣可愛，──不，比鴿子更可愛。那是以前。
> 現在呢，單瞧她一身打扮：馬尾髮，帶羽毛的耳環，手鐲上有細細的
> 鍊子，圍巾上有細細的穗子，牛仔褲的褲管是毛邊的，據說這種褲
> 子象徵被男人強暴時撕斷了。……難怪美國的強暴案這麼多！女兒
> 這裝束，所有的線條都下垂，……這又象徵什麼呢？（下流？）[57]

這些變化是從孩子非要買一種「保證褪色縮水的」的褲子不可就開始了。從他們不喝稀飯愛喝可口可樂，不吃紅燒肉吃漢堡的時候，以及他們對中國傳統節日不屑一顧的表現（〈關於月餅〉一文中所述），從表到裡，下一代已經完全從中國的習俗裡蛻變出來，孩子的反叛就是腳踏兩種文化的結果。對於把自己的根深深地植於中國傳統的這一代華人而言，無疑是一種不得不接受的無奈，既然已經移居美國，從各方面適應美國，這是生活所必須，但他們內心深處卻割捨不了中國情，這種矛盾衝突在內心碰撞，導致生存的迷惘。

又如〈母子們〉一送中提到母子們之間因為文化差異的所造成的摩擦。兒子娶了美國媳婦，要求母親要入境隨俗，配合美國人的風俗習慣，不許母親從自己的嘴裡挖出食物餵孫子。不能太疼孫子，這樣孫子就會依賴奶奶，學不會獨立，而且奶奶要是太疼孫子，孫子就愛奶奶，不愛媽媽，做媽媽的當然難過。

> 媽，您不知道，在他們白種人看來，咱們這種皮膚的顏色，好
> 像總是沒洗乾淨。一旦上了年紀，由於內分泌的關係，更好像是很
> 髒。老年人一逗孩子，親一親孩子，他們都挺不樂意。您見了別人
> 家的孩子，更是保持距離才好。[58]

兒子遷就美國習俗要求母親也要跟著修正，這反而讓母親打消了赴美的念頭。凡此種種，可見隨著子女迅速融入美國文化，父母子女間的代際

---

[57] 王鼎鈞，〈怨〉，《看不透的城市》，頁50。
[58] 王鼎鈞，〈母子們〉，《看不透的城市》，頁97。

衝突日積月累，在許多敏感問題的不同見解常成為兩代衝突的根源。

中國人向來注重等級輩分，要求尊卑有別、長幼有序，晚輩見到長輩要主動打招呼以示尊敬，而美國人追求人人平等，等級觀念淡薄，子女對父母都可以直呼其名，人情在中國人心中佔有很重要的地位，但美國人不重人情，重實際。中國傳統崇尚集體主義，人們之間要團結合作，在衡量個人行為時，也多以道德為標準。美國崇尚個人自由，強調個人潛力的發揮，個人目標的實現以及個人利益的追求，人與人之間也多為互利關係，表現出人情較為淡薄，但卻十分重視個人利益與自由。

> 一般美國人千萬不能失業，別看他們住洋房，鋪草坪，坐汽車，開暖氣，這些多半由分期付款得來的。他們一生寅吃卯糧。他們擺闊，也一直發窘，一旦失業，父子不相顧，兄弟姐妹陌路，人人自顧不暇，栖栖皇皇，沒有應變的彈性。惟一的安全感是保險，病了靠醫藥保險，死了靠人壽保險，老了靠社會保險。在未老未死未病之前，保險費是一筆負擔，是所謂「吸血的水蛭」，而分期付款是所謂凌遲生命。生活是個玲瓏的框架，稍有壓擠震搖，架子就塌了。[59]

中國傳統文化是以宗法家庭或家族為本位而向外推，家庭和國家社會群體相通的獨特社會本位主義，強調的是家族社會成員之間的和諧和相互扶持，「在中國的文化中，不是社會發展造就了家庭，而是家庭或家族的發展造就了社會，因為中國文化的發展是以宗法家庭為背景的。血緣宗法家庭是中國文化發展最基本的單元和載體，其他像鄰里、村落、社區、民族、國家等等的社會群體，都是由血緣宗法家庭群體派生出來的，或者就是它的擴大和延伸」。[60]所謂的「在家靠父母，出外靠朋友」是古之名訓，它強調的就是社會本位主義，但這種古訓到了崇尚個人本位主義的西方社會，老祖宗的那種基於血緣宗法家庭觀念上的古訓，卻不一定能管用。由傳統的血緣宗法群體到尋求各個社會成員之間的和諧相處相助相扶持，在講求個人獨立、自我奮鬥的西方社會，無須什麼考驗，就在傾刻之

---

[59]　王鼎鈞，〈春至〉，《看不透的城市》，頁54。

[60]　司馬雲杰：《文化價值論——關於文化建構價值意識的學說》（北京：人民出版社，1988年），頁260。

間瓦解了。在美國，即使是親戚之間也是明算帳，即使是親人的港灣，也不能停泊自己的生命帆船，要在紐約生存下去，除了靠自己以外，別無他途，要想在別人的土地上生存下去，就必須放棄任何求助於人的幻想而去拼搏去奮鬥，才能建造屬於自己的生存港灣。

三、教育理念在分歧中的共尊

移民的的子女教育是多麼深奧的難題，似乎要面臨一場巨大的痛苦和一場觸及靈魂的文化衝突。他們強調培養孩子獨立人格和積極生活態度的理念，在美國的教育，沒有尊卑之分：「子女大一歲，父母小一輩」！漸漸的，他會要求父親不要送他上學，因為同學會笑他，要求母親不要打電話去催他回家，別人會笑他。漸漸的，孩子在父母面前越來越獨立，父母再也不能為提供他任何意見了。再也無法為他安排什麼、決定什麼了。

> 我不喜歡孩子對我說「你」如何如何，「我」如何如何。那聲音像鼓槌搗在心上，痛，可是哼不出來。可是，孩子口中的「你」、「我」越來越多了，怎麼改也改不了。毛病到底出在那裡？有一天忽然明白了，英文的句子是必定有主詞的呀！英文的主詞是吐得很重的呀！孩子的英文進步了，才染上這種習慣。
>
> 我也不喜歡孩子用反問的語氣對我說話。「你為甚麼不肯……？」「我為甚麼不能……？」「你的話是甚麼意思？」「你懂嗎？」他每說一句，我就覺得彼此距離遠一寸，對立的情勢增一分。仔細想想，他是把英文譯成了中國話才這樣說的呀。
>
> 人家都說要用英文思想才會把英文學好。我問自己，你不是希望子女學好英文嗎？就在這聲聲不斷的「你」「我」之中，父母和子女之間簡直要「淡出」了。[61]

在美國成長的孩子，受到美國校園風氣的影響，作者不免感傷，也不免捫心自問，自己究竟是為孩子好，還是為自己好呢？如果是為自己好，

---

[61] 王鼎鈞，〈別有滋味〉，《看不透的城市》，頁201。

何必送孩子上大學，何必帶孩子來美國呢？」「如果你是為孩子好，那麼，這就是好」[62]。

> 美國真是有充分的個人自由！自由一度令我不安，現在也習慣了。吾兒，多少年來，一直有人告訴我們，個人自由對整體有害，如今眼見美國自由，然而富強。既然自由仍可富強，我們何不魚與熊掌兩全其美呢？[63]

作者體認到不是自由可怕，是因自由而墮落可怕。「誰規定了自由必須墮落？如果我們不墮落呢？」[64]作者期許兒子：「我們要富足，也要自由」，「我們要自由，但是不要墮落和浪費」[65]，汲取美國的優點，避開他們的缺憾。在這裡作者教導自己孩子儘可以享用美國的自由和富足，但謹慎的觀望中國的形勢。主動地認同母國和旅居國兩種教育體制，尋找他們的契合點，不回避問題，從而在實際生活和新移民創作的實踐中主動探索一條可以走得通的道路。

結語 邊緣視角下的異域觀看

法國形象研究者呂奈爾認為：「形象是加入了文化和情感的、客觀的和主觀的因素的個人的或集體的表現」[66]，形象學中的「自我」和「他者」是一種對立的關係。作者在文中所表現的不只是尋根與回歸的主題，更有意深入挖掘「美」、「華」之間的文化交匯主題，展現在美的華人身分認同的新轉變。海外華人重塑歷史責任即在海外搭建溝通的橋樑，成為跨文化的親善使者。海外華人在他鄉生存與發展，必然要有適人與善處的問題，反映在文學與審美中，就是如何既以傳統的道德觀念、行為方式、處世原則為基石，又在並非純粹的自我的領域，表現出一種帶有倫理傾向的適性愉悅，經歷從單純的西方文化的觀察者到自身文化現實的反

---

[62] 王鼎鈞，〈別有滋味〉，《看不透的城市》，頁202。
[63] 王鼎鈞，〈吾兒‧吾兒〉，《看不透的城市》，頁194-195。
[64] 王鼎鈞，〈吾兒‧吾兒〉，《看不透的城市》，頁195。
[65] 王鼎鈞，〈吾兒‧吾兒〉，《看不透的城市》，頁197。
[66] 樂黛云：《跨文化之橋》（北京：北京大學出版社，2002年），頁36。

思者的角色轉換。而他們的反思亦最終開啟了中國人「走向世界」的現代
化進程。

　　中美文化的差異深厚，由此可以想見華人生存的複雜性，華人在海
外，受到居住國文化包圍，從而慢慢地去適應居住國的文化，但在另一方
面，卻在深層上仍然保持濃厚的中華文化色彩，下一章我們討論作家如何
從文化衝突、文化尋根到文化磨合的心路歷程。

第七章　在尋根與歸化之間
——「國門一出成今日」後的身分探尋

　　「身分意識」對於海外華文文學的「生存」思索有其重要意義。移民作家作為從一種文化向另一種文化流徙的群體，他們在遷徙異域的過程中必然遭遇身分認同的困惑，在原有的自我身分突然迷失之後他們需要不斷尋找和確認新的自我。這一新的認同過程往往容易出現對自我身分的懷疑和文化觀念的雜亂，必須通過不斷地自我反思才能找到新的定位。

　　旅居海外的思鄉曲是身為海外華文文學的基本旋律，但王鼎鈞在演奏思鄉曲的同時，也表現他所深刻感受到的中西方文化的衝突。他身居海外，一方面承受著居住國主流文化的強勢壓力而努力學習「歸化」，另一方面，則受居住國多元文化格局的警醒而不斷「尋根」，力圖在執著民族傳統和認同居住國文化之間找到平衡點和契合點。如何面對西方霸權文化？如何調適內心中的不安？對中華文化發展的危機作出什麼反應？對文化傳承及身分認同問題該如何解決？這些都是王鼎鈞移民之後思考的問題。王鼎鈞所呈現的文化認同焦慮不同於歐美華文文學及東南亞其他國家華文文學所呈現的文化二元對立、種族矛盾所引發的認同危機，而主要表現為華文作家努力融入異域文化中，而且在中美文化融合過程中，還試圖保持原先的文化信仰，追尋著自身的文化認同，對中國傳統文化的歸屬感。

　　從離家辭國之日至今，王鼎鈞經歷了艱難的起伏期，在文化認同上體現出獨特之處，從背井離鄉、漂洋過海來到異國他鄉，承受身處異域的陌生感，在構建美國公民身分的過程中，艱難地緩解著自身的文化認同的焦慮，抵抗文化失語。在文化認同上對於新的家園還存在著隔閡，內心仍然堅守著中國情結。去國懷鄉下的身分追尋，將精神寄託對人生的回望書寫，並重新思索自己的身分，王鼎鈞在恪守中華傳統文化的同時，亦融入到美國社會中，形成了身分融合。

　　文學作品是作家心靈的體現，而他們的心靈則是能動地反映了氣象萬千的客觀世界，王鼎鈞的創作傾向於對人類共性的表達，關注的重心落在

了傳統文化與異國文化的融合，呈現出對他國文化的尊重與認同，表現出對於人性和歷史的深刻反思。他區別於眾多華文作家的顯著特點在於避開了中西文化的衝突與對峙，尋求跨越邊界的對話與融合。

　　全球化、地球村發展下的今天，文化現象紛繁複雜，現代與傳統交錯、侵入與抗衡交錯，然而東西方文化已經由彼此間的激烈撞擊緩步走入相互理解、相互認同，不同的意識與文化碰撞呈現出混雜而疊合的狀態，王鼎鈞的創作代表了時代的進步，給予華文文學的發展以新的方向和啟示。王鼎鈞的文化視野開闊，著力開掘帶有人類共性的追尋，用意雖深但能舉重若輕。作為北美華文文壇移民作家的代表人物之一，王鼎鈞用他的文筆勾勒出一個理性思索的精神世界，而這也迥異於20世紀60、70年代的臺灣赴美留學的作家所寫的「留學生文學」中濃濃的鄉愁，他追尋一種超越地域、超越宗族種族的人類共性。我們從王鼎鈞的創作中可見其身分認同的演變軌跡，從他的身分探尋也可以見到華文文學從中國走向世界並進而形成海外華文文學，是與中國文化在海外的傳播緊密聯繫在一起的。海外華文文學既反映了海外居住國的社會生活、人文景觀、自然景觀以及人們特有的心理特徵，又承繼了中華民族文化的傳統血脈，表現了中國意識和中國情結，王鼎鈞的創作無疑對此具有深刻的啟示意義和典範地位。

第一節　自我身分的尋找：文化衝突、文化尋根到文化磨合

　　對於生活在多重文化夾縫中的海外華人，受到主流文化衝擊及種族歧視，加重了移民者對自我身分的敏感，他們是懸浮於二者之間的無根人、邊緣人，雙重的「他者」。在中西碰撞、在異域與本土之間，他們需要不斷地調整和確認自己的身分，他們必須面對在主流文化衝擊下保留了多少中國文化？在身分歸屬的天平上，究竟是偏重於美國還是中國？我從哪裡來？到哪裡去？我是誰？為何流浪至此？我有怎樣的夢幻？移民人來到美國，經歷早期的無助、漂泊、尋覓，最初與主流族裔疏離以致衝突的狀態，到向主流社會靠攏的過程，也在異鄉飄泊的忐忑中尋找精神的歸屬，從思鄉的惆悵中尋找家園的認同，從沒有依歸的迷茫中尋找自己文化的根，最後走向文化融合。

一、文化衝突

　　王鼎鈞在美的生活雖然最長，但一開始他並不認為自己是為移民定居而來，只是流浪至此，暫時作客，居之不安，有一種寄人籬下的感覺。沒有著落感，畢竟和美國的異族說不同的話語，有不同的想法，來自不同的國度，源於不同的祖先，潛意識裡，外國人畢竟是非我族類，內心深處擔憂的便是民族血統的消失：

> 　　中國的女孩子挽著拉丁少年的手，拉丁少女挽著中國少年的手，音樂聲中化作妙曼流動的線條。有些中國孩子，華僑新生的一代，體內只有二分之一的血液屬於中國，如果眼前有情人終成眷屬，他們只能將無從識別，不易覺察，化為茫茫人海，芸芸異族。這是中國人的消失，是他們祖先第二次的死。[1]

　　非其族類，其心也異，移民人是深具戒心的。我們不難體味到作者那種深深憂患血統與文化的錯失感，再怎麼通婚、聯姻，異族永遠是異族，血緣是最堅固的紐帶，不容被同化。文化身分、血源歸宗依然潛伏在靈魂深處，始終揮之不去。

　　人與人之間的衝突根源，既不是意識型態、也不是經濟方面，而是文化。文化如鑒，人必須通過文化才能找到自我。身分，是複雜的問題，這裡所謂的「身分」，並不是指表層的人存在於社會族群中所應具有的合法位置、角色或職責等外在因素，而是一種決定人在社會族群中內心歸屬的文化本質屬性，它更趨向於一種文化身分，文化身分反映共同的歷史經驗和共有的文化精神與傳統，而這種歷史經驗和共有的文化精神與傳統為一個民族的人們提供一個穩定不變的意義框架。

二、文化尋根的家國想像

　　到底是個徹頭徹尾的中國人，一張國籍證明無法改變人心，更不能稍

---

[1]　王鼎鈞，〈溫柔桃源〉，《海水天涯中國人》，頁33。

減對血緣的感知，身上流著中國人的血液，肩負著三千年的文化傳統，臉上生的是中國人的五官，內在靈魂便是十足的中國人，很難讓自己義無反顧地就做成別國的什麼人。

> 「人活著不是單靠食物」，紐約之「紐」，紐約之「約」，應該在牛奶麵包失業保險之上還有抽象的一個層次。每個民族都有他們「天柱賴以立，地維賴以尊」的東西。[2]

　　每個民族都有他們「天柱賴以立，地維賴以尊」的東西，這便是傳統、文化、血緣。傳統已是一份珍藏在華人移民心中永遠的寶藏，是一處庇護的港灣，而且穩固不變，中國人的價值觀和文化傳統已成為王鼎鈞心中能夠挺立在美國大地上所依靠的堅實脊背。心是永遠不會移動的，走向未來並不代表過去的世界就要拋棄。

（一）在異鄉中尋找「家」的地方圖象與文化熟悉感

　　華人離鄉背井、移居海外，許多人都會聚居於移居之地的某一區域，因此海外許多地方都會有「華人街」，這緣於對血緣、地緣之身分的認同，對家的想像。移居海外的華人會在異域創造一個像「家」的地方圖像，成為眾多華僑旅居所在地，那便成了空間地緣上海外華人的「家」，在這個方，他們以共同的活動與出版品而構建了家之圖像，中國移民大多居住在以「唐人街」文化為標誌的華人區，試圖在自己相對熟悉的文化環境和同族的相互關照下，獲得更多生存的機會，以滿足自身文化和心靈的歸屬感，這使得他們很難全然融入美國社會。

> 舊金山的唐人街，一派大陸上當年小城小鎮的風味。任何一個有流浪經驗的人都明白，「人離鄉賤」，能在人家的土地上蓋房子、養兒女、結黨成群，獨霸一方，倒也真不容易。遙想當年中國人初到加州，累死多少，病死多少，被排華的當地人吊死多少，今天唐人街有這麼一個小康局面，尤其可以說是「成如容易卻艱辛」。[3]

2　王鼎鈞，〈看不透的城市‧代序〉，《看不透的城市》，頁6

3　王鼎鈞，〈匆匆行路〉，《海水天涯中國人》，頁15。

對家的想像與觀望自然而然地流露出的因地緣、血緣而產生的自我身分的認同。因為他們心裡始終記掛的心理意義上的家——就是故鄉，所以報章出版品總以兩岸消息佔據一定版面。他提到他參觀了紐約有一家被中國人接手經營的照相館的攝影室，一幅具有文化眷戀的牆面讓他出神凝睇：

> 燈光從不同的方向投射到後牆上。整面牆是兩扇舊日深宅大門，獸頭啣著銅環，門上布滿三角鉚釘。當然，這門只是一張放大了幾十倍的照片。我的天！我幾乎想去摸那些光滑冰涼的銅菌。我站在原地垂手未動，手心裡有又癢又充實的感覺，好像我已經摸到了。只有老闆自己知道一共有多少中國人的家庭坐在這裡和那門那夢凝結在一起。這些第十三生肖的中國人，衷心希望他們剛剛從那門裡走出來，或者日後能一齊走進那門裡去。甚麼明湖雪山，楓林別墅，怎能跟這兩扇大門競爭！[4]

作者不經意地在這古舊與現代、中式大門與西方地域的交錯中流露出深沈的念舊情感。他懷念古老的深宅大門與獸頭啣環，因為那是對故鄉的心律搏動，是對傳統的迷夢，這種眷戀或懷念所營造的心靈圖景，無不浮蕩著一股濃郁的感時思舊的情緒，具有強烈的文化意味和歷史依戀感，代表二十世紀海外華人離散族群發眷戀家園的心理，充分顯現出移民作家王鼎鈞充滿東方色彩的審美觀。

（二）在異域中尋找「民族」歸屬感之身分認同

美國有兩個生活圈子，一個是主流的大圈子，一個是中國文化的小圈子，王鼎鈞本來住在新澤西州的鄉下，鄉下有美國社會的一切優點，那裡是美國主流的大圈子，但王鼎鈞不習慣，為了能在異域仍享有中國文化的小圈子，才搬到紐約的。紐約治安敗壞，但他安之若素：

> 在這個小圈子裡，中國移民可以維持他母國的生活方式，穿對襟小褂，泡廣東茶樓，看人民日報，搓滬式麻將。兒子有病找西

4　王鼎鈞，〈他們開店〉，《看不透的城市》，頁86。

醫，父親有病看中醫。女兒出嫁，神父面前I do，兒子結婚，新娘
鳳冠霞帔，一拜天地，二拜高堂。……生活在這個小圈子裡，豈僅
夢裡不知身是客，醒著也覺得如歸故鄉。[5]

　　王鼎鈞的子女都已進入美國的主流大圈子，但他和老伴守著空巢，因
為這裡可以讓他們感受到中國的文化。「新移民常常在政治上可以認同居
住國，可以加入居住國國籍，成為美國人，甚至在價值觀念上，也可以認
同居住國的文化中的一些成份，如美國精神中的自由民主法制等理念。然
而，在深層文化心理層面，總會有中國的血緣根脈與華族的族群意識，如
春節中秋等文化傳統的延續，如文化中國儒家思想的追索。總之，外在的
認同較容易，而內在的認同卻非常困難。」[6]從本土走向異域，移民者
面對的是一個完全陌生的生存環境，這個環境帶給他們的是無法擺脫而又
令人苦惱的語言隔閡、文化差異以及生存壓力等諸多問題。這一切都要靠
他們自己去打拼、去承受，心理的失衡與精神的煉獄是他們大多數人必經
的一個階段。面對西方社會的強勢經濟、文化的壓力，如何在強大的西方
文化語境中尋找到自己的立足之地，在這個過程中，他們往往要由母國的
主流社會墮入到異國邊緣人的尷尬，他們有過困惑與掙扎，也學會了在焦
慮與徬徨中走向堅強。唐人街或移民聚集區是中國文化的中心，使中華文
化仍然發揚光大，華人在此生活與交遊，使華人移民形成了密切的社會關
係，加強了對華人行為準則的認同。家庭是海外華人族群基於血緣、地緣
的自我身分認同，而民族與國家則是其中認同建構中的族群歸屬感。

（三）對語言的守護

　　王鼎鈞在〈那年冬天〉提及在美國過「中國新年」，參加中國人的
聯誼活動，主人是一位在美國戰場生活的中國人，肯花七小時去做一件不
能賺錢的事，那就意味著隆重。會場的布置，活動的程序，節目的安排，
皆是一概的講究。當晚，中國人濟濟一堂，大人飲茶，兒童飲可樂，青年
跳舞，甚是熱鬧。只是會中交談多操英語，令他感到惘然。[7]語言並非只
是一種服務於其他目的的工具或手段，海德格爾說過：「語言是存在的

---

[5]　王鼎鈞，〈反映一代眾生的存在〉，《東鳴西應記》（臺北：爾雅出版社，2013年11月），頁63。
[6]　饒芃子、費勇著：《海外華文文學與文化認同》，《國外文學》季刊，1997年），頁1。
[7]　王鼎鈞，〈那年冬天〉，《看不透的城市》，頁184。

家」，人不能沒有語言而存在，他只有通過選擇語言來證明自己。語言本身打上了人類歷史文化的戳記，它賦予人的永恆記憶是人生的見證，它使我們獲得了一種身分，因此語言的轉換不是一個交流工具交換使用的問題，而是意味著一個人身分角色的變更。移民人在美國說華語或英文的衝突與轉換中所帶來的問題極大的影響了他們自我文化身分的指涉與認同。

兩種語境交流的艱澀，兩種文化之間的摩擦甚至對立，給移民人帶來許多困惑與痛苦。有一些人他們既能操一口標準的漢語，也說一口流利的英語，他們是能自在地穿梭在中美兩個不同語言中游刃有餘，即使可以懂得中美兩種語言，但卻不可能同時操作兩種語言，對任何一種語言的使用，實際上意味著對另一種壓抑身分的回避。語言並不是中性的，而是一種意識競爭的領域。

沒有一種語言不捲入一定的社會關係，而社會關係反過來又是更廣闊的政治、思想意識和文化體系的組成部分。語言在移民人的內心恰恰反映了中西文化意識之間的鬥爭，在美國，英語成為權力的象徵，掌握了英語似乎就獲得了某種特權，而對英語的陌生就意味著自我現實中生存的困境。顯然，為了生存，就必須掌握英語，接受以英語為表徵的整個西方文化價值意識型態，但是，作為一個中國人，如果生活是以對漢語華文的拋棄，這種生存無疑著意味著死亡。王鼎鈞在〈黑白是非〉一文中說：

> 下一代無論如何要學習中國語文。只要語文沒有丟掉，就還有做中國人的能力，有一天天下大亂，他們還可以回去。[8]

王鼎鈞以移民者身分置身海外，游蕩漂泊，有許多豐富的經歷，情感需要抒發，於是用母語寫作這一文學途徑自然地成為它傾訴的方式。以華文訴說他在異域的所見所聞、情感的考驗、文化的衝突、心理的落差，正是一種移民文學。把母語寫作當作語言的還鄉，作為舒緩鄉愁的途徑。移民者用中文寫作，本身就意味著守護一個巨大的文化背景的存在，中文華語成為作家的生命線，他的創作活動本身已經清晰地標示了自己的種族身分與文化源頭。

8　王鼎鈞，〈黑白是非〉，《海水天涯中國人》，頁101。

三、文化磨合：「解構—建構—重建」身分探尋的歷程

　　文化支配和左右著人們的行為習慣，決定著一個文化系統內人們的心理結構、思維方式和生活狀態，文化是千差萬別的，不同文化之間存在或多或少的異質性因素。新移民作為從一種文化進入另一種文化的個體和主體，首先面臨的是一個陌生的生活背景和語境，由之而來的是自己尷尬、獨特的文化身分，這種文化背景和身分體驗的理性書寫，就是一種文化身分的重新書寫。誰說華人自古以來都「安土重遷」？世界正在走向地球村落的潮流中，華人也越多超越狹隘的民族和地域的睽隔而學習涵納多元的文化。王鼎鈞對於移民自我人格重塑的寫作，為其移民敘事增添了一層新意。

> 　　「入籍」是移民的最後一站，我從新移民一路行來修成正果。……現在我從堂堂正正的中國人，換成堂堂正正的美國人；從顛沛流離的中國人，做到頤養天年的美國人。我仍是血統上的中國人，已是法律上的美國人。
>
> 　　回想移民前後，我從喝白蘭地的中國人，到喝茅台的美國人；從吃牛排的中國人，到吃餃子的美國人；從穿西裝的中國人，到穿長袍的美國人。天造地設，注定我有兩個身分。
>
> 　　移民啊移民，中國是祖父，美國是養父；中國是初戀，美國是婚姻；中國是思想起，美國是豁出去；中國是我的故鄉，美國是孩子的故鄉。「故鄉是什麼？故鄉是祖先流浪的最後一站！」凡是有海水的地方都有中國人，那些中國人都變成外國人。[9]

　　離散，是相對於遠離故鄉而言的，若無遠離，談何流亡？移民者最大的精神危機是身分的失落，一旦漂泊於途，一旦在異域入籍定居，我還是原來的我嗎？我是中國人？美國人？台灣人？文化身分的中國作家、種族身分的華族血統和法律身分的美國國籍，多種身分的摩擦、碰撞，充滿不確定感的人生位移，注定只能是永遠的「紐約客」（白先勇作品名），

9　　王鼎鈞，《度有涯日記》，頁157-158。

似乎已經失去了自我身分的足夠佐證。從離開中國踏上了異國土地的那天起，他就成了夾縫中的人，原有的身分已隨風而逝，新的身分還十分陌生，有一段需要磨合的過程。在中國人的眼中，他成了外國人，在外國人看來，他還是中國人，境內的異國人。融入所居國的主流社會，其艱難可想而知。身分的重新建構是他們無法回避的命題。面對兩種文化，一是規約他們行為的母國文化，一是迫使他們適應的異國文化，要解脫這種雙重異化的壓力以對抗現實，便是致力於以寫作方式重新探求，對自己生命意義做更深切理解。王鼎鈞離開本土之後，對生活、人生的觀察視點與角度的改變，迫使他以一種新的方式去看待自我與世界，當他在追問「我是誰」這一問題的答案，是經歷了「原本的我」──「失去自我」──「找尋自我」──「我就是我」的漫長歷程。每一個地方，都曾餔育過自己的生命，不同時期，不同心情，王鼎鈞先後說過：

> 中國是生父，臺灣是生母，美國是養母。
> 中國生我，臺灣養我，美國用我。
> 中國是回不去的故鄉，臺灣是失去的樂園，美國是打不贏的戰場。[10]

　　作家在身分建構的中最終確認這個「我」不再是原來的「我」，移民的心情和處境、文化衝擊已不再造成「失去自我」的困惑，而是成為作家創作的資源和個體生命的養份。由此我們可見王鼎鈞的身分思索經歷了三個階段的演變：一是中式身分的解構、二是美式身分的建構、三是雜揉身分的重建，「在兩國價值觀產生衝突的時候，不是簡單的此消彼長的關係，應該持著寬容的態度促進不同文化的融合，寬容是華人在海外多元異質的環境中的生存選擇，寬容意識就是多元意識，寬容是價值多元化的基礎上主體的選擇，生存方式是個體與群體、個人與社會、主體與環境的有機結合的產物」。[11]

> 移民認同美國，融入美國，愛惜美國，需要漫長的過程。[12]

---

[10]　王鼎鈞，〈反映一代眾生的存在〉，《東鳴西應記》，頁56。
[11]　參考張禹東：〈寬容：一種生存方式──以海外華僑華人的生存實踐為例〉，《哲學動態》，2005年11期。
[12]　王鼎鈞，《度有涯日記》，頁62。

　　認同，是一種安於斯境，全心投入。即使需要漫長的過程，但王鼎鈞仍然期許自己能用寬容的心來接納與自己不同的族群與文化。寬容，是在海外生存所必需要有的處世態度，它不是用來消解不同文化價值觀的衝突，而是在碰撞中尋求融合，在差異中求得不同文化的諒解，能客觀地對待不同的文化，在融合中促進發展。沒有理解產生不了愛，人類最高尚的目的就是要相互理解，不論東西文化有多大的差異，最需要的是心靈上的溝通，他已經能突破過去的自我設限，以一份寬容的心態、平靜地給予理解：

> 　　我本是性格內向的孩子，生在安土重遷的鄉鎮，作夢也沒有想到有一天遠渡重洋。時勢造英雄，時勢也造流民，既然為時勢所迫，身不由己，路旁任何一棵樹，容我在枝葉底下站立片刻，我都感激。凡是住過的地方，都是生生世世的緣分。
>
> 　　今天盤點，每一個地方待我，都不像他們自己說的那樣好，也不像別人說的那樣壞。每一個人怎樣對待另一個人，取決於他對人的估量，我在這三個地方一一過磅，不怨磅秤面無表情。今天盤點，我欠美國，美國不欠我。我欠臺灣，臺灣不欠我。我欠山東，安徽，河南，湖北，陝西，河北，遼寧，江蘇，那些地方都不欠我。我以四冊四憶錄回報，可以說有限，也可以說無限，文字因緣，不可思議。[13]

　　中式身分和美國式族裔身分是對立的二元，以王鼎鈞為代表的華人之所以能夠在美國生存，是因為他在兩種衝突之間尋求消極妥協與調和，他的人生態度代表了超越了二元對立之間妥協與調和的模式。這種雜揉不是簡單化地二者結合在一起，而是對中美兩種文化進行部分的繼承與部分修改而創造出來的，雜揉式身分的構建消除了兩種文化、兩種身分的對立，是在文化差異、身分衝突中找到的平衡方式重建的新的文化身分。由此可見，身分，不是一成不變的，美國華人的中國式身分的解構、美式身分的建構與雜糅式身分的重建，在不同時期、不同歷史背景之下，會因政治經濟與文化因素等制約而變得錯綜複雜。作為邊緣人，王鼎鈞在美生活的過程中，不能同時被兩種社會文化認同也無法同時脫離，所以，他開放對待

---

[13]　王鼎鈞，〈反映一代眾生的存在〉，《東鳴西應記》，頁57。

異質文化，寬容文化差異，基於在美國主流大環境的生存現實和自身文化傳統的根脈，二者整合為自身的文化資源。

第二節　移民哲學：「適者生存」的定位思考

　　經過了大半輩子的流離，甚至遠適異國，這使得王鼎鈞他深刻地意識到異鄉極有可能是最終之地，在這種「有家難歸」甚至是「無家可歸」的境地下，他不得不反認他鄉作故鄉，唯有如此才不致於陷入失鄉、無鄉的絕望，他以視點更易的方式而認同異鄉，王鼎鈞這一精神轉向同時也隱含著「鄉」之內質的新變，「鄉」的定義已經由地理、物質方面逐漸轉向精神性、內在性的層面。正因為一生輾轉飄零，無法真正實現「歸」的願景，在看清了人生的某些無常、無奈之後，他不再讓思鄉情緒發展泛濫，選擇了從宗教與創作中去尋找心靈的平靜、超越的解脫。寂寞是美國老年人最大的痛苦，幸而有宗教信仰，幸而有寫作寄託，既然肉身無法回歸到地理上的故園，那麼就寄望於精神上的「歸鄉」或精神上的「返鄉」。對「鄉」的考量標準開始逐漸由地理、物質方面轉向精神層面，這個「鄉」，便是「移民的人生哲學」的內心安定，是作者「修改原先在國內的養成的觀念，要從新劇本中找到自己的身段和台詞」[14]，心性敏感與沉潛的王鼎鈞，對大環境往往能做出最真實的反應，在美國這樣的世界強國，在紐約這樣的移民拼盤的大城，是「富人的天堂」，也是「窮人的地獄」，它所擁有的絕頂豪華和現代文明，似同「天堂」；它所展現的劇烈競爭，爾虞我詐、巧取豪奪以及黑暗角落裡的種種犯罪事件，卻也是「地獄」。海外華人在他鄉生存和發展，必然有個人要去適應與善處的問題，所謂的「物競天擇，適者生存」，靈活正是一種適應力，這種適應力正是中華民族的一種哲學觀與人生態度。

一、看破與放空

　　美國是一個帶有強烈自我化特質的國家，赴美定居，不僅是空間上的移民，更是時間上的移民，處在人們所熟悉的環境之外，即邊緣地帶，似

14　王鼎鈞，《度有涯日記》，頁115。

乎被放置在主流之外的精神生活之中，去書寫關於存在的要義，也注定這是一種跨疆越域式的追尋。中美文化有異，中國人如何去適應美國社會，王鼎鈞的說法是中國人得先丟開自己的文化包袱。

> 由臺北到紐約，最難忘的經驗不是時差，而是個人價值的落差。[15]

> 你能不能忘記自己以前幹過甚麼事業？能不能忘記自己受甚麼人的尊敬？能不能忘記您在人群中間的那一點熱鬧？如果您能，您就來。恕我放肆，你由紐約機場走進來的那個門是一個空門，您一步進門，四大皆空，你要一切看得破、勘得透才行。[16]

因此，要緩和由空間的遷徙與時間飛逝所產生的流浪壓迫感，就只有藉助精神的力量。醫治這種精神流浪所開出的藥方便是放空，忘卻，捨得。這個空門，便是一種安時處順、委運乘化的人生態度。「空」並不表示虛無，而是「靜故了群動，空故納萬境」[17]，只有心靜了，才能體悟自然界裡的「動」，只有心「空」了，才能化萬境入我心，可以對自己產生療效。離開故土，就像一個生命的移植，如同把自己連根拔起，再往一片新土地栽植，而在新土上扎根之前，這個生命的全部根鬚是裸露的，異常敏感，每天接觸的東西都是新鮮的，都是刺激的，即便遙想當年，也因為有了地理、時間以及文化語言的距離，許多往事也顯得新鮮奇異，有一種發人省思的意義。

二、隨緣自適

王鼎鈞初來美國的目的是為初中學生編教材，他被告知不可以把自己的經驗強加給下一代，因為上一代的經驗可能過期作廢了。中國原本是強調老者長者的經驗豐富，但而今日新月異而歲不同，年輕人是先進，「聽信老人言，吃虧在眼前」，這是美國教育思想，作家入境隨俗，不會在他的編寫的讀本裡，把自己的經驗加入，只能在心中默默祝禱，但願這些自

---

[15] 王鼎鈞，〈適應吧〉，《海水天涯中國人》，頁142。
[16] 王鼎鈞，〈適應吧〉，《海水天涯中國人》，頁143。
[17] 蘇軾〈送參寥師〉，《蘇詩彙評》（四川：四川文藝出版社，2000年），頁733。

以為「離上帝最近」的孩子，永遠不會遭遇這樣的考驗。[18]

　　人情味盡失的美國社會，固然人情淡薄，但任何反面的事物也有其正面的價值，看一件事情試著從不同的觀點或對立的角度去看，才能看到他的全面。

> 　　中國人都知道美國社會人和人的關係疏離，同住一棟公寓裡，十年對面不相識，認為是美國人的痛苦，實不相瞞，這正是沒錢的人可以自由自在的地方。中國社會號稱守望相助，其實也守望相譏，守望相欺，守望相炫耀，給你很大的壓力。你在美國生活就沒有這種壓力。[19]
>
> 　　美國這個社會格子化，跟中藥舖的格子一樣，每個人裝在一個格子裡頭。我一來就裝在格子裡。講起朋友來，我很悲慘，很早離開家鄉，小學時代的朋友沒有了。後離開流亡學校，天南地北飄零，中學朋友也沒有了。到中年就不容易交朋友。朋友是另外一個定義，是互相需要，不需要就沒有了。[20]

　　人到了中年，朋友的定就是相互需要。尤其到了異域，想交到知心朋友也就更不可能了。至於種族歧視和地域排斥，要如何調適呢？他認為不必放在心上：

> 　　人是有圈子的，中國人沒圈子嗎？山東人沒有圈子嗎？地位相同的人是一個圈子，利害相關的人又是一個圈子，圈子連圈子，圈子套圈子，人一生在別人的圈子裡鑽進鑽出，鑽累了再回到自己的圈子裡休息！[21]

　　現實社會是複雜的，一切現象其有其合理性，同情的理解最為重要。想要讓生活盡可能完美，就要淡視那些不完美，放大那些可能的完美。走

---

[18] 王鼎鈞，《東鳴西應記》，頁95。
[19] 王鼎鈞，〈作家要有酬世之量，傳世之志〉，《東鳴西應記》，頁220。
[20] 王鼎鈞〈文學不死〉，《東鳴西應記》，頁174。
[21] 王鼎鈞，〈今古沉浮〉，《海水天涯中國人》，頁143。

自己的路，按自己的原則，好好生活。正所謂「此心安處是吾鄉」[22]，這是經過人生大風大浪歷練之後，一顆曾經是平凡人之心最終所上升的境界，如此，則無論處於何處，只要心安，便能無入而不自得。

三、「庸人哲學」：安於平淡簡樸的生活

在美國這個大染缸裡，生活中處處充滿誘惑，有些人得到了好東西好了還要更好，多了還要更多，到底真的需要這麼多嗎？必須學會傾聽自己內心的聲音，王鼎鈞提出所謂的「庸人哲學」：

> 我在紐約過的是「庸人」的生活，庸人，庸庸碌碌的人，平平淡淡的人。我不知世上還有什麼地方能給「庸人」最少煩惱。祖國開放以後，有人約我回國定居，我說庸人不能回去，英雄豪傑可以回去。[23]
>
> 我是亂世人，亂世有「亂世法」，治世有「治世法」，我想，「要安全不要偉大」是亂世法，「要偉大不要安全」是治世法。亂世之人難行治世法，治世人忌用亂世法。至於「要偉大才有安全」，治亂通吃，好官他自為之去吧，我們不必談了。[24]

作者所謂的「庸人哲學」就是簡樸的生活，量入為出，便可以安身，這便是一種精神的超越，作者通過主體生命的淡化超越其生命客體的物質需求，物質欲望降到最低，只尋求靈魂深處的精神慰藉。一個作家要保持專心寫作、獨立寫作並不難，只要他能過簡樸的生活，王鼎鈞在紐約便是靠中文寫作維持生活：

> 常常有人說中文作家在美國寫作不能生活，我認為那是因為他們的生活水準比較高。如果能擺脫物慾羈絆，甘於淡泊，我這個中文作家活下去沒有問題。為了理想，我決定洗盡鉛華。我跑到美國去用中文寫文章，很多人認為匪夷所思，但是我認為只有這樣才能

---

[22] 蘇軾〈定風波・常羨人間〉。
[23] 王鼎鈞，《東鳴西應記》，頁77。
[24] 王鼎鈞，《東鳴西應記》，頁95。

整理我的人生經驗，經過反芻，經過重新解釋，經過提高，才能一無掛礙皈依文學。[25]

　　在紐約，我可能是惟一靠賣文收入為生的中文作家。想知道祕訣嗎？無他，把文章寫好，過簡樸的生活。我認為無論在那裡，作家都應該把物質慾望儘量降低，才可以寫作時有所為、有所不為。[26]

　　寫作是作者在飄泊歲月中尋找精神詩意栖居的方式。世界上有一種人是屬於真正幸福的，那就是著魔地做著自己喜歡的事。這個魔是天生的，在自己心愛的事情上投注心血是注定要迸發出生命光彩的。能有所不為的人，然後才能有所為。王鼎鈞在美國的日常生活便是在家讀書，讀臺灣看不到的書；寫文章，寫在臺灣寫不出來的文章，按時送孩子上學，接子女放學，保障他們沿途安全，參加華人的教育社團，吸收先進經驗。此外，瘋狂的寫信，搜尋大陸上在世的親友，和他們印證往事，星期天上教堂，其他別無所求了。[27]有人認為美國居，大不易。作家卻認為美國雖是黃金之都，生活必需品都很便宜，而且窮人與富人的生活品質也接近。大家吃用的的東西也大致接近。[28]生活在都市裡，同樣可以保持一種超然物外的生活。每個城市的高牆都是用水泥鑄造的，而超脫城市高牆的風，永遠在我們的心中。即使被稱為「宅人」，但「宅人」也可以活的很自在、自我、樂趣。這樣的生活，是由絢爛歸於平靜，由繁華而回歸平凡。

四、「通達」的態度：調合二端對立

　　人的智慧在乎順天而為，順本性而為，歲月荏苒，王鼎鈞經歷漂泊風雨，當年的激情化作反思的慨然，家國的失去伴隨的卻是生命移植的豐沛，他提筆，開始書寫屬於這一代人獨有的故事，回首在美三十多年來的筆耕跋涉，他是自覺在邊緣文化的獨立中重新辨認自己的文化身分，他內心真正的期望是在「超越鄉愁」的高度上來尋找自己新的文化認同。

---

[25]　王鼎鈞，〈作家要有酬世之量，傳世之志〉，《東鳴西應記》，頁229。

[26]　王鼎鈞，〈他的文學經歷和福建有緣〉，《東鳴西應記》，頁77。

[27]　王鼎鈞，〈三人行，都是我師〉，《東鳴西應記》，頁231。

[28]　王鼎鈞，〈作家要有酬世之量，傳世之志〉，《東鳴西應記》，頁220。

> 我常說，我是「半邊人」。……我由這一半到那一半，或者
> 由那一半到這一半。身經種種矛盾衝突，無以兩全。但是我追求完
> 整，只有居高俯瞰，統攝雙方，調合對立。[29]

有多少作家是在離開故土之後，在漂泊中變得更優秀？如果沒有生命的移植，王鼎鈞也許不會因此而昇華自己的創作。他努力挖掘東西方的人性在各種時空下所造成的扭曲和轉換。王鼎鈞在創作中精心搭建了心靈平台──此岸與彼岸、過去與現在、故鄉與他鄉中，顯然不再是一個單一的色彩，而是始終在中西文化間尋尋覓覓卻也不得所終的幾近定格的遊子形象，他引領我們去期待兩方文化由對抗而對話可能呈示的前景。作者豐富的跨文化生存的經驗，使他在情感和理智上都獲得了足夠的距離來深入地審視兩種文化的差異，來思考異質文化在全球化語境中實現對話的能。同樣的，作者豐富的跨文化生存的歷練，也使他逐步地完成了主體文化身分的涅槃。

他透過一位夫人之口，道出了自己的思考：不必去注意他們不同的地方，而要去注意他們相同的地方：「我發現，不論是那個民族，他們做父母的都愛孩子，他們做妻子的都愛丈夫，他們希望他們所愛的人幸福，因此，他們都希望家庭生活改善，子女上進，希望世界安定和平。」

> 在紐約，我們可以具體而微的看見這種共同的願望，我想，正
> 是這種共同的願望，把不同膚色、不同歷史背景、不同文化意識的
> 人結合成一個大紐約。[30]

孔子曰；「詩可以興，可以觀，可以群，可以怨」，「可以群」即是建基於人能和群的一種天性，中國傳統文化強調人與自身、人與他人、人與天地相處的和諧，不論做人處事都要講究和群善處，無論東西文化有多大的差異，我們都需要心靈上的溝通，將心比心，把分散在天南地北人們的心聯結起來，親者守望相助，疏者彼此走近，和諧相處，削去種種歷史和現實的差異和痛苦，開創適者生存與發展的人生之路。

---

[29]　王鼎鈞，〈文學不死〉，《東鳴西應記》，頁147。
[30]　王鼎鈞，〈看不透的城市代序〉，《看不透的城市》，頁4。

　　中國文化往往在意過去傳統的保持和恢復，在這種文化下生活往往具有保守的特徵，美國主流文化重視現在和未來，不為傳統所羈絆，認為人們不應該留戀過去的歷史，應該放眼未來，然而，一位見證過中國與美國兩個全然不同的社會，通達的人總能在兩者之間找到平衡，在傳統與現代之間穿梭，從舊經驗找到新事物的解釋。不論生活境遇多麼艱難，他都能充滿自信地去面對，在異域社會的映襯下散發出強大的精神力量及人性光輝。

第三節　落地生根：在異域中創造價值

　　歲月荏苒，紅塵擾攘，經歷過心靈的輾轉流離，如何尋找到一個心靈的歸宿，讓自己的心靈不要永遠在旅途中？「日暮鄉關何處是？煙波江上使人愁」，所謂的「鄉關」有兩層含義：一是純粹意義上的家鄉，另一層是「心靈的歸宿」。世界上最珍貴的是生命，最寶貴的是理想，最善感的是心靈，所以，心靈的安頓應是每個人最需要面對的問題。心靈的安頓，應是「覺悟」我們內在的的理想歸宿，全心投入其中而感到充實快樂。「覺悟」這個詞，「覺」下面是一個「見」字，「悟」是「心」旁加一個「吾」，它最根本的含義應該是「見我心」。我們的心到底想要什麼呢？

　　對於從大陸到台灣又移居美國紐約、寫作五十五年的王鼎鈞的心靈歸宿是什麼呢？他談及「最後的心願」：寫四冊回憶錄，第一本寫故鄉幼年，第二本寫抗戰，第三本寫內戰，第四本寫台灣，寫到1978年離開台灣為止：「以後移民海外的日子就不寫了，我覺得我離開台灣就沒有生活了」，在海外二十餘載寒暑中，他不間斷地出版著作，卻稱「邊緣人生活」為「沒有生活」，足見其心中的家園無所不在。如果從現實境遇來看，離鄉遷居海外有如遁入空門，鄉愁有如失根、無根的悲哀。王鼎鈞面對離國去家的心靈傷懷，異域羈旅的現實禁圄，以心靈安頓中生命展開的追求，超越了現實的拘限。然而當王鼎鈞沈潛至生命原型，他有所體悟：

　　　　分散是一種必要，是保存和開展的另一種方式。它們不會是「無根的一代」，它們有根，它們是帶著根走的，根就在它們的生命裡。

　　　　天下所有的中國人都是同根的果實。大時代把我們分送到天涯
　　海角，是要這世界上的人有更多機會看見中國人的光輝。[31]

　　他明白，心靈的安頓就是心靈的故鄉，它和出生的原鄉分別在：原
鄉、此身遲早終須離開，心靈的故鄉、此生終須擁有。我們循著作家的心
路歷程看他如何安頓心靈。以下分兩點來說明他的心境轉變。

一、「落葉歸根」轉為「落地生根」

　　在人類文學史上，漂泊母題總是包蘊著漂泊與歸宿兩種相對的基本文
化內涵，漂泊與歸家之間有著千絲萬縷的聯繫。米蘭・昆德拉在《生命中
不能承受之輕》中說：「在一個陌生的國家裡生活意味著在離地面很高的
空中踩鋼絲，沒有他自己國土之網來承接他：家庭、朋友、同事。」[32]所
以，在陌生家生活的人必需要自己尋找一種生存之網來承接自己。世界蒼
茫，何處家園？海外華人，浪跡天涯，身在異域，心繫中華，時常在心中
喚起中華情結。

　　　　我沒有回過故鄉，一九七八年前我在臺灣，兩岸隔絕，不可
　　回去。一九七八年我來美國，居留沒辦好，生活不安定，沒有餘力
　　回去。……我憂讒畏譏，不敢馬上回去。在這段時間我慢慢瞭解故
　　鄉，理性對待鄉愁，逐漸不想回去。最後，健康出了問題，也就不
　　能回去了。[33]

　　難返故里，自我放逐，未扎新根，於是成了無根的一代，然而心中
仍有一根無形的線，繫著中華。經過他的冷靜思考，能落葉歸根、回歸故
里，固然很好，但若能改變旅居的心態，從「落葉歸根」轉為「落地生
根」，在新土上有新的發展，卻仍心繫中華，這又有什麼不好？尋根的意
識具有昇華與超越的積極性，如同論者所言：

---

[31]　〈本是同根生〉，《我們現代人》（台北：爾雅出版社，2002年11月），頁120。

[32]　米蘭・昆德拉著、韓少功、韓剛譯：《生命中不能承受之輕》（北京：作家出版社，1995
　　年），頁85。

[33]　王鼎鈞〈虛實相生攀高峰〉，《東鳴西應記》，頁19。

如果說「落葉歸根」是一種只限於維持自身生存的存「在世」，那麼「落地生根」則是上升到了一超出自身、走向社會、對社會施加影響並加以改造的「入世」，是人生價值的「生成」，然而，這種「入世」並不是消弭自身民族特色的完全同化，而是一種建立在主體性的基礎之上的融合和創造。[34]

王鼎鈞在美國完成了尋根的性格轉變，在每個中國人的心理，中國不應只是一個地理名詞，不只是一個政治體系，中國是歷史、是傳統，中國是一種精神，一種文化，炎黃世冑，孔孟李杜，中國就在你我的心裡，有中國人的地方就是中國：

中國人最像海水了，一波一波離開海岸，退入一片蒼茫，一波一波衝上岸去，吮吸陌生的土地。[35]

水就是水，無論它落自天上，流入河中，回歸大海，還是盛裝在什麼容器裡，形態可以變化，本質卻不會改變。對某些人而言，生命的移植也許要面對某種折損，但對於熱衷於寫作的王鼎鈞而言，移植海外卻如同是深根的枝嫁接在飽滿新奇的土壤，開放出再生的奇葩。他的創作才情才頓然有了質的飛越。在美國生活了三十多年之後的他，不再有失根的漂泊感：

今天，我會說，一個五十歲才移民出國的中國人，像我，沒有「失根」的問題。在中國文化裡活到五十歲，他已是一顆「球根」，帶根走天涯，種下去，有自備的養分，可以向下札根，向上開花。我喜歡帶球根的花，荷蘭來的，南美洲來的，存活率高，生命力強，長出來，仍是荷蘭的樣子，南美洲的樣子。四冊回憶錄就是我開出來的四朵中國文學之花。[36]

移居美國，使得他有一種全新的感覺，每天所接觸的東西都是新鮮的，都是刺激，即使回憶過往、遙想當年，因為有了地理、時間以及文化

---

[34] 項陽，〈新移民文學的形象塑造與主題超越〉，《齊齊哈爾大學學報》，2010年11月，頁114-116。

[35] 王鼎鈞〈甕・井天・籠牢〉，《海水天涯中國人》代序，頁5。

[36] 王鼎鈞，〈反映一代眾生的存在〉，《東鳴西應記》，頁57。

語言的距離，許多往事也顯得新鮮奇異，更有發人深省的意義。正如一顆種子飄往一片新土上栽植，球根不論落在那裡，仍然以自己本來的樣態成長，他以對於與生俱來的中華文化自覺地擔承傳播者自居，在異國他鄉的飄泊激活了關於原鄉的記憶被原汁原味地還原，正因為如此，以離散為其品質的移民文學，最可能在原鄉記憶上有更精彩、且不可替代的表現。

二、文心淨六塵，健筆了眾緣：創作是心靈歸宿所在

　　一個作家，在多變的文學氛圍裡需要與時代保持一種若即若離的距離，站在山中的人是看不見山的面貌的，人只有來到另一個世界，才能避開那個世界；人只有離開那個世界，才能展開對那個世界的思索。從他第一天到異域，便開始經歷從單純的西方文化的「觀察者」到生活其中的「感受者」到對自身文化現實的「反思者」的角色轉換，在美三十多年的移民歲月，讓他從最初的生存狀態的尷尬、文化身分的失落和對異域風情隔閡交織的複雜情緒，萌生一種冷靜觀察與思考，激起了一股孤獨而執著的寫作力量，在特定的時空中，企冀用全生命的付出去敲響和洞開文學之門，王鼎鈞的異域寫作是他由人生裂變到精神回歸的一種方式，由對民族歷史的感性陷溺到到理性認知，由對文化衝突到文化融合的理想構建。在美國三十多年來的沉潛思考，使他重新領悟到自己創作的「根」，便在於抒寫時代、歷史和人性。他在海外對異域的描述具有跨地域、跨文化的鮮明特質，這不但為作家個體精神的展現提供了廣闊的創作空間，亦呈現特殊文化的價值，這對於當今的華文文學的發展也具有積極意義。「異國有巢終是客，故鄉無主亦思歸」，但為何王鼎鈞最終選擇了終老於美國呢？

　　　　做一個死心塌地的美國人吧。咱們是「極無可如何之遇」，苦海有邊，回頭無岸。咱們都是過河卒子。腳踏兩頭船是不行的，身在曹營心在漢是不行的。「吾日三省吾身」：為美國謀而不忠乎？與美國打交道而不信乎？對美國的法律制度史文化傳不習乎？

　　　　捨不得、丟不掉、忘不了你是中國人嗎？可是你已經做了美國人了，上帝也不能使已經發生的事情沒有發生。只有自信自尊，做挺胸抬頭的美國人。只有忠信篤敬，做光明正大的美國人。只有步

步下樓梯，後代要比前代高，做後來居上的美國人。只有為美國育
才，做繼往開來的美國人。

多少人做到了，咱們也都正在做。也有多少人做不到，或者不
肯做。移民入籍，千辛萬苦，倘若只是牢騷更多，麻將打得更好，
美國又何貴乎多一個這樣的美國人？中國又何憾乎少一個這樣中
國人？

只有做成了像個樣子的美國人之後，中國才會忽然想起來你
是中國人，他們主動揭開你身上的美國標籤，欣賞你身上的中國胎
記。人心曲曲折折水，世事重重疊疊山！我們一生的遭遇本來是曲
折重疊的。[37]

王鼎鈞自從1978年移民，再也沒有回到山東與台灣，本來不打算入
美國籍，在拿到綠卡二十多年後，盤算他的人生已將終老於此，不入美國
籍有許多不方便，入了美國籍便是「苦海有邊，回頭無岸」了。他為何最
後能安心於異鄉終老？對王鼎鈞而言，回鄉已不是他最終的目標，留下才
是，對他而言，出發是為了更好更快的回歸。作者不再讓自己糾纏徘徊於
故鄉異域、原鄉異鄉、美國身分與中國身分之間，在身分認同、文化認同
之間，他逐漸探尋著一方超越身分、有形而無形之藩籬的精神去處，那就
是在異鄉創造價值，追求一種有價值的生命歸宿，使漂流更了有意義。如
果飄泊已是生命中不能改變的宿命，那麼也只好接受它，或許，只有踏上
了文化回歸之路，方能迎來生命的一種新的選擇。王鼎鈞把寫作視為精神
回歸的一種方式。正因為在適當的距離之外，讓他能徹底地擺脫了早期創
作的許多心靈桎梏，他那敏銳善感的筆才游刃有餘地步上了一個成熟的新
天地。正是異域生存的切換，讓王鼎鈞以一種生命移植的角度，竟全面地激
發了他渴望伸展的創作計畫，創作使他繼續在飄泊中尋找生命的栖居地。

從生活地域來看，王鼎鈞出生於山東，成名於臺灣，中年移民至美
國至今老年落腳於美國，在他經歷了知青視角、移民視角、雙重視角、回
望視角之後，其實還有一個更大的視角，就是世界的視角，他讓自己從一
個中國佬走向世界公民，對全人類生存和命運進行整體深入的哲學思考，
個人的情感已昇華為人類的普遍情感。他始終以對人性與對人類的終極命

---

[37] 王鼎鈞，《度有涯日記》，頁157-158。

運進行思考，正是透過對人類的終極關懷和探究，結束了無根的困惑與迷茫，擺脫了移民者身為邊緣人的苦悶，從人類的共性而達到了終極關懷。海外華人文學既要維繫自己民族文化之根的焦慮，其中也會包含被異族同化的警覺抵制，又要傳達出與異族真正溝通的願望，這要求作家更有敏銳的洞察力和更開放的胸襟，「我一直覺得你是為我而活著，我也在為你活著，有一天互通有無，補對方之不足，相同固然互相安慰，相異也可以互相補充」[38]，一個人只有先確立自己的文化身分與自我建構，才能在文學世界中發出自己的聲音。「奇特的腳要穿奇特的鞋」，一個作家永遠不會放棄自己作為知識份子的責任，他在平靜的生活裡寫作，找到了自己，對藝術真善美的追求，實現自我價值。我們可以說，王鼎鈞的精神追尋便是通過創作實現自我的價值，離散的身分是他創作依托的切入口，行走的姿態是作家的感受方式：

> 　　對我而言，人生的三個階段可以換個說法：動物的階段、植物的階段、礦物的階段。我曾經在全國各省跋涉六千七公里，再渡過臺灣海峽，飛越太平洋，橫跨新大陸，我是腳不點地，馬不停蹄，那時候我是動物。然後我實在不想跑了，也跑不動了，我在紐約市五分之一的面積上搖搖擺擺，我只能向上紮根，向上結果。這時候，我是植物。將來最圓滿的結果就是變成礦物，也就是說，一個作家的作品，他的文學生命，能夠結晶，能夠成為化石，能夠讓後人放在手上摩挲，拿著放大鏡仔細看，也許配一個底座，擺上去展示一番。[39]

　　人在世上活著，忙碌操勞，並不僅只是為了掙錢，終極還是為了世界更美好，也為了自身的自我完善。對王鼎鈞而言，只有寫作，才覺得自己是活著，[40]游走成為一種不斷定位移居生活、在異國重新建立身分的追尋，漂泊已經是王鼎鈞寫作的一個視角，他在根與非根之間自由轉換，他的思考已經超越了國界，他的創作已經飄洋過海，漂泊最終成為一種情懷，而行走則成為一種必須。他用文學的方法，寫文化的厚度，他以一位

38　王鼎鈞〈反映一代眾生的存在〉，《東鳴西應記》，頁48。
39　王鼎鈞〈文學不死〉，《東鳴西應記》，頁171。
40　王鼎鈞〈文學不死〉，《東鳴西應記》，頁172。

文人的自覺擔當，對兩岸的滄桑與變遷進行挖掘，對文化進行梳理，他選擇以文學創作的方式來回報對國家的恩惠，他堅守著知識分子的精神立場，以文學的方式延續文化的脈搏。創作是一種思想的旅行，是一場心靈的戰爭，是一種生存價值的積極探索。王鼎鈞正是以遠離家國的方式來保持自己的中國性，體現了一種堅定而執著的文化擔當。文學的最高表現就是在人性的揭示，王鼎鈞的創作經歷了從臺灣作家、中國作家的立場，向世界的作家觀念的改變。

　　王鼎鈞歷經了對日抗戰、國共對峙、臺灣政治壓迫，赴美移民後的人生變動，從大陸、臺灣、美國，從三十年代到一百年代，活了截然不同的三輩子，他就像一棵樹，根在大陸，幹在臺灣，枝葉在美國，一輩子彷若三世為人。這種跨域的生活體驗在王鼎鈞筆下不斷地被書寫，使他的創作視野有了更多的「異域」體驗，讓他對漂泊的生存狀況有了切身的體會，逐漸凝結為「流離」寫作的標誌。紐約是王鼎流浪的最後一站，他在十丈紅塵中大隱隱於市，其異域書寫作為一種獨特的文學現象，既為海外華文文學建立了一個新的文學點，又為作家精神的展現提供了廣闊的創作空間。

　　　　環境影響生活，生活影響心情，心情影響風格。域外的水土使我「蒼勁」，有人評論，我從「南曲」轉為「北曲」。風格變化是作家的大事，也是幸事，不垂老投荒，怎有此事？[41]

　　總的來看，在大陸的成長歷程，王鼎鈞經歷動亂流離，累積了他寶貴的人生經驗和對人性的洞察力，在臺灣時期的青壯時期，他勤勞認真於創作事業，又鍛鍊了他敏銳的文思和老辣渾成的文筆，這一切勤苦耕耘，使得中年以後的他在遙遠的異鄉的寫作歲月裡，有了豐碩的成果。這些年來，王鼎鈞雖然移居海外，再也沒有回過台灣，但他在海外卻以一本又一本叫好又叫座的作品獲得讀者的熱烈迴響，也被視為台灣鄉愁散文的代表，其家國情懷也同樣引發大陸學界的持續不間的討論與重視。89歲的王鼎鈞終究在2014年獲得了中華民國第十八屆國家文藝獎，他的得獎感言既辛酸又令人動容：

---

[41]　王鼎鈞〈虛實相生攀高峰〉，《東鳴西應記》（台北：爾雅出版社，2013年11月），頁12-13。

「國家文藝獎」是令人仰望的大獎，他既是國家的，又是文藝的，……我實在沒有想到我能得到這個大獎，因為我的題材很現實、很敏感，而我不跟風、不排隊，我以為現實環境沒有我的空間。但是我又多麼希望得到台灣文壇的肯定，得到台灣現實的包容。……當得獎的喜訊傳來，我幾乎要「初聞涕淚滿衣裳」了，這個獎對我的意義是什麼？我個人的感覺是：我就木歸土之前，我終於可以對國家無罪，對文藝無愧了吧。……我的鋼索已經走完了，也只有向熱烈的掌聲一鞠躬、再鞠躬。[42]

作為一名文學創作者，只有忠於自己的靈魂，忠於自己的信仰，才能以真摯的情感感染他人。藝術的想像力和創造張力呈現了鬱積之後的勃發，王鼎鈞的人生軌跡與心路歷程反映了流亡的知識份子走出了精神危機及身分困惑的一種探索。

中華民族是一個安土重遷的民族，家鄉與血緣是長期以來人們賴以為根的基礎，它已經成了中國人獨特的文化價值體系。自古以來，遊子為了功名、從軍或謀生，不得不走出自己的家園，但依然可以呼吸在自己民族文化的空氣中，但漂洋過海的華人卻不同，他們飄離自己的故土，遠在異國陌生的文化境遇裡，這些華人，他們是無莖、無根的一代，處處無家，卻也處處為家。

世界，本身就是一個不斷變動的進程，因為人類總在試圖尋找或更換另一種生活方式，企圖尋求新的發展機遇，這種基於尋求意識支配下的行動，導致了遷徙、離散、移動的移民現象便成為世界發展的必然歷程。移民是一個族群向另一個族群生存領域的過渡，從東到西，從北到南，華人就不斷地奔湧和流散四方，飄洋過海，移居異域，演繹著一幕幕的傳奇或故事。這些遷徙異域的人們就像帶著種子的植物，只要有海水的地方就有華人，有華人的地方就會有中華文化的種子播散。他們在歷史與現實、故鄉與異域、新與舊之間游走，迫使這些移民者以一種新的方式看待自己與世界。移民者作為創作主體對移居新國的形象進行塑造和重構，背後潛伏著作家個人的人生感悟、文化理解與價值取向。我們甚至可以說，移民海外的作家就是中華文化向世界傳播的特殊使者。種子儘管飄零，但依然可

---

[42] 得獎感言乃由國藝會的工作人員到紐約向鼎鈞先生採訪錄影，經筆者整理而得。

以落葉生根，適應異質的泥土，發芽、成長。儘管風雲變幻，但也能靜觀大千百態，以自己的適性而安身立命。嚴歌苓曾說過：「出國，對於一些作家意味著死亡，對另一些作家，卻是新生。死亡的是那些在祖國優越感很強的作家。」[43]旅美的華文作家王鼎鈞是屬於後者的那一類型的作家。

結語　創作，是旅途中見到的永恆

　　王鼎鈞直到五十三歲時旅居異國，在時間與空間的重重阻隔之下，其創作也有了別樣的面目。地理位置的阻隔恰好給海外華文作家提供了一種合適的審美距離，使他們能以一種更開闊的視野來審視自身與故土的關係，無論是隔海觀望，或是返身觀照，這都是作家從「入乎其內」到「出乎其外」[44]的一種獨特的創作姿勢。對王鼎鈞而言，寫作就是精神的返鄉，回望故鄉要在適當的距離之外。對海外華裔作家來說，從他們到抵達異域的第一天起，就在東西方文化的摩擦與碰撞中，開始了對故鄉的回望，對自身歸屬和文化認同的憂慮。

　　移民這是一個世界性的現象，身為移民作家，在海外華文的異域書寫，作為一道跨文化的風景線，其離散性、邊緣性的身分認同與追求精神安頓的過程，是對海外華人生存狀態和生命意識的真實呈現。正是在這樣的審美活動中，不斷去理解世界，並在與世界的交流與對話中，為自我與世界的關係創造出新的意義，從而不斷地關注和確立人性的尊嚴的終極關懷，盡可能指向人類的全部可能性。作為一位窺探人性深度的移民作家，走入異國他鄉，原本以為故鄉的雲遠去，連同那煙雨的文壇隔絕在太平洋的對岸，未料，其中裡挾的創作竟然洶湧壯觀起來了。王鼎鈞正是通過對尋根意識的追索和終極關懷的探求結束了無根的困惑和迷茫，擺脫了他身為邊緣人的苦悶與徬徨，從人性的角度對人類的共性給予了深刻揭示。人們需要一個世界性的參照語境，同時更需要那種來自內部和外部的突破性力量，這個內部的力量，不論是在對現實的挖掘，或是人性深處的捫心自問，都展現了他敢於對西方文化的價值核心進行質疑，也敢於向東方文化的缺失提出挑戰。《海水天涯中國人》、《看不透的城市》、《度有涯日

---

[43] 嚴歌苓，〈待下來，活下去〉，《學習博覽》，2010年3月第3期，頁55。

[44] 王國維《人間詞話》有言：「詩人對於宇宙人生，須入乎其內，又須出乎其外。入乎其內，故能寫之；出乎其外，故能觀之。入乎其內，故有生氣，出乎其外，故有高致。」

記》三書有一個值得我們注意的傾向，那就是在美國的異域書寫中實現了自由寫作的可能。可以說是他幾十年來對人生、對東西方文化、對世界的思索的體現，他已經在相當程度上克服了鄉愁與文化衝突的問題。在這三本書裡，蘊含的是對平凡人生的體察，以自己的觀察經歷，寫出了一代華人在異域的拼搏和追求真情實感的艱難性。揭示出處於弱勢文化地位的海外華人，在面對強大的西方文明時所感受到的錯綜複雜，其創作的重心仍在對於人性世界的探尋，這使得他在美國與中國之間找到了一種觀察的高點並獲取了一種自由的寫作姿態而表現出冷靜的筆致，他的寫作是在對人性的觀察中獲得了自身的價值作為超越的表現，我們可以看到，離散本來是移民主題中應有之義，鄉愁也是移民文學中最動人的本質，但我們可以在王鼎鈞作品中見到一種新的局面，與其說他的作品充滿了文化鄉愁的氣味，不如說他的寫作已經進入到了一種自由的境地，這種自由，超越了離散的文化境域，獲得了一種文學創作生態的平衡。面對西方的社會的強勢的經濟、文化的壓力，如何在強大的西方文化語境中尋找到自己的立足之地，在這個過程中，他們往往要由母國的主流社會墮入到異國邊緣人的尷尬，他有過困惑與掙扎，也學會了在焦慮與徬徨中走向堅強。

　　通過以上的探討，可以發現，不論是美國、中國或臺灣，都只是寫作的場景，人性的複雜與人生的多變才是作者真正想呈現的。移民人心境作為一種最為敏感和沉潛的寫作題材，往往能對環境作出最真實的反映，雖有邊緣人的失落，也有新世界的驚喜，無論從哪個方面觀照，移民作家充分表現文化邊緣人的過去與現在，並繼續向著未來探索。他堅持不斷的創作，尋找自我精神的依歸，使原本混亂的世界有了秩序，讓渺小的生命有了意義。

第四篇

王鼎鈞散文自傳書寫的藝術價值

第八章　王鼎鈞自傳書寫創作心理透視

　　長久以來，我們對作品的關注多半注重文字的鍛鍊是一種技巧的運用，然而這種鍛鍊並不只是技藝的表演，更是生命中的一場訓練，思想與境界的展現，心靈與人格的投射，應是「誠於中、形於外」，內外表裡自相副稱。尤其是散文，是直面人的生命本體，與其他文體相較，散文更能顯示作者真實的自我，「讀其文章，想見其為人」，也只有在散文中能真實地感受。前人謂「有第一等胸襟，方有第一等文字」，「修辭立其誠」，此乃修辭與內心的關係，文字反映著胸襟。研究作品，其實就是研究作家之心。人生的鍛鍊才是創作的基本，有人格與胸襟，方有境界。有以誠懇的態度，真摯的情感，同富有文采的言辭相結合才能達到理想的表述效果。文學的研究，最終是作家的生命、心靈與境界的探索。此著對作家自傳書寫的探討，亦可以看到王鼎鈞散文藝術成就與人格境界形成的聯繫。

　　創作是一種藝術的美感呈現，審美對人的改變是深刻的，它幫助人們從作品中探求美，進而促進人生的審美化。然而美並不止在語言形式之中，所謂的「充實之謂美」，創作的美，更是來自於心靈的聰慧和善良。一個有道德的心靈，可以產生美的感受與觀照，並創造美的事物，所以審美判斷，一定會關聯到「意義」，它之所以不能離開道德與人格的基本原因，就在這裡。

　　筆者著重在現有的研究成果中較少受到關注的部分，即人文關懷與生命意蘊。以一個比較不同的角度──作家如何以創作世界的回望與告解來進行生命的涅槃，對散文巨擘王鼎鈞幾本自傳書寫的創作進行深入的詮釋與剖析，力圖在作品藝術表現的視閾內，深入到作家深邃的心靈和情感的空間，探勘在創作藝術的背後，更深刻地體現著作家對社會現實、對人生價值與生命存在的沉思和求索，間接展示了作家對人生的憂患意識、對人格的與靈魂的滌蕩。透過對王鼎鈞生命憂患的超越與生命意義的探尋，可見王鼎鈞的創作，既是對藝術經驗的總結，又是對哲學精神的演繹，也是生命意識的鋪寫。

第一節　生命體驗與創作之間的關係

　　文學中的私人記憶彌足珍貴，乃因為它的多樣性與神祕性。人生的記憶中最珍貴的有兩部分，即童年記憶與青春記憶。這不僅由於它們是記憶的原始在心中扎根深厚，而且還因為它制約著一個人人格的形成而影響一輩子。童慶炳說：

>　　就作家而言，他的童年的種種遭遇，他自己無法選擇的出生環境，包括他自己的家庭，他的父母，以及其後他的必然和偶然的不幸、痛苦、幸福、歡樂……社會的、時代的、民族的、地域的、自然的條件對他的幼小生命的折射，這一切以整合的方式，在作家的心靈裡，形成了最初的卻又是最深刻的先在意向結構的核心。[1]

　　童年的記憶和體驗也決定了一個人日後發展的方向。記憶是情感發生的憑藉，是創作的所由，王鼎鈞《碎琉璃》的許多作品往往是從童年記憶出發，以童心去捕捉靈感、觀照世界、表現自我。與社會化的成年人相比，兒童的天性中更多的單純質樸，其重直覺的心理特徵，使他們更易於把握生活中詩意與美好。一個人的童年經驗常常為他的整個人生定下一個基調，以規範其以後的發展方向和程度。並在其生命史中打下了不可磨滅的烙印。童年時期的經驗，特別是痛苦的童年體驗，往往給作家一生塗上一種特殊的基調和底色，並在相當程度上決定著作家於創作題材的選擇和作品情感的情緒的基調。

>　　海中的礁石本是一塊形狀尋常的巨石，只因海水不斷摩擦它，淘洗它……。
>　　所以礁石有獨特的美麗的形象。
>　　海水對礁石無愛無憎，只是自然如此，必然如此。一尊礁石就是一部文學史。[2]

---

[1]　童慶炳，〈作家的童年經驗及其對創作的影響〉，《文學評論》，1993年第4期，頁59。
[2]　王鼎鈞《左心房漩渦》，大序，頁4。

這段文字說明的就是創傷性體驗與創作之間的關係。海水之於礁石的雕琢，就是苦難經歷對於創作的玉成。作品在自我形象塑造中最有意義的並不是表現自我的與眾不同，而是表現自我所經歷的非同一般的人生痛苦和矛盾衝突。文學史的形成一方面與作家主體先天、後天因素密切相關，一方面又離不開主體所處的時代的美學精神、民族文化傳統乃至地域的差別等外在因素的影響。作家先天的個性氣質對於創作固然不可忽視，但後天的生活道路與修養在塑造風格個性中起著更為重要的作用。人生外在經歷的重大變化往往是激發優秀作品產生的最直接因素。世界上沒有生活經歷、生活道路完全相同的兩個人。每個人都有自己獨特的生活閱歷、生活道路，所以，這種獨特的社會閱歷、生活道路不僅為作家的創作提供了各自的取材範圍，更重要的是，特定的社會閱歷和生活領域，形成了作家獨有的思想情感、世界觀、觀察問題的特定角度，從而使在同一取材範圍內的不同作家，也各有其獨特的感受、體驗和認識，寫出來的作品風格迥然不同。

藝術家的創傷性體驗（身心痛苦）與藝術創造或具體創作之間的關聯，這種關聯的可能性建立在個體的痛苦經驗能夠具有一種共通性並能通過昇華而具有一種面向全人類的深刻價值的基礎上，實現這種關聯的方式即個體的痛苦經驗必須訴諸於藝術的語言，從而使得作家的自我表達更具審美價值。同時，創傷性體驗與藝術創作的關聯不僅對藝術的體驗能力、感知能力及象徵能力具有意義，而且能夠將個體的痛苦昇華，從而實現對藝術家自我的拯救和對全人類終極命運的關懷。

其次，還有豐富性體驗和超越性體驗。豐富性體驗是指作家獲得愛、情誼、信任尊重和成就時的內心感受。豐富性體驗，尤其是童年時期對的溫暖體驗，是一個人人格發展的重要因素。即使在苦難的時代中，作家仍然可以汲取生命中的陽光與愛，美與善。讓我們見證了戰爭所造成人性扭曲、無常滄桑，更有管窺人世與人性時的質疑、迷惑、寬容的人性關懷。超越性體驗是指作家超越實用功利的經歷感受。王鼎鈞在感受社會時，將自己的感受，與他人的感受融合在一起，與大眾打成一片。想眾之所想，苦眾人之所苦，通過一己的感受映射出一種普遍的社會現象。他讓我們在一個少年的稚拙、單純、不安、迷茫、渴望中，重塑了過往生活的多面性和多重性，其亦真亦幻的直覺感受，往往超越了個人的體驗。超越性體驗幫助作家在尋找精神家園的過程中，達到的神聖境界，獲得生活意義的充

實感、安適感與幸福感。這種精神家園往往是飽經風霜、飽嘗焦慮失落的痛苦以後才能找到的，只有懷抱虔敬之心、執著追求的人，才能最終找到自己的精神家園。

第二節　挑戰自我是作家永恆的生命信仰

生活就像一條源遠的流長、川流不息的河，流過歲月的歷史，流向未來，王鼎鈞在生活之流上泅渡，他用全心靈、全生命的投入在這條曲折的河上跋涉。從大陸離鄉背井、顛沛流離，在血河裡跋涉到台灣，穿過歷史三峽的驚濤駭浪，一生顛簸，卻緊緊與兩岸的政治相牽連。透過創作，他參與了歷史的書寫，演繹出時代的浪潮，留存著過往生活的記憶與內涵。他說過：

> 作家的遭際、見聞、思考，都是上天給他的訊息。作家接收訊息，「譯」成文學，縱不能參化育也要盡善美，從不能盡善盡美也要求善求美，在有限的善美中表現無限天機。世緣可得可失，恩怨可了可忘，利益可有可無，吾生有涯，朝聞道、夕死可矣。[3]

王鼎鈞也在《左心房漩渦》〈大序〉中說：

> 某一個教派的傳道人對我說，沒有天堂，沒有地獄，只有人間，沒有靈魂，沒有復活，只有今生。
> 生命應該像一條河……一次，只有一次。你不能兩次插足於同一河水之中。河水從不兩次拍打同一處涯岸，從不兩次穿過同一條魚鰓，從不兩次灌溉同一株蘆葦。[4]

王鼎鈞認為生命像一河，河裡的水是流動的，你這次踏進河，水流走了，你下次再踏進時，又流來了新的水。河水川流不息，宇宙的一切事物都在不停止的變化之中，在我們身上的種種，生和死、少和老、夢和

---

[3]　王鼎鈞〈與生命對話〉，《怒目少年》（台北：爾雅出版社，2005年2月），頁4。
[4]　王鼎鈞《左心房漩渦》，序文，頁4。

醒，都是相生相成的東西。後者化了，就變成前者，前者變化，又成為後者。故鄉雖然是遊子心中永遠的思念，但是「人不可能兩次插足同一條河流」，天體運行不已，滄海桑田，大地換了人間，人也無法再回到原鄉的所在。這種生命被切斷為前半生與後半生的「兩截人生」，是鄉情和親情內在蘊藏與外在巨大變化的矛盾所承受的衝擊，形成前後割裂、內外衝突、進退失據的痛苦，這是鄉愁形成的內在因緣，也是人屬於歷史、屬於世界的一份證明。當人們在今生現實生活中遇到挫折和不幸時，往往把一切的希望寄託於來世，在人間不能實現的願望，也期待在天堂得到實現。但王鼎鈞不修來世，只用心今生；不嚮往彼岸，只珍惜此岸。正因為人的生命歷程是不可逆轉的不歸路，不能重複、無法假設，那麼，更需要在生命完結之時，能坦然說一聲：「今生無悔」，才是更積極的境界。王鼎鈞堅信今生今世最重要，最美好。走過不同尋常的苦難人生，但他始終以一顆赤子之心傾情當下，以自己人格的力量在雜亂紛爭的現實中，執著地對從事第二希望工程。

第三節　把呻吟化成一支歌，詩人不必出憤怒

一、憤怒出詩人，但詩人不必出以憤怒

　　單有情感的抒發還不能必然成其為文學，事實上，每個時刻、每個人都有情感的衝激，可是為什麼並不是所有的人都能成作家，也不是所有人所經歷的每一件事都能轉化成詩情？因為創作欲望並不是一時的心血來潮，情感必須經深入回味、反省、體驗和認識，融入理智的成份，上昇為理性的高度，獲得思想和智慧的支撐，才有可能成為審美情感。王鼎鈞在〈大序〉中已說明他的創作觀：

　　　　文章是有病呻吟。無病呻吟不可，有病呻吟則是一種自然和必
　　　　須。可是，誰願意聽呻吟呢？除了醫生，誰會對病人的呻吟有興趣
　　　　呢？所以，最好把呻吟化成一支歌。[5]

5　王鼎鈞《左心房漩渦》，序3。

對於任何一種情感而言，社會並沒有可供宣泄的公共機制，然而壓抑的情緒一如地下水流，必要尋找出路，因為不衝決於外，必當折損於內，文學創作就提供人們一種宣洩的管道。誠如作者所稱「文章是有病呻吟」，基於抒發鄉愁與追懷過往之必要發之的「有病呻吟」，然而，呻吟與宣洩並不能成為文學，它必須通過轉換與昇華，才能成為藝術。換言之，作家對人生苦痛的吶喊與呻吟雖是形成創作的動機與動力，但一位作家之所以要創作，更因內心有想要優於他人的意志，即思對痛苦的克服與超越。從藝術的表現來看，憤怒、悲慟等原始的激動尚必須經過創作主體心理的調適才可以進入到文本層面，主要是通過藝術的手法，把創作主體的哀怨憤怒之情寄託於客觀外物，或透過委婉曲折的間接表現，這樣在文本的狀態中哀怨憤怒就大大降低了強度、烈度，變得中和起來，甚至產生昇華與超越之美。只有把感情賦予具有一定美感的形式表現出來時，才能稱之為藝術。思鄉念舊之情是王鼎鈞寫作的主要基調，它必然是強烈而澎湃地翻騰於作者的心中，但王鼎鈞要「把呻吟化成一支歌」，歌聲中依舊有著動人心魄的深情，但同時有著思致之美，在深情之中蘊含生命的哲理。王鼎鈞希望從生命經驗中獲取一種理性的體悟，以此來尋求對鄉愁的解脫和超越。因此全書形成一個內在的情感結構，這是由面對人生困境進而思考突破到尋求超越，最後回歸精神的故鄉。

二、創作在「痛定思痛」之後，在歷史進入漁樵閒話之後

創作的作用乃是「蚌病成珠」，自我救贖。但如何使這段痛苦的回憶不致成為史料的堆疊或是血淚的控訴，是對創作的一大考驗。歷史好寫，但當時人民的感情難寫，感情的難寫當是親身經歷苦難的刻骨銘心，所以個人必須努力將執著的心情和當時的處境拉開距離。文學離不開現實，但文學又必須是藝術，如何處理好生活和藝術的關係，王鼎鈞對生活經驗如何轉化成為文學是有深刻思考的。「當歷史都進了漁樵閒話，這就是文學的境界」[6]，戰爭的歷史記錄並不是戰爭文學。正如史詩，其重點在「詩」而不在「史」。我們可以用王國維《人間詞話》的「入乎其內，出乎其外」來解釋現實和浪漫兩者間的關係。「入乎其內」就是要投入現

---

[6]　引自李宜涯〈血淚與珍珠—紐約訪王鼎鈞談《關山奪路》〉。

實生活，「出乎其外」就是要和現實保持一個距離，在恰到好處的美感距離之外，來表現你投入時候的經驗，這樣才能成為一件成功的藝術精品。王鼎鈞從宗教中得到創作啟示：「佛教居高臨上看人生，對我啟發很大，我想對我這個所謂通達有幫助。」[7]故而能站在一個更高的角度「出乎其外」看人生，這是對生活原型的一次昇華，一次拔高。只有出乎其外，心胸才有高致。若只「入」而不「出」，那麼作家就無法用審美的眼光觀照宇宙人生。王鼎鈞提及他創作《關山奪路》的心情時已透露了自己如何成為藝術家的祕密：

> 這四年的經驗太痛苦，我不願意寫成控訴、吶喊而已，控訴、吶喊、絕望、痛恨，不能發現人生的精采。憤怒出詩人，但是詩人未必一定要出憤怒，他要把憤怒、傷心、悔恨蒸餾了，昇華了，人生的精采才呈現出來。……讀者不是我們訴苦伸冤的對象，讀者不能為了我們做七俠五義，讀者不是來替我們承受壓力。拿讀者當垃圾的時代過去了，拿讀者當出氣筒的時代過去了，拿讀者當垃圾桶的時代過去了，拿讀者當弱勢團體任意擺佈的時代也過去了！讀者不能只聽見喊叫，他要聽見唱歌。讀者不能只看見血淚，他要看血淚化成的明珠，至少他得看見染成的杜鵑花。……最後我說個比喻，明珠是在蚌的身體裡頭結成的，但是明珠並不是蚌的私人收藏，回憶錄是我對今生今世的交代，是我對國家社會的回饋，我來了，我看見了，我也說出來了。[8]

王鼎鈞認為要把憤怒、傷心、悔恨「蒸餾」、「昇華」而為一部「超越」於政治、階級、個人得失恩怨之上的獨特回憶。「正視痛苦、反芻痛苦」、昇華與超越痛苦[9]，早已成了王鼎鈞面對人生的態度，也成了後人閱讀其作品的精神財富。

人世間最難忘的歲月是苦難。成長路上的苦難都包含著生命的蛻變，讓人最終化繭成蝶。人世間最動聽的號角叫做信念。信念是一幅瑰麗的畫卷，它裝點了靈動的生命；信念也是一盞璀璨的明燈，它指明了前進的方

---

[7]　〈文學不死〉，王鼎鈞《東鳴西應記》，台北：爾雅出版社，2013年11月，頁156。

[8]　王鼎鈞〈寫在《關山奪路》出版以後〉，《關山奪路》，頁433。

[9]　《關山奪路》，頁368。

向。人世間最美麗的姿態是堅持，因為有了堅持，人們才能夠在苦難的歲
月中仍然努力生活。苦難是筆財富，心態決定一切，性格決定命運，對王
鼎鈞而言，那心態和性格就是沒有放棄對現實的關注、對時代的思考，對
意義的追尋。作家永遠是感情最豐富、最敏銳、洞察最深刻的那一種人，
他們生存於現實環境之中卻能超越於現實環境之上，唯其如此，他們才能
夠雖身臨其境而不被現實淹沒，雖經歷苦難卻不會因環境的改善而輕易忘
卻苦難，他總能親身地感受和聯想到整個民族乃至整個人類，去思考和探
索人的生存價值。

第九章　個人與群體
──特殊年代下的特殊成長

　　在經過了前面各章對王鼎鈞《碎琉璃》、《山裏山外》、《情人眼》、《左心房漩渦》、《海水天涯中國人》、《看不透的城市》、《度有涯日記》等幾本自傳性散文的探討之後，我們已可以全面掌握王鼎鈞自傳書寫的特質與價值。本篇作為對前面各章的綜論收束，並為王鼎鈞自傳書寫的藝術價值作一評價。

　　人到中、老年往往耽於回憶，從寫作形態上說，散文習於從回憶的視角敞現內心，呈現一種「追憶式」的寫作。王鼎鈞絕大多數的創作都在進入花甲之年後的「回望」，是已經頗具人生閱歷後的「回望」，它不僅體現了大時代的風起雲湧，還體現政治的縫隙、歷史的皺褶、人性的暗影。人過了耳順之年，人生苦難酸甜百味嘗盡，世態淡涼冷暖遍覽，曾經滄海難為水，心態趨於平和淡泊，看透與看淡一切，寫作往往是一種返身觀照式的、冷靜平和的姿態。王鼎鈞是在時代大動蕩的日常生活的瑣碎敘述中，表現了個人對時代、對生命的驚歎與深思，在大歷史的敘事之外建立起了自傳書寫。對個體而言，歷史不是偉人和大事件的結合，而是平靜祥和的日常生活狀態的打破，是物理時間向著心理時間的轉換，是個人生命中無可奈何的選擇與承受。流離、離散、漂泊、放逐的人生經歷，「憂患得失，何其多也」，使得老來於異域落腳的他，從此與大陸故土、台灣家園形成一種地理上的距離感，一種遠距離抽身觀照的審美效應於焉而生。

　　常常有人慨歎：為什麼中國八年抗戰卻無法產生優秀的戰爭文學作品？因為抗戰的歷史太大，碎片太多，真實面貌太複雜，牽涉的人性演變，歷史的意外，遠超過中日衝突，遠超過愛國護國，中間有太多不堪，有更多曖昧，太多的「藏污納垢」。任何用心生活的作家都不可能忽視這些不堪與曖昧，然而真的將這些不堪與曖昧精采寫出來了，要觸犯多少人的禁忌，要挑戰多少人心中的歷史尺度？做為一位作家，王鼎鈞的勇氣令人敬佩，他在白色威權的年代，他就敢於去寫至今沒有什麼別人願意碰觸的抗戰題材──《碎琉璃》、《山裏山外》。即使寫，他沒有照著官方立

場寫安全的版本——中國人都是英勇愛國的，日本人都是大奸大惡的。他寫出了游擊隊內部的矛盾遠勝過於真正與日本人的爭鬥。他寫出國民黨游擊隊內部的人性陰暗和腐朽習性，也寫出了自己的軍隊如何編造假新聞來鼓舞士氣的做法。或許正因為要碰觸這些不方便的真實，王鼎鈞甚至讓這些篇章帶上強烈的寓言色彩。只能在文章中對警語或格言以特殊的黑體字標示，期望讀者在閱讀這些句子時能放慢腳步，用心去感受這些故事背後指向某種更龐大的，更加難以明言的人生意義。第二次世界大戰結束至今已經七十年了，七十年在個人看來是漫長的，但對於歷史，這只不過是人類反省的開始。在經歷過半個多世紀的時代變遷後，人們是否還會像王鼎鈞一樣想起那些逝去的、曾經經歷過那場殘酷戰爭的普通人的命運？在二戰勝利七十周年之際，人們用各種不同的方式紀念往昔的光榮，但有誰心中縈繞著那些曾經像我們一樣活生生的生命——或許他們比我們還要年輕、卻早早死去了的學生、軍人、壯丁？透過王鼎鈞的流亡年少、離散人生，我們看見時局艱辛，看見亂世豪情，也唯有在特殊年代下才能產生特殊的人生體驗，造就了特殊的成長。

　　《情人眼》、《左心房漩渦》是王鼎鈞步入中年之後的一種精神返鄉。戰爭、歷史與人性，是這兩本散文集書寫的三個重點。作家在重構生命境界的自我認同中，存在著文本和書寫者、文學與歷史、現實與想像虛構之間的張力。在現實中，沒有途徑可以讓我們一路穿行回到過去，與過往曾經擁有的青春歲月相逢。但卻有一種方式，可以讓我們回到親歷的過往，回憶書寫就是一種藝術性地再現舊日時光的極佳方式。書寫的本身就是回顧自己過往的人生，也是對自我走過的時代與歷史的再次審視。寫作是獨屬於個人的成長儀式，它意味著個人的尋根與溯源。藉著文字的書寫回溯過往的人生，認識並超越自己，以傾訴、告解來彌合心理的創傷，那些被固結的創傷記憶只有在一遍遍的訴說與書寫當中才得以被超越和轉化。蘇軾說：「人生識字憂患始，姓名粗記可以休」，讀書明理，讀書知苦，知識越多，憂患越多，可見，憂患是一種與知識、文化相關的生命意識，這種憂患意識通過歷代作家無數次的表現，便成了中華民族的一種心理趨勢，一種在悠遠的歲月傳承下來的生存方式和生活態度。那意味著，對生活的認真，對生命的執著，對存在的嚴肅，對愛、美、直覺、感性的珍惜。

　　《海水天涯中國人》、《看不透的城市》、《度有涯日記》是王鼎鈞生命移植之後的思考。不論是大陸還是台灣，那片土地雖然補育了自己

的生活，但是有限的空間卻不能安放自己的靈魂。只能再度飄流，從東半球到西半球，開始了移民的離散路，於是成為一種野生植物，有葉卻沒有莖，有莖卻沒有根，有根卻沒有泥土，它必須學會在處處無家中處處為家。在離散的境遇中，王鼎鈞承受著國家認同與身分尋索的徘徊，最後以在海外向傳統中華文化的傳播而努力，最終也透過了創作，讓自己得以安身立命，窺見真諦。這種生命的自覺賦予人們對抗虛無的熱情與勇氣，使人能夠坦然地面對生命的痛苦與孤獨，是浮華洗淨、心靈寧靜之後洞澈生命本質的真摯迴響。

　　即使失去成長的土地，失去文化的依戀，但蒼老的野竹還會有春筍競出。生命只要未息，總會有新的嫩芽從心中萌動。一段生命是一個季節，每個季節都會有春花秋實，即使到了滿頭白髮，王鼎鈞仍然確信生命還會有自己的繁榮。此去的人生，將一天天走向衰老，但人生不會只有衰老。在看不透的十丈紅塵中大隱，正是以遠離家國的方式來保持自己的根性，正是通過對尋根意識的追索和終極關懷的探求結束了無根的困惑和迷茫，擺脫了身為邊緣人的苦悶與徬徨。

　　漂泊者將自己安放在新的時空秩序中，尋找巨大的思考能量，從而在創作中形成更為廣闊的藝術張力，他還要經歷無數墾植與收割的日子。

參考書目

一、王鼎鈞創作文本

王鼎鈞《短篇小說透視》，台北：大江出版社，1969年。

王鼎鈞《開放的人生》，台北：爾雅出版社，1975年。

王鼎鈞《我們現代人》，台北：爾雅出版社，1976年。

王鼎鈞《碎琉璃》，台北：爾雅出版社，2003年6月。

王鼎鈞《情人眼》，台北：爾雅出版社，2004年6月。

王鼎鈞《靈感》，台北：爾雅出版社，1978年。

王鼎鈞《海水天涯中國人》，台北：爾雅出版社，1982年。

王鼎鈞《看不透的城市》，台北：爾雅出版社，1984年6月。

王鼎鈞《作文七巧》，台北：爾雅出版社，1984年6月。

王鼎鈞《意識流》，台北：爾雅出版社，1985年6月。

王鼎鈞《作文十九問》，台北：爾雅出版社，1986年6月。

王鼎鈞《心靈與宗教信仰》，台北：爾雅出版社，1998年11月。

王鼎鈞《活到老，真好》，台北：爾雅，1999年6月。

王鼎鈞《千手捕蝶》，台北：爾雅出版社，1999年6月。

王鼎鈞《滄海幾顆珠》，台北：爾雅出版社，2000年4月。

王鼎鈞《風雨陰晴》，台北：爾雅出版社，2000年6月。

王鼎鈞《文學種籽》，台北：爾雅出版社，2003年7月。

王鼎鈞《山裡山外》，台北：爾雅出版社，2003年6月。

王鼎鈞《左心房漩渦》，台北：爾雅出版社有限公司，2004年10月。

王鼎鈞《關山奪路》，台北：爾雅出版社，2005年5月。

王鼎鈞《葡萄熟了》，台北：爾雅出版社，2003年6月。

王鼎鈞《黑暗聖經》，台北：爾雅出版社，2008年6月。

王鼎鈞《文學江湖》，台北：爾雅出版社，2009年6月。

王鼎鈞《桃花流水杳然去》，台北：爾雅出版社，2012年2月。

王鼎鈞《度有涯日記─回憶錄四部曲・域外篇》，台北：爾雅出版社，2013

年1月。

王鼎鈞《東鳴西應記》，台北：爾雅出版社，2013年11月

二、近、今人論著

英・愛德華《作為藝術要素和審美原則的心理距離》，北京：中國社會科學
　　出版社，1982年。

周冠群，《散文探美》，重慶：重慶出版社，1986年。

鄭明娳，《現代散文縱橫論》，台北：長安出版社，1986年10月。

鄭明娳，《現代散文構成論》，台北：長安出版社，1989年10月。

鄭明娳，《現代散文現象論》，台北：長安出版社，1988年8月。

楊匡漢，《繆斯的空間》，南昌：花城出版社，1987年。

楊昌年，《現代散文新風貌》，台北：東大圖書公司，民國1988年2月。

鄭明娳，《現代散文類型論》，台北：大安出版社，1988年。

童慶炳，《中國古代心理詩學與美學》，台北：萬卷樓圖書公司，1994年8月。

亮軒，《從散文解讀人生》，台灣新生報，1994年。

徐學，《台灣當代文綜論》，福州：海峽文藝出版社，1993年

亮軒，《從散文解讀人生》，台灣新生報，民國1994年六月。

李正治《神州血淚行》，台北：月房子出版社，1994年。

楊昌年，《現代散文新風貌》，台北：東大圖書公司，民國1988年2月。

張銘元《黃色文明》，上海：上海文藝出版社，1990年。

余兆平《詩美解悟》，福建：海峽文藝出版社，1991年版，頁46。

魯樞元、錢谷融主編，《文學心理學》，臺北：新學識文教出版中心，1990年。

王希杰，《修辭學通論》，南京：南京大學出版社，1996年。

張堂錡，《散文概論》，收入簡恩定等《現代文學》，蘆州：空中大學出版
　　社，1997年。

佘樹森，《爬坡集》，北京：北京大學出版社，1997年。

阿盛《作家列傳》，台北：爾雅出版社，1999年。

張堂錡，《跨越邊界──現代中文文學研究論叢》，台北：文史哲出版社，
　　2002年。

亮軒《風雨陰晴王鼎鈞》，台北：爾雅出版社，2003年4月。

方忠，《二〇世紀臺灣文學史論》，南昌：百花洲文藝出版社，2004年。

方遒，《散文學綜論》，合肥：安徽教育出版社，2004年。

胡建次，《歸趣難求——中國古代文論「趣」範疇研究》，南昌：百花洲文藝出版社，2005年。

段建軍、李偉，《新散文思維》，北京：商務印書館，2006年。

張瑞芬《狩獵月光——當代文學及散文論評》，台北：聯和文學出版社，2007年。

方方《妙手文心——王鼎鈞創作心理及寫作理論探析》，台北：爾雅出版社，2009年6月。

張春榮《文心萬彩——王鼎鈞的書寫藝術》，台北：爾雅出版社，2011年6月。

張瑞芬《春風夢田：臺灣當代文學評論集》，台北：爾雅出版社，2011年6月。

李咏吟〈故事的顛覆與重建〉，《文藝評論》，1995年5月，頁4-8。

徐學，《台灣當代文綜論》，福州：海峽文藝出版社，1994年

徐學，《當代台灣文學中華傳統文化》，廈門：鷺江出版社，2007年。

徐學主編，《臺灣研究新跨越・文學探索》，北京：北京大學出版社，1997年。

林博文《一九四九：石破天驚的一年，2009年》（台北：時報文化公司）。

林博文《一九四九：浪濤盡英雄人物》（台北：時報文化公司，2009年）。

吳錦勳《台灣，請聽我說—壓抑的、裂變的、再生的六十年》，台北：天下文化出版社，2009年。

齊邦媛《巨流河》，台北：天下文化，2009年。

龍應台，《大江大海一九四九》，台北：天下雜誌公司，2009年

張福貴《「活著」的魯迅：魯迅文化選擇的當代意義》（北京：社會科學文獻出版社，2010年5月。

蔡倩如《王鼎鈞散文研究》，本為2001年台師大國文研究所碩士論文，後於民國2002年由爾雅出版社以專書《王鼎鈞論》出版。

陳秀滿，《散文捕蝶人—王鼎鈞散文研究》，2002年彰師大國文研究所碩士論文。

丁幸達《王鼎鈞及其散文研究》丁幸達《王鼎鈞及其散文研究》，2004年台北市立師院應用語言文學研究所。

陳俐安，《王鼎鈞的文學創作觀及其實踐》，國立台北教育大學語文與創作學系碩士班碩士論文，2010年6月。

三、期刊論文

李曄，〈海外著名散文家王鼎鈞訪談錄〉，《當代文壇》2006年第4期「對話與交鋒」單元，頁19-21。

劉許強，〈發現美，感受美，欣賞美──怎樣深度領略經典散文的藝術魅力〉，《名師導讀》，2008年10月，頁7-11。

莊若江，〈蒼勁沈鬱　神韻無窮──王鼎鈞散文藝術論〉，《台灣文學研究》，2008年4月，頁23-26。

席揚，〈文學經典的「生成」語境與「指認」困境──以「十七年」散文的文學史敘述變遷為例〉，《文史哲》2009年第3期，總第312期，頁98-103。

孫漢軍，〈關於修辭基本屬性的思考〉，《外語與外語教學》2010年第4期，總第253期，頁37-40。

章亞昕〈論王鼎鈞散文創作的文體學背景〉，《華文文學》2009年第3期，總第92期，頁54-57。

孫漢軍，〈關於修辭基本屬性的思考〉，《外語與外語教學》，總第253期，2010年第4期，頁37-40。

楊道麟，〈試論經典散文的藝術境界〉，《中州大學學報》第28卷第1期，2011年2月，頁69-74。

李良玉，〈回憶錄及其對於史學研究的價值〉（《社會科學研究，2004年第1期，頁112-117》）

王富仁，〈戰爭記憶與戰爭文學〉，《河北學刊》，2005年第5期，頁167至178。

李宜涯，〈血淚與珍珠─紐約訪王鼎鈞談《關山奪路》〉，《文訊》238期，2005年8月，頁136。

《聯合報‧對岸抗日文學熱──我們重憶國共內戰》，記者陳宛茜台北報導，2005年5月8日。

楊傳珍，〈戰爭文學的精神轉向〉，《海南師範大學學報》（社會科學版），2008年第6期，第21卷，總98期，頁17-20。

席慕蓉，〈歷歷晴川再回首〉，《聯合報‧副刊》，2009年5月2日。

王鼎鈞，〈給年輕人的忠告〉，見《聯合報‧大河人生版》，2009年5月17日。

語言文學類　PG2232　文學視界98

漂泊與尋找：
王鼎鈞自傳書寫的詩心與文境

作　　者 / 黃雅莉
責任編輯 / 石書豪
圖文排版 / 楊家齊
封面設計 / 楊廣榕

發 行 人 / 宋政坤
法律顧問 / 毛國樑　律師
出版發行 / 秀威資訊科技股份有限公司
　　　　　114台北市內湖區瑞光路76巷65號1樓
　　　　　電話：+886-2-2796-3638　傳真：+886-2-2796-1377
　　　　　http://www.showwe.com.tw
劃撥帳號 / 19563868　戶名：秀威資訊科技股份有限公司
　　　　　讀者服務信箱：service@showwe.com.tw
展售門市 / 國家書店（松江門市）
　　　　　104台北市中山區松江路209號1樓
　　　　　電話：+886-2-2518-0207　傳真：+886-2-2518-0778
網路訂購 / 秀威網路書店：https://store.showwe.tw
　　　　　國家網路書店：https://www.govbooks.com.tw

2019年5月　BOD一版
定價：540元
版權所有　翻印必究
本書如有缺頁、破損或裝訂錯誤，請寄回更換

Copyright©2019 by Showwe Information Co., Ltd.
Printed in Taiwan
All Rights Reserved

國家圖書館出版品預行編目

漂泊與尋找：王鼎鈞自傳書寫的詩心與文境 / 黃
雅莉著. -- 一版. -- 臺北市：秀威資訊科技,
2019.05
　　面；　 公分. -- (語言文學類 ; PG2232) (文學
視界 ; 98)
　　BOD版
　　ISBN 978-986-326-602-0(平裝)

　　1. 王鼎鈞　2. 文學評論

848.6　　　　　　　　　　　　　　　108004565

讀者回函卡

感謝您購買本書，為提升服務品質，請填妥以下資料，將讀者回函卡直接寄回或傳真本公司，收到您的寶貴意見後，我們會收藏記錄及檢討，謝謝！如您需要了解本公司最新出版書目、購書優惠或企劃活動，歡迎您上網查詢或下載相關資料：http:// www.showwe.com.tw

您購買的書名：＿＿＿＿＿＿＿＿＿＿＿＿＿＿＿＿＿＿＿＿＿＿＿＿＿

出生日期：＿＿＿＿＿年＿＿＿＿＿月＿＿＿＿＿日

學歷：□高中 (含) 以下　　□大專　　□研究所 (含) 以上

職業：□製造業　□金融業　□資訊業　□軍警　□傳播業　□自由業

　　　□服務業　□公務員　□教職　　□學生　□家管　　□其它＿＿＿

購書地點：□網路書店　□實體書店　□書展　□郵購　□贈閱　□其他

您從何得知本書的消息？

□網路書店　□實體書店　□網路搜尋　□電子報　□書訊　□雜誌

□傳播媒體　□親友推薦　□網站推薦　□部落格　□其他＿＿＿＿＿＿

您對本書的評價：（請填代號　1.非常滿意　2.滿意　3.尚可　4.再改進）

封面設計＿＿＿　版面編排＿＿＿　內容＿＿＿　文／譯筆＿＿＿　價格＿＿＿

讀完書後您覺得：

□很有收穫　□有收穫　□收穫不多　□沒收穫

對我們的建議：＿＿＿＿＿＿＿＿＿＿＿＿＿＿＿＿＿＿＿＿＿＿＿＿＿

＿＿＿＿＿＿＿＿＿＿＿＿＿＿＿＿＿＿＿＿＿＿＿＿＿＿＿＿＿＿＿＿＿

＿＿＿＿＿＿＿＿＿＿＿＿＿＿＿＿＿＿＿＿＿＿＿＿＿＿＿＿＿＿＿＿＿

＿＿＿＿＿＿＿＿＿＿＿＿＿＿＿＿＿＿＿＿＿＿＿＿＿＿＿＿＿＿＿＿＿

請貼
郵票

11466
台北市內湖區瑞光路 76 巷 65 號 1 樓
秀威資訊科技股份有限公司　　　　收
BOD 數位出版事業部

....

（請沿線對折寄回，謝謝！）

姓　　名：_____　年齡：_____　性別：□女　□男

郵遞區號：□□□□□

地　　址：_____

聯絡電話：(日)_____　(夜)_____

E-mail：_____